不死鳥

IMMORTAL BIRD

薛西斯 著

IMMORTAL BIRD

目錄

一、流棺葬

IMMORTAL BIRD

IMMORTAL BIRD

子時過後，水漲大潮。

倒虹川的流水漸漸趨緩，終至淵渟不動。

墨沉沉的夜色彷彿要把一切都吞沒，天上連一顆星子也無。銀盆一樣的月亮躲在濃雲之後，只能隱約看見那霧縷霜花似的柔暈。

石丹朱的靈柩順著水波上下起伏，大弟子清音當先跪下，朗聲念道：「恭祝師父百年。」餘下眾弟子也依次折膝叩首，口念禱詞。

隨著大江之水倒灌，停滯的倒虹川開始流動起來，水勢卻不是順著下游走，而是往源頭逆流而上。清音恭恭敬敬叩了九個頭，起身剪斷繫住石棺的繩子。這時一個急流打來，石棺便隨波逐浪，漸行漸遠。

清音在岸邊目送了一會兒，才道：「好了，都起來，回去吧。」

一時眾皆沉默，川邊百餘名弟子，竟無一人敢當先站起。

清音似也不在意，只淡淡道：「鴻麟和彩鳶留下，等師父的靈柩上了最後一階石梯，再剪承安的繩子。」鴻麟和彩鳶低低應了聲是，眾人不敢抬眼，只就著餘光瞥見清音月白色的衣襬在身邊輕輕掠過。直到清音已走遠了，這才零零落落地各自起身，散了。

丹陽派第十三代掌門，石丹朱的葬禮便這樣結束。

待一個人都不剩了，鴻麟才說：「彩鳶，你看怎麼樣？以後掌門就是清音了？」

彩鳶搖搖頭，說：「我不曉得，師父什麼也沒有留下來，這事還很難說。」

鴻麟聽了笑說：「我知道你想什麼，你一定希望梧聲做掌門的。」

鴻麟抱膝在岸邊坐下，初春時分，丹陽派又在深谷之中，因此格外寒冷，叫他全身都微微發顫，彩鳶便解下披肩，蓋在他肩頭。鴻麟問他：「不冷嗎？」他只搖了搖頭，與鴻麟比肩而坐，目光靜定地望著波濤的盡處。

丹陽寨位在深谷之內，一道長河貫穿其中，源頭是在遠處的山峰。瀑布自峰頭垂掛而下，白練橫飛如銀河千丈。寨子依著河階修築上去，以河爲界，分作東西兩岸，西岸的寨子是弟子居舍，東岸則是掌門居住的別院。

這條滋養著丹陽派的河脈叫「倒虹川」，但門裡人私底下多半叫它「三途川」。因爲依照習俗，歷任掌門的靈柩都會順著這條河被送上高崖岩壁裡的山洞。

這倒虹川有一個十分古怪之處，因它正連著群山中最大的水系，每到朔望前後、大潮一起，水勢洶湧驚人，大江之水竟會倒灌擠入河中，反而將倒虹川的水往上游處推，形成非常罕見的逆流河景象。外頭的人稱此爲「大潮」、「朔望雨」，他們自己則稱之「渡忘川」——依丹陽派的規矩，不論掌門人何時殯天，必將停靈直到渡忘川來臨。眾弟子齋戒沐浴、穿著清潔衣裳，一同到河邊流棺，送掌門人最後一程——這算是丹陽派中最重要的一個儀式，有如送掌門人度過黃泉之途。

門中會選出幾個功夫最好的弟子，守在懸洞之中，待流水將石棺帶上來時，便射出兩道鐵鍊，將那石棺拖入洞中，安置停當。能將歷任掌門的棺材送上險壁懸洞，靠的就是這股逆流的力量。否則一個人就算功夫再好，也不可能托著百來斤的石棺躍上崖壁。

石丹朱運氣不差，死後三日便迎來一個渡忘川。丹陽派崇拜這條河的力量，因此並不拘泥於世俗入殮之習。大弟子清音爲石丹朱的屍身換上清潔紅衣之後，放入石棺之中，靜靜等待流棺日的到來。

今日子時漲起大潮，倒虹川開始逆流，因此石丹朱的棺材便被運到岸邊，準備進行流棺儀式。

而守在懸洞內、負責將石丹朱的棺材拉進洞中的接棺人，便是排行第二的弟子——梧聲。

丹陽派規矩很多，素來不收外徒，弟子只由掌門親自出外揀擇——通常是挑選十多歲伶俐秀逸的孩子，並在這座深谷中將他們教養成人。不過，一旦入了丹陽派，他們便等於斷送半生自由，因爲直到選出下一任掌門爲止，丹陽派弟子皆不能輕易離開谷底。

丹陽派封閉於深谷中數百年，許多習俗儀式費人疑猜，難以常情度量。就以這一件規矩來說，丹陽派規定每一代弟子，最後只能有一人留在丹陽谷中——那就是下一任的掌門人。

掌門人須盡早定出下一任掌門人選，並將丹陽派的一切傳承與他。掌門死後，丹陽谷便立即由下一任掌門接任，並將門中所有弟子逐出丹陽派，且命他們終身不得對外提起任何關於丹陽派的消息。

新任掌門在清空整個丹陽派以後，就會離開谷底一陣子，去外頭尋找可塑之材收爲弟子。雖不知這習俗是何時何故而成，然而丹陽派如此反覆輪迴、一代又一代汰換新的弟子，百年來不曾間斷。

只是這一回，情況陷入了微妙的困境。

前一任掌門石丹朱這幾年身體已大不如前，卻遲遲不願選出下一任掌門。終於在初春輕寒之際，身體急遽惡化，一下撒手人寰，甚至來不及留下任何遺言。一時門中群龍無首，只得暫聽大師兄清音號令。

清音身爲大弟子，固然是名正言順地接下掌門之位，然而眾人雖然不說，其實心裡很有些疙瘩。單論資質才能，二弟子梧聲並不在清音之下，何況師父異常寵愛梧聲，也有很多人認爲師父屬意傳位於她。

鴻麟與梧聲、彩鳶交好，自然希望梧聲能被選爲下一任的掌門。他心底有些不厚道的猜測，或許清音是眞的想除掉梧聲。否則就算梧聲功夫再好，這樣的苦力活也不該交給她一個女孩子來做。須知要在急流中以鐵鍊鎖住一具沉重的石棺、再拖到石壁邊上，並不是一件容易的事情——

更何況，這次的棺材，有兩具。

石棺沿著逆流的河水漸漸往上爬，越過一道一道的河階，那輪廓在奔流中幾乎只剩一個小小的暗影。爲了表示對師父的尊重，必須等師父的棺材靠近懸洞了，才能再流第二具棺材。鴻麟不像彩鳶一樣眞有一雙鳶隼般的銳利眼睛，便問道：「石棺流到哪裡了？我看不見。」

彩鳶冷淡地說：「再等等，就快到了。」

鴻麟的目光投向另一口綁在鐵椿上的石棺，忽然有些暈眩似地說：「這裡面放的就是承安啊……我還沒見過承安是什麼樣子呢！」

棺中的主人叫「承安」，是門裡最小的師妹。自小便跟在師父身邊，深居簡出，從不踏出師父的院落半步——當然，僅限於師父石丹朱和大師兄清音這樣說。

事實上，除了這兩人外，門中沒有一人親眼見過承安。關於承安的一切，都像籠上了一層迷霧。

眾人表面上雖不好常提，私底下閒話倒是傳得厲害。有人說她是面上長了爛瘡不能見人、有人說她是雙腳不靈便出不了門、有人猜她是師父的女兒，甚至有人猜她是師父的愛人——不過這些都無從證實，因爲唯一見過承安的大師兄清音守口如瓶，對承安之事諱莫如深。

然而，這個神龍見首不見尾的承安，死了。

就在清音宣布師父殯天之時，一併提及了承安的死訊。

「承安亦爲師父殉死。」甚至連承安怎麼死的都沒有提及，清音只用這麼短短的一句話，就打發了承安的一生。

眾人第一次也是最後一次見到的承安，就只是一口描了松綠鳳凰紋的石棺，好像纏滿了青苔的石柱。

彩鳶聽鴻麟這麼一說，也開始盯著棺蓋看。鴻麟像讀出他眼裡光采的意思，忙搖搖頭阻攔他：「別這樣做！」

彩鳶道：「有什麼關係呢？反正這裡又沒有別人了。」說著他站起身來，按住石棺的邊蓋，說：「每個人都知道有個承安，她卻一直躲在師父的院子裡，從沒有人看過她長什麼樣子！鴻麟，你說說，這是爲了什麼呢？」

鴻麟嘆道：「她不出來，自有她的原因，你爲什麼非要知道不可呢？」

彩鳶冷笑說：「難道是因爲長得太醜了？還是青面獠牙、三頭六臂的？又或者……」說著他就去推棺蓋：「我就想看一看。」

那石棺很重，若不出全力是輕易推不動的。

鴻麟正想拉住他，忽聽後面傳來一個聲音道：「你們兩個好大的膽子！」

鴻麟只覺得一顆心幾乎蹦到了嗓子眼，緩緩回過頭來，就見楝子慢慢從樹林後踱步出來，笑嘻嘻地盯著兩人看。因爲他的聲音和大師兄清音很有幾分相似，因此鴻麟差點以爲是清音又繞回來了。

雖然是楝子也不見得就能討得什麼便宜，至少不是清音都還好辦。

鴻麟看見彩鳶朝他努努嘴，用嘴型無聲地描了一句「清音的走狗」。

楝子的年紀比他們都小一些，身材瘦小，面龐還帶著少年人獨有的清秀。卻因是師父跟前的弟子，故他們平日也得稱他一聲師兄。他入門時多半由清音帶著，與清音走得特別近，兩人多少有點忌憚他。

棟子慢慢走到石棺邊，看著鴻麟笑道：「要是讓大師兄知道你們這樣隨便掀死人的棺材，鐵定不會放過你們。」他嘴上雖然這樣說，但言語與神情間也不見對石棺有什麼敬意。

鴻麟和彩鳶都稍微退開讓棟子走近。

棟子蹲下身來，很仔細地看著石棺，說：「說實話，我也很好奇承安長什麼樣子。」

鴻麟忍不住問他：「大師兄也沒對你說過什麼嗎？」

棟子點點頭，笑說：「是啊！一提到承安的事，清音就露出像老虎要吃人一樣的表情。」他頓了一下，忽說：「有時候，我甚至懷疑到底有沒有承安這個人。」

鴻麟和彩鳶默默交換了一個眼神——畢竟無人親眼見過承安，門裡並不是沒有聽過類似的傳言，這種想法雖不難理解，只是未免叫人匪夷所思。

「說這種謊，對師父和清音也沒什麼好處吧？」

「誰知道呢？」棟子聳一聳肩，不置可否。鴻麟被他說得有些動搖，彩鳶倒是冷冷地說：「你不是最把清音當作神明下凡的，怎麼還會質疑他說謊呢？」

棟子也不很在意，只是偏了偏腦袋笑道：「無妨，到底是不是謊言，咱們一試便知。」說罷，右掌閃電般發出，按住棺蓋的邊緣。

鴻麟和彩鳶見他忽然動手，心裡都是一驚，但不敢出手阻攔。

那棺蓋很重，卡榫嵌得極緊，單手施力根本不可能推開。棟子閉上雙眼，氣走百脈，將體內氣勁運到右手上，微微推開一個角落。光線射進幽暗的棺內，棺中之人便漸漸露出面貌。彩鳶按捺不住好奇，悄悄向前踏了幾步。

那裡面裝的——就是承安。

棺蓋只推開了一點點，又是子夜時分，夜色濃重，雖然鴻麟彩鳶都舉起火把，仍被棺蓋遮得影影綽綽，並不分明。就連鴻麟也一時腦熱，忍不住催促道：「把整個蓋子都推開吧！」

楝子瞄他一眼，輕蔑地撇了撇唇，正要開口刻薄兩句，忽然遠處傳來轟然一聲巨響。

聲音是從山上源頭那裡發出來的，源頭飛瀑好像忽然定格了一瞬，白雪一樣的水沫在月光下淬濺開來，三人被那巨響嚇了一跳，傻愣愣望著高崖處。

下一瞬間，但見怒洪滾滾從山頭直衝下來，如一尾蟄伏已久的水龍忽然破江而出。他們還來不及理解發生了什麼事，本來逆流的河水便忽然靜止不動，隨後態勢逆轉——被暴洪一沖，河水開始往下游急衝。

霎時天傾水幕。

鴻麟和彩鳶都還沒回過神來，就聽楝子啐了一聲，罵道：「真不妙，什麼時候不好鬧，偏偏挑這時候水崩！」又轉頭對兩人道：「愣在這兒幹什麼？還不趕快來幫忙！」

所謂水崩，指的是上游水量忽然暴衝、灌往下游。

這種災害多半起於天候變化太大，上游冰川融化過快、水量急增而引來的洪水。但這種情況一般不常發生，他們在谷中住了二十多年，還是頭一次碰上水崩。

這件事情要是處理得不好，不但師父的靈柩會被沖下去，就連河岸邊的寨子也可能被沖垮。鴻麟愣在那兒不知如何是好，彩鳶面色慘然，已經跳起來去追楝子了。

鴻麟趕到橋邊時，大橋已經斷成兩截，碎裂的木材被急流帶往下游。遠遠望過去，西岸邊的寨子被沖垮了一部分，岸邊眾人擎著火把亂哄哄的一團。他遠眺另一頭的山壁，已被籠在一片雪白的水幕中。

他四下張望，沒看見棟子，只有呆立在原處的彩鳶——過不去。

可是梧聲還在那裡面。

這時，一片迷濛水霧中，忽見一道白影自江心躍起。鴻麟幾乎以爲是一頭仙鶴破水而出，再定睛一看，才知道那是清音。今夜烏雲蔽月，桂魄清冷，他在江心之中，一身素衣濺濕一處處如墨漬的水印。月光稀稀疏疏落在他身上，竟眞恍如白鶴在江上振翅而起。

但聽清音一聲清嘯，提氣一縱，凌波而過，急流暴洪之間兀自面不改色，轉眼間竟已躍至岸邊。他雙臂一振，忽在空中一個翻身，硬是將身後拖著的那口石棺給摔到了岸上，兩條胳膊粗細的大鐵鍊一頭鍊在石棺上，一頭則勒著清音的手腕，腕口已給勒出兩道血痕。

清音足尖一點，輕巧落地，已站定在石棺邊。

雖然知道清音本事厲害，但那一口石棺少說也有百來斤重，能在如此急流中飛身而上，硬是將石棺拖回岸邊，單是這一手就看得鴻麟膽戰心驚。

「將沿岸所有東西向後撤，沒有我的命令，不許擅動。」

「可是大師兄，東岸那邊——」

清音拂去面上水痕，指揮道：「將渡江的小船先拿出來。」除了平日繫在岸邊的小舟以外，寨子裡也還收著幾隻陸船：「以現在的水勢，根本不可能過去東岸，著急是沒有意義的，只能先相信梧聲他們。」

他又命人解下綁住石棺的鐵鍊，並將石棺先抬入小祠堂安置。

老三醴泉問他接下來該如何是好：「下一次大潮在午時，也就是大約再六個時辰。但依照這樣的水勢，六個時辰過後，倒虹川能不能逆流還是個大問題。若再等上半個月……師父的遺體擺上這麼長時間，恐怕也不大妥當。」

清音寒著一張臉說：「這事一會兒再談，把鐵鍊拿過來。」說著便往下游方向趕去。

鴻麟呆愣愣地望著清音，心想：在這個時刻，清音不指揮眾人、不清點損傷、不思索如何解決師父的問題，反倒往下游跑幹什麼？

彩鳶三步併作兩步衝上前去，攔下了清音：「大師兄，接棺人呢？他們平安回來了沒有？」

「他們應該還在懸棺洞裡。」

彩鳶面色一沉：「這麼大的水勢，若放著不管他們必死無疑！」

「現在不可能過得去。」

「你是要見死不救？」

「你若有本事，便自己去救。」

兩人之間劍拔弩張，彩鳶死命瞪著清音，下唇幾乎咬出一道血線來。

清音冷笑一聲，轉身去了。

醴泉接過了指揮全局的工作，他命人在遠離河岸處點起狼煙信號，通知守在東岸的弟子這裡平安。過了一會兒，東岸那裡也升起狼煙，鮮豔的火紅色煙燼彷彿一朵盛放的山茶。彩鳶瞪著那朵山茶直看，久久沒回過神來。

鴻麟拍拍他的肩，嘆了口氣，說：「你在這兒看傻了也看不出條橋來，先幫忙收拾吧！大師兄往下游去，必有他的打算，他不會放著梧聲不管的。」

誰知彩鳶聽了這話，忽然整個身子都僵住了，他按了按鴻麟的肩膀，指著下游方向問道：「鴻麟，承安的棺材呢？」

鴻麟臉都綠了。

趕到流棺處時鴻麟就知道麻煩大了。

繫棺的繩子還牢牢綁在鐵樁上，石棺卻已不見了蹤影，恐怕是被急洪沖走了。這時鴻麟忍不住痛恨起洪水怎麼不把鐵樁一併沖走，既然繩子還留在鐵樁上，清音就會知道他們兩人還沒有剪繩子。

「我沿路過來，都沒有看見承安的棺材。」清音沉聲道：「鴻麟，承安的棺材上哪裡去了？」

鴻麟垂頭低聲道：「我們……我們那時一聽見水崩，就急著趕回寨裡，沒來得及剪去承安的繩子。」

他這話說得很心虛，若不是當時讓棟子絆住，意圖打開承安的石棺，早該剪繩流棺了才是。

他果然看見清音瞇起了眼睛。

彩鳶不卑不亢地說：「應該是被沖往下游了。」

清音眼也沒眨一下，說：「立刻把她的屍首追回來。」

「以這種水流的速度，恐怕很快就沖出谷了。」

「那就出谷找。」

清音面上雖然沒有什麼表情，鴻麟卻能感覺到他強烈的怒氣。

彩鳶顫聲說：「依照門規，我們不能出谷。」

清音道：「我說讓你們出谷，就出谷。」

「但您並不是掌門。」

彩鳶話音一落，氣氛登時一窒。清音冷冷望著他，彩鳶鼓起勇氣，直視他的眼睛——那雙如鳳尾一般極美麗的眼睛。

「記著，從今天開始，我石清音就是掌門。」清音眼也不眨地望著他，只丟下了一句話：「今後丹陽派的規矩，我說了算。」

待到破曉之時，水勢已不似方才那樣洶湧了。

清音帶同幾名弟子划了小船到東岸去，沿著東岸河階往上游走，搜索負責接棺的梧聲和風神下落。貼近崖壁處丹陽派修了棧道，接棺人靠著棧道接近崖壁，之後要進懸洞，靠的就是自己的輕身功夫。如今前端棧道已被暴洪沖毀，站在棧道邊緣，但見遠處蒼針冷藤，在濃霧中輪廓淡得宛如褪色的墨跡。

幾名弟子開始在岩壁凹陷處打上固定用的鐵樁和繩索，清音尋思水崩之後，可能還會有幾次斷斷續續的爆發，此舉用處不大，人留在這兒愈多，只是愈添危險。遂道：「不必繫繩了，你們都退下，我去找梧聲就好。」

眾人面面相覷，楝子勸道：「大師兄，多幾個人下去，總是能找得快一些。」

清音卻擺了擺手，道：「退下吧！」說著衣袖微振，縱身一躍，轉眼便消失在一片霧隱雲深之中。

他本來輕功極好，少掉那些繩索反倒靈便，很快就找到石丹朱預定停靈之處。丹朱與承安合葬，因此選了一個特別深廣的棺洞。裡頭早已布置嚴整，梧聲還按他的吩咐，在承安的棺位上擺了一枝新採的紅花。只是兩座棺床上空蕩蕩的，始終沒能等到準備安眠的主人。

清音搜索了一下，沒有見到兩人的身影，試著喊了幾聲，回音卻轉眼就讓瀑布的隆隆嘶吼所吞噬了。他只好挨著岩壁循序向下找。找了大半個時辰，也消耗了不少體力，仍是一無所獲。他聽遠處水聲愈來愈急，恐怕不久之後會再有一次水崩，正暗忖是不是要先退回去時，忽覺底下有一陣風飛快地掠過。

他順著風的來處向下輕輕一瞥，就在漫天水霧中隱約瞧見了一道綠影，那道影子去得極快，轉眼便雲散煙消。但清音對自己的眼力極有自信，不做任何遲疑，縱身躍入萬丈深谷之中。

果然不一會兒，他就在一個狹僻的石洞中找到了梧聲。她蜷縮在洞壁邊，腳邊伏著暈過去的風神。梧聲看上去沒什麼大礙，只是一身濕透，很冷的樣子。

一聽見有人進洞，梧聲立刻警戒睜開雙眼。清音攀著松枝躍入洞中，梧聲見了是他，如見天神降臨一般，雙眼一紅，道：「師兄！」

清音也鬆了一口氣，忙問道：「有沒有事？」

梧聲一拐一拐走到他身邊，說：「那時瀑布忽然暴衝下來，我跟風神站在洞口邊上，只一眨眼就被水打下去了。我僥倖攀住了一截岩壁，可是風神就——」

清音湊過去按了按風神的脈，又探了探他的鼻息，只剩進來的氣、沒有出去的氣了。

梧聲哽咽道：「水勢稍緩的時候我潛下去找他，那時他已被水流擊暈過去了。偏偏我腳上有傷，帶著他出不去這千丈絕壁——」

清音探頭往洞外看了看，沉吟半晌，道：「不必自責，這不是妳的錯。」說著指了指自己背上，道：「上來，我揹妳出去。」

梧聲訝道：「那風神——」

清音有些不耐煩道：「妳聽外頭的水聲，恐怕半個時辰內又會有暴洪發生。風神已無力回天，先將妳帶出去才是正事。」

梧聲道：「這怎麼行！」

清音斥道：「婦人之仁，他出去橫豎也是個死。」

梧聲望著癱倒在地的風神，鼻頭紅了紅，道：「就是風神已斷了氣，也不能將他一個人丟在這裡！更何況他還活著。」說著竟彎下身去，將風神負到肩上，道：「我會想辦法帶他出去！」風神身軀魁梧，梧聲扛著他，嬌小的身子微微彎曲，她咬牙踉蹌走了幾步，清音明知她揹著風神根本上不去，細不可聞地嘆了口氣，道：「我明白了，風神給我吧！」說罷，梧聲忽覺肩頭一輕，原來清音不知不覺間竟已掠過她身側，將她肩上的風神接了過去。

梧聲心頭一暖，清音指揮道：「妳先出去。」少了風神這個累贅，梧聲的動作立刻輕捷許多，雖有負傷，轉眼已連上數丈。清音跟在她身後，動作略遲一些。

兩人在絕壁間縱躍，只聽遠處水聲漸響，宛如潛龍醒轉前的低鳴。梧聲抬頭向上望去，見天際猶是一道窄窄的細線，谷頂彷彿有千里之遙，心裡愈發不安。清音落在後頭，很明顯被風神拖慢了速度。

大概清音也注意到洪水暴發前兆，只見他停下腳步，攀住一截岩壁，若有所思望著峰頭的瀑布。梧聲心想，清音耗了太多體力，自己應當回去幫他。誰知才一動念，就見清音揚起手，將風神向下一拋——

梧聲盯著他，不可置信。

轉眼間，風神便向谷底直墜而下，濃霧中只剩一個稀薄的輪廓。她還不及回神，清音已追上她，一手將她往上抄去。梧聲掙扎著撲騰了兩下，仍脫不開清音的桎梏。她回頭往谷底望去，甚至連一點風神的影子也瞧不見了。

拋下風神以後，兩人速度明顯增快許多，很快便攀至谷頂。守在崖邊的弟子們見遠處雲霧中兩個身影一前一後浮現，一似白梨委地，一如青柳隨風，輕飄飄落回了棧道上，正是清音與梧聲。

兩人消耗了太多力氣，面色都不大好看。

清音沉聲命道：「水崩要來了，快離開這裡。」

楝子左右看看，不見風神身影，問道：「風神呢？」

清音道：「死在谷底了。」

梧聲聞言身子一顫，轉過頭去看他。清音卻只是面無表情道：「梧聲右腳受了傷，揹她下去。」

他們退回西岸，眾人沉默地待在大堂裡等第二次水崩過去。

到天光大亮的時候，才有一個弟子過來稟報道：「大師兄，彩鳶和鴻麟他們回來了。」

清音立時警醒。彩鳶和鴻麟不敢乘船，只能步行。從子夜到破曉，沿途急行了十幾里路遠，不曾歇息，十分疲憊。然而到清音面前，皆不敢露出半分疲態。鴻麟垂手而立，頭微低著，彩鳶則一臉僵硬。

清音開門見山道：「承安呢？帶回來沒有？」

鴻麟露出為難的神色，道：「大師兄，我和彩鳶追了十幾里路，終於在一處河岸邊找到了承安的石棺，可是——」

「可是什麼？」

「可是石棺被打開了，承安的屍體也……」他咬著牙說：「也不見了。」

一陣沉默。

鴻麟忍不住抬起頭偷偷瞄了清音一眼，只見他那張本就蒼白的臉如今一絲血色也無，露出幾乎可說是狼狽的神情。

「不在棺材裡？」

「是……棺材是空的。」

「空的是什麼意思？」

「可能是……屍體被沖走了。」

「沖走？那棺蓋幾乎是封死的，屍體又怎麼會被沖走？」

清音的面孔因憤怒而扭曲，鴻麟緊閉著嘴，根本不敢開口說話，他哪裡敢承認他們和棟子出於好奇，將承安的石棺撬開一道小小的縫。彩鳶雖想裝出一副不在意的樣子，身子卻不聽使喚，不住打顫。

鴻麟掌心已給指甲掐出一道血痕，他輕聲道：「總之，雖然承安已——」

清音卻不聽他解釋，吼道：「去找回來！」

鴻麟忙道：「我們已仔細找過，可是照這水勢，說不定已經沖到山腳下了。」

清音的拳頭重重地砸在桌上：「去找，就是被沖到天涯海角都去找！」

「大師兄，您不知道棺裡的狀況，承安恐怕很難找回來了！石棺雖然是被大水沖開，可是——」

清音只是扭曲著一張臉，以一種近乎惡毒的神情說：「我不想知道什麼狀況，我只知道要是找不回來，你們兩個就準備跟著她陪葬！」

西岸的寨子雖然被沖垮了一部分，但損失並不很大，眾人連夜搶救，早已收拾得差不多了，沒有什麼他們能幫上的忙。

鴻麟和彩鳶離開大堂，先去探望傷重的梧聲。兩人失魂落魄地坐在她床邊，彩鳶面色蒼白，一直緊緊拉著梧聲的手，也不知是在安慰剛撿回一條命的梧聲，還是想從她的掌心中汲取一點溫暖。

大水沖走了承安的棺材以後，兩人連夜摸黑走了十數里路，直至天色欲明未明之際，才終於在一處岸邊找到了承安的石棺。

兩人見了石棺，本來極是歡喜，心道總算逃過一劫。誰知才一走近，不由面色都變了。

那石棺卡在岸邊，棺蓋已被推開了一半。

棺中陪葬之奢華，頗出二人意料。丹陽谷中弟子耕織自給，每隔一段時間才會下山換取一些生活必需品，素來簡樸自持，哪裡見過這麼豪奢的排場。棺底鋪了十數層金絲玉帛，橫陳煙羅錦繡，如一榻極豪靡香豔的繡床。此外盡是些珠花銀鎖，妝櫛羅鈿等女子玩物，一古腦地浸在水中載浮載沉。

可唯獨最重要的棺主——承安不見了。

兩人慌亂地搜遍了沿岸一帶，甚至冒著大險躍入江中，卻都找不到承安的屍體。兩人又扛不動石棺，只得鎩羽而歸，隨手捲了一些陪葬物回來給清音交差。本來想著頂多挨一陣痛罰，誰知清音卻雷霆大怒。

梧聲熟悉清音，知他素來冷靜自持，極少發這麼大脾氣。若找不回承安的屍首，此事恐難善了。只得勸道：「不論怎麼樣，再去那附近找找看吧！或許只是被水沖到更遠的地方了？」

鴻麟滿臉絕望，彩鳶有氣無力地說：「找不回來的。」

梧聲打氣道：「你還沒試過，別說喪氣話。」

彩鳶卻道：「妳知道爲什麼我和鴻麟直接回來嗎？」沒等梧聲開口，他便逕道：「因爲那棺蓋是被人打開的——承安是被人拖出來的。」

梧聲聞言，面露訝異之色：「你怎麼知道？」

鴻麟解釋說：「棺材裡水只進了不到一半，如果是被急流沖開，沒道理只有那麼一點水，何況裡面的陪葬品都還在，沒有被水流捲走，因此棺材應該是先被沖上岸，之後才有人開棺把屍體帶走的。」

梧聲愣了一會兒，不解道：「可是那個人爲什麼要偷走承安的屍體呢？」

鴻麟嘆道：「我也不曉得，若是想搜刮陪葬品、從屍體上除下一些值錢物事，那倒還說得過去，偏偏棺材裡的陪葬品塞得滿滿的，一點都不像被動過的樣子。」

彩鳶激動道：「銀鎖銀冠這麼值錢的東西都沒拿，那開棺賊還會想要什麼？就當他下手節制，只拿了一兩件東西走，那承安的屍體又怎麼解釋？他帶走承安的屍體幹什麼？難不成撿回家做個便宜新娘子？」

梧聲聽他言語粗鄙惡毒，不由皺了皺眉。

三人沉默一陣，鴻麟先開口道：「現在怎麼猜他意圖都於事無補，還是想想怎麼應付清音才是。」

彩鳶道：「我看也不必想了，我倆直接去清音面前請罪赴死來得乾脆。」

鴻麟道：「也未見得就毫無轉機。我們雖不知道那開棺賊爲什麼偷走承安的屍體，總是他這幾日內能走的範圍有限，我們或者下山找找，還有機會。」

彩鳶道：「是嗎？眞的有開棺賊嗎？或者就算有，但他根本沒偷走承安的屍體怎麼辦？」

鴻麟詫道：「彩鳶，你這話什麼意思？」

彩鳶冷笑一聲，豎起一根手指：「棺材裡沒人，也不見得是有人偷走了，還有兩個解釋說得通——第一，承安變成殭屍，自己爬出來了。」兩人都當他怕得神智不清了，搖頭嘆息，彩鳶又豎起一根手指，說：「第二，其實這是個局，大師兄只是借題發揮，想把我們幾個搞死。」

鴻麟與梧聲面面相覷，不明白彩鳶的意思。

彩鳶道：「這話也非我信口胡說，素日裡許多師兄弟都有過這個猜測。你們說說，除了清音以外，我們有誰看過承安了？誰知道到底有沒有承安這個人？」

「你的意思是——」

彩鳶湊近他們，低聲道：「說不定，棺材裡從一開始就沒有人。」

二、陸長生

IMMORTAL BIRD

IMMORTAL BIRD

卻說陸長生夤夜下山，就此作別了青竹派。

青竹派與兄弟之盟棲霞、隱松自晚唐立派以來，已有兩百餘年歷史。三派同氣連枝，江湖上素有個美稱「三寒士」，讚其高風亮節。其中使雙劍的青竹一派，又是這三寒士之首。

每隔二十年，三寒士輪轉交接信物，以示永久交好之意。而陸長生正是這一代青竹弟子，在門中排行第三，現任掌門何劍膽是他的師伯。雖是玄門高弟，但陸長生自認功夫並無什麼獨到之處，他一對雙劍使得雖允稱行雲流水，卻也算不得一流高手，或者連二、三流也排不太上。

陸長生既非大弟子，劍藝也不突出，因此在門中一直都不特別受到重視，處在一個不上不下的尷尬位置。因他姓陸，有些不知禮數的師弟私底下謔稱他「六師兄」，暗諷他是掌門跟前六個大弟子裡敬陪末座的一個。他本來性格隨和無爭，竟也不甚在意。

陸長生左手上戴了一隻黑手套，好遮住被齊根削掉四指的醜陋傷口，傷口上剛結了一層薄薄的痂，還隱隱作痛著，有時會覺得那裡好像還連著指頭。他不喜歡看見缺了手指的地方布料疲軟垂盪的樣子，於是在手套裡塞了些填充物。

以後就不是青竹派的弟子了。

心裡空蕩蕩的。

陸長生出了青竹派的大門，不想碰見其他師兄弟，並不走正道，反沿另一條人煙罕至的僻徑走。走了兩三個時辰，天已漸亮，他渴得厲害，見前頭有道清溪，忙加緊腳步，誰知看見一副棺材擱淺在岸邊。

那是一口實打的大石棺，棺上描了漂亮的綠色花紋，山中溪流縱橫，也不曉得是從哪裡沖過來的。陸長生連夜疾行，正好也累了，再加上這年頭石棺少見，於是就在棺邊坐下。

他打量了石棺一會，想找出石棺來歷，但因不懂這些講究，看了半天也沒看出什麼來，到後來只是盯著石棺發呆。忽然，他發現棺蓋竟開了一個縫。

棺材一路順水而下，既開了口，那遺體鐵定浸在水中。陸長生心想：若放著不管，裡面的屍體遲早泡個稀爛，於是挽起袖口，準備開棺，可是推了幾下，發現棺蓋嵌得非常牢，他只憑單手推了半晌，仍是徒勞無功。

陸長生考慮片刻，心想：若只是要把裡面的水放乾，倒不見得需要開棺。於是解下腰間懸劍，想試試水深。劍探入棺材中攪了幾下，不知碰到了什麼，軟綿綿的。陸長生想恐怕是戳中了棺主，心底直念阿彌陀佛，道：「我是想幫您，您老人家可別見怪。」

誰知這時，棺中傳來一聲呻吟。

陸長生嚇鬆了手，劍向下滑了幾寸，正好抵住棺蓋。陸長生使勁去拔，卻不知劍身卡住什麼，怎麼拉都拉不動。陸長生這時眞是欲哭無淚，一邊念：「我沒有惡意啊！」一邊死命把劍往外拉。

他一邊拉，一邊察覺劍並不是被卡住，而是有東西抓住劍身，同時棺中又斷斷續續傳來喘氣聲。陸長生這才覺得有些不對勁，附耳貼在棺蓋上聽，就聽棺材裡似乎有什麼在撲騰，濺起零碎的水花聲，本來細微的喘氣也變得粗重。陸長生忽然心頭一動，抓著棺蓋朝裡頭大喊：「喂！裡面是不是有人啊？」

棺材裡響起一串淒厲的呻吟作爲回應，接著陸長生便聽見棺中人激烈掙扎哭喊起來，十指瘋狂地搔抓棺蓋。

陸長生再傻也不會以爲裡面是殭屍，這下他可是冷汗直冒——怎麼棺材裡面會有活人？

他又猛推幾下，棺蓋沒有半點動靜。他朝棺中叫道：「你忍一忍，我就來幫你。」說著進林中削了幾截樹幹來抵住棺口，全身頂著樹幹使勁地推。推了半天，總算推出一個尺許見方的大小——

只見一張雙眼暴睜的臉浮在水面上，蒼白得宛如一張紙糊的面具。唯一能和面具區別之處，是那張臉正一張一闔著嘴，貪婪汲取外面的空氣。

陸長生甚至無暇分辨這人是老是少、是男是女，他忙說：「你別怕，沒事了。」

陸長生將棺材裡的人拖出來以後，她只看了陸長生一眼，立刻又昏過去了。陸長生無可奈何，只好先將她帶下山再說。那是個嬌小的少女，纖細清瘦，陸長生揹著她走，倒也不大吃力，進城時已是日正當中，她一身濕淋淋的衣服早曬乾了。

陸長生帶她回鎮上客棧稍歇，又給她請了大夫，大夫說只是驚嚇過度，並無大礙。陸長生放下心中大石，趴在桌邊一歪頭就睡了。

他這一睡就睡到傍晚，睜眼時屋裡已染上一片霞色，窗外彤雲似火，他坐直起身來，只見少女端端正正坐在床邊，偏著腦袋看他。這時陸長生才注意到少女新嫁娘似地穿了一身喜氣洋洋的大紅，好像只要眼一眨，她就要融化在夕色裡。

陸長生一邊按著僵硬的後頸，一邊問她：「身體好一點了沒有？」少女乖巧地點點頭，陸長生給她倒了杯茶，問她：「妳知道自己發生什麼事嗎？」

少女只睜大著眼看他沒說話。陸長生真不知要怎麼解釋這古怪的情況才好，說：「我在河岸邊撿到一口大石棺，好像進水了，所以試著打開它，結果就看到妳、妳被塞在棺材裡。」

少女細聲開口：「是清音把我活埋的。」

「哎？活埋？」

陸長生雖早料到少女不會是出於自願進棺材的，但聽到「活埋」二字仍背脊發涼，心道這「清音」不知是怎樣窮凶惡極之徒，竟做出如此殘忍暴行。

他問少女：「這清音是什麼人，與妳有什麼深仇大恨，要這樣害妳？」

少女似乎不知從哪何說起，垂著眼想了一會兒，才說：「清音的眼睛很美，像鳳凰的尾巴。」

在那之後，陸長生聽了將近半個時辰的夢話。少女似乎只挑她感興趣的事說，前言不接後語，情節如幻似眞，陸長生聽得腦仁生疼。從她那支離破碎的描述聽來，陸長生只能確定兩件事：第一、她本來住在山間某座深谷裡。第二、但清音無所不用其極要殺她，因此她不能回去。

少女描述的深谷裡有一條星帶一樣的大河，那河會往上游逆走。依照她們門裡的習俗，掌門人的棺材會放進這條大河裡，隨著河水逆流爬上高山，從此長眠深山岩洞。

這部分陸長生完全無視了。

至於清音——她幾乎花了所有的力氣去描述清音有一雙多麼美麗的眼睛，以及她和清音兩小無猜的童年生活，以至於陸長生聽到最後，還是不明白清音要殺她的原因。

少女似乎終於抱怨累了，停下來看陸長生，一雙眨呀眨的大眼睛像在問他「這樣你明白我遇到了什麼事嗎」，陸長生花了一點時間消化情報，費解地問：「所以清音到底是毒殺妳呢？還是刺殺妳？」

「什麼？」

「妳剛剛說清音連砍妳好幾劍啊，爲什麼又變成下毒了？」

「這……他先下毒，再拿劍刺殺我——」

「都下了毒了為什麼還要刺殺妳？」

「我、我很厲害的，我可是百毒不侵，清音的毒藥拿我沒轍。」

好好好，百毒不侵之身。

陸長生繼續逼問：「那他那幾劍到底刺哪了？我看妳衣服上一點血跡也沒沾上啊？」

那少女被戳穿漏洞，一下就扁了嘴，支支吾吾：「我……我那時昏了過去，也不大記得了。衣服是他後來換上的，所以沒沾上血跡。」

陸長生心道，這種事情也能忘記的？心知少女圓不過謊，故此左右推託，多半剛才她說的話也要打個折扣。

少女大概見他神色間不以為然，便大叫道：「你不信，我打開衣服讓你瞧瞧傷口。」說著竟伸手去拉腰上那條銀紅繡花綢帶，嚇得陸長生猛擺手道：「不要不要，我信了、我信了總行了吧？總之清音不學無術，毒藥和劍術都差勁透頂，叫妳大難不死，僥倖從他手底逃掉了。」

少女露出勉為其難同意的表情，又不甘心地說：「清音沒有不學無術。」

陸長生不理她，沉吟一會兒問道：「那妳接著打算怎麼做？回去找他報仇？」

先退一萬步承認這些話不是她的妄想，也不去管她那些穠愁豔恨和她說謊隱瞞的原因，這件事其實可以簡單用「江湖仇殺」四字囊括，而陸長生並不想攪進這灘渾水中。

少女老老實實地搖頭：「我不是清音的對手。」

「那回去老家躲著？妳家在什麼地方？」

「我家人都不在這世上了。」

「那……還有沒有可以依賴的親戚？」

少女卻只是搖頭不說話，像株在烈日曝曬下垂頭喪氣的花。提起清音時尚能說得繪聲繪影，還有力氣義憤塡膺，但一談到這個話題，剛剛的氣勢一下就滅了。陸長生看她那副可憐兮兮的模樣，心就不覺放軟了些，溫聲道：「不然妳有什麼打算呢？」

少女茫茫然道：「我不知道，你有沒有什麼想法？」

陸長生哭笑不得，說：「我能有什麼想法？總之妳自己好好想想，我這一兩天就要動身了，也不能陪妳太久。」

少女說：「你要去哪裡？要不然我跟著你好了。」

陸長生笑道：「我要說我準備下山燒殺擄掠，難道妳也跟著我嗎？」

少女說：「有什麼不行？我就是去做強盜，哪怕有朝一日半路埋屍，也好過孤身一人活在世上。」

陸長生倒沒想到她這樣頑固，忙道：「總之不妥，大大不妥。我倆孤男寡女，不成體統。」

少女說：「我不介意的。」

陸長生心想：可是我很介意啊！

少女苦思一會，似乎眞想不出個容身之處，後來竟自暴自棄說：「我看我回丹陽谷好了，清音既然想要我死，我便死吧！」

陸長生嚇了一跳，斥道：「別胡說！幹麼回去送死？天下這麼大，總會有條路能走的。」

少女哽咽著說：「你連當強盜都不肯帶上我！你有路走，我沒有啊！這世上沒有半個人在等我了！」

陸長生聽了這話，心裡也不由一酸，他雙手一拍桌子站起身，大叫：「我曉得了！」

少女大喜道：「你肯帶我去當強盜啦？」

陸長生道：「不是，我們去報官。」

少女慌道：「報官做什麼？」

陸長生道：「讓官府送妳回家鄉去，雖然妳親人不在了，或者還有些親戚故舊也未可知？總之待在這兒也不是辦法……」說著陸長生便解下腰間一個小袋子，只取了幾錠碎銀留在身邊，剩下全塞給少女，說：「這些錢妳帶在身上，縱算上日後歸鄉的旅費，也該足了。」

少女急道：「我才不要報官，官府幫不了我！我說我一個親人都沒有了，你若把我一人扔在這兒，我轉頭就回丹陽谷去！」說著竟拉住他的袖口，像攀住浮木一樣死也不放道：「我不管，是你把我從棺材裡挖出來的，你要負起全責！」

兩人爭執了一會兒，陸長生見她瞎纏不休，不由皺眉道：「姑娘，我有要事在身，不能在此勾留。我與妳本來非親非故，縱要幫妳也不知從何幫起。妳也不是小孩子了，爲什麼要這樣無理取鬧？」

少女聽他語氣重了，大概也自知理虧，於是不再拉扯，鬆手道：「我知道了，謝謝你把我從棺材裡救出來，我不再纏著你就是了。」

陸長生看她那棄貓似的可憐樣子，心裡竟生了一絲愧疚，只好安撫道：「好好歇息一晚，明天我帶妳去報官。這裡的官爺我都認識，是信得過的人，妳放心。」

隔日一早起來，陸長生盥沐已畢，便去敲少女房門，誰知敲了半天沒有回應。他心裡奇怪，推開門看，哪裡還有什麼少女？屋裡早空了，床上被角疊得整整齊齊，好像從沒有人住在那兒過。陸長生盯著空房，幾乎以爲那少女只是一場夢。

他好不容易回過神，抓住一個經過的小二問：「本來住這裡的姑娘呢？上哪兒去了？」小二端著洗臉盆，給他抓著一晃，汙水濺了半身，一臉不高興：「一大早就走了，又不是你老婆，管這麼多幹麼？」陸長生抓著人四處問，答案都差不多，說少女一大早結清房錢就走了。問去哪，沒一個人答得上來。

陸長生心想：她在這裡無親無故，連路也不認識，還能上哪裡去？一個年輕女子，身上帶一筆錢在路上閒晃，鐵定要出事！可是這座城說大不大，說小卻也不小，要找人還眞不知從何找起。陸長生出了客棧，滿面愁容，一面責怪自己昨天把話說重了，一面又擔憂少女安危。

正是初春之際，一大早起來天就灰濛濛的，眼看要下雨了。陸長生想少女那身紅衣是薄綢緞，也不知道保不保暖。他由北向南，沿著每一條大街往下找，轉眼找了大半日，日頭都開始偏西了，他連一口飯也沒來得及吃。

這麼下去也不是辦法，他正想先找一處歇歇，忽見不遠處酒樓下聚了一大群人，紛紛交頭接耳，不知發生了什麼事。他抬頭望去，只見二樓掛了一副牌匾，上頭「鳳棲樓」三個大字金漆彩繪，富麗非凡。

陸長生知道那是這裡最好的飯館，平時卻也不見這樣熱鬧，不免有些好奇。這時又見一群年輕人興沖沖朝鳳棲樓飛奔過去，還直招呼後頭的人：「快、快！」他便順手抓一個過來問：「前面是什麼事？」

那人興奮地說：「有人和白老大兄弟打賭，要從……」他指指鳳棲樓的屋頂，說：「那頂上跳下來。」

陸長生皺眉道：「豈有此理，這樣會出人命的！」

那人笑道：「哎、願賭服輸啊！」說著竟像怕多講兩句就要錯過精采一幕急匆匆跑了。

陸長生順眾人的目光往樓頂看去，果見上頭隱約有個人影，心裡不由長嘆世風日下，竟拿這種人命關天的事當玩笑。他心想：先過去救人再說！

樓頂上的人影初時還站不大穩，陸長生的位置看得不清楚，只能勉強看見那人整個身子都伏在屋頂上，每一下搖晃踉蹌都引來底下的驚呼笑謔聲。

然而那人漸漸抓到訣竅，謹慎地踩著屋脊站直身子，接著緩緩展開雙臂來保持平衡。正是向晚時分，他腳下鳳棲樓的牌匾隱隱泛著夕日的金光。彷彿要襯著那三個字似地，那人一身火紅大紗、平舉雙臂的模樣倒眞似鳳凰展翅一般，只見他深深吸了口氣——

火鳳雙翅一振。

陸長生聽見心裡撲通一聲漏了一拍，鳳凰墜落的身姿宛如西天一片火燒重雲，大概沒料到那人眞的會跳下來，一時尖叫聲此起彼落，眾人一哄而散。陸長生立在原地動也不動，只感覺全身像打了樁子一樣。

這時，忽聽見一個尖細的聲音笑說：「哈哈！沒想到她眞的跳了！」

「這下可算你輸了？」

「不算不算，鳳棲樓這種高度，對練過輕身功夫的人都是一碟小菜，先看看這傻姑是不是騙人的。」

遠處兩個衣著體面的男人走過來，那尖嗓子的一個走過去撈起了地上的紅衣少女。少女像一匹撕爛的紅綢，也不知跌斷了幾根骨頭，全身軟綿綿的。那人笑道：「好、好，這樣還沒摔死，丫頭果然硬氣！」

紅衣少女呻吟著說：「你說要把錢還我的，第二件事是什麼？」

那人捏著她的下顎，嘿嘿笑說：「等妳能站起來好好走路了，再來跟我問第二件事。」說著忽鬆了手，叫那少女又是重重一摔，下顎都磕出血來。那兩人見她狼狽模樣，相視大笑。

陸長生腦門一熱，罵道：「欺人太甚！」衝到少女身邊將她扶了起來。

少女抬起頭來，陸長生的面孔在她眼前模模糊糊地晃動著。她似乎沒想到會再見到陸長生，竟像看見了什麼很可笑的東西，低啞地笑了起來，笑聲裡帶了點說不出的淒涼意思。這一笑便扯動傷口，疼得她倒抽一口涼氣。

那兩人見陸長生出來管閒事，不由冷笑道：「相好的？」

陸長生義正詞嚴道：「你們兩個大男人，怎能欺負這樣一個小姑娘？」

另一個粗豪漢子走過來，說：「她欠了我們一大筆錢，我們要她做什麼就做什麼，輪得到你這小白臉來說教？」那尖嗓子冷笑道：「是啊，欠債還錢，天經地義。」

陸長生心想，才過不到半天時間，這少女上哪裡去揹一身債了？他道：「就是有什麼深仇大恨，也不該叫她從那麼高的地方跳下來。她欠你們多少錢，我代她償還便是。」

那尖嗓子便豎起五根手指。陸長生道：「爲這麼一點錢，犯得著傷人害命嗎？」說著已伸手去掏錢袋。那尖嗓子搖了搖頭，另一個朝他叫道：「你當是欠五貫錢啊？是五百兩銀！」

陸長生雙眼圓睜：「哪裡能欠那麼多錢？」

尖嗓子道：「怎麼，還不出錢，要說我們使詐了？」說著那粗豪漢子已拔出纏在腰上的鋼刀，尖嗓子持續脅迫道：「不是很有英雄氣概嗎？不是說要替她還錢嗎？」

陸長生面色一沉，忽將那癱軟的少女捲入懷中，一個打滾就拉開幾丈的距離，而後他右手往腰際一探，長劍出鞘，他橫劍身前，道：「這筆錢我們實在還不出來，請兩位念她年幼無知，就別計較了吧？」

那尖嗓子按著他兄弟的鋼刀，冷笑道：「不出錢就想動粗了？你自己想想，天下有這麼便宜的事嗎？」

陸長生嘆道：「那只好得罪了。」那兩人還沒反應過來，陸長生轉眼已到身前，他左手微微彎曲，姿勢有些古怪，但右臂橫掠而出，疾發如電，驚得那兩人都是踉蹌一退。

那壯漢先回過神，掄著鋼刀就朝陸長生劈去。陸長生雖然左手已廢，但總是名門正宗出身，尋常地痞還不放在眼裡，他一個回身長劍遞出，已朝那人胸口刺去。那壯漢空有一身蠻力，哪裡懂什麼刀法劍招，一看劍光已至，慌得鋼刀都脫手砸在地上。陸長生不願傷人，硬將劍撤了回來，改而一腳直踹他小腹。

那兩兄弟本來就只敢使點無賴欺人，遇上真練家子了，自知討不了什麼便宜，胡亂罵了兩句便落荒而逃了。陸長生在後頭冷靜地叫道：「記著，我是青竹派的陸長生，要再敢這樣恃強凌弱，下次就不會這麼便宜了！」

那兩人轉眼便跑得不見蹤影，陸長生轉過身去，少女在地上已坐正了身子，像要維持住最後一絲尊嚴一樣，把嘴角血跡都擦得乾乾淨淨。

陸長生問她：「還能動嗎？」他見少女傷勢似乎沒有想像中嚴重，總算鬆了口氣，嘆道：「讓我好找！妳曉得我跑遍了半個城沒找到妳，有多擔心？」

少女低聲道：「你不是說沒空管我嗎，又來找我做什麼？」

陸長生深吸口氣，劈頭大罵：「妳到底在幹什麼？妳曉不曉得從上面跳下來沒死是妳運氣好？」

本來眾人還圍著看熱鬧，這下見陸長生大發雷霆，紛紛躲得遠遠的，只一個勁兒地偷覷。

少女眼神空洞洞的，好像剛才的一切都不是發生在她身上，不過是身邊浮光掠影一般。她垂著頭說：「他們騙走了我的銀子。那個白衣服的說，只要我能做到他要求的三件事，就把錢都還我。」

陸長生想到那兩個混帳欺她癡呆，拿她當玩樂戲耍之物，罵道：「我不是說了帶妳報官嗎？妳跑來跟這些市井無賴胡攪蠻纏什麼？」

紅衣少女很委屈地說：「我已經說過了，我沒有家可以回，你就是把我推給天皇老子，我也沒地方去！我不要待在那裡，我要回丹陽谷找清音！」

陸長生怒吼道：「妳腦子是不是有毛病！清音要殺妳，妳怎麼還回去？」他平時爲人寬和，從來沒有發過這麼大的脾氣，但他痛惜少女如此不愛重性命，作踐自己，氣得面色發黃。

少女哽咽地說：「我縱便死，起碼有個清音還念著我，強過把我丟在一個什麼人都不認得的鬼地方孤單一輩子！」

這時天上淅瀝瀝下起一陣冷雨，眾人雖還想看好戲，誰知雨勢一下就變得滂沱起來，只好匆匆散了。

陸長生沒有傘，少女跌坐在地上。

他不明白少女對清音的執著，也不明白少女寧死亦不願被拋下的心情。只能長嘆一聲，解下外衣蓋在少女頭上，扶著她的肩膀，問道：「還站得起來嗎？」少女搖搖頭，右腿骨已彎成了一個奇怪的角度。

陸長生道：「那就上來吧！」說著背過身去，示意少女抱住他。

少女環住陸長生的雙肩，忽然咬著下唇哭了起來。

陸長生苦笑道：「摔成那樣都沒哭，現在哭什麼呢？」

陸長生揹她回本來下榻的客棧，少女的腦袋抵著他的肩，隨著他的步伐上下一晃一晃的。隔了一會兒，她低聲說：「那筆錢、那筆錢——」

陸長生聽不清她的呢喃，問道：「什麼錢？」

少女鼓起雙頰大聲說：「你給我的錢讓人騙光了！那筆錢算我先欠著你，有朝一日一定還的！」

陸長生淡淡笑道：「志氣可嘉啊！那麼妳就先欠著吧！我就不算妳利錢了。」

少女不知他在說笑，還較真地拚命點頭。

「不回丹陽谷了？」

少女沒說話，陸長生又道：「回了丹陽谷，清音殺了妳，妳可就沒辦法還我錢了。」

少女怯怯地說：「可是我沒地方去了。」

陸長生長嘆一口氣，他知道少女就是等著他說下一句話。

算他輸了。

陸長生徐徐開口道：「我姓陸，陸地的陸，叫陸長生，長生不死的長生。」

「長生不死的長生……」隔了很久，少女才輕輕笑著說：「承安，我叫承安。承平安樂的承安。」

陸長生咧嘴一笑：「請多指教，承安。」

三、畫中身

IMMORTAL BIRD

IMMORTAL BIRD

一條倒虹川將丹陽派分成兩岸，每每回望東岸時，掌門別院總氤氳於一片水霧之中。

掌門別院所在的東岸是丹陽派中最大的禁忌，積聚丹陽派百年心血的煉丹房、藏經閣都在掌門別院之內，只有可能成爲繼任者的優秀弟子，才有機會被師父帶入別院。

從別院外三尺開始，地上畫了一圈紅線，警告眾人未經掌門允許，不許擅入別院。掌門石丹朱曾告訴過他們無數次，那條紅線是生與死的界線，過線以後，就是地獄。

此刻，鴻麟與彩鳶便站在線前。

梧聲是師父最寵愛的弟子，鴻麟曾問她師父是怎麼帶人進別院的，梧聲說：「師父會很慈祥地牽我的手，絕不讓我離開他一尺之內。」

清音則顯然和慈祥搭不上邊，他根本不想碰兩人，只命他們緊跟在自己身後。彩鳶和鴻麟踟躕不前，清音有些不耐地說：「沒事的，只要不離我太遠，焦明不會孵化。」

焦明是一種只有指甲大小的蟲子，若無外力催化，據說能在卵中待上數百年。然而焦明一旦破殼而出，便須以人身血肉爲食，只不到半日功夫，便能將人五臟六腑由內至外吞噬殆盡。

對丹陽派弟子來說，再也沒有比「焦明」更可怕的兩個字了——因爲他們所有人體內，都被種下焦明的卵。

以前沒什麼人眞把焦明當一回事，只當作是師父恫嚇他們的謊言。那時常有孩子捱不住谷底寂寞偷溜出去，總是不到半日便被石丹朱揪回來。石丹朱倒也不重罰，只讓他們在西院前跪上一天。

師父既不嚴懲，眾人也就不知分寸。漸漸覺得師父只是嘴巴上嚴厲，實則捨不得眞對他們做什麼，愈發胡鬧放肆了起來。

鴻麟十三歲那一年，一個師弟擅自溜進掌門別院中。

抬出來的時候，只剩一大塊被啃噬得斑斑點點的爛肉，甚至連屍體也稱不上。鴻麟盯著那塊爛肉空洞的眼窩，怎麼也想不起他本來的樣子。

石丹朱連一滴眼淚也沒流，爲取儆猴之效，他將犯戒弟子的屍體曝曬在西寨大院前，逼所有人直視那具千瘡百孔的屍體如何被孵化的焦明呑噬殆盡。直到只剩半架白骨，仍放在院前任風吹雨淋整整一個月。

鴻麟永遠都記得蟲子在那師弟發黑腫脹的手背上鑽出一個又一個巨大的紅窟窿，像夜空裡滿布刺眼的紅色凶星，漸漸那些紅星連成了一片，分不清哪裡是夜空哪裡是星。直到他連一顆星也看不見了，那副扭曲的皮囊也只剩一個零零碎碎的骨頭架子。

在那之後，沒有人敢試著逃出谷、沒有人敢試著犯戒。

二人隨著清音穿過深院，原來這兒也沒有他們那麼高不可攀，裡面建物格局基本上和西岸的寨子差不了太多。他們一方面被焦明帶來的恐懼折磨，一方面卻也因踏入禁地而隱隱興奮。

水崩後那兩日丹陽派幾乎忙翻了天，光是收拾暴洪過後的殘局就叫眾人兵荒馬亂，偏偏身爲「掌門人」的清音卻把自己關在別院中一步不出，只由梧聲、醴泉和棟子三人統領指揮，眾人嘴上雖不說，心裡多少有些不滿——當然鴻麟和彩鳶例外，他們恨不得清音就這樣進別院閉關一輩子，永遠都不要出來。

隔日傍晚，待在掌門別院裡的清音終於發話，要鴻麟和彩鳶親自到東岸見他。

兩人懷著惴惴不安的心到了東岸，清音就站在那道隔開生死的紅線前等他們，那一刻兩人忽然深刻體悟到，石丹朱或承安都已經不在了。

這座孤城的新主人，是他石清音。

他們隨清音穿過半座掌門別院，越過一道清溪，來到一座欄柵圍起的小院前。院內栽種各式嬌花豔卉，假山錯落，引小溪來做瀑布，景色濃淡有致，院前空地卻設一架小鞦韆，頗有童趣。踏入院內主屋，便覺一股甜香馥郁撲面而來，但見屋內一應紗幔窗帳皆是鮮烈大紅，玉帳珠簾，錦衾繡被，只差一對銀燭便能做新房了。

清音推開窗，讓風能稍微吹進來。

相隔不到一日，鴻麟只覺清音彷彿衰老了許多，雙頰略凹，眼下也出現淡淡青痕，不似往日俊逸清發，袖口幾乎遮住他整隻手掌，只露出一小截指尖，他在寬袍大袖裡好似只剩一支枯骨。

「承安喜歡紅色。」

鴻麟雖已猜到這裡可能是承安的房間，心裡仍不敢置信。環視屋內一圈，但見妝台上鮮花猶灼灼盛放，寶鏡亦纖塵不染，彷彿還能感受到承安起居坐臥的氣息。

「很可憐吧？」清音折下一枝紅花，嘆道：「明明主人已經不在這裡了，卻還開得這樣繁茂鮮豔。」

彩鳶被他沒頭沒腦的舉動搞得很焦躁，他心裡想：這是幹什麼？讓我們對承安產生一點負罪感，說弄丟妳的屍體真是對不起？

鴻麟心底大概想的也是一樣的事，便對清音說：「師兄，實則這兩日不只我和彩鳶，幾十個弟兄都出谷找了，就是沒有找到承安的屍身。師兄要怎麼降罪，我和彩鳶都不敢有第二句話，只是承安——」

清音忽然把花擲向窗外，鴻麟立時噤聲，不敢再多說半句。清音沉默片刻，道：「下山去找，承安大概已經不在山裡了。」

鴻麟和彩鳶交換了一個眼神，不明白清音的意思。

沒想到接下來清音說出了更荒唐的話：「承安不在石棺裡，她還活著。」

兩人聞言腦中都是一片空白，說不出半句話來。

清音道：「她這一兩日內也跑不了多遠，我會派所有人徹底搜山，你們兩個下山進城裡找。」

鴻麟只是呆望著清音，還是彩鳶先清醒過來，發難道：「豈有此理！這算怎麼一回事？我們出谷有很大風險，您卻派我們出去找個死人？大師兄，您若不能把來龍去脈交代清楚，我與鴻麟難以信服。」

清音用食指輕敲桌面，不耐煩地說：「我說了承安沒有死就沒有死！」

彩鳶冷笑一聲，顯然認爲清音一派胡言。鴻麟忙道：「大師兄何以如此篤定？」

清音沉吟片刻，似乎正猶豫著該怎麼解釋。

「昨夜我進了藏經閣。」他說：「發現『不死鳥』不見了。」

鴻麟和彩鳶聞言先是一愣，而後戰慄不已。

所謂不死鳥，指的是丹陽谷百年來死守的一份經卷，也是谷中最不願洩與外人所知的祕密。據聞這份經卷裡記載著長生不死藥「不死鳥」的煉製方法。

「可是會是誰——」

「還能有誰！除了我和師父以外，丹陽谷還有誰在掌門別院裡？」

「您的意思是說承安……是承安？」

「不錯，連我也被她耍了。想來她是爲了取走經卷，所以藉殉死之名詐死，好將不死鳥偷渡出去。」

彩鳶顫聲道：「哪有這麼荒唐的事，承安要怎麼進藏經閣？」

清音道：「師父對承安的寵愛遠勝梧聲百倍，對她從不設防。承安只要開口一聲，莫說藏經閣的鑰匙，就連天上的星星師父也會摘下來給她。」

鴻麟知道清音並無誇大其詞，看這奢華的屋宇，恐怕比之公侯千金亦無不足。師父雖極是看重梧聲，卻哪裡曾給過她這樣的待遇？然而那也不代表承安就能如此任意妄爲，若她眞的偷走了不死鳥私逃，那已算得上欺師滅祖，幾乎是能顚覆整個丹陽派的惡行了——

因爲不死鳥是丹陽派存在的唯一理由。

鴻麟與彩鳶的少年時代幾乎都在煉丹中度過，在石丹朱的指導之下，眾人爲了煉出傳聞中的不死藥而努力著。

然而，縱是前人留下無數經卷、縱是門中弟子皆是百裡挑一聰慧穎悟的孩子，至今仍沒有人成功將那傳聞中的不死鳥造出來過。一代一代的掌門依舊給換上紅衣、納入石棺，送進那雲霧盡頭的崖壁中長眠。

鴻麟雖覺得清音話裡有些蹊蹺，但他是名正言順的掌門，不死鳥本來就該歸他，他胡亂捏造不死鳥被竊的消息有什麼好處？

彩鳶卻不似鴻麟想得深，不死鳥畢竟離他和鴻麟都太遠了，一點眞實感也沒有。在最初的震驚消失過後，他只剩對清音的滿腹質疑：「承安把不死鳥偷出去幹什麼？就是她眞偷走了不死鳥，她也活不過一個月啊！難道她有把握能在一個月裡把不死鳥造出來？」

鴻麟這才想起來，丹陽弟子體內皆埋著焦明之蟲，離谷一個月內若不回到丹陽寨中，則焦明破殼而出，必死無疑，忙道：「彩鳶說得不錯，承安實在沒道理冒這麼大的風險。我們這些人受焦明所限，一輩子是離不開丹陽谷的。」

鴻麟說這話也不無提醒清音的意思：他縱派彩鳶與自己下山尋找承安，最多也只能找上一個月。若一個月內還找不到承安，他們就非回丹陽谷不可。

清音卻搖了搖頭，道：「承安不同，承安與我們所有人都不同——承安體內沒有焦明。」

兩人皆是一愣：「為什麼？」

清音沒有回答他們的問題，只道：「若你們是煩惱體內焦明孵化，那倒不必。」說罷，從懷中取出一個小瓷瓶來，倒出兩顆暗色的丸藥，道：「服下這藥，可暫緩焦明孵化之期，讓你們能離谷三個月。」

彩鳶心道：好一個清音，連這一步也算好了！正要出言反抗，就聽鴻麟問道：「若過了三個月，仍找不回承安，又當如何？」

清音冷聲道：「若找不回承安，你們也不必回來了。」

言下之意，若找不回丟失的承安，竟要他二人以命相償。彩鳶聞言大怒，鴻麟卻按住他，道：「我們明白大師兄的意思了。」

他曉得清音功夫比他二人高上太多，在這兒若說僵了動手，縱他與彩鳶聯手，也是九死無生。既然如此，還不如先應下清音，相機行事。就是最後他們非出谷不可，也未必就找不著承安——總比和清音當面翻臉要好多了。

彩鳶嚥不下這口氣，冷嘲道：「不過大師兄，我和鴻麟一面也不曾見過承安，連她是圓是扁、是高是矮、甚至是男是女都不曉得，要怎麼找？既然您是唯一見過的人，何不親自由您出谷帶她回來呢？」

清音面不改色，道：「我知你二人皆不曾見過承安，因此準備了畫像。」說著便從櫃上取下一個黃檀木盒來。

打開木盒裡又放了一個水晶匣子，清晰可見匣中封著一幅卷軸。但那水晶匣嚴絲合縫，竟似一體成形，並無任何開口之處。

清音以食指按住水晶匣，指節微曲發力，便將那水晶匣推開。原來水晶匣中間有一道細不可察的狹縫。兩人卻不明白這畫爲什麼要這樣小心翼翼地收藏。

匣中畫卷畫著一個約莫十三、四歲的少女，衣飾華貴，一手折著梅枝，似正回眸對那畫匠盈盈而笑。這畫看上去已有些年頭，應該不是最近新畫的。畫雖極工，卻有什麼地方讓人感到不大對勁。

清音面無表情地說：「這是承安小時候畫的，雖然現在她已大得多了，但眉眼輪廓沒有太大改變。」

鴻麟見那畫中少女眉目含情，顯見對爲她畫像的人十分眷戀。心想，不知這畫是清音爲她畫的呢？又或是他們的師父石丹朱爲她畫的呢？

清音命他們明日天一亮就動身，兩人拿著畫像出掌門別院已是夜半時分，只剩下和梧聲道別的時間。鴻麟、彩鳶還有梧聲，這三人是一起進丹陽派的，那時他們都才六、七歲年紀，被石丹朱帶回遠離塵世的深谷之中。

彩鳶和梧聲似乎來自同一個村子，或者兩人還是兄弟姊妹也不一定。鴻麟初次見到他們時，兩人都穿著厚重的毛氈，上面織著一樣細密濃彩的花樣。梧聲是個漂亮的小女孩，紅著鼻子小聲啜泣。彩鳶比梧聲高一個頭，緊緊拉著她的手。他的眼角雖然也紅紅的，卻緊緊咬住下唇，一滴眼淚都不掉。

鴻麟從小是個棄兒，師父說能供他吃住保暖，他就跟著他走了。但他知道這裡有些孩子是被賣掉的，看兩人那個樣子，他想他們大概也差不多，爲了幾串銅錢被迫離鄉背井，來到這不見天日之處，此後拋棄自己舊有的姓名身家，冠上「石」姓與全新的名字。鴻麟看著彩鳶——這個和自己年紀差不多的男孩子——咬牙死命忍住淚水的模樣，雖不能理解他的心情，心底仍不由生出一點佩服。

於是他主動問了兩人本來的名字。

從那以後，三人漸漸變得熟稔起來。丹陽派弟子之間來往疏離，這兩人是鴻麟在谷底稀少珍貴的朋友，是他精神上的支柱。

梧聲一夜都沒睡，就坐在西岸橋邊等他們。橋早已沖垮了，只剩幾截殘破的木頭。水勢雖已緩了下來，岸邊也有備用的小舟，但沒有清音的允許，就連她也不敢跨上東岸半步。

一見到兩人回來梧聲就哭了，抽抽答答直掉著眼淚，拉著彩鳶的袖口死命不放，好像還是當年那個小女孩。有時鴻麟也忍不住覺得可笑，明明梧聲是他們三人裡面最聰明、功夫也學得最好的一個，爲什麼性格就是這麼軟弱？

「我好怕清音把你們兩個殺了。」她哭了半天，最後只哽咽著說出這句話。

鴻麟疲憊地笑道：「他殺了我們，妳還不跟他拚命？他沒這麼傻的，放心吧！」

彩鳶道：「只是也跟殺了我們差不多了。」

梧聲慌張問：「什麼意思？」

鴻麟從懷裡拿出畫像來，那紙都脆了，好像輕輕一掐就要碎掉，攤開來，畫卷上一個嬌媚可愛的少女，鴻麟指著畫像問：「這就是承安，妳見過她沒有？」

梧聲止住眼淚專心看畫像，終於還是搖一搖頭。她說：「我大概知道承安的院子在哪裡，可是師父從來不准我靠近。只有清音能進去，清音和承安好，師父讓清音多照看她。」

彩鳶問她：「承安一次也沒出過院子？妳就沒偶爾見到她的影子什麼的？」

梧聲道：「師父不讓我們靠近那裡，我只有一次瞥見過承安的院子，院門口豎了一排的鐵柵，像牢房似的。」

鐵柵。

彩鳶和鴻麟對視一眼沒說話，聽了都有些毛骨悚然。

一會兒彩鳶才道：「清音說，承安把不死鳥偷出去了。」

梧聲兩眼一瞪，畫卷差點要失手摔到地上。鴻麟忙彎身下去接住，這畫卷要給摔碎，他和彩鳶就等於沒命了。

「對不起！」梧聲搶著檢查畫卷有沒有碰傷，鴻麟說：「沒事，畫卷還好。」梧聲這才鬆了口氣，隨即又想起不死鳥被偷的事，面上愁雲滿布。

「妳怎麼看，承安像是會做這種事的人嗎？」

「我不曉得，我對承安根本一無所知。」

鴻麟簡單把清音下令讓兩人出谷去找承安的事說了。本來他們想問問梧聲的看法，畢竟她是三人裡面最靠近過承安的一個了，可是梧聲對承安同樣毫無印象。其實他們早就知道梧聲也幫不上什麼忙，只是太無助了，見到誰都當救命稻草抓。

說到後來三人都絕望了，彩鳶自暴自棄道：「一下死了，一下活了，連臉都沒見過，天知道到底有沒有承安這個人？」

梧聲看兩人垂頭喪氣，忙道：「我跟你們一起去找承安吧！」

彩鳶聞言大喜過望：「有妳在身邊，一定就沒問題了！」

鴻麟卻沒想到梧聲這麼快就接受了現實，忙阻道：「清音給了我們抑制焦明孵化的藥，出谷一段時間也不會有事，可妳不一樣，藥沒有妳的分。」

梧聲說：「我再去向清音要！」

鴻麟說：「妳根本進不去掌門別院裡！清音已下令了，不許任何人過東岸去，妳要是硬闖，豈不是擺明了和他作對？」

梧聲還想反駁，就聽鴻麟道：「妳只能撐一個月，跟著我們也是累贅。」

一聽到累贅兩個字，梧聲立刻低下頭閉上嘴巴。彩鳶本來很不服氣，但聽到後來明白了鴻麟的意思，也就不再爲梧聲說話。梧聲待在谷底，雖受清音挾制，起碼沒有性命之憂。若貿然跟他們出谷，三月之期一到，要還找不回承安，平白跟他們一起送命。

梧聲想著想著又要流淚，問：「那我該怎麼辦才好？」

鴻麟苦笑道：「陪我們出出主意。」

三人把畫像看了又看，沒得到什麼幫助。鴻麟便又把承安入殮時的打扮跟梧聲說了一遍。他大概知道此行凶多吉少，一點小小訊息也不肯放掉，幾乎把清音說過的話全部背下來了。

梧聲聽他說完，想了很久，只在意一個地方：「清音說承安入殮時穿著紅色的衣裳？」

「不錯，這有什麼古怪嗎？」

「你知道丹陽谷裡只有什麼時候才能穿紅衣嗎？」

「掌門人殯天之時？」

梧聲頷首：「師父是這樣教我們的。」

鴻麟似乎已經明白梧聲感覺奇怪的地方：「妳的意思是說，清音以掌門之禮來厚葬承安？」說完，他自己也不由得愣了一楞。

石丹朱死時未能留下隻字片語指定掌門，眾人雖暫奉清音爲共主，私下猶莫衷一是。有支持清音的、也有支持梧聲的，榛子是清音那邊的姑且不論，就連老三醴泉也有一派自己的勢力，只是礙於清音實力最強、性格嚴酷，沒人敢在表面上有什麼動作。

然而大家或許都忘了還有一個有掌門資格的人——待在掌門別院、能自由出入藏經閣、死時身穿紅衣的人。他心裡忽然有一個古怪的念頭：說承安偷走了不死鳥，只是清音的一面之詞。會不會從一開始，承安就只是拿走屬於她的東西呢？

每年丹陽派會讓弟子下山進城兩次，交換一些日常必需用品，每次只打發兩、三人去，大家就這樣輪著下山。十幾年了，彩鳶和鴻麟各輪到過一次，但也是很久以前的事。他們十多年來幾乎是足不出谷的，一放到外面的花花世界，非但不覺得興奮，反倒有些怕生，見了人話都磕磕巴巴的。

找人也沒什麼方法，就是拿著畫像挨個問。兩人下山進城，費了一天，從城南問到城北，一無所獲，心裡也有些灰了。後來餓得再也走不動，彩鳶就抱膝在地上坐下，喪氣道：「鴻麟，我們不要找了，找不著的。」鴻麟心裡也沒比他好過，但只說：「你只是累了，歇一會就好。」

彩鳶抬起頭瞄他，看見鴻麟背後氣派的酒樓。鴻麟順他的目光看去，笑道：「你想去那兒吃一頓？」但酒樓今天似乎沒有做生意，大門緊閉，兩人只得乾瞪眼。一會兒門開了，一群人扛磚帶瓦的出來，還有推車來把東西載走，門又關上了。

兩人看得目不轉睛，旁邊攤上的老漢道：「今兒鳳棲樓不開張，前兩天讓人砸店啦！」

「砸店？怎麼一回事？」

「白家兄弟幹的好事，咱們鎮最出名一對無賴漢，和人打賭輸了，就遷怒咯！」

鴻麟聽不是什麼重要的事，就沒再追問下去，只是客套地笑一笑。反倒彩鳶聽了有幾分興趣，問：「打什麼賭？」

老漢說：「是和一姑娘打的賭，大概賭她敢不敢從屋頂上跳下來吧！」

彩鳶默默比劃了一下鳳棲樓的高度，心想若是他和鴻麟的身手，從上頭跳下來倒不是什麼難事：「結果呢？」

「跳啦！撲通一聲就跳啦！嚇死我了。你不曉得那滿地的血流的呦，骨頭鐵定都斷了幾根！」

那老漢加油添醋，又細細描繪了那少女摔下來如何皮開肉綻、頭破血流。兩人皺一皺眉，鴻麟問：「她沒有功夫，怎麼敢打這樣的賭？」

老漢說：「誰曉得呢？那姑娘也眞夠硬氣，穿得一身喜氣洋洋的紅，新嫁娘似的，怎麼眉頭也沒眨一下，說跳就跳呢？」

兩人聽了這話，背上起了一陣疙瘩。

彩鳶抓住那老漢的肩膀問：「什麼紅衣姑娘，她長什麼樣子？」

老人給他嚇到了，搖著手連退了幾步，說：「不知道、不知道。」

鴻麟推開彩鳶，細聲問道：「您記不記得她是什麼樣的人？是不是個十七、八歲的女孩子？」

老漢詫異說：「你也有看見她？」

彩鳶忙從懷裡掏出畫卷來，問：「記不記得她長什麼模樣，是不是像這樣子？」

那人道：「我離得遠遠的，又沒看見她長什麼樣子。」說著指鳳棲樓道：「你進去問那裡的人還有道理一點——」他話還沒說完，彩鳶已拿著畫卷往鳳棲樓跑去了。鴻麟忙與那人道謝，末了又忍不住問一句：「她死了嗎？」

鳳棲樓讓白家兄弟挾怨帶人砸了，暫且不能開張做生意，因此鴻麟和彩鳶進來打聽消息沒受什麼爲難。幾個人閒著也是閒著，倒挺熱心替他們看畫。眾人對那紅衣少女的行爲印象深刻，但對她的面貌已沒什麼印象，多半也是她和白家兄弟走在一起，旁人不敢靠近的緣故。

「還是勞煩您看看，那紅衣姑娘是不是畫中人？」

鴻麟仍不死心，拿出畫卷。畫中少女回眸一顧，似正看著誰淺淺一笑，面目清麗，眉眼秀緻，眼角帶著一顆小小的淚痣，別有一種嫵媚風情，與她的年歲不大相襯。雖畫得極工，但沒有上顏色，僅有墨色濃淡勾勒。

幾個人圍著畫看了一會兒，掌櫃的搖了搖頭：「我記得沒這麼小。」

彩鳶忙插口道：「這幅畫是她十三、四歲時畫的，現在應該更大了。不過眉眼輪廓，多半不會有太大變化的。」

掌櫃道：「我實在不大記得了，不過那姑娘穿的衣服是很特別，跟哪家新媳婦跑出門似的。」

少女是和白家兄弟一起進來的，鳳棲樓是通鎮最高的樓房，他們打賭要她從屋上往下跳。掌櫃說他出面阻攔了：「我說要鬧了人命，官府來查，我們也不好交代，那兩兄弟卻說這兒是國境，反正是官府三不管地界，要我們別吭吭唧唧的。」像在卸責。

鴻麟問：「你們沒有一個人出面幫她？」

跑堂的小二也插話：「二樓的貴客聽了都很來勁，直起鬨要看好戲，叫掌櫃怎麼勸，他也爲難呀！」

掌櫃白了他一眼，說：「誰讓你多話。」隨即滔滔不絕說起來龍去脈：「好像那姑娘身上本來揣著一大筆錢，一上午四處找人帶她上深山裡去。不過我們這兒的車夫送人向來只送到官道口。」

「爲什麼？」

「山中九門十八派，還有養蟲仙兒的苗子神婆，我們都知道山上生意沾不得的。」

兩人心裡想：這說的就是他們。

「後來她就碰上白家那對兄弟，那兩人吃喝嫖賭、偷搶拐騙慣的，難得碰上這麼一頭大肥羊，豈有不宰之理？他們騙人家說願意帶她進山裡，對她漫天開價。那姑娘也找不到別人能帶她上山，所以答應了白家兄弟。」

「她哪裡來那麼多錢？」

「我怎麼曉得啊？」掌櫃繼續說道：「但她身上的錢還是不夠，那兄弟就把人帶去了賭場，說帶她去賺更多的錢，結果自然是讓她連老本都輸個精光。這下就算她是傻子也猜得出自己上當了，吵吵嚷嚷地要那兄弟把錢還她。那兄弟也來了興致，說和她打賭三件事，都能做到就把錢還她。」

剩下的就像他們先前聽過的一樣，比戲臺上搬演的還荒唐。那兩人本來就是鬧著玩，隨口說了讓她從鳳棲樓頂跳下來，本來以爲她會哭哭啼啼說不可能，誰知道眉頭不皺一下就答應了。

「承安是這個性格嗎？」彩鳶偷偷問鴻麟，鴻麟苦笑道：「還不知道她是不是承安。」

直到最後一刻那對兄弟都還不相信她敢跳，結果她連裝模作樣都沒有，雙臂一伸，一聲不吭就跳了。

她不會功夫，結結實實砸到地上，鮮血流了一地，染進紅衣服裡看不真，整個人癱在地上像張斷線紙鳶。所有人都嚇壞了，心道真鬧出人命了。

但她沒死。

再來一位青竹派的俠客現身了，兩三下就把白家兄弟攆走，還劈頭訓了那少女一頓。少女好像傷得沒想像得厲害，那大俠揹著她，走了。

「走了？走去哪裡？」彩鳶忙忙追問，眾人一時也沒個頭緒。

旁邊那些聽熱鬧的人笑道：「既然跟著青竹派的大俠走，那就是去銀屏山的三寒會了吧？」

「三寒會？」彩鳶奇怪道：「那是什麼？」

聽得掌櫃瞪大了眼：「三寒會你都不曉得？」

四、銀火花

IMMORTAL BIRD

IMMORTAL BIRD

「三寒會？」

「嗯，三寒會每隔二十年舉行一次，為的是輪轉信物。參與的盟會有我師門青竹派、蜀中棲霞派，還有湖州隱松派，我們三派是兄弟之盟。」

承安問道：「結兄弟之盟就要有信物嗎？」

陸長生笑道：「不是，我們的信物和這沒有關係，而是和三派立派的淵源有關。」

據說兩百多年前，棲霞、隱松、青竹三派的開山祖師，曾遇到一位落難俠客。當時這位俠客身中劇毒，後有追兵一路緊隨，因此匆匆將身上最貴重的東西託與這三人，並說待他傷癒，自會前來取回。

為了示謝，他並贈三人各一套劍譜，也就是後來演化作「棲霞劍」、「青竹雙劍」、「隱松刀」的源頭。這三套外功背後都還各自搭配一套內功心法，只是三人嫌它太陰毒，不願讓後代弟子學習，就鎖在祖祠裡面，門中弟子稱之為「隱學」。

「後來那個大俠呢？」

「後來他就沒出現過了。三位祖師爺拿著那東西，不知如何是好，最後想出一個辦法，就是由三派輪流保管——每隔二十年，三派同聚一堂，依著棲霞、青竹、隱松的順序，將寶物交給下一個門派。一來以明心志，表示絕無侵吞寶物之意；二來又能常交流三派感情，永結友好之盟。這就是所謂的三寒會。」

承安問：「我們這次去就是要參加這個三寒會嗎？」

陸長生大大搖了搖頭：「不，正好相反。我們不參加三寒會，絕不參加。我正是為了避開三寒會，才提早上銀屏山的。」

「你不是說你們派也要參加嗎，你為什麼不去？」

陸長生有些尷尬地笑了一聲：「其實……我已經退出青竹派了。」

承安「噯」的一聲，但大概也不太關心他退出青竹派的原因，只繼續問：「既然三寒會和你沒關係了，你又去那什麼霞派幹什麼？」

「是為了妳啊！」陸長生狠狠彈了一下她的額頭，後來想想此舉似乎有些逾矩，咳了一聲將手籠回袖中：「那天某某人跟我說自己想幹什麼來著？」

「我？」承安指了指自己：「我說我要幹什麼？」

陸長生微怒道：「妳說我功夫真是一等一的好，簡直是絕世高手、天下無雙，妳要跟著我學武功。」

承安望著陸長生，好像已不大記得前幾日自己發下的宏願了，只傻傻笑著說：「對，你是天下第一大劍客！」

陸長生嘆了長長一口氣說：「我連天下第一百大劍客都排不上，也沒辦法傳妳功夫。不過，我倒是可以找別人教妳。」

承安立時便明白他的意思：「你要讓那什麼霞的教我？」

陸長生道：「棲霞派玄門正宗，本門幾套劍法皆是出神入化，學會其中一套便可終身受用，而且棲霞派向來只收女弟子。」

承安嚇了一跳：「你果然是要把我扔了？」

陸長生皺眉道：「什麼扔，妳是我撿來的小貓小狗嗎？再說了，我又不可能永遠帶著妳。妳將來若學藝有成，自己在江湖上行走，便不怕受那些惡徒欺凌，縱是半點皮毛都學不成，背後總是有個靠山。」

承安嘟了嘴說：「說到底還不是為了把我這燙手山芋丟掉，還真難為你跑這麼遠。」

陸長生朗聲大笑：「眞要把妳丟掉現在就可以了。好了，下馬！」

承安從鳳棲樓上跳下來折了右腿，平日坐在馬上倒也並無不便，只是需要有人扶她上下馬。若下了馬，險一點的路就要人揹，讓陸長生鞍前馬後服侍得無微不至。

她下了馬，接過陸長生給她的拐杖，問說：「到這兒來做什麼？」

陸長生道：「賣馬。」

承安馬上露出不安的表情：「賣馬做什麼？」

「別那麼緊張兮兮的，賣馬，換船！」陸長生笑道：「銀屛山地勢偏險，棲霞派在山陰處，山腳下正好就是臨邛。去臨邛最快的方法不是走官道，而是走水路沿江而上。這條江的支流直通銀屛山腳，走水路不但能避開大部分人，也可以省掉不少功夫。」

承安道：「你倒挺熟的，你常常去棲霞派嗎？」

陸長生微微笑說：「以前很常，這幾年沒怎麼去了。」

「你們不是盟友嗎？」

「我不喜歡去棲霞派。」

「爲什麼？」

但陸長生沒有回答她，只是牽起轠繩自顧走了。

承安拄著杖一拐一拐跟著他，叫道：「慢點、慢點。」

馬市就在靠江之處，大概這裡易車爲舟的人多，陸長生讓承安待在靠江邊的茶棚裡，自己進去換馬。

承安望向眼前大江，江水向北一路奔騰，夕照下彷彿一匹金色織錦，但見青山一髮，融化在遠方一片紅雲之中。

陸長生拿賣馬的錢去雇一艘小船，出來時就看見承安站在江邊出神，本想靠過去嚇嚇她，但見到她面上表情無比莊重虔誠，竟有些不好意思。承安出了一會兒神，才注意到陸長生站在身邊，怪道：「你鬼鬼祟祟地幹什麼呢？」

陸長生道：「我還想問妳幹什麼呢，像根木頭似地一動不動。」

承安喃喃道：「我好久沒有看見這樣的大河了。」

陸長生聽了便笑一聲，說：「妳不是說妳們寨裡有條好長的河，還能逆流爬上山頭、厲害得不得了？」

「是呀！但我幾百年沒看見過那條河啦！」

「爲什麼看不見河？」

承安落寞地說：「我一直被關在一個大院子裡。」

「不能出去？」

「不能，他們說什麼也不准我踏出院子一步。」

「爲什麼不讓妳出來呢？」

「他們要我煉丹。」

陸長生愣了一下，才道：「只有妳能煉丹嗎，其他師兄弟不行？那個清音不行？」

承安道：「我也不行呀！就連他們的祖師爺丹陽子也失敗了，我怎麼會知道怎麼做呢？所以我從來沒成功過，什麼忙也沒幫上。」

陸長生道：「既然如此，他們爲什麼寄望於妳呢？」

承安搖了搖頭，什麼也沒說。一會兒她又道：「清音是我唯一的朋友。」暮色下，陸長生忽覺得她的身影如此單薄嬌小，她說：「第一次見到清音，我正在院子裡盪鞦韆，他迷路了，誤闖進我住的院子。本來他闖了禁地，非死不可。但我求丹朱不要殺他，讓他陪著我。後來丹朱拗不過，只好留下清音，讓他負責照顧我、陪我玩耍。我們一起讀書、繪畫，一起盪鞦韆兒，和他在一起的日子，很快樂——」

陸長生聽到這兒，不由有些感傷。清音的事，陸長生大概記得一些，從她描述的零碎片段中，也大概知道她和清音是青梅竹馬，但沒想到她把清音看得那麼重，從她話裡聽得出她對清音仍有說不盡的繾綣思戀。他嘆說：「不要再想那傢伙了，忘了他吧！人這一生，不是付出什麼就能有回報的。」

承安笑道：「沒事，其實我也不恨清音，我甚至已經沒什麼感覺了。」

陸長生覺得她的笑容就像江那頭的闌珊夕照，好像一眨眼就要沉下山頭。正想開口說些什麼來勸慰，忽有一艘小船掠過江心。

那船划得極快，轉眼便從他們眼前飛馳而過。船上一人啞著聲笑道：「恕顧某不能奉陪了。」聲音極是蒼老，好似鴉啼般難聽得嚇人，奇的是如此低沉沙啞的嗓音，隔江傳來卻聽得清清楚楚。隨即又有另一艘小船急追而至，船頭上站著一人，與老人的小舟遙遙相望。

那人低喝一聲，飛身而起，點江踏水直追前頭小舟而去，那躍起時飛揚的紅裙襬，宛如山頭一片穠麗晚霞。也因著那條紅裙，兩人才知道船頭躍起的人是個女子。陸長生見她如蜻蜓點水一般，連一點水花也不曾濺起，不禁暗暗讚嘆她的輕身功夫，承安更是「嘩」的一聲拍手喝采道：「好厲害啊！」

可那女子雖急起直追，卻還是快不過小舟的速度，轉眼那小舟漸行漸遠，紅裙女子卻已力不從心，只好凌空一個翻身，又退回自己的船上。

很快小舟的影子在江邊已看不清，船上之人狂放的笑聲卻仍千里不絕。承安扔了拐杖就追上去看，陸長生嚇得蹦了起來，忙拖她回來，道：「不要看，少惹閒事！」

承安一臉委屈道：「看一下還怎麼了，難道還能砍我腦袋？」

陸長生心道承安畢竟不知江湖風波險惡，一言一行稍有不慎都能惹來殺身之禍，正要說些事例恐嚇，忽見那女子的船似乎朝岸邊駛來。陸長生提高警覺，幸而那船只是偏了一偏，很快就往前繼續追小舟去了。陸長生這才鬆了口氣，道：「不曉得那兩艘船間有什麼過節恩怨，不過兩邊都是厲害角色。」

承安興奮問道：「哪邊厲害？我看那女的真不得了，都趕得上達摩祖師一葦渡江了！」

陸長生笑道：「什麼達摩祖師呢！那女人的輕功很好，可惜內力不濟，大概是還年輕，外功上討了巧，需要穩紮實打的功夫，卻還差了一截。她比起前面那小舟的主人，可就差得遠了。妳看那樣一艘小破船能划得如疾矢飛箭、聲音從那麼遠的地方傳來而不散，可知其內力之深厚。」

「長生，你也可以從那麼遠的地方、喊那麼大的聲音嗎？」

陸長生噗哧一聲就笑了：「我就夠替妳推開那口石頭棺材。」

承安叫道：「我看不一定，你是大英雄陸長生，把我從死人箱子裡拖出來，替我還了五百兩的債！」說著沿著江跑起來，一邊大叫：「你是大英雄陸長生——」

陸長生聽她替自己長威風，正好笑，忽覺得有些不對勁。他盯著承安的腳，說：「妳能走了？」

承安立時僵了一僵，露出心虛的笑容。

陸長生環著雙臂，冷冷地問：「還能跑能跳，看樣子好很久了？」

承安玩得歡了，一時忘了假裝，她趕忙停下來，還想裝模作樣。陸長生說：「不必演了。」

承安訕訕地笑道：「別這樣，大概我年輕，身體復原得快。」

陸長生也對她笑一笑。

「長生，還生氣啊？」

兩人順水北行了十數日，陸長生讓船靠岸，進城去補給一些生活所需。他氣承安愚弄，幾日來都不理會她。承安初時少了個人嘮叨還覺得清閒，久了便有些無聊，常拿話攛掇陸長生，逗他和自己說兩句話。小城叫甘露縣，幾乎是走水路往棲霞派的必經之處。甘露縣在川滇邊界，氣溫較暖，已不似來時霧雨濛濛。城雖不大，卻是生氣蓬勃，江岸夾道種了一樹一樹矮杜鵑，千紅萬紫，開得極是茂盛。

「長生，你瞧那小花鏡子真好看，買給我行不行？」

「拜託嘛！錢算我跟你借的，長生大哥、長生大爺——」

陸長生長哼了一聲：「這時候就知道叫長生了？當公主指使我做牛做馬時怎麼不記得啊？」

承安見他鬧彆扭，一邊拉拉扯扯，一邊促狹地笑說：「小氣鬼，我這不是和你開個玩笑嗎？再說我腿傷好得快又不是壞事，你犯得著氣這麼久？」

陸長生也知道自己這樣太小心眼，可他就是氣不過，自己擔心她的傷勢，她卻圖方便受用，傷好了也裝聾作啞。陸長生忿忿道：「妳知道我氣什麼？我氣妳——」

誰知話還沒說完，手上忽然一鬆，還滿面笑意的承安雙眼一閉，整個人咚一聲倒下了。

承安醒來時發現自己躺在榻上，窗外天色已暮。她四處找了一下，都沒看見陸長生的身影，她伸手摸摸自己額頭，還有些發燙，知道病又犯了。她胸口說不出的煩悶，又找不到陸長生，心裡更是亂成一團，開始急躁起來，恐怕陸長生真把她丟下一走了之了。

約半個時辰後陸長生回來了，一開門就看見承安縮著腳，拖了張凳子坐在窗邊，看著底下人來人往，陸長生進來了都沒注意到。

陸長生除了買藥，還另外給她帶了點吃的回來。他把東西一古腦攤在桌上，問她：「看什麼呢？」

承安病懨懨地說：「後悔支使你、騙你，怕你不回來了。」

陸長生聽了不知怎麼心裡有點堵，他拍了拍承安笑道：「算我怕妳了，沒把公主殿下送上銀屏山，小人陸長生不敢私逃。」

承安悶悶地笑了。一會兒陸長生正色道：「妳燒得厲害，一路昏睡到剛才。我請大夫看過了，就是依他囑咐去抓藥的。」

「大夫說什麼？」

「說妳燒得嚇人，脈搏慢得像要死了。他先讓我去抓些退燒的方子，說若妳到今晚還沒醒轉，他再過來看。」

承安有些沒精打采地應了一聲，陸長生彎下身來盯著她說：「承安，妳怎麼了？」

承安道：「不必請大夫了，我這是老毛病，睡兩天就沒事了。」

「真沒事？」

承安取笑道：「又死不了，窮緊張！」

陸長生探探她額頭，確認沒什麼事，這才長舒一口氣。承安把臉埋進手心，悶悶地說：「對不起，以後不胡鬧了。」

「不是氣妳胡鬧。」他拉開承安的手，說：「承安，我是擔心妳。」

「但我只是給你扯後腿、給你添麻煩，從帶上我你就沒遇過一天好事的。」

「誰說妳是一個麻煩的？」

「算了，長生，你不要管我了。三寒會也不干你事，你不想去棲霞派，就別去，不必替我想辦法的。」

陸長生聽了忍不住笑道：「原來妳一直記掛這件事？放心好了，我上棲霞派去原也不是爲了妳的事，我是要去看我妹妹。」

承安眼睛一亮：「妹妹？你有妹妹？」

陸長生道：「是啊！我妹妹是棲霞派的弟子，我就是想將妳託給她照顧。那孩子這幾年挺有出息的，跟著她學功夫，應該能有些收穫。」

「既然你妹妹在山上，你怎麼不常去棲霞派呢？」

這句話有些戳中陸長生的心病，於是他笑了一笑不說話。

他曾有過一個未婚妻子，叫小婉。小婉是棲霞派的弟子，兩人是在同盟的聚會上認識的。

那年他還不到二十歲，帶著幼小的妹妹梵天待在青竹派裡。他作爲長兄，一人身兼父母之職，教妹妹讀書識字。

青竹派不收女弟子，只是梵天還小，因此師父特別開恩，容許他將梵天留在身邊，但再過幾年，恐怕梵天就不能留在青竹派裡了，屆時還不知何去何從，他亦時常為此憂慮。

那時候棲霞派的掌門朱藍染——今已入道、道號妙音子，正好來到青竹派。她見梵天乖覺可愛、資質不凡，直言道：「這丫頭交給我，保管十年之後能成一流高手。」便向青竹派討了陸梵天去。

陸梵天哭著死活不去，不想離開陸長生。但陸長生心想這對梵天是最好的出路，只好忍痛捨了妹妹，將她交由妙音子帶走。

小婉是那一次隨妙音子前來的弟子，她見陸家兄妹因別離飽受煎熬，想起自己當年也曾嘗過一樣的苦楚，心中頗有戚戚，因此對二人特別關照，常做勸慰之語。梵天隨妙音子回棲霞派之後，陸長生與妹妹魚雁往返，也常捎上一封信給小婉。兩人雖不常見面，彼此卻情愫漸生。

可惜小婉死了。

她在一個風雨交加的夜裡，一劍割斷了自己的喉嚨。

至今陸長生仍不知道小婉尋死的原因，陸梵天那時還小，問不出個所以然來。他曾懇求棲霞弟子能不能告訴他究竟發生什麼事？卻只換來一張張臉譜般的面孔，誰也冷淡地說著不知道，好像小婉從不是她們的師姊妹。

陸長生感到困惑，他有時感覺棲霞的師姊妹間是很親熱的，有時又感覺她們彼此疏離。但他又有什麼資格怪罪這些人對小婉的不關心呢？他自己與她論及婚嫁，對她的苦惱一無所知，甚至不是個她願意傾訴的對象。

如果那時我還能多為她做點什麼……

他每天都被這個念頭折磨得快要發瘋，在那之後，陸長生幾乎不願再踏上銀屏山一步、不願再去想一切和棲霞派有關的事情。他實在太過恐懼和悔恨，以致他的性格似乎也從根柢裡產生了一種變化，使他遇事常劍走偏鋒，做碎玉連環之舉，一切繁難無解的事物，他乾脆都一刀切斷。

就連師父也說，他從前不是那樣極端的人。

他雖仍保持和梵天的聯繫，但往來也漸少了。因小婉帶來的打擊，陸長生和棲霞派疏遠，結果錯過梵天最珍貴的少女成長時期，兩人感情逐漸變得疏離。上次見到梵天，似乎已是六、七年前的事了。那時梵天已是個亭亭玉立的少女，從前眼底對兄長的依賴卻已消失不見了。

這時出現的承安，帶給他心裡一種難以言喻的安慰感。

說來可笑，但他覺得自己好像一個晚景蒼涼的寂寞老人，忽然撿到了一個小孫女兒，讓他那空曠的生命好似又燃起了火光，又有一個全新的目標。

人靠著將愛分享出去而活，而他沒有把握好身邊的人，讓他們一個一個去了。他的愛無從施捨，像漫溢而氾濫的河，終於漸漸乾枯。

他不太願意承認，但他這陣子才隱約察覺這件事，幸好忽然出現一個承安，還能待在他身邊。

幸好還有承安。

陸長生輕拍承安腦袋說：「一會兒吃了藥，帶妳出去走一走。好不容易來甘露縣了，晚上不四處逛逛很可惜。」

承安說：「甘露縣有什麼特別的？」

陸長生道：「早上不是說要買小鏡子嗎？廟口那裡晚上有小集市，我們再去買一把。」

承安問他：「集市，晚上也有嗎？」

陸長生點點頭，笑道：「我撥一筆公款給妳，愛買什麼就買吧！」

吃過藥，承安昏昏沉沉小睡了一會，醒來時天已全暗。她摸索著出門找陸長生，見陸長生已打扮得齊齊整整，站在門口等她。見她起來，一臉開心地朝她招手，承安笑道：「我看是你自己想逛多一些。」

兩人出了客店，外頭依舊燈火通明，人聲喧譁，貨郎行商揹著大竹篋匆匆地走。承安長年待在谷底，哪裡見過這樣的景色，瞧得兩眼都發直了。

陸長生笑說：「過了四月就是錦市，很多人裁新布時會順道捎些針線珠翠什麼的，所以這兒很多女孩子的玩物。從前我去棲霞派時一定會經過這裡，有時淘些小東西上去給那兒的師姊妹。好幾年沒來了，也不知是不是還跟以前一樣。」

甘露縣地勢高，兩人沿街向下走，遠遠那一頭能看見青衣江的支流，濃暗的水面帶一點青，江邊讓燈火染得一片暖黃，寺前一片大空地成了攤販集市之地。

聽陸長生說那裡以前是織廠的染布坪，織廠拆了，改建了寺廟；寺廟香火衰了，門前反成了夜市。只剩寺門前兩株老柏，沒讓顏料染花、沒讓香煙薰黃，依舊蒼蒼翠翠，站在那兒冷冷看眼前滄海桑田。

甘露縣雖非什麼繁華阜盛之地，人來人往卻很熱鬧。承安手裡提一盞紙糊的小燈籠，像剛放出籠的雀兒，拉著陸長生四處跑。承安說：「這鎮看著雖小，想不到人挺多的。」

陸長生道：「他們不是住這兒的人，大概都是衝著三寒會的熱鬧來的。」

承安道：「三寒會不就是你們三派的家事嗎，別人來看什麼熱鬧？」

陸長生稍微壓低聲音，說：「這事說來話長，不過這兒都是些三教九流，不是什麼易與之輩。妳安分點，別到處惹事。」

承安咿咿呀呀隨口應了，又小聲嘟噥道：「就我愛惹事。」

兩人隨意逛了一圈，市集也不大，陸長生倒沒見到特別想買的東西。承安正好相反，她在谷裡待了大半輩子，什麼也沒見過，錢大手大腳地花，幾乎是看一個買一個，買到後來公款花盡，哭喪著臉又求陸長生再提撥一點支援。

陸長生說：「沒了，再花下去我們就要去睡河堤邊了。」

承安可憐兮兮垂著頭不說話，陸長生看她那樣子就想笑。他不知從哪裡變出一個小竹筒，塞到承安手裡：「要再亂買是沒有了，不過這個給妳吧！」

承安接過小竹筒，筒底有一個拉栓，邊上還連一根黑色細線，不知做什麼用的。她翻著竹筒看來看去，問：「這是什麼？」

陸長生說：「打開來看，就曉得了。」說著帶她往河堤方向走，那裡空曠一些，天低近樹，星月無光，一片黑鴉鴉的，夜空幾乎和江水連在一起。

承安扯一扯那小拉栓，拉不大動，陸長生看她不得要領，就替她抓住拉栓，說：「要像這樣，快狠準才行！」說完把竹筒頭對向天空，拔劍一樣俐落地扯下拉栓。

裡面不知有什麼機關，引線擦一下就點著了，承安還沒眨眼的功夫，線已燒到了尾，竹筒晃了兩下，一道火光直沖天際。

只聽砰的一聲，天上炸開好幾朵焰色的花。花火開得不高，小小的，閃爍片刻就滅了。可是承安仍捂著嘴，一雙眼瞪得銅鈴似地直往天上看，好像怕隨時還有什麼會從天上冒出來。

陸長生笑說：「沒了，一發煙火盒子就只有這樣而已。」

承安這才又蹦又跳地尖叫起來：「那是什麼東西？長生，那是什麼東西？」
陸長生看她樂成這樣，也覺得好笑，說：「這叫煙火盒子，裡頭是火藥引信，元宵時常放來玩。」
承安追著他問：「可是爲什麼會開成花兒的樣子？」
陸長生大笑道：「我哪知道，又不是我做出來的！」說著，從懷裡掏了一大堆煙火盒子塞給承安，大概是剛剛全部買下的：「自己去河堤邊上放著玩吧！」
承安喜孜孜地全撈過來，小小的手拿不了這麼多，撒了一地。
陸長生一面替她撿，一面叨念著：「急什麼，沒人搶妳的。」
承安把煙火盒子塞進衣襟裡，只是彎著腰笑。
承安跑到河堤邊放煙火盒子了，陸長生就在集市裡隨便晃一晃，偶爾看看她。第一發拉得不夠快，啞火在筒子裡，第二發就打上天空了。便宜的小玩意沒有太多花樣，只是和剛才一樣的幾朵紅火花，承安還是一邊叫著笑著一邊蹦起來。
陸長生見她笑，自己也笑了。
他總覺得很少見她這樣無憂無慮的大笑——就是有，也是些促狹的嘲笑戲弄，好像沒什麼事能眞的讓她開心起來。陸長生也不明白自己怎麼就變這麼瑣碎的人了，大概承安總讓他想起他妹妹，好多年不見，不曉得她是不是也長成了一個愛笑的女孩子。
承安拿出第三發煙火盒子，看著遠方忽然遲疑了一下，又把煙火收回懷裡。陸長生還想著她怎麼忽然掃了興，就聽遠方響起一陣急促的馬蹄聲，幾道銀影飛馳而來。騎在馬背上的人擎著火把，風一下一下掀著焰尾，遠遠看著，像一隊大軍搖曳紅旌旗。

承安像兔子一樣蹦回陸長生身邊，騎士們在市集前拉韁勒馬，都是銀白色的高大駿馬，陸長生心裡暗暗點了點，一共四匹馬，六個人。

六個都是年輕女人，背負一柄長劍，丰神挺秀，予人凜然生威之感。陸長生見她們劍上別的穗花，心下了然。

棲霞派。

棲霞派弟子會在劍尾繫上很特別的劍穗，以不同顏色來區分傳劍的師父是誰。他簡單看了一下，幾個人的穗花顏色都不一樣。

一個容長臉的高個子女人當先下馬，動作乾淨俐落，沒有半分累贅。她一下馬就拔劍朝空一指，朗聲道：「所有人聽著，全部往寺前空地站，不許離開。男人分一排站，女人分一排站。」

她身後幾個師姊妹也都亮了劍，雪似的銀光築了一道牆，六人往前一站，擋住寺前的路。

承安皺眉說：「這是怎麼回事，官差抓人了？」陸長生搖搖頭，也不曉得是什麼情況。

那高個女郎又說了一遍：「分兩排站。」見眾人動也不動，便命兩個師妹下去指揮。本來只憑她六人哪裡能把路都擋住，但眾人見她們氣勢凌人，一時倒愣住了，不知做何反應。

這裡大多是做生意的普通老百姓，一見了亮晃晃的刀光，嚇都嚇傻了，連攤上貨物都顧不得，忙忙自己分做兩列站開。高個女郎走近他們，對站在她面前的男人說：「你，說兩句話。」

這話來得沒頭沒腦，那人先是愣了愣，接著冷笑道：「妳讓我說我就說話？」

那女人臉上沒表情，聽了他的聲音，只道：「不是這一個。」視線越過他的肩頭，對後一個人說：「換你，說兩句話。」

那人一下惱羞成怒，待要出口辱罵，就聽後頭有人嘻笑道：「大姑娘過家家，玩扮官差的遊戲啊？」高個女郎冷眼掃去，只聽人群中響起零零落落的笑聲。

承安拉著陸長生的袖口向後縮了縮，陸長生低聲道：「一會兒不管出什麼事，都待在我身後，別輕舉妄動。」

承安點點頭，那高個女郎沒受挑釁，逕自走到廣場中央，朗聲道：「顧先生，在下是棲霞派尤劍英。我們沒什麼惡意，只是想請您回銀屏山上坐坐，有事相詢。」她說得沉緩而清晰有力，一聽她說棲霞派，好幾個人臉色都是一變。

風呼呼刮著響，這會兒一點笑聲也聽不見了。

那尤劍英看樣子很滿意，又道：「若顧先生不肯老實出面，我們只好自己動手，只是一會兒受苦受煩的還是這些百姓。」她這話極是傲慢，陸長生聽了都忍不住皺眉，尤劍英指揮另一個小個子女郎道：「衣蘭，妳去查那邊。」

叫衣蘭的嬌小女郎領命去了，還沒點檢幾個人，就聽見亂叢叢的一蓬人裡，有人忽然叫道：「什麼臭架子！當整個武林只剩妳們棲霞派了？」

那句話就像開戰的第一記砲響，眾人一察覺到有同伴，立刻就生出勇氣，人群又開始鼓譟起來。陸續有幾個人跟著起鬨，將那些棲霞派弟子圍起來。承安躲在陸長生身後，看著燭焰燈影倒映在那些人眼底，像獵獵跳動的火光。

棲霞派弟子只有六人，很快就被包圍在中心。但尤劍英並不見慌張之色，只是下令道：「看著，別讓人跑了。」

其他女弟子不必她說，眼神銳利地四處掃視，唯恐有人乘亂走脫。尤劍英還劍入鞘，走到圍住她們的其中一人面前，說：「是不是只剩我們棲霞派，要不要試試看？」說完她忽倒轉手中長劍，拿劍柄狠狠往那人腰間撞去。她這一手不知下得多重，只聽那人倒抽一口涼氣，整個彈飛出去。她撥開人群，走到那人面前，看他趴在地上，連腰桿都挺不起來，她又補上一腿，直接將他掃翻出去。

其他幾人面面相覷，有幾個撲上前要去抓住尤劍英。她連頭也沒回，長劍向後斜斜一指，直指其中一人眉心：「敢動一下，就殺了你。」

劍含在鞘裡，向下滑了一滑，露出半截森森冷冷的寒光。

棲霞其他女弟子站在邊上皆無意相幫，有幾個掩著嘴笑，像看好戲。尤劍英收回了劍，被她踢翻的人還蜷在地上哀號。這齣下馬威一擺完，她身邊不知何時已經空出一大圈了。

其他棲霞女弟子繼續進行搜索。

她們似乎聽過「顧先生」的聲音，找人的方法很簡單，就是讓人一個一個到面前來說話，其他人就拿著劍在周圍警戒，提防有人逃跑。她們找得很仔細，連女人也不肯放過。而剛才氣勢洶洶的人如今都像拔了牙的老虎，默不作聲。如此盤查一輪，倒也相安無事。很快就要查到陸長生，他前頭是個身形瘦弱的少年。

那少年垂著頭，一條白色長衫，肩上披一件黑色外衣，頭髮很長，凌亂紮成一束。尤劍英走到他面前，讓他說話。

少年卻只微微一笑，不肯開口。

尤劍英瞇起眼看他：「小子，這是什麼意思？」陸長生見那少年一雙眼晶亮得嚇人，似乎無所畏懼。

他指了指自己的喉嚨，搖了搖頭。

陸長生心裡想：是啞巴。

尤劍英遲疑一會，才道：「衣蘭，妳過來看一看。」嬌小的衣蘭跑到尤劍英身邊，尤劍英問她：「像不像這一個？」又補上一句：「他好像不能說話。」

趙衣蘭看了一看，說：「我不曉得，我沒看清楚過顧停雲到底什麼樣子。」說著拔出劍來，架在少年頸邊：「是不是啞巴，誰知道眞假？總之先押回去吧！」

陸長生嚇一跳，忙出面阻攔：「這位姑娘，有什麼話不能好好說呢？刀劍無眼，傷了人就不好。」

趙衣蘭冷眼看向他：「我傷不傷人你管得著嗎？」

陸長生道：「妳把他押回去幹什麼，難道押回去他就能說話了？」

趙衣蘭冷笑道：「不能說話不代表不能發出聲音，我們把人帶回去，自然有法子讓他發出聲音來。」說著她晃了晃劍，說：「還是你先叫兩聲來聽聽，省得一會兒受苦？」

那少年受她折辱，神情倒沒什麼變化。陸長生聞言卻大生反感，覺得棲霞派未免欺人太甚。這啞少年若落入她們手裡，還不知要受什麼折磨，於是他腦門一熱，說：「他是眞的不能說話，這我可以作證。」

「作證？你是他什麼人？」

陸長生乘隙把少年拉開了，他先客客氣氣地比了比自己腰間雙劍，道：「在下是青竹派的弟子，這是我的小師弟，姓何。」

一聽見青竹派，幾個女弟子都停下手邊動作，轉過頭來。

陸長生看見承安瞪著眼睛看他，忙無聲朝她使了幾個眼色。

那女人也退了幾步，好整以暇看著他，說：「你說他姓什麼？」

陸長生又重複一遍，道：「他姓何。」

果然尤劍英面色有些變了，又問：「青竹派何掌門是他什麼人？」

陸長生信口胡言道：「是他伯伯。」又說：「這孩子年紀輕，才剛開始學劍。三歲上發了一次高燒，可憐燒啞了。還請幾位師姊妹看在青竹派薄面上，不要爲難。」

尤劍英道：「你憑什麼讓我們相信你？」

陸長生退了兩步，微一欠身道：「兩位是要看看陸某的青竹劍？」邊說著右手已經按上了劍。

尤趙二人倒不怕他，她們有六個人，又對身手相當自負。然而若對方眞是青竹派，逼他亮劍未免就有些難看了。

趙衣蘭乾笑道：「這位師兄是來三寒會的？」陸長生點頭，尤劍英看看趙衣蘭，拿不大定主意。

趙衣蘭也有些猶豫，想了一會兒，附耳在尤劍英耳邊道：「如果眞是何掌門的姪子，總不能讓他太難堪——我們自然是不怕青竹派的，但澄澄師姊說過了，不論三寒會我們怎麼做，青竹和隱松的面子還是要給一些。」

尤劍英有些僵硬地對陸長生說：「如果是這樣……那自然……這位師兄怎麼稱呼？」趙衣蘭忙又拉著她說：「但那也得這人眞是青竹派的——世上使雙劍的何其多，哪裡就能信了他一面之詞？」

尤劍英不耐煩地說：「那不然要怎麼辦？」

趙衣蘭說：「先順著他，把其他人查完了才是正事。」

尤劍英應了，對陸長生道：「原來是何二俠的公子，那可是我們失禮了。不知道何掌門、何二俠兩位老人家最近好？」

這些女孩都比他小了一輪，顯然還不大擅長裝腔作勢，虛應客套之詞說得很彆扭。其實尊不尊敬一個人，從眼神和一些小動作就看得出來。不過對他來說正好，他也不想待在這裡太久，省得露餡。只是他心裡有些感慨，連這麼年輕一輩的弟子，對青竹派都不抱尊重之意，原來他的師門已淪落到這種地步。

忽然這時有人叫道：「師姊，別信他，他是騙你的！」

陸長生回過頭去看，是一個年輕稚嫩的少女，劍穗是靛藍色的，陸長生不記得靛藍色代表誰了。她說：「何二俠雖有兩個兒子，都是耳聰目明，沒有缺鼻子少眼睛的！」

陸長生心裡暗暗叫苦，他師父在江湖上也不是個愛出風頭的，怎麼這兒偏偏有人連他有多少兒女都一清二楚？尤劍英剛才彆扭著說了許多場面話，這時已沉下了臉，對陸長生道：「這位師兄，你怎麼說？」

陸長生自然無話可說，本來再多編些謊話或許能搪塞過去，只是他素來不是機敏的人，剛才瞎說那一串已是極限。尤劍英見他說不出話，更篤定他是個騙子，下令道：「把啞巴和這個騙子都抓起來！」

話才說完，兩道飛光已朝他身上招呼來，陸長生抓著那少年往後一躍，拔劍相抗。他師父說過，習武之人最忌動不動就亮兵刃，浮躁。能不用武力解決的事情，就盡量不用那麼粗暴的方法。

陸長生本來學的是雙手劍，但左手已廢，只剩右手，劍招失卻本來的平衡，使起來大不順手，幾招下來砍得歪歪扭扭。

才對了兩三劍，尤劍英就看出陸長生劍術平平無奇，甚至還有些不倫不類，不由得冷笑一聲，道：「你身上分明有兩把劍，如何只出一把？難道是瞧不起我棲霞派？」

陸長生被那兩個女弟子殺得狼狽，連說話的餘裕也沒有。所幸她們只想把人抓回去，並沒有下殺手的意思。

一時集市內亂哄哄鬧作一團，幾個女弟子大概也看出陸長生不足爲懼，只站在一旁看好戲。趙衣蘭看了一會兒，掩嘴笑道：「這就是青竹派？」

尤劍英想到自己剛才還信了他，大感焦躁，斥喝道：「妳們傻著幹什麼，把這個假充青竹弟子的無賴和——」誰知她話還沒說完，忽然一團黑影飛了過來，尤劍英看見一點火星，眼前晃了一晃，緊接就聽見砰的一聲——

不知什麼東西在地上炸開來了，發出巨大的爆破聲響。爆破威力其實不大，但火花零零星星射到身上仍是炸得人皮開肉綻，陸長生感覺右頰一燙，伸手摸去，面上擦出了一個傷口。

倒不大痛，就像被幾滴沸水濺到一樣，但事情還沒完，第二、第三聲爆炸又接連響起，炸得滿天都是塵灰。眾人雞飛狗跳，四處倉皇奔走，幾個棲霞女弟子想阻擋眾人，又被飛塵迷住了眼，一陣混亂。

陸長生往這些流火的來處看，就看見承安把懷裡的煙火盒子一古腦地朝幾個棲霞女弟子扔。剛才明明還笨手笨腳的，這下子倒熟練極了。

很快她的煙火盒子就扔完了，尤劍英讓一串煙火打個滿懷，衣襟都給炸裂了。她又羞又氣，也顧不得陸長生和那啞少年了，拔劍便直朝承安砍去。

陸長生一劍挺去擋了一下，一邊叫道：「承安，快跑！」

承安哪裡還要他教，提著裙襬就往河堤的方向跑。棲霞派的四匹白馬停在市集口，好像完全不受這場騷動影響，兀自垂頭踱步。

承安想都沒想，腳踩懸鐙，一個俐落翻身上馬，她把裙襬往上一撩，拉緊轡繩。陸長生遠遠看著，見她挺直身子坐在那匹高大雪白的駿馬上，倒有幾分英姿煥發。

他心裡還想著：上馬還挺有點樣子，就是不曉得會不會騎。承安已經用實際行動回答了他的疑問。

只見她高高揚起手來，往馬臀一拍——

陸長生不知道她使了多少力氣，那馬一吃疼就往市集撞了進來，連著旁邊幾匹馬也被驚擾的四處奔竄。承安不為所動，手裡緊緊握著轡繩，朝陸長生疾馳而來。

「長生！上馬！」

馬一闖入市集裡，引起更大的騷動，陸長生看承安朝他伸手，愣了片刻，忙抓住了她。

尤劍英想攔住陸長生，承安卻像早看穿她的意圖一樣，調轉馬頭朝她撞去。尤劍英迫不得已，只好一個打滾避開。這一失手，承安已駕著馬揚長而去了。

承安拉著陸長生一頭扎進巷子裡，好像扎進一片汙泥裡一樣。深巷裡靜得嚇人，彷彿所有聲音到這兒都陷進影子裡去了。他們在街邊棄了馬，暫時躲進暗巷裡頭。跑了一會兒，承安像再也動彈不得，扶著牆直喘大氣。於是換陸長生拉著她往巷裡拐，直走到死巷盡頭，兩人才貼著牆坐下來。

陸長生愣了一下，哈哈大笑起來。

承安甩開他的手，叫道：「笑什麼，你還讓我別管閒事呢！自己都做了些什麼？剛才差點沒讓那群惡婆娘給殺了！」

陸長生仍是彎著腰大笑不止，笑得上氣不接下氣，都說不出話來了。承安初時還怕他笑得太大聲引來注意，但看他笑得那麼開心，竟彷彿受到他的感染一般，自己也掩著嘴笑了起來。

笑了好一會兒，陸長生才緩過來，說：「痛快、痛快！我這輩子沒幹過這麼痛快的事！我是愛管閒事，可是我老是把事情搞砸。今天多虧了妳，簡直痛快極了！」

承安抱怨道：「還痛快呢！我剛才都嚇死了，怕你就要死在那群人手裡了。」又低聲咕噥道：「也沒樣樣都搞砸，你不是把我從棺材裡拖出來了嗎？」

陸長生卻沒聽見她低語什麼，只是笑道：「死在她們手裡倒也不至於，她們就算為了三寒會和青竹、隱松鬧翻了，也還沒霸道到這種程度，當眾殺掉同盟的師兄弟。」

承安疑惑道：「鬧翻了？」

陸長生神色有些複雜地說：「我沒告訴過妳，其實今年信物要從棲霞派，輪到我青竹派手上來。」

「那很好啊，怎麼說鬧翻了？」

陸長生道：「今年棲霞派不打算交出信物。」

承安瞪大了眼：「這是怎麼回事？要賴啊？」

陸長生聳了聳肩：「我也不曉得……或者也可以這樣說吧！棲霞派認為公平輪轉沒有什麼意義，東西應該要由真正有能力的人來保管才對。因此她們主張比武決勝，勝的那一方將東西帶回去。」

承安聽了便說：「那也沒什麼！你就把她們通通打敗，把東西搶回來不就好了嗎？」

陸長生苦笑道：「哪有妳說的這麼容易？妳沒看我今天就被打得落花流水嗎？人家敢下這樣的賭注，必是有十成十的把握。老實不客氣地說，我們青竹這二十多年來，並未出什麼出類拔萃的人物，棲霞卻是人才濟濟。」

承安道：「那也沒辦法了，人家就是厲害。她們那麼愛保管，就讓她們保管一輩子好了。」

陸長生基本上同意她說的：「本來我也覺得信物給誰保管都好，並不是那麼重要，只是棲霞派話說得難聽決絕，不只隱松和我們青竹不高興，事實上這件事引得整個武林都很不滿。」

承安奇怪道：「整個武林？這不是你們三派自己的家事嗎？」

陸長生搖搖頭，道：「這裡面有很多複雜的因素，一時很難說得明白。總之，樹大招風，棲霞派態度傲慢也不只這一件事，再加上她們又全是女子……這一兩年來確實惹怒了不少人，大家或者想趁這個機會，削一削棲霞派的威風。」

「全是女子又怎麼了？」

陸長生笑道：「妳不曉得，男人的面皮很薄，傷不起的。」又道：「不過這多半都是藉口——其實江湖上對三派輪流保管的信物多少也是存點興趣的。只是三寒之盟名頭太大，又是名門正宗，保管這東西有兩、三百年歷史了，若找不到好的理由就上門挑釁，恐怕會招來一身腥。」

承安聞言扁了扁嘴：「果然清君側這面大旗好用，打著替青竹派出氣的大旗，實則想撈點兒油水。」

陸長生哭笑不得：「又在胡說八道，什麼清君側？我們青竹派還沒這麼大面子。真要說江湖上君臨天下的，恐怕棲霞派還差不多。」

「那就是武王伐紂了？」

這當中許多人際之間的幽微細節，承安卻是很難明白的。她只覺得棲霞雖蠻不講理，這些裝作正義之師的武林人士更像強盜。她又問：「那信物到底是什麼，這樣好，人人都搶著要？是金銀珠玉、香車寶馬？還是王母蟠桃、不死靈藥？」

陸長生聞言愣了一下：「我也不太確定。」

「啊？」

「除了兩造交接時確認外，其他時候信物都被封在祠堂裡，只有歷任掌門知道那是什麼東西。」

承安怪道：「沒人知道的寶貝，那有什麼意思？怎麼棲霞也要、武林也要？」

陸長生兩手一攤：「誰知道！不管是什麼東西，反正和我們都無關了！」說著大步流星地走開了。

承安忙撒開腳步追了上去：「你要去哪兒？」

陸長生大笑道：「逃命啊！她們敢封街，一會兒指不準都封城了。不趁她們還一團亂的時候跑，還什麼時候跑呢？」

兩人匆匆回客棧捲了行李走，趕到江畔，正想連夜走脫。夜裡按規矩不行船，陸長生給船夫付了兩倍的船資，船夫才嘟嘟噥噥著答應。就在兩人準備上船時，忽有人背後拍了拍陸長生。

陸長生以爲那些棲霞弟子這麼快就追來，還這麼神不知鬼不覺地追到他身後，心道萬事休矣。

誰知一回過頭，卻是剛才那啞少年，正笑盈盈看著他。

五、驚鴻影

IMMORTAL BIRD

IMMORTAL BIRD

在甘露縣城另一頭，鐵口直斷胡半仙的攤位前，一位客人沉默著。

彩鳶手裡捏著小半串銅錢，人間一切喧嘩嘈雜彷彿與他徹底切割開來。

離開丹陽谷已半月有餘，承安仍是音訊全無。聽說這裡是往三寒會的必經之地，他和鴻麟踏破整座小城，拿著承安的畫像去茶館、客棧一一詢問，只求能找到一星半點線索。

然而這「陸三俠」行事卻是出奇低調，除了先前在鳳棲樓大鬧的那場風波之外，他不曾再出過風頭。彷彿留了一盞提燈微火給他二人，自己卻帶承安隱入無盡的幽暗之中。

死亡靠近的腳步聲，比死亡本身更可怕。清音允諾他們服藥後能延命三月，但那個時刻不真正到來，誰也不知道是不是真的。於是大限愈近，彩鳶的精神就愈不穩定。早上兩人問過城南最後一處萬臨茶館，仍無什麼收穫，在那之後彩鳶就陷入一種恍惚中。

鴻麟想必也看出他狀況不好，因此交代他去城裡隨意走走。自己去採買一些日用消耗，順便探探其他和三寒會有關的消息。他說：「縱是一路都找不到承安和那陸三俠，也不打緊。大不了我們設法混入三寒會，在終點等他們。」

彩鳶心底是感激鴻麟的，即使如此仍不能安心。姑且不論他們能不能活著捱到三寒會，若說陸三俠這條線索從一開始就是錯的，那麼在終點等著他們的不會是承安，而是無望的死亡。

「小哥要測什麼字？」

一個聲音將彩鳶拉回現實。胡半仙看彩鳶發愣了很久，便直接拿筆桿敲了敲他的手背。彩鳶「哎」一聲如大夢初醒，胡半仙遞了筆過去，要他寫一個字。

彩鳶接過筆愣了半晌，方提筆蘸墨，在紙上重重地落了個「梧」字，一筆一畫濃重飽滿。他看著那他在心底一遍遍描著的字，忽然感到一種安慰。

胡半仙問他：「測什麼？」

他略思索片刻，說：「測生死吧！」

胡半仙撚了撚那把撮尖的白鬚，道：「這個不能測。」

「怎麼不能測？」

「這是我們這一行的老規矩，生死之線，不可擅越。道破天機是要遭報應的。」

彩鳶聽他託辭，倒也不惱。心想：反正我也不想知道自己如何終局。他拿筆桿敲一敲桌面，沉吟半晌，改道：「那好吧！那就測這個人。」他指著紙上的字：「這說的是一個人，測測他和我將來如何。」

胡半仙接過紙張，呼呼吹乾上頭墨跡，又順了一順紙上的摺痕，就著那字細細端詳起來。

丹陽弟子要讀煉藥經書，因此掌門也讓他們讀書習字，但多半不太上心。彩鳶雖識得字，一手書法卻春蚓秋蛇，寫得歪歪扭扭。他自己倒著看這字，只覺得木字旁歪倒了大半邊，像一棵被狂風刮倒的大樹。

胡半仙考慮許久，才指著那「梧」字道：「梧者，吾木也，這個人是你重要的支柱。」彩鳶微微一笑，老人接著卻蹙起一雙稀薄白眉，說：「可你看你寫這個字，歪歪斜斜敧了一邊……」邊說著，邊拿手指在紙上畫圈：「『吾』字邊寫得太重，幾乎壓在『木』的上面——這說明你是攀著這木頭的。什麼情況下你必須攀著木頭呢？或者你正在海面上漂流掙扎著，載浮載沉——」

彩鳶聽到這兒面色有些變了。胡半仙嘆道：「他是救命浮木，你是溺水之人，可你太出力了，再這樣下去你會把他按沉，連著你自己也得沉——」

彩鳶覺得好像被人赤裸裸地看穿一樣，有股說不出的異樣感。他胡亂把手上緊捏的那一小串銅錢按到胡半仙桌上，煩躁地說：「好了好了，不要說了！」胡半仙像還想開口提點他什麼，忽聽遠處有人喚道：

「彩鳶、彩鳶！」

彩鳶如得大赦一般，忙大喊道：「鴻麟，我在這兒！」一溜煙蹦著朝鴻麟跑了過去。鴻麟四處尋他不著，恐怕他出什麼事，大街小巷都搜了一遍，簡直比找承安還上心。彩鳶害怕胡半仙那不吉之讖，因此匆匆拉著鴻麟走了。

鴻麟回頭瞥了胡半仙攤位一眼，問他：「做什麼去了？」彩鳶胡亂搪塞幾句，鴻麟也不想逼他，轉了話頭道：「我們去江邊渡口租一艘船。」

「哎？」彩鳶愣道：「租船做什麼？」

鴻麟道：「再這麼搜下去也不是辦法，只得先往銀屏山的三寒會再說。」

彩鳶激烈反駁道：「要是那陸三俠根本沒有要去三寒會呢？要是承安根本不在陸三俠身邊呢？」

鴻麟嘆了口氣，道：「要是根本沒承安這個人呢？」彩鳶話頭一堵，鴻麟道：「我們現在還能怎麼辦，只能抓著這條線索走。除了陸三俠以外，我們已經一無所有了！」

彩鳶聞言便不說話，鴻麟拍拍他的肩，說：「盡人事，聽天命吧！」彩鳶想：鴻麟說得倒瀟灑，他是心裡沒有牽掛的人，自然能把死生之事看得雲淡風輕。他冷笑一聲，說：「我和你不同，我要活著回丹陽谷，就算死也要死在那裡，我才不要讓梧聲一個人待在那種鬼地方。」

鴻麟苦笑，問他：「你是說我死在這裡或死在丹陽谷裡，也沒什麼差別？」

彩鳶知道自己說得過了，便別開眼。但鴻麟並不在意，只輕鬆說：「我當然不想死在這裡，不過，我也不想死在丹陽谷。」

彩鳶問他：「那你想死在哪裡？」

「我不知道，我還沒有找到那個地方。」說著，他忽看向彩鳶道：「我從以前就很想問你一個問題，彩鳶，你和梧聲是親兄妹姊弟嗎？」

彩鳶粗聲道：「是或不是又如何？」

鴻麟忙說：「我不是要刺探什麼，我先說我自己吧！我來丹陽谷以前，是在城門邊要飯的，我沒有父母，一出生就被丟在城門下，是附近的乞丐可憐我、把討來的飯分一口給我吃，我才活了下來。我第一次遇見師父的時候，偷了他的錢。」

彩鳶圓睜著眼，不知不覺便聽得入神，他從沒聽鴻麟說起自己的事。

「所以我一開始很討厭你和梧聲。」

彩鳶大驚：「爲什麼？」

「我剛來丹陽谷時，覺得好像來到天堂一樣，每天都能吃飽穿暖，還有安全的地方可以睡覺……我不知自己上輩子積了什麼德，一條街上幾百個人，我偏偏去偷到師父的錢，讓他瞧我機靈可喜，於是帶我回谷。但這麼好的地方，你和梧聲卻總是哭哭啼啼，整天想著怎麼逃出去。」

彩鳶沒有說話，鴻麟很懷念似地笑起來：「我眞恨你們……你們那樣做，就好像在嘲笑我這麼寶貝的丹陽谷是垃圾一樣。但後來我又想，丹陽谷已經這樣好，你們卻還想離開——那麼，你們想去的地方，一定比丹陽谷更好上千倍百倍。」

「才不是什麼多好的地方，我和她只是想回家……」

「那『家』一定是很好的地方？我不知道，因爲我沒有家。」鴻麟頓了頓，又說：「從那時起，我不再恨你們，我好希望你們眞有一天能回到你們想去的地方。師父很看重梧聲，所以我也希望梧聲能當上掌門，這樣她和你就能正大光明出谷了……或許還能捎上我，讓我也見一次你們朝思暮想的所在。」

彩鳶有些僵硬地說：「我和她不會再回去了，我們早就不記得家在什麼地方了。」

「我也是這樣想。所以，我才更希望梧聲當上掌門。」

彩鳶愣然望著他，不明白他的意思，就見他笑道：「這樣丹陽谷就能成爲你們的家，而我也能待在那個家裡……」

說到這裡，他的眼神暗下來，彷彿一切都變得遙不可及，那夢想中的家在黃泉的彼岸，輕舟難渡。

彩鳶低聲說：「講什麼呢，你當然是我們的家人。」

鴻麟聽了開心地笑了，他輕聲說：「彩鳶，我能不能和你約定一件事？」

彩鳶靜靜看著他，鴻麟在脖子邊比了一個落刀的手勢：「到時誰的焦明先孵化……另一個人，就給他一個痛快吧！」

到渡口時天已全黑，船家入夜便不行船，江邊零零星星泊著小舟，遠遠望去，好像沒有盡頭。鴻麟片刻也不想等，就去找船家交涉。

彩鳶沿著江邊慢慢走，星月低垂在江面上，灰蓬蓬十數艘小船像沉睡一樣伏著，江上一艘剛啓航的小舟特別顯眼，彩鳶盯著那艘船看。

舟子落棹，船沿流水漸行漸遠，船上站了一個少女。

江水也好、小船也好，都讓夜色蒙得黑漆漆的，船頭懸一隻紙燈籠，一點暖黃的光顯得那樣寂寞，風一晃起，好像連它也守不住自己的顏色，要讓墨青的夜給吞噬了。

只有那少女還願意染上火光的顏色。

素色的衣裙蒙上一層薄朱，秀麗的五官被燭光刷亮。少女彷彿在等誰一樣，面容肅穆，凝望離她漸遠的渡口，挺秀的身姿宛如一竿荷花，入夜江上泛起薄霧，她的身影一下被霧縷遮斷，一下又變得清晰。

彩鳶一動也不動，全身發冷。

即使隔得那樣遠，彩鳶還是一眼就看清她的面容——那面容在畫像上與他日夜相對，像一場醒不來的惡夢，每一處細節都在心底描繪了無數遍。

找到妳了。

「承安——」他放聲大叫，朝江邊狂奔而去，面上一陣燒燙，他伸手拂過，原來淚水早已爬滿臉龐。他一邊笑，一邊淚流不止。他想，他們之間彷彿隔了一生一世的時光——

那麼短，又那麼長。

隨即他驚醒過來，江水乍看平穩，實則流速很快，小船與他的距離一下就被拉開，他甚至已看不清少女船頭佇立的身影。不消片刻，船只剩一個拳頭大小的影了。彩鳶在岸邊，根本追不上。

他全身頓時被恐懼的浪潮淹沒，他發狂似地沿江疾奔，一路尖聲大叫：「等等！不要走、妳不要走！」江水卻聽不見他絕望的哭喊，冰冷無情地將少女愈帶愈遠。

「承安、承安！我求妳回來！」

到後來他聲嘶力竭，再也發不出一絲聲音，只能跪在岸邊，乾嘔似呻吟不止。他掄起雙拳猛捶，粗糙的石地割傷手掌，可是他的絕望沒有任何意義。

轉眼小船已融進水岸另一頭，承安在他面前曇花一現地消失了。

卻說江畔陸長生要上船前，那啞少年忽然冒出來。陸長生實在想不透他是怎麼找到自己的，但也鬆了口氣，心想至少那少年沒讓棲霞派抓到。

那少年指了指船，又指了指自己。

陸長生問他：「你想跟我們上船？」

少年微微頷首，又比了一個奔跑的動作。

陸長生猜他大概是在說棲霞派還在追自己。他想，現在棲霞派只有六個人，還封不了港口，但等天亮了一定會找更多幫手來，到時候封城都有可能。

他們幾個害棲霞派丟了醜，就算不是她們在找的目標，大概也得受些牽連報復。說到底事情惹這麼大，還是由他多管閒事而起的，於是他很親切地說：「上來吧！我們先送你到最近的鎮上，好不好？」

少年點點頭，承安第一個跳出來反對，她盯著少年問：「你怎麼找到這裡的，該不是一路跟著我們吧？」少年笑而不語，承安出於一種本能，看著他的笑容就一肚子火，她回頭跟陸長生分析情況：「那些棲霞派的女人恨不得把他逮住，帶著他沒得牽累了我們。」

陸長生道：「只是順道載他一程，何必這麼計較呢？」又說：「再說，我們鬧了這麼大一場，棲霞派要真追來了，也別想獨善其身，怎麼就說得上牽累了呢？」

「你……」承安說不動他，最後惱羞成怒：「總歸你是陸大俠，你最愛管閒事！」說著跳上了船，直往船尾走去，背後彷彿還能聽見陸長生的笑聲。反正船資是陸長生付的，他是老大。

船上一盞小紙燈籠懸在鼻前，讓她覺得自己都在發光。船夫盪開了槳，轉眼岸上燈火漸遠，人影漸漸看不清。風裡搖曳的燭火像將熄的星，在眼前閃爍明滅。倒映河上燈影，像河底一尾尾金色的游魚。

「承安——」忽然遠遠地，傳來誰呼喚她的聲音。

那聲音乘著風來，急切又絕望，像不顧一切想伸出手抓住她。可是風沒追上順江直下的小船，只輕輕拂過她的耳廓邊，聲音就碎成了無數破片，在夜空中四散而去。

承安再豎耳聽，已聽不見了。

她幾乎要以爲那是自己的錯覺，往水岸望去，只瞧見黑黢黢的一片，除了寥落的漁火以外，什麼也看不見。她想了一下，鑽進艙裡，問：「長生，你剛才叫我？」見陸長生一臉茫然，承安知道不是他，敷衍著道：「沒事，我聽錯了。」

陸長生見她穿得單薄，叫她進來：「外面風大，小心又受寒了。」承安從善如流，進艙裡找個靠火的溫暖角落坐下。她的位置正對著那啞少年，看他十分從容自在，一點也不見緊張侷促，舒服地倚著艙，望向艙外夜江。

陸長生在燈下很仔細地擦拭他兩把寶劍，承安看他一樣悠然自得，一點也不提防，便皺著眉頭抱怨說：「一會兒你就不要後悔，爲德不卒。」

陸長生笑道：「哪能呢，一定平安送他上岸。承安，妳怎麼就對他這麼存偏見？先前還去豪賭輸了五百兩，現在倒什麼事都知道留心眼了？」

承安道：「這時候提什麼五百兩，你現在倒不曉得留心眼啦？」

陸長生笑一笑，劍拿在艙裡唯一一盞小燈下翻來覆去地照一照，似乎覺得滿意了，才把劍收入鞘裡。

承安看他輕鬆的樣子，忽然產生一種只有自己才能保護這艘船的強烈責任感。她湊過腦袋去，問那少年道：「你老實說，你到底怎麼找到我們的船的？我可不信偶然這套鬼話。」

陸長生笑勸道：「承安，他不能講話。」

承安不滿道：「誰知道他是不是眞的啞巴？你那麼傻，說不定就騙你呢！」

陸長生倒不介意承安說他傻，但當面質疑人家裝聾作啞未免有些失禮了，陸長生板起臉孔，呵斥道：「承安，妳這話太無禮了，快跟人家道歉！」承安撇過頭去，陸長生不曉得那少年的耳朵聽不聽得見，自己對他點了個頭，盡可能將嘴型描摹清楚地說：「我妹妹沒規矩，你別太往心裡去。」

那少年擺擺手，笑呵呵說：「不必，我不介意。」

聲音像老鴉在夜裡啼哭。

陸長生覺得自己這一生就是不斷地受騙。師父騙他、承安騙他，現在連這小子都騙他。他也說不上生氣，就是心裡有點悶，承安嫌他傻時他還不服氣，現在他連不服氣的立場都沒有。

而承安一聽見那人說話的聲音就懵了。

這聲音她聽過一次，而且大概一輩子都很難忘掉。那日她和陸長生站在江邊，見到兩艘小舟飛馳競逐，前面一艘船上的人就是這個怪腔怪調，陸長生還盛讚他內力渾厚，當時承安腦海裡描摹出一個大鬍子老頭的形象，哪裡想到會是這麼一個年輕人？

現在把前事一想，很容易就接上了。那天在後面緊追不捨的紅裙女子，鐵定就是棲霞派的。他那像燒穿了喉嚨一樣的聲音太好認，棲霞派弟子沒看過他的樣子，只好抓住這一條線索沒命地找。

他看著兩人表情，大笑道：「別擺出這樣的臉嘛！不錯，棲霞派是要找我，但我可沒做壞事啊！」

「你沒做壞事人家追著你跑幹什麼？」

他沒理會承安，反而對著陸長生笑呵呵道：「小兄弟你是青竹派的，該知道棲霞有多強橫吧？」

陸長生說：「棲霞派強橫是一回事，但像這樣大張旗鼓的封街倒也不多見。」

就著船裡的燈光，陸長生認真打量起他的面貌。他訝異地發現，其實這人不像自己以爲的年輕，甚至可能比自己年紀再大一些。只因他身量瘦小，一雙眼睛大又黑亮，猛一看倒像是少年。實則細看就能發現他面色微青，鼻翼唇角都有一些皺紋，且因過分削瘦，眼眶有點凹陷，底下掛著淡淡的陰影。

到剛才爲止他都還擺著一張無辜受迫害的臉，這下倒不再遮掩眼底的銳利精光了。陸長生知道此人遠不似他本來想的簡單，但也感覺不出有什麼惡意，因此並不驚慌，只是心裡多存點提防。

那人聳一聳肩，說：「誰曉得！追了半個多月了，兩頭大貍子似地直咬著不放，也不肯把話說清楚，只是死纏活賴著要我上銀屏山。」

「那你黏上我們又有什麼用？我們又不能幫你甩掉棲霞派。」

「她們雖然認不得我的臉，卻認得我的船。我這不是走投無路了，只好借兩位的船跑一段路嘛。」

承安不以爲然地說：「跑什麼？你既然沒做虧心事，上山去和她們說清楚不就好了？」

他冷笑道：「小姑娘，妳以爲棲霞派是什麼善男信女？要真跟她們上了山，大概就不用想下來了。」

承安正想問這是什麼意思，梢公探頭進來問：「前頭是代化鎮了，老闆停不停船？」

陸長生心想：既然他只是想避開棲霞派，上了岸自然會與他們分道揚鑣，雖不見他存什麼惡意，總是先擺脫他爲上，便道：「好，就停這裡吧！」

誰知那人忽插口道：「不停這兒。」

陸長生有些訝異地看他，他繼續說：「再往西北走四十里有個石橋鎮，停那兒。」

梢公看一看陸長生，又看一看那人，摸不準他們的關係。那人以爲梢公是不認得路，便說：「知不知道石橋鎮在哪兒？」梢公想了想，船資終究是陸長生付的，便怯怯一笑，委婉道：「客官，說來您別笑我，還眞不曉得。」

那人沉吟片刻，朗聲笑道：「這也無妨，我告訴你怎麼走！」說罷，他整個人探出艙去，將右手按在船舷上。船身很淺，浪卻濺得很高。船壓過水面時，冰冷的水花打過他細瘦的指尖，他偏著頭看了看四周，又看了看天上。

承安學他的樣子轉著腦袋四處看看，只看見黑鴉鴉的水天一色。

他考慮一會兒，說：「船頭要再偏一些，往西北。」

梢公看他裝模作樣地胡言亂語，不知如何是好，頻頻向陸長生投去求救的眼光。陸長生也不曉得他變什麼把戲，只是待在原處按劍不動。

那人喃喃自語道：「很好、很好，就是往這個方向走。」

他一說完，本來順著水流漂的船忽然靜止不動了。

承安驚呼一聲：「船怎麼不動了？」她還來不及察覺究竟發生什麼事，只感覺船身猛地大力一晃，船頭像被一雙大手掐住頸項，往邊上大力一扯。陸長生出艙一看，只見水面上的波紋扭股似的，整艘船軌跡都偏了，更叫陸長生駭然的是，船身周遭的水面竟結了一層薄薄的冰，船身一撞就碎開，在水面上畫出蜂巢一樣一片又一片的冰紋，濺到那人指尖上的水花也沒有例外，一瞬間就凝成珍珠大小的冰晶。

這是何等陰寒的內力！

陸長生知道他顯擺這一手是存心讓他看的，算是擺個下馬威，要暫時控制這艘船的意思，但陸長生覺得他反而弄巧成拙，叫他看出一個大破綻來。

「你受了傷？」

那人聞言，頭一次神色有些變了。

陸長生解釋說：「你的動作很不自然，明明使勁的是右手，左肩卻出了太多不必要的力，簡直像在保護什麼地方似的。」

那人頓了一下，笑一笑說：「本來還以爲你是個膿包，看樣子玄門正宗果然不是浪得虛名，一點底子還是有的。」

承安聽了這話就不樂意了：「沒見過你這樣得了便宜還賣乖的人。」

他饒富興味地說：「我聽說三派私底下眞功夫是很硬的，只是叫不肖徒子徒孫給埋沒了去，變得如今這般不成氣候。」

陸長生不卑不亢地說：「陸某確實學藝不精，三派卻也未見得就埋沒了。祖師爺不讓我們學習隱學，是怕我們走上了歪路去。但就算不靠這些旁門左道，棲霞劍照樣能獨步武林。」他不提自己青竹派，反倒拿了棲霞派來說事。

那人瞇了瞇眼，像在品味他話裡的意思。

「這個時候倒記得你們是兄弟之盟了？」他沉著聲說：「你當我怕了棲霞派了？」

「晚輩並無此意。」

他像聽見荒唐笑話似地，直著嗓子笑了起來，那笑聲就像有人拿一把匕首在銅鈸上沒命地刮。等終於笑夠了，他才坐直身子，倒像是很恭敬的樣子，說：「借了兩位的船，還沒自我介紹，未免有些失禮——在下姓顧，不過這名字現在也不大用了，江湖上給我起了個渾號，叫老鴉。」

他話才剛說完，陸長生立時面色一變，按劍而起，整艘船都讓他的動作給帶得晃了一晃。承安嚇得往後縮了身子，隨即她發現陸長生並不是眞的要和這個老鴉拚命，只是要將她擋在身後而已。

老鴉似乎也不在意陸長生粗暴的舉動，只是嘿嘿笑說：「鴉老兒江湖上名聲是不好，不過我沒有要傷人的意思，你不必這麼緊張。」他按了按自己左胸，說：「不錯，你眼光很毒。老鴉讓人按這兒打了一掌，穿心透肺。」說著卻一晃袖口，笑道：「但我就算比現在再傷重十倍，也能在半招內取你性命。」

「這點晚輩倒不懷疑。」

承安沒聽過他的名頭，並不知道害怕，她只是心裡想：這人說話的聲音那麼難聽，渾號起得倒是貼切。但陸長生心底卻驚駭不已。

「鴉公」是以暗箭奇毒惡名昭彰於江南的一號人物，但他眞正的名字，叫做顧停雲。

江南顧家之名如雷貫耳，青竹派雖遠在滇西，陸長生卻也略知一二。顧家本非武林世家，而是詩書清華的郡望大族，據聞祖輩便出自東晉時江東四姓，代代都出過一些朝堂貴冑。

鴉公——或說顧停雲家這一支分了出去，長居於蘇州，爲了與其他的顧家區分開來，被稱作蘇州顧家，不過名動江湖的顧氏只他們蘇州一系，故武林中也多不細分，直稱江南顧家。

江南顧家傳了幾百年，漸漸不再皓首窮經，改而鑽研醫理，漸漸顧家也發展出一套保生養息之道——這套保養功夫在數百年的演變下，便成了基底渾厚的內息功夫。

其中顧停雲在這顧家裡，又是一個很特別的人物。

他家學淵源深厚，內力功底自然是極好的。但他精研歧黃之道日久，漸漸不能滿足於本家學養，欲從他處另闢蹊徑，竟改而鑽研起毒理之學。

本來醫毒之間，一體兩面，很快顧停雲便沉迷於此不可自拔。他開始結交西南遠疆一派的友人，醉心於巫蠱之道。此事犯了顧家大忌，對他幾番勸戒申告、曉以大義都沒有用，後來終於將他逐出門牆，徹底與江南顧家斷絕關係。

顧停雲少年高名動江湖，被顧家趕出去時還不曉得有沒有二十歲，此後三十多年他棄卻顧停雲之名，成了擅於蟲虺巫蠱之道的「鴉公」。據說他酷愛生飲人血，每日還要吃一斤蛇膽、十隻毒蛛，雖已五十開外，相貌仍長保清秀少年模樣。

青竹派就在大理邊境上，這些弄蠱之事陸長生看來倒是稀鬆平常，不像常人一樣心存忌諱，亦不會相信那些過分荒謬的流言。

至於鴉公本人，也沒有道上傳得玄乎。雖然明顯比他實際年紀看起來要小，但還不到青春永駐的地步。若他真能永保少年模樣，陸長生大概要開始煩惱生飲人血、酷嗜蟲蛇這些傳言的真實性了。

既然眼前不是窮凶惡極的食人魔，總是能好好溝通的。

鴉公對他們果然不存惡意，笑道：「放心，鴉老兒有恩必報。陸少俠這一船之恩我是不會忘的，將來若有用得著鴉老兒的地方，儘管說。」

承安心裡想：天大地大，用得著你又上哪找你去？可知是隨口說來施個小惠，一點誠意也沒有。

陸長生道：「我們要去銀屏山，只要是往臨邛方向走，停在代化或石橋鎮都無所謂，也不是什麼大恩大德，就不必記在心上了。」

鴉公大笑道：「說得是，確實不是什麼大恩大德。不過若我就這樣走了，這毛丫頭肯定要打心底瞧不起我了。」

承安像被他看穿心事一樣，訕訕地別過頭去。

鴉公想了一會兒，說：「既然這樣，我換一個消息給你。」

「消息？」

「你是要去參加三寒會吧！但我看你好像對棲霞派的情況一無所知。其實棲霞派爲什麼想抓我上銀屏山，我心裡大概也有數。」

青竹派畢竟遠在滇西，和蜀中棲霞也算有一段距離。

「棲霞派……發生了什麼事？」

「果然你不知道。」鴉公語調輕鬆地說：「就在這一個月裡面，棲霞派死了十三個女弟子。」

陸長生面色一下就變了，慌亂道：「什、等等，你說什麼？這是怎麼回事，是誰下的殺手？」

鴉公聳了聳肩，嘿嘿笑道：「我不知道，反正不是我。」又說：「她們這陣子發瘋似地想找出凶手，偏偏那神祕的高手十步殺一人，千里不留行，根本沒有半點線索。她們病急亂投醫，凡是有點嫌疑的都拖上了銀屏山，恐怕我也上了榜，只是這回我倒眞不曉得是哪一點引起她們注意了。」

陸長生臉色發白，急著問他：「受害的都是哪些女弟子？」

鴉公道：「大概都是最年輕一輩的女弟子吧，若連上面君子蘭、飛煙劍那幾個都折了，恐怕是要震動整個江湖了。」

雖然有些不厚道，陸長生聽了卻大大鬆了口氣。

承安道：「今天那幾個女的，就是棲霞最年輕一輩的女弟子？」

鴉公漫不經心地說：「大概是吧！」

承安道：「她們很厲害呀！長生都被她們打得落花流水，那殺手竟然一連殺了一十三人？」

陸長生聽這句話也說不上開心或不開心。

鴉公說：「那幾個也算不上出類拔萃……不過，那殺手是有點兒意思。」

「這話怎麼說？」

「他殺人很快，又很乾淨。須知川蜀雖是棲霞地界，但要在這麼短時間內，連著找出十三個棲霞女弟子殺掉，也不是這麼容易的事。他又沒對江湖放半句話，我看很有些殺雞儆猴的意味在。」

承安奇怪道：「殺雞儆猴是什麼意思？」

陸長生道：「你是說三寒會的事吧！」

鴉公頷首：「不錯，棲霞派獨吞了三派信物，還公然放話挑釁，這件事別說你們青竹、隱松跳腳，整個武林都恨不得將她們連根兒拔了。」

陸長生長嘆一聲：「我也不曉得棲霞派究竟是怎麼回事，她們這幾年作風雖強硬了一些，卻也不到這樣背信忘義的地步。」

「不過怎麼棲霞派還讓她們的弟子下山呢？惹不起，難道還躲不起嗎？」

「主要問題倒不是棲霞派怕那個殺手，而是她們丟不起這個臉。」見承安一臉疑惑，他繼續說：「她們擺出儼然一副武林盟主的派頭，卻隨隨便便叫人殺了十幾個弟子，若不把這凶手拖出來千刀萬剮，威信何在？所以我說對方很有殺雞儆猴的意思，倒未見得是衝著三派信物來的。說不定只是看不過棲霞那狂樣子，想給她們點教訓。」

陸長生沉默一會，忽然開口道：「您呢？也是衝著信物來的？」

鴉公看著他笑了一笑：「衝著信物來？小子，你知道你們三派保管的信物是什麼東西嗎？」

陸長生愣了愣：「我……不知道。除了掌門以外，應該沒有人真正見過信物。」而上一次信物交接也是二十年前的事了。

「你們自己不知道，江湖上倒是風傳得非常厲害。」

「豈有此理，我們自己都沒親眼見過，哪有外人插口的餘地？」

鴉公聳聳肩不置可否，承安倒是興致勃勃地問：「江湖上風傳是什麼？」

他盯著承安，像要變什麼精采戲法似地朝她擠眉弄眼：

「不死藥。」

承安聽了先是一愣，而後不可置信地笑道：「你相信嗎？」

鴉公冷笑道：「我當然不相信。眞是長生不死藥，三派早就自己瓜分了它，哪裡輪得到棲霞派百年之後才來強占不放？」

承安反駁道：「這信物是別人託付給他們的呀！或許三派就是這麼高風亮節，始終信守承諾，不肯染指不死藥呢？」

鴉公問她：「妳曉不曉得朱寒衣是什麼人？」

承安自然不曉得，陸長生解釋說：「是棲霞派二代弟子的其中一人，排行老二，只在她們大師姊林諸星之下。」

鴉公笑說：「你沒說到重點。」

「那都是江湖謠言，徒然損人名譽，又何必提起——」

「所以你也曉得我要說什麼。」鴉公笑道：「江湖有誰不曉得，朱寒衣是棲霞派掌門的私生女兒。」

承安聽了臉上都不由得一紅，說：「眞的？」

「棲霞派掌門妙音子入道是這十幾年的事了，她在俗家時叫朱藍染，當年這件事鬧得挺大的……對外頭說是收養的孩子，實則她對朱寒衣的寵愛遠遠超過其他弟子，這事例很多，我就不必多費唇舌了。」

陸長生不喜歡聽他提及這些損及棲霞清譽的事，忙打斷道：「別說這些了。」

鴉公不理他，逕自道：「這也不是重點，重點是今年年初，朱寒衣死了。」

「死了？」

陸長生說：「聽說忽然染上了急症，走得很快。」那時他擔心病疫情況，曾捎一封信上去給妹妹陸梵天，沒有回信，過不久，就傳出棲霞派不願輪轉信物的事。

鴉公道：「不管朱寒衣染上什麼怪病，如果妳知道妙音子有多偏愛她這個私生女兒，妳就曉得，假使棲霞派眞的保管著不死藥，妙音子不可能眼睜睜看著她寶貝女兒命喪黃泉的。」

陸長生道：「這話未免偏頗，也未免……小瞧了師伯。」

鴉公道：「小兄弟，你做過人的父親嗎？你能理解妙音子的心情嗎？」

承安難得幫著鴉公：「他說得沒錯，在那種情況下，做母親的鐵定……」說著竟講不下去了，只垂著頭不說話。

陸長生一時也無話可說。

他知道不死藥的說法並非空穴來風。三派弟子或多或少都聽過信物的傳聞——信物是有名字的，叫做「百年身」。眾人只聞其名、不見其形，就著這名字胡亂揣測，其中傳得最凶的一種，就是「不死藥」。然而三派對信物一直抱著諱莫如深的態度，除了將百年身和他們的隱學一起鎖在祠堂深處外，交接儀式也異乎尋常的謹愼隆重。陸長生並未親睹過交接景況，不過據說信物被鎖在一口小金盒內，每到要移交時，便會將金盒放入一口大水晶匣內。

那水晶匣做得極巧妙，裡面挖了一個圓形的洞，恰可容納那口小金盒。晶匣兩邊都鑽了細孔，交接時將金盒放入晶匣內，取銀鉤穿過兩邊的細孔伸到金盒邊，輕輕轉動便可將金盒蓋掀開。此時，兩派掌門會確認裡面的東西完好無缺，這才封盒退出，將金盒移交給下一個保管者，數百年如一日。

陸長生在青竹派祖祠裡見過交接用的水晶匣，知道這儀式之繁複絕非空談，只是三派周密的程度，叫人難免心生疑竇。

承安問：「如果不是不死藥，棲霞派爲什麼死咬著信物不放呢？」

這個問題拋了出來，陸長生自己也不能回答。

船行得愈發快了，船艙內卻是不大安寧的一晚，只有承安一人無憂無慮，縮在船艙角落裡熟熟地睡著了。陸長生盯著鴉公，鴉公盯著船外。轉眼天色漸亮，遠方天際像畫卷上潑了清水，墨跡被洗淡了，還殘餘一點暈開的痕跡。

船在青衣江中連行了兩晝夜，等終於靠岸時，下雨了。

六、火燒雲

IMMORTAL BIRD

IMMORTAL BIRD

劍光如流雲霞影。

陸梵天收劍時，夕陽餘暉掠過她的劍身，劍上鑲的那幾顆紅寶石光華流轉，讓她彷彿是將一彎虹影收入了鞘中。

浮華。

葉澄心裡雖不屑地這樣想，但沒有把話說出口，只是看著地上兩具屍體，面無表情地說：「師妹怎麼一動手就上了殺招了？」

陸梵天頭也沒回，殘陽在她婀娜的背影上縫了薄薄一道朱紅鑲邊。她說：「刀劍無眼，動起手來就是這麼回事。要怪也只好怪他們沒本事，什麼摧山掌、裂石拳？連隻蒼蠅也拍不死。」

葉澄淡淡道：「雖這麼說，總要留些後路，這下我們和百鬼門算是結下了梁子，另外連梨山九盟也一併得罪了。」

陸梵天說：「那又怎樣？這次可是他們自己吵吵嚷嚷著找上門，說我們嫁禍栽贓，誣指他們的弟子是殺手，難道還要我給面子？我可從沒說過懷疑他們，須知百鬼門他們那點兒微末道行，哪裡傷得了我棲霞弟子了？」說著，她轉過身來，冷笑道：「就是梨山九盟都來挑我們的場子，難道我就擔不下來了？」

葉澄悄悄嚥了口口水，沒有說話。不論再看多少遍，她都覺得陸梵天美得動魄驚心。即便她身為女人，每次見到陸梵天的面孔都仍有一種心跳漏了一拍的感覺。

陸梵天的美不是清細婉約的那一種，而是帶著極強烈炫目的光華。若以百花為喻，她能想到的只有五月時盛放的石榴——石榴不一定是百花之冠，但除了她以外，再也沒有什麼花能開得如此瑰麗鮮烈，明亮得彷彿能將人雙眼直接燒穿。

陸梵天在棲霞派七位傳劍弟子中排行第七，當然這只是以行第來論，若論實力的話，她雖遠排不上第一，至少還能算上前一半的。葉澄暗忖自己若和她動起手來，贏面是高是低，竟也不敢貿下結論。

上天是不公平的，除了無與倫比的美貌之外，還給了陸梵天聰穎的悟性和靈巧的身段。棲霞劍講的是行雲流水、出手如烈焰狂舞，如此華麗的劍法，最適合陸梵天這樣繁花一樣的女子。她不見得是將棲霞劍使得最好的一個，卻無庸置疑是使得最美的一個。

葉澄對她忽生出一種說不出來的厭煩。

她不想面對心裡莫名的焦躁，便對旁邊的小弟子說：「派人把屍體送回去百鬼門。找個機靈點的，身段要軟些，該道歉就道歉，但千萬不可把罪責攬到自己身上來，要說是他們先上門來出言不遜，又對七師姊言語輕薄，她一怒之下才動了重手的。」

陸梵天叫道：「誰敢！讓他們自己來把屍體領回去，再讓幽爪老怪端端正正給我磕一百個頭！」

葉澄瞥了她一眼，冷冷地說：「妳是嫌棲霞樑子結的還不夠大，恨不得再來幾個行蹤飄忽的殺手、把我們的弟子都殺個精光就是了。」

她這話說得很重，且十分晦氣，陸梵天訝道：「師姊，妳怎麼能說出這樣的話？分明是他們無禮在先、不把棲霞放在眼裡。我們親自上門賠罪，棲霞威名何在？」

葉澄朝她狠狠撂一句：「從那個殺手出現起，棲霞的威名就一丁點不剩了！」說著摔了袖子去了。

陸梵天很少見到冷靜溫婉的葉澄發這麼大脾氣，不明所以，一時便有些慌，但她見還有好多年輕一輩的女弟子在這裡，說什麼也不能失了自己的威嚴，強自鎮定道：「就照我說的辦。」

女弟子領命去了，這時又有人上來回報道：「衣蘭和劍英回來了。」

「讓她們進來。」

女弟子們交換了一個眼神，便退下去帶人上來。

陸梵天感到一種說不出的不愉快，她時常覺得自己動輒得咎，彷彿一言一行都被人特別放大檢視。每次她做了什麼，那些師姊妹總會有意無意地使個眼色，似乎互相交換了心照不宣的祕密，好像只要轉過身去，就能聽見她們窸窸窣窣的笑聲。

她知道整個棲霞派裡年輕一輩的沒幾個人喜歡她，她在棲霞派過得並不快樂。可愈是被孤立，她就愈要強。劍是愈練愈好了，她卻好像把自己推上一個孤聳的高峰，不勝苦寒。

趙衣蘭和尤劍英上來了，陸梵天也不問發生什麼，只劈頭就罵道：「我已下令不准擅出銀屏山，爲什麼不聽我的命令！今天算是僥倖，還能保得一條命回來，若遇上了那尊殺神，妳們打算怎麼辦？」

衣蘭垂著頭看不見她的眼神，高大的劍英卻昂然望向陸梵天，陸梵天看得見她眼裡跳動一種說不明白的火焰，那種欲言又止、隱忍不說的表情讓剛才的嫌惡感又湧起，陸梵天因此沉默下來。

「我們得了消息，有個人近日在蜀中現身。」尤劍英咬著下唇，恨恨地說：「我們懷疑他極可能就是那殺手，連追了幾十里，好不容易追著了，卻又——」

「卻又丟了？」兩人沒有答話，陸梵天吸了一口長氣，耐著性子問道：「到底是什麼人？」

「鴉公……江南白石莊的顧停雲。」

「顧停雲……」她愣了一下：「顧家的二少爺？」

顧停雲對她而言已差不多是個歷史中的人物，在他少年名動江湖以及他和顧家恩斷義絕之時，陸梵天恐怕還沒有出生。

江南顧家白石莊素以內力醇厚著稱，其絕學「枯榮一線」更是能不留半點外傷，只要探上腕口，便能直接將人心脈震斷。經脈受其內力燒灼之處，便如晚秋枯荷一般，焦黃敗脆。

然而，將枯榮一線練到這般火候的顧家人卻不多，至少就她所知，晚一輩的後生絕無人到達那殺手的境地——顧家當主顧時雨長年坐鎮白石莊，未曾聽說他踏出蘇州半步。兩位出閣的顧小姐一人遠嫁疆外，一人則也留在江南。

陸梵天畢竟年輕識淺，竟沒有想到雲隱多年的顧家二少。若先不考慮理由，只論身手，顧停雲倒是很有這個嫌疑。

然而這些念頭都只在她腦中很快掠過，事實上聽完劍英的報告，陸梵天只感到一陣無法壓抑的憤怒。她忽然拔劍而出，那紅火一樣的利劍直接點向劍英肩頭，她這一招來得全無先兆，劍英一急全身僵硬，忙向後一個急躍退開。陸梵天卻比她更快，身形一低，劍光便遞上劍英肩頭，割斷了她兩隻耳璫。

叮鈴一聲，轉眼墜地明珠不知滾到哪裡去了，金鍊子小銀鉤也摔了一地，尤劍英卻只看見一道紅色的影子掠過。陸梵天身形如電，不知何時已經退回原位，盯著兩人冷冷訕笑。

趙衣蘭自始至終都僵在原處不敢動彈。

陸梵天冷笑道：「就妳這身功夫，也敢去動顧停雲？他三十多年前初出茅廬之時妳們都不是對手，更遑論現在？」

尤劍英被她這麼一堵，立刻漲紅了臉，一雙尖細的眼裡躍著憤恨的火焰。

陸梵天收劍回鞘，說：「妳和衣蘭這點本事，加起來再一百個都不夠顧停雲殺的，妳們到底是腦子燒壞還是怎麼著，就這麼急著要立功嗎？」

劍英被她罵得抬不起頭來，只能屈辱地低頭含淚，陸梵天長嘆一聲，滿臉失望地去了。確認她已走遠了，趙衣蘭才過去輕輕拉了拉尤劍英的手，說：「妳別理她。」

尤劍英搖了搖頭，趙衣蘭說：「我們確實是莽撞了，但也沒有她說的那麼不堪。到底是誰急著立功？今天棲霞派會變成眾矢之的，難道她不必負最大的責任？」

尤劍英用力眨了眨眼，硬是將眼底的淚水眨碎了，只沾得眼眶有些濕潤。她低聲道：「這話不可再說了，仔細讓她聽見。」

趙衣蘭也有些害怕，立刻放低聲音，但仍不服氣地說：「本來吧，我們的信物就應該傳給青竹派，大家都交好了這許多年，何必破壞彼此交情？若不是陸梵天堅持東西應該留在棲霞，另外兩派都沒資格保管，棲霞派也不至於成了現在的過街老鼠，人人喊打，說我們強霸無賴。」

尤劍英也嘆道：「就是，怎麼說棲霞也是玄門正宗，平白讓她糟蹋了我們的俠名。」

趙衣蘭罵道：「其他幾位傳劍師姊也不管她，只由著她任性胡來，這才把她寵壞成這個樣子，眞把自己當下一任掌門人了！還別說，只要大師姊在的一天，她就是再強十倍，這掌門的位置也輪不到她。」

一來一往的數落陸梵天讓兩人心裡平衡了些，尤劍英嘆道：「說得不錯，可大師姊卻最放任她。」

趙衣蘭道：「我看大師姊也並不是寵她，只是她那個性子，對凡事都不上心，故放著那猴子氣焰囂張。其他幾個師姊都不喜歡她，頂多二師姊和四師姊兩個還肯和她說上幾句話罷了。」

說到二師姊朱寒衣和四師姊葉澄，兩人就忍不住交換了一個眼色。尤劍英遲疑一會，終究還是按捺不住，道：「而且如今也只剩一個了。」

「老齊、老齊在不在？」鴉公朗聲叫道：「還是楚大刀呢？」

承安環顧廟裡一圈，廟雖古舊頹敗，起碼沒什麼缺磚漏瓦的，雨水打不進來。剛才冷得全身哆嗦，一進屋裡忍不住長舒了口氣。

廟外的香爐被大雨注滿，裡面本來也沒幾支香，倒說不上被澆熄了香火。不知多久以前沉積的香灰和著雨水，黏糊糊地像一口大泥塘。泥塑的神像已坍了一半，身上五彩塗漆掉得零零落落，凌亂蒙著塵灰、蛛網和稻草，倒比他們還狼狽幾分。

鴉公順手在供桌邊的柴堆點了火，又叫一遍：「有沒有人在？」

承安看這舊廟一無長物，一點人跡都沒有，心想：沒人就是沒人，難道多叫幾聲就能讓你叫出幾個來？誰知她才剛起這個念頭，忽然就一顆大球從屋梁上滾下來。「哎喲！」大球幾乎就砸在承安面前，承安猛一下跳開，定睛一看，那哪裡是什麼大球，而是一個蜷著身子的矮胖子。

矮胖子站直了身體，滿面紅光，留了一把大鬍子。單就外表而言，倒很符合承安對鴉公一開始的想像。她抬頭往屋頂看，頂上屋梁又窄又舊，看著搖搖欲墜，也不知這胖子究竟容身何處。倒是梁間掛了好大一張雪白的蛛網，承安幾乎都要懷疑這胖子剛才是睡在網子上的。

鴉公問那胖子：「顧盼呢？人還好嗎？」

「還好，就是老樣子。平時精神，一渴起來就鬧得凶。你這趟回去江南老家，到底找到辦法沒有？」

鴉公沒回答，只說：「老齊，你去給我打桶冷水來。」

老齊大概知道這回答就是沒有，也沒繼續追問，瞄了承安和長生一眼，就到後頭去給他找水。鴉公盤腿坐在地上，吐納勻息起來。

承安也自己挑了個角落坐下，從她坐的位置能看見神像背後有個破洞，亂草和蛛網蓋在祂身上，倒像敷住傷口似的。

剛下船時鴉公面色如土，陸長生想去扶他，讓他一把摔開來：「我們到這裡分道揚鑣就可以。」

陸長生指一指鎮上，才不遠處就能看見幾個棲霞派的弟子：「這裡離臨邛不算遠了，棲霞派不曉得有多少人，她們若盤查起來，你打算怎麼辦？」

鴉公也知道他說的不錯，面色沉了一沉。

承安對陸長生說：「他自己都說他不怕棲霞派了，你管那麼多做什麼？」

陸長生倒替他解釋：「他顧慮的不是那些弟子，是棲霞派上面的人。」

鴉公冷笑道：「嘿，你小子倒明白。」又道：「不錯，我可不想不明不白地坐實了殺手的罪名。要是眞招惹上棲霞派的林諸星，這輩子就算沒完沒了了。」

陸長生嘆道：「你要到哪裡去，我們陪你走這一段，替你擋一擋吧？」

鴉公譏嘲道：「你能做什麼，能保護我？你自己左手都廢了，能替我擋什麼？」

承安本來還直鬧騰，一聽這話都啞了：「左手廢了？」

「他是使雙劍的，和棲霞派大打出手卻只出一劍，妳就不覺得奇怪？他的左手——」

承安看向陸長生，陸長生把戴著手套的左手往後藏了一藏，尷尬笑著沒解釋，只說：「果然瞞不過前輩眼睛。」

那幾個女子見鴉公形貌可疑，似乎已注意起他們，往這個方向走來。

陸長生說：「要把人擋下來方法多得是，又豈只有動武一途？我倒眞怕你把她們幾個殺了。」說罷，不等那幾個女子過來，自己先迎上前去，作了個揖道：「在下是青竹派陸長生，不知幾位師妹是哪位師姊門下的？」她們看陸長生腰懸雙劍，面目又和善可親，倒去了幾分戒心。

「原來是青竹派的師兄，師兄是去三寒會的？」

陸長生道：「是。」又問：「妳們在這兒做什麼？」

她們似乎難以啓齒，好不容易其中一人才擠出話道：「我們是飛煙師姊門下，她下山已好一陣子了，沒消沒息的，我們心裡有些掛念，所以出來找她。」另一個則解釋道：「本來上面下了嚴令，不許我們出銀屏山的。」

陸長生知道必是爲了連環殺手的緣故，好聲勸慰道：「也難爲了妳們。妳們上面的師姊不會坐視不管，我相信那凶手很快會就逮的。」

那少女哽咽道：「最初不是她們強霸信物，打死不肯把東西交給青竹派，我們也不至於惹上這事！」

另一人見她同伴義憤失言，忙阻道：「別說了！」

她卻不聽，仍執意說：「這位師兄……棲霞派並不是每個人都想霸住信物，很多人是想把東西和平交接給青竹派的。」

陸長生溫和地笑道：「我知道。兩派之間的事，有時候不是我們一己之力就能夠改變。」他遲疑一會，問道：「妳們知不知道一開始是誰主張要把信物留下的？」

兩人對視一眼，低聲道：「是七師姊。」

那之後陸長生就沒再說過話，一路沉默著送鴉公回這間破廟裡。

而承安心裡始終只念著一件事：陸長生左手不能用了，她從來不知道這件事。

承安正沉思著，聽神像傳來啪沙一聲，她抬頭往那邊看，就見兩條白色東西從神像裡鑽了出來。

承安瞇起眼睛再細看，發現那是兩條細胳膊，叫她忍不住起了一身雞皮疙瘩。就見那雙手按住供桌，兩肘向外彎，一會兒裡頭傳來「呦協」一聲，一顆腦袋從肘間鑽出，接著整個身子都滑了出來。像本來纏成一團的九連環，敲一下突然解開了。

從神像裡鑽出一個瘦削的高個子，嘴上兩撇八字鬍。他看見承安瞪著眼睛直看他，拍了拍身上的煙塵，對她微微一笑。承安繞去神像背後看，只見神像早被掏空了心，露出一個半人高的空洞來，他大概是縮著身子睡在裡面的。

那高瘦子跑到鴉公旁邊，叨叨念道：「老鴉，什麼時候回來啦？」

「你在泥像裡睡得正香的時候。」

「你受傷啦？」

「不是多厲害的傷。」他說：「楚大刀，替我把衣服割下來，左邊。」

楚大刀嘻嘻笑，從懷裡摸出一柄小匕首來，刀上纏著一尾指頭粗細的小蛇。他把小蛇拈起夾在指間，順著鴉公的脊梁畫了一刀，替他將上衣卸了下來。

只見鴉公左半邊身體的肌膚烙鐵一樣的燒紅著，從上臂到胸口間甚至有些地方已給燒得焦爛。

「這是怎麼著，你給人按進火堆裡啦？」

他冷笑一聲：「你倒看清楚了，這就是江南顧家的枯榮一線。」

楚大刀想了一會，明白了情況：「這麼說來，白石莊的人不肯救顧盼？」

「說不到三句話呢，就給他一掌拍了出來。」

楚大刀又嘻嘻笑：「顧大少脾氣眞壞，你大姊也在江南，難道她不肯幫你說句話？」

鴉公道：「他才是當家，霜姊總不好違逆他的意思。」

這時候那矮胖子齊鬍子也提著水回來了，他說：「乾淨的水要留給盼盼。這些就是外頭接的雨水，將就著點。」鴉公也不太在意，直接將左臂浸入冷水中。他深吸了幾口氣，猛地雙眼暴睜，桶裡濺起好大一陣水花，緊接桶中冒出蒸騰熱氣，水面滾燙劇烈翻攪著，像將他體內的熱全都導引到水中了。

一會兒整桶水都蒸乾了，齊鬍子問：「再給你提一桶來？」

他搖搖頭說：「這樣就差不多了。」

楚大刀扔了件白衫子給他換上。陸長生和承安看得瞠目結舌，齊鬍子盯著他們瞧，滿眼的提防：「老鴉，那兩個崽子是什麼人？」

「算是我的朋友。」他隨意回答，又問：「棲霞派那裡有什麼動靜？」

「沒有，就是封了山，再也不見外客。前幾天有梨山的人上去大鬧一場，被砍了頭扔下來了，還別說，棲霞派號稱玄門正宗，下手可眞夠狠的。」

「顧盼呢？怎麼沒看見她？」

「不必找她，她就跟掛了個鼻子在你身上一樣，一會兒就自己出來了。」

果然隔不多時，後屋就傳來一聲稚嫩甜膩的「少爺」，還有一串乒乒乓乓的奔跑聲。

一個女孩子從後屋裡跑出來，桃紅色白花的短襖，梳一對整潔可愛的羊角辮。一看見鴉公就像狗兒看見骨頭一樣飛奔過來，滿口少爺、少爺地直叫喚個不停。

鴉公笑著說：「這麼多天沒見，倒挺精神。」

承安和陸長生看著那女孩，都不說話，或者該不該稱她「女孩」都成問題。她的嘴唇泛著黑青色，雙頰凹陷、滿面醜陋的皺紋，劈頭蓋臉的塗朱抹紫，說不出的詭異。她雖然瘦，但身量很高，一件女童的夾襖給她穿得又勒又緋。

承安猜不出她多大年紀，但看上去起碼有四、五十了，她心裡想：這是什麼人？顧停雲的奶娘？

「盼盼，我買了些東西給妳。」鴉公從懷裡掏出一個小油紙包，遞給盼盼，說：「妳看看。」

盼盼打開紙包，裡面是一只手持的小銅鏡，鏡背刻了枝上繁花，幾隻鳥兒在枝旁繞著打轉。

他說：「喜上眉梢，圖個吉利！」

承安看那些鳥，根本不是喜鵲，花或者也不大像梅花。

盼盼卻是愛不釋手，她把玩了一會鏡子，望著兩人問：「這是少爺的朋友？」鴉公也沒有否認，她輕輕點了個頭見禮：「我叫顧盼，是服侍二少爺的丫頭。」

承安不知道鴉公實際的歲數，心裡嚇一大跳，想著：這麼大年紀了還做丫頭。

原來顧盼亦是出身江南白石莊，是鴉公還在做顧停雲時就一直帶在身邊的丫頭。鴉公與顧家決裂時，她毅然決然選了鴉公，拋棄自幼長大的顧家。鴉公離開顧家三十多年，顧盼算來差不多有四十來歲了。

陸長生見她面色泛青、雙唇發紫，便問：「顧姑娘身上是不是……有傷？」

顧盼聽他還稱自己姑娘，很開心的樣子，說：「不錯。年前我在大理中了招，是很厲害的朱蟾毒。」

承安看顧盼那身古怪的裝扮，本以為她必是有些失常瘋癲，意外的是顧盼並不見任何癲狂之處，她的語調沉穩平緩，雙目透澈清明。

鴉公說：「朱蟾毒是一種渴毒。這種蛤蟆本來就只生在水塘邊，離不開水三尺遠，敵人一旦沾上它們的毒液，就會被絆在水池裡，拚命喝水，最後灌破腸肚，飽脹而死。」

「那顧姑娘——」

顧盼說：「蟾毒經過特別的煉製，毒性倒不是即發的，只是每天有一段時間，總是特別容易犯渴。」

「那不是很難受嗎？」

「我一開始覺得渴了，就盡量讓自己睡一小覺。渴毒是間歇性發作的，一天只發作幾次，時間也不會太長，只要捱過那一段就好。」

齊鬍子紅著眼眶說：「可盼盼喝的水一天比一天多了。」

「那一下朱蟾毒本來是衝著我來的。」鴉公嘆了一聲：「要眞落在我身上還好，我和這些東西打交道慣了，怎樣狠烈的毒物，牙根一咬總能挺過來。」

顧盼說：「瓦罐不離井上破，反正總是會有這一天。」

承安有點可憐起鴉公，問她：「妳跟在他身邊這麼久，難道就不和這些東西打交道的？」

顧盼靦腆地笑一笑，說：「少爺做的事，我不懂。」

鴉公道：「白石莊從來視這些蛇虫毒物爲旁門左道，最是厭棄。盼盼自小在白石莊長大，耳濡目染，奉莊規爲圭臬，因此絕不肯碰這些東西。」

眾人心裡都想：既然如此，她當初又何必爲了你和顧家決裂呢？鴉公大概也想著同樣一件事，因此訕訕地笑。陸長生看他那宛如少年般清秀的側臉，又見顧盼像要苦苦抓住青春尾巴似的可笑裝扮，心裡忽感覺說不出的可悲，於是他問鴉公：「顧前輩，連您也治不好嗎？」

「別再提這個姓氏了。」鴉公煩躁地說：「治不好，我就是治不好！要不然我幹什麼還去那白石莊呢？姓顧的擺出一副清高正派的樣子，實則比誰都要鐵石心腸。從前盼盼還待在白石莊時，也是服侍過他們的，怎麼能就這麼斷情絕義呢？」

「我們是顧家的叛徒，大少爺不肯相救也是理所當然的。」

齊鬍子一把鼻涕一把眼淚哭了起來，鴉公一聽他哭起來更煩，斥道：「老齊你閉嘴！」

顧盼自己倒是置身事外，雲淡風輕：「沒事，老齊別哭，我活得也夠長了。我只擔心我走了以後，將來沒人替我照顧少爺。」

楚大刀笑嘻嘻道：「盼盼，我們可沒人想替妳接手妳這個老少爺！」說著看了鴉公一眼：「白石莊不肯幫忙，那也沒什麼關係。我們當初兵分兩路，就是預見了會有這個結果。妳當我們爲什麼帶妳入蜀？只要妳們家老少爺肯點頭，這不是還有另外一條路能走嗎？」

鴉公臉色立刻沉了下來，顧盼訝道：「另一條路？」

楚大刀往天上指了指：「銀屏山上那些仙女，手裡還有著西王母的不死藥啊！」

夜裡陸長生聽見有人敲門，也沒等他回應就自己推門進來。陸長生知道這樣的人不會有第二個，果然是承安。大雨下了一夜，他們暫且走不開身，加上顧盼殷勤留客，索性就留下暫住一晚。廟後倒有很多空房，大概是以前道士住的。

承安朝他訕訕一笑，溜到他身邊坐下，說：「我看你這幾天都愁眉苦臉的，怎麼了？是不是會擔心你妹妹？」

「沒事。」他沒想到承安會關心起他，心裡有幾分感動，說：「我妹妹待在銀屏山上，那裡銅牆鐵壁一樣，很安全。」

承安卻露出一副欲言又止的樣子，陸長生詫道：「到底怎麼了？」

承安沒說話，陸長生嘆道：「看是誰愁眉苦臉了。」想了一想，忽從袖口裡撈出一個小油紙包來，和鴉公給盼盼的東西一模一樣。

承安一看就笑了：「這算什麼，也是小鏡子？」她把紙攤開來，還眞的是一面差不多的鏡子，還有一柄螺鈿小梳，看上去和鏡子是一對的。她翻過來看鏡背的花紋，一朵俗豔的大花，道：「這可湊不成喜上眉梢了。」

「送妳的。」

「你買這個給我幹什麼？」

「先前有人和我吵著要買花鏡子花梳子什麼的，吵了一上午啊！」

承安望著那小鏡子小梳子愣了一會，陸長生以爲她不喜歡，有些不自在地笑道：「不是什麼貴重的東西。我對這些不太在行，大概也沒什麼眼光，要是妳不喜歡，那——」承安忙一把將鏡子和梳子都塞進衣襟裡，說：「喜歡、喜歡得不得了。」接著又笑道：「你是哪裡變的戲法，這會兒上哪買去？」

陸長生搖搖頭說：「不是今天，是那天在甘露縣集市上買的。」

「集市？你說那天和棲霞派打起來的時候？」

陸長生說：「是啊，那天我買鏡子的時候，鴉公也剛好站在我旁邊，老闆問他話都不會答，所以我才以爲他眞的是啞巴。」又說：「他挑鏡子挑了很久，一直笑得很開心。妳不是老問我爲什麼幫他嗎？如果妳見到他那種笑容，就會和我一樣想……這個人不會是什麼壞人的。」

「好人壞人能這樣分嗎？就你對誰都沒戒心。」

陸長生微微一笑：「好了，妳到底要來找我說什麼？」

承安彆扭了一會兒，才說：「其實我就是想來問，早上的時候鴉公說……說你左手廢了？」

陸長生沒想到她說的是這個，就見承安忙忙地像要解釋什麼：「那時候也是，你把白家兄弟趕跑的時候，也只出了右手一把劍。那時我沒多想，只覺得你——不對……我根本沒想你的事，我只注意我自己。到後來你跟棲霞派的人打起來了，還是一樣，只用右手的劍。」她頓了一下，說：「我只知道看著我自己，根本沒關心過你的事……對不起。」

陸長生也有些不知所措，一會兒才說：「沒關係。」

說著他將左手平擺在桌上。他手上一直戴一只黑手套，承安並不是沒有注意過，卻從來沒問。

承安輕輕碰一碰手套，其中幾根指頭摸起來很僵硬。她伸手去拉，陸長生忙驚呼道：「哎、別看，很可怕的。」

「讓我看一看！」那不是好奇，也不是刺探。

陸長生看她堅持，嘆了口氣把手套抽下來。除了拇指以外四隻指頭都斷了，是斬斷的，切口削得很平整。他大概不想讓人注意到少了幾根指頭，在手套裡填塞了東西。

傷口看起來很新，上面慢慢長出一些粉紅色的新皮肉，她紅著眼說：「一定很痛。」

她想，陸長生把她從棺材裡拖出來的時候，指頭恐怕才剛被砍下不久，大概每天左手都疼得要瘋了。

他們行旅這麼長時間，她竟然沒注意過他從來不用左手。

「這是怎麼來的？難道你也欠了賭債？」她有些哽咽地說：「我還不出五百兩的時候，白老大和賭場的人說要把我十指都剁光。」

陸長生知道搪塞不過去，便老實說：「退出青竹派時，還給師父的，這樣就不能再使青竹劍了。」

承安不可置信地說：「有需要做到這種程度嗎？」

「上次說退出青竹派說得客氣了點兒，其實我是被趕出去的。」

「爲什麼？」

陸長生說：「因爲我犯了門規裡最嚴重的一條。師父算對我很好了，起碼毀的是左手，大體來說生活比較不受影響。」

承安義憤填膺道：「一定是青竹派搞錯了，我不相信你會做壞事！」

陸長生把手套戴回去，笑說：「妳又曉得我是什麼樣人了？我本來按規矩要死，是師父可憐我，還留我一條性命，只將我逐出師門，不許再用青竹劍。」

承安似乎不太服氣，又找不到話好安慰陸長生，只得說：「逐出師門，那也沒什麼大不了的，我也被逐出師門了。」

「妳也被逐出師門了？」

「是啊！清音是這一代的掌門，他既然不要我，那我也算被掌門人逐出師門了吧？既然如此，你我這是同病相憐，如楚囚對泣！」

陸長生聽她亂掉文，笑著搖了搖頭，又說：「妳被逐出師門，那也很好，以後就在棲霞派把劍學精，一輩子不要再回那個大籠子裡了。」

說起棲霞派承安才想起：「剛才那些人才說要上棲霞派去搶不死藥呢，難道你就不擔心？」

陸長生說：「又不只他們存這個念頭，擔心什麼？再說了，棲霞派自己能應付的。」說著，他忽然解下腰間一把劍，遞給承安。

承安驚呼一聲：「這是做什麼？」

陸長生道：「這對劍是師父給我的，我用不著了。現在一把給妳，妳去棲霞派學劍，總要有劍。」

承安看著那劍，不敢收。

陸長生笑說：「不要怕，收下。但是要好好珍惜它，記得不要做出讓它蒙羞的事。」

承安遲疑片刻，終究將劍收下了，半晌才吐出一句：「謝謝。」

這好像是她第一次對陸長生道謝，她想，這句感謝未免來得太遲了。

IMMORTAL BIRD

七、子母蠱

IMMORTAL BIRD

承安回到房中，把陸長生給她的劍擱在床頭，盯著劍直看。以後這把劍就是她的，她要拿這把劍做什麼？她要拿這把劍成爲怎樣的人？離開丹陽谷後，她是第一次認眞思索起將來，這是她大半生都不曾問過自己的問題。她已經沒有地方可以去了，這把劍就是她唯一的依歸。

她腦中千頭萬緒，將來還籠罩在一片黑暗之中，但她能看到遠方有一盞微弱的光。她將劍抱在懷中，心想：我不知道我能做什麼，可是我要成爲像長生那樣好的人，不會對不起這把劍的人。

她拿出陸長生給她的鏡子，這麼多年了，她很少再照過鏡子，很少再想知道自己如今是什麼模樣。她伸出手按自己的臉頰，十七、八歲少女柔軟而有彈性的肌膚，指尖輕輕壓下時，彷彿能碰到那底下汩汩流動的鮮血。

她好恨。

虛掩的窗子被風刮開，搖得喀達喀達的響，好像有誰在外頭死命地敲窗一樣。承安伸手去把窗子關上，雨水打在手背，冰涼而略帶暮春的潮意。

承安忍不住將手更伸出去一些。她把手拳起來，指尖壓自己的掌心——指尖是冰冷的，手心卻是溫熱的，那是極小的溫暖，但就是這樣一點點的熱度，讓她強烈意識到自己活著。

她的生命太早在丹陽谷中熄滅了火花，最終成爲一條乾枯的河。她朝空張開手掌，像想捉住些什麼：

「如果讓我再重新活一次——」

忽然，一個冰冷的東西纏上她的手。

承安驚叫一聲，用力甩動手臂，想把那東西甩開。那東西卻像一尾滑膩的蛇，將她的手絞得死死的。她低頭向窗外一看，只見一隻死白的手抓住自己，底下是一張慘白而平坦的臉，正瞪大了眼仰望她。

那人拖著她猛一使勁，向上一躍撞進窗內。他全身濕淋淋淌著水，蒼白得像一具剛從海面上浮起來的屍體。承安打量他的面貌，卻是一點印象也沒有。那男人二十來歲年紀，形貌清癯，一雙眼黑得像烏沉沉的鐵，彷彿所有的光到了那裡都要被吸進去。

他以一種近乎驚嘆的神情看她，始終不發一語。

承安被他盯得發毛，也讀不出他眼裡的情緒是什麼意思。

良久，那人只輕輕喚了一聲：「承安。」

像要笑，又像要哭。

她根本不認識這個人，也不明白他為何如此飽含深情地呼喚自己。那人很快就收起失態，客氣地朝承安一揖，說：「我叫鴻麟，石鴻麟。」

承安一愣：「你姓石？」

石鴻麟頷首，承安謹慎地問道：「你是丹陽派的人？」

鴻麟閉上雙眼。

中了！

眞的是承安！

他本來想，既然這女孩和畫像上的人長得一模一樣，不論她是不是承安，就先帶回谷裡給清音交差再說，反正拖得一時是一時。

沒想到一發中的，他和彩鳶抽到了上上籤。

承安自然不明白他心底這許多千迴百轉的念頭，但知道他是丹陽派的弟子後，反而安心了下來。

「你是清音的……師兄弟？不對，清音應該是大師兄，你是他的師弟？」

「對。」

「你說你叫鴻麟。」她很懷念似地說：「我沒有聽過鴻麟這個名字，是取鴻前麟後之意的鴻麟嗎？」

他想像過很多兩人初次見面時承安會說的話，她會害怕地哭叫逃跑？或是冷靜地和他們動手？依靠那張畫像，他心底描繪出無數個虛構的承安。

可是他沒想過承安會問這麼奇怪、一點也不相干的問題，她還有更多事可以問的，丹陽派為她掀起了滔天巨浪，清音變成瘋狂的暴君，她卻像一切都與她無關，站得離遠遠的，看他們陷入絕望之中。

鴻麟的名字是石丹朱給的，他自己也不曉得是什麼意思，因此答不上來：「我不知道。」

兩人對峙著沉默了一會兒，承安又問：「是清音嗎？是清音讓你們來找我的嗎？」

鴻麟心想，承安一點也不害怕。

這時他感覺到一股說不出的壓迫感，甚至答不上話來。

「你一定是清音的心腹了？他的性子很多慮保守，和誰都親不起來，如果不是很信賴你，怎麼會讓你代替他出谷？」承安像怕碰碎東西似地，小心翼翼問道：「他……還好嗎？」

鴻麟看見她眼底帶著殷殷的關切思念，忽然陷入一股迷茫中。

承安到底是誰？他從沒想過這個問題，在他心裡，「承安」二字一直只是一個記號，沒有任何意義，像收在琉璃匣子裡的瓷娃娃，碰不到、摸不著，離他們好遠好遠，他甚至多少有些同意棟子和彩鳶的話——也許承安根本沒有存在過。

然而承安現在就站在他眼前，是一個活生生的人，會說話、會呼吸、會微笑、會流淚，她有著人的喜怒哀樂、七情六欲，不再只是一個虛幻的影子。

「他很好……」鴻麟遲疑著說：「就是急著找妳。」

承安冷淡道：「你騙我，清音一定出了什麼事。否則他既已決心要殺我，還讓你出來找我做什麼？」

「不……他沒事。」鴻麟心口一跳，覺得自己彷彿觸到了清音的祕密：「妳說清音要殺妳？」

承安沒有說話，鴻麟心裡湧上一個可怕的疑惑，而這些疑惑或許只有承安才能給他答案，他說：「承安，我只問妳一個問題，這件事關係到帶妳回丹陽谷後，我們要怎麼面對……或說看待清音，請妳要老實回答我。」

承安抬起一雙清明的眼看著他。

「師父……是不是將掌門之位傳給妳？」

承安愣了一下，反倒用不可思議的神情看他。

「不是，我不是掌門。」她斬釘截鐵地說：「清音才是掌門。」

與鴻麟猜想的完全不同：「是師父……親口告訴妳的？」

承安蹙起了眉：「你不曉得？清音不是已經繼位十多年了？」

「繼位？十多年？那是什麼時候的事？」鴻麟感到一陣惡寒：「沒有！師父從來沒有選定過新的掌門！」如果石丹朱如承安所言，早已決定清音的繼位，爲什麼從來祕而不宣？繼續放任幾個有希望的弟子內鬥，甚至繼續培養梧聲？

鴻麟顫聲道：「如果是那樣，爲什麼清音要殺妳？我以爲、我以爲他想從妳手上奪走掌門位置！」

承安聞言，惆悵地笑了一笑：「是啊！我也想知道他爲什麼要殺我。那麼清音怎麼說呢？他怎麼向你解釋我的死呢？他怎麼向你解釋，我是丹陽谷的什麼人呢？」

鴻麟如當頭遭了一個霹靂，這才猛然想起清音派他們出來的理由：「清音說妳是詐死逃出丹陽谷，說妳把不死鳥的經卷偷走了！」

承安也愣住了，她像聽見什麼荒謬的事一樣笑道：「我沒有偷什麼不死鳥的經卷，丹陽谷裡根本沒有那種東西！」

「妳說什麼？」

他望著承安，很難描述她眼底承載著一種什麼樣的感情，既帶點嘲諷，又藏了些惆悵。

「不死鳥是你們一場磨磚做鏡的美夢而已，丹陽派永遠也無法重現不死鳥，因爲打從一開始，你們的祖師爺丹陽子手裡就沒有煉出不死鳥的方法！」

鴻麟怒斥道：「胡說！」

鴻麟並不相信有生之年能看到丹陽派煉出不死鳥，可是他也從沒懷疑過不死鳥的存在。從小他們在石丹朱的教育下長大，那是他們的信仰。不死鳥就像遠處一座高峰，他們瞻仰著，並不斷朝它前進。如果從一開始丹陽派手裡就沒有煉製不死鳥的方法，那麼這兩百年來，丹陽派到底在做什麼？

承安道：「眞正的不死鳥——」

忽然，窗外傳來一聲巨響，暴雨隨著闖入的不速之客撞進窗內，那人渾身濕透，一綹綹髮絲被水黏成一束一束，綿軟地貼在額前。

他一邊粗喘著氣，一邊瞪著承安看。像一頭負傷的野獸，眼裡跳躍著瘋狂的火焰。

鴻麟忙道：「彩鳶……」但還來不及說下一句話，彩鳶已一個箭步躍了出去，直直衝向承安。承安尖叫一聲想閃躲，可是彩鳶的動作實在太快，緊緊箍住她的手腕，將她狠狠摔了出去。

鴻麟不及阻止，彩鳶已經壓在承安身上，扼住她的脖頸，吼道：「跟我們走！」

承安被彩鳶制住要害，叫也叫不出聲，只能在地上拚命扭動掙扎。

鴻麟看彩鳶眼底凶光，有一瞬間害怕彩鳶或許會直接將承安殺了，他忙高聲警告：「彩鳶，你那樣會殺了她的！不要衝動，把承安活著帶回丹陽谷去！」

彩鳶的呼吸仍舊紊亂，他猶豫片刻，才鬆開那幾乎掐斷承安脖子的雙手。誰知就在他放手的一瞬間，承安彈了起來，狠狠咬住他的手心。她那一下幾乎用盡全身的力量，彩鳶的手立刻被她的牙齒鑿穿一條血痕，痛得哀號了一聲。

趁他吃痛的空檔，承安屈起膝蓋朝他使勁一撞，連滾帶爬脫出他的箝制。陸長生聽見房內響動闖了進來，承安一看見他，立刻使勁尖叫：「長生救我！」

陸長生一按啞簧，一彎銀月般的劍光抖開，先朝彩鳶斜裡刺去，彩鳶啐了一聲側身避開。承安想朝陸長生的方向逃，卻被鴻麟一把提住後領。

好不容易才找到承安，他很清楚今日不論付出什麼代價，都要把承安拖回去。

另一邊，彩鳶朝陸長生猛攻起來。

彩鳶的攻勢叫陸長生心底暗暗叫苦。他身法靈動，斗室之間，趨避進退，不見半分遲滯，陸長生一柄長劍卻施展不開來，前刺後斬，始終差他半寸。若劍風稍有退卻，他又如洪水猛獸一樣撲將上來。陸長生顧念承安受鴻麟所制，不敢將戰線拉到更寬敞的地方。

這時忽見那兩人交換了一個眼神，鴻麟挾著承安向窗邊退，彩鳶則緩下快攻，轉而去掩護鴻麟。

陸長生知道這兩人打算讓鴻麟先押著承安離開——他雖不明白這兩人是何方神聖，但一心只想護住承安，絕不讓那二人輕易得逞。他心底計較已定，忽然便猛一收劍，朝彩鳶眉心刺去。

他這一劍來得突然，如暴雨傾盆當空直下，卻叫自己門戶大開、一身弱點暴露無遺。若在平時，便是一招玉石俱焚不要命的打法。但他卻料定彩鳶根本沒心思去抄他的空子，不論是誰，在這麼短的距離內都只得先避開再說，果然彩鳶如他所料，朝後猛退了幾步。

本來這招若一擊不中，陸長生絕對來不及收劍，正是彩鳶反擊的最好時機。陸長生卻只將這劍使了一半，中途硬生生轉了個彎，改刺鴻麟。

電光石火間，鴻麟鬆手推開承安，低頭彎身避過了這一劍。只是飛掠的劍光仍削去他半截長髮，陸長生再一劍往他胸口送去，鴻麟卻不閃不退，只是伸出手來，以食指和中指掐住他的劍身。

陸長生以為他要空手奪刃，立時就要抽劍而退。誰知陡然間一股大力傳至劍身，再傳至他的虎口，遞進他的體內，陸長生右手一麻，覺得自己周身如通了電一般。

鴻麟兩指一折，柔韌劍身連抖也不曾一抖，當即便斷作數節。

陸長生渾身一凜，被他那古怪的力量震得鬆手棄劍、連退數步。承安的尖叫聲擦著他耳邊而過，他聽不清她說的話，只隱約聽見她呼喚自己的名字——

只見彩鳶雙手微揚，袖風動處，夾著一道破空之聲。彩鳶不知擲了什麼暗器出來，他卻已無餘力閃避，心道今日恐怕命送於此。

奇異的是，比起死亡近在眼前的恐懼，他心裡最掛念最多的卻還是承安。他想，是他把承安救回來的，是他不准承安尋死，要她好好把日子過下去的——但他沒有能力保護她。

忽然一道微溫的風擦過面頰，下一刻就見彩鳶身子一晃，身子被一股大力帶起，連著退了幾步。銀光在陸長生臂邊擦過，割破他的衣裳——那是本該射穿他咽喉的匕首，卻被一股怪力打偏，與他擦肩而過後便直墜而下。

彩鳶也不是省油的燈，立刻站穩身子，微一屈身，如機簧直接撲向出掌之人。

鴻麟暗叫不好，正要出手拉回彩鳶，就聽對方冷笑一聲，身子一晃，一掌已輕飄飄拍上了彩鳶的胸口。彩鳶悶哼一聲，鴻麟大驚失色，左手拉他後退，右腕一翻立刻拍開對方的手掌。

他本想藉機卸去對方掌勁，交掌瞬間卻只覺得那掌風半點力氣也沒有。他因訝異走神的片刻，對方已如變戲法般竄到自己身後，將承安拉到身邊。

彩鳶緊抓鴻麟的臂膀，開始吃力急喘起來，鴻麟一看他的面色，便知大事不妙。

「把承……」彩鳶想說話，卻只能發出一些破碎的聲音。

鴻麟看了眼陸長生、又看了眼那不速之客，心裡終於下了決定——他負起彩鳶從窗口一躍而下，轉眼消失在一片濃暗之中。

卻說加入戰局者不是別人，正是鴉公。

他冷笑一聲，狂風一般破窗而出，這時外頭雨勢愈盛，濃雲掩月，什麼也看不分明，他一身雪也似的衣衫，在雨夜中像發亮一樣熒熒刺目。

四周一片死寂。

這麼短的時間內，對方絕對逃不遠，一定還在這附近。鴉公對自己的耳力很有自信，可是對方卻好像不用呼吸，半點聲息也沒有。

他沉吟片刻，終究還是慢慢退了回去。

忽然這時呼呼兩道風聲暴起，鴉公眼中一亮，知對方按捺不住，終究露了破綻。他袍袖捲起，如一陣大雪刮過，輕而易舉地掃落那些銀針，同時屋頂上十數道銀光連射而出，打向鴻麟彩鳶的位置，原來顧盼早已潛伏在那上頭助攻，她跟在鴉公身邊幾十年，兩人早養了十足的默契。

「打中了沒有？」顧盼一躍而下，取出一條小手絹撿拾起鴻麟打出的暗器。

鴉公搖了搖頭，道：「他們本來就沒有要和我硬搏的意思，恐怕只是想脫身，一扔出那些東西就飛也似地跑了。眞奇怪……他們簡直像爲黑夜而生，能把氣息隱藏到連我也察覺不了。盼盼，妳聽過哪一派是走這個龜息潛伏的路子嗎？」

盼盼聳肩道：「江南顧家白石莊？」

鴉公朗聲大笑：「胡說八道，雖說養息之法萬變不離其宗，但顧家也沒到他們那麼誇張的地步。」

顧盼指指上頭說：「去問問他們兩個不就知道了？」

兩人回到房中，只見陸長生倒在地上，面如金紙，雙目緊閉。承安抱著他一臉無措，慌得要哭。鴉公心知不好，忙命道：「盼盼，扶陸少俠到床上歇著。」

鴉公拎起他的臂膀來看，發現衣服上有個被小刀劃開的裂口，沾了暗棗色的一塊血漬。他從腰間取出匕首，割開陸長生的袖子，果見一個小小的創口，已經腫脹發黑。

鴉公沉吟一會，道：「盼盼，看看他們放了什麼東西。」

顧盼早已拾起那柄割傷陸長生的小刀，連著剛才鴻麟拋出的那些銀錐，用她的手絹包著列在桌上。

鴉公俯身仔細端詳，受他掌風摧折，小刀的前端已彎曲變形。他湊近鼻子去，能聞見一股淡淡的香氣：「這上頭恐怕淬了毒。」

承安傻了半晌，才回過神道：「怎麼辦？長生會不會死？」

鴉公道：「不曉得，毒性未明之前說不準。妳認不認識那兩個人，知不知道他們用的是什麼毒藥？」

鴉公看她一臉迷茫，看來也不足寄望，於是便坐在床沿，開始檢查起陸長生的傷口。就在這半盞茶的功夫裡，陸長生的傷口又腫了一大圈。鴉公瞇起眼，心裡忽有了些成算，道：「那傷口像是被什麼東西擠破的，恐怕是有東西鑽進去了。」他遲疑了一下，道：「是蟲子嗎？」

顧盼垂手侍立一旁，道：「蟲虺之毒在少爺面前搗神搗鬼的？」

鴉公搖了搖頭，道：「天下蟲蠱之毒太多，我又怎能見識得全？我自認浸淫此道已有十數年，他沾上的毒我卻是聞所未聞。」

這話如給承安一記當頭棒喝，她跳起來尖叫道：「是蠱！是丹陽派的蠱的話，或許我有辦法！」說罷，便從桌上奪了那把小刀，朝自己掌心狠狠劃了一下。

鴉公與顧盼面色都是一變，承安卻好像感覺不到疼痛，只是不斷將刀鋒往下壓，轉眼鮮血爬滿整隻手掌，沿著指縫滴了一地。

鴉公來不及阻止她，沉聲喝道：「那上頭毒性未清，妳這是要和他做同命鴛鴦嗎？」

承安卻不理會他，只說：「你們退開，不要靠近我。」

她在床沿坐下，將自己鮮血淋漓的手掌擱在膝上，血色沾汙她那條淺色的棉裙。另一隻乾淨的手則托起陸長生的臂膀。過了半晌，忽聽滋滋一陣輕響，一些只有指甲尖那麼小的白色蟲子從陸長生的傷口裡鑽了出來，飛蛾撲火一樣地落到承安掌中，在她手心的血池裡翻攪。

那些小蟲貪婪汲取她血液的溫暖，彷彿那是天底下最甘甜芬芳的東西。不出片刻，便喝得整個身子飽脹起來，雪白透明的身體像一層水晶做的薄膜，透出淡淡的紅色，緊接著——

一個一個翻肚死了。

這下連鴉公也露出異樣的神情，承安又等了一會兒，確認沒有東西從裡面竄出，這才鬆一口氣。

鴉公見陸長生面色似稍有緩和，知道她的方法已奏效。他來往江湖數十年，從未見過如此荒誕之事，難得被勾起了好奇心，問：「這究竟是怎麼回事？」

承安把血汙在裙上抹開，苦著一張臉說：「能不能給我打點水來？」

鴻麟深知彩鳶傷勢若拖著不管，不消太多時間，必將損及臟腑經絡，屆時便無力回天。是時入夜已深，城中四處悄無人聲，城門亦緊閉不開，他從鴉公手裡脫身，只能扛著彩鳶找了處隱蔽暗巷暫且躲下。

鴉公的掌力不打外，只打內。初碰之時覺得他的掌風輕飄飄的沒什麼力道，實則他已將強烈的震動傳入對方體內。若非他及時撥掉鴉公的手，只怕彩鳶五臟六腑都要叫他震碎。饒是如此，鴉公一道細不可察的冰冷內力仍在彩鳶體內盤桓遊走、震顫不止。鴻麟沒其他辦法，只好將雙掌貼在彩鳶背上，把一股溫潤醇厚的力量注入他體內。以自己的內力強拚，至少護住彩鳶心脈。

「彩鳶，運長生訣。」他說：「你現在體內有一股陰勁四竄，我分不清哪裡是你的脈走、哪裡是他的搗亂。」

彩鳶渾身噁心難受，一時也沒想到這麼多。經鴻麟一提點，他才如大夢初醒，忙氣守丹田，運起丹陽派的長生訣來，暫時緩下經脈行走。

長生訣本來只是勻息養氣的功夫，能使體內江河百川般的脈息平靜下來。練到至深處，便如龜息法一般，幾乎斷絕所有經脈搏動與氣息流轉，叫人生死難辨。自然鴻麟與彩鳶都還沒有到達這個境界，但暫時讓自己的脈息趨緩倒還不成問題。

鴻麟感到彩鳶靜了下來，原來洶湧紊亂的氣息，變得像黏滯遲緩的流水。而他體內的亂源在這座死寂的城中，便變得格外喧囂。鴻麟很快找到目標，以自己的內力將鴉公的暗勁包覆吞噬。

過了好一會兒，彩鳶的狀況顯然好多了，面上也漸漸恢復潮紅，只是一身盜汗，唇色有些蒼白。

鴻麟似乎也倦了，雖然鴉公沒有追上來，他仍不願犯險出去找地方投宿，於是便靠著牆角，縮起身子閉目養神。

彩鳶緩過氣來，恨恨地瞪著鴻麟，抓住他的領口劈頭罵道：「你管我幹什麼！如今承安丟了，該怎麼辦？」說著也不顧身子還有些搖搖晃晃，一副就要衝出去的樣子。

鴻麟驚慌地拉住他的手，問他：「你幹什麼！」

彩鳶道：「他們可能還沒走，我要去把承安抓回——」

鴻麟忙說：「你現在跟個殘廢沒兩樣，去了也是被那人活活打死罷了！」

彩鳶雙目暴睜，怒吼：「帶不回承安，你我還不是一個死？把她帶回丹陽谷，至少不會連累梧聲！」

鴻麟聞言忽感覺一種說不出口的疲憊和心寒。他想，若今天兩人立場對調，彩鳶可能會直接棄他而去，只求將承安帶回去交差吧！他有些厭煩地說：「我豈會這麼容易放棄承安？我抓住她的時候，在她身上下了追魂索。」

彩鳶愣了一下。

鴻麟說：「除非她半路死了，否則只要循著追魂索的氣息，還是找得回來的。」他鬆開抓著彩鳶的手，有些冷淡地說：「你且放一百個心，我比你更不想死。」

彩鳶訕訕地垂下了頭。

那夜承安的小舟從他面前掠過，他猶不知所措，鴻麟卻當機立斷雇了艘夜船，一路追到石橋鎮。他本來準備和鴻麟逐個去搜每間房舍，鴻麟卻要他先守住那艘船，說：「他們若要走，一定得去乘船。你守在那兒，以免錯身之憾。」彩鳶心焦如焚，卻也不得不承認鴻麟說的有理，直等鴻麟發了信號才跟去。

鴻麟心思遠比自己細得多，他做事必留一著後手，自己這回是莽撞了。彩鳶垂頭赧然笑道：「對不起，畢竟是你救了我的性命。我剛才實在不該這麼衝動——」

鴻麟打斷他，嘆道：「雖然救下性命，臟腑多少受了些損害，你還是先好好休息吧！要如何找回承安，明日再做計議便是。」

彩鳶這回便不再抱怨反抗，乖順地在鴻麟身邊坐下，貼著他的臂膀，一會兒便沉沉睡去了。

鴻麟卻睡不著，他腦中始終不斷迴響著承安的那一席話——

「丹陽派從來沒有過不死鳥。」

「丹陽派？」鴉公沉思片刻，他自十七歲離開顧家以後，遍歷西南大疆，見識過多少蟲虺巫蠱之術，自認於此道已算小有心得，卻對這名字毫無印象。

承安道：「丹陽派自來嚴禁弟子出谷，將自己封死在不見天日的深山河谷裡面，你沒有聽說過，這原也不奇怪。」

鴉公對此很有興趣，便又指指承安笑道：「嚴禁出谷？那麼妳、還有妳那兩個師兄弟，又是怎麼回事？」

承安道：「他二人奉掌門之命來拿我。大概是暫服了藥，能緩解體內毒蠱孵化的速度。」

她一個「暫」字落得輕輕巧巧，鴉公卻沒漏聽，挑了挑眉不說話——承安的意思很明白，丹陽派爲了限制自己的弟子出谷，在他們體內種下毒蠱。一旦離谷，體內毒物便會破卵而出，那時是如何悽慘折磨，深諳此道的鴉公不難想像。他和玩這些毒物的人常打交道，見過很多慘無人道的殘酷手段，可是直接將毒蠱的卵種入人身、而且遍及門中所有弟子，此等狠厲倒也不多見。

「妳呢？妳就不怕身體裡的毒蠱孵化了？」

承安嘆道：「你見了我剛才那樣子，還覺得我會怕？」

這點鴉公倒不能否認：「妳的血……那到底是怎麼回事？那些小蟲怎麼一碰到妳的血就翻肚了？」

「我的血中含有劇毒。」承安頓了一會兒，說：「可以說是天下最毒的東西。」

鴉公聽了這話卻不樂意了，他本來也是此道行家，承安的話在他聽來未免自負，激起他的好強之心，於是他笑道：「怎見得是世上最毒了，不知有沒有我這黑蠍子毒？」

說罷，伸出自己那乾枯的手指，承安見他食指上套了只鑲黑玉的銀戒指，黑玉髓約有他一節拇指大小，通體渾圓清澈。

鴉公瞇了瞇眼，笑得陷出了兩個深深的梨渦，他輕輕推開黑玉髓，沒料到裡面竟有個小空洞，從空洞裡緩緩爬出一隻小黑蟲。承安再定睛一看，才知那原來是一尾極小的黑蠍子。

承安看了看那小蠍子，又看了看鴉公面上深不見底的笑意，就聽他道：「我生平對諸般厲害毒物最有興趣，還望承安姑娘不吝賜教。」說罷，又補上一句：「陸兄體內毒蠱雖已讓妳逼出，暫無性命之憂，但毒素仍存於體內，若無我施藥照料，只怕將來也不大好過。」

承安知他並非信口雌黃，便道：「你不必出言恐嚇，就是你不說這些，我也不至於就怕了你的蠍子，我可是百毒不侵之身。」說罷眼也不眨一下，便伸出手來輕輕碰那蠍子。

鴉公沒料到她這麼乾脆，承安頭也不抬地說：「先說好了，你這尾蠍子讓我弄死了，我可一概不負責的。」

鴉公笑道：「放心好了，絕不與妳問罪的。」又道：「若妳眞贏了我的蠍子，這戒指就歸妳。」

那蠍子爬到承安指尖，先是試探性伸出小螯撞了兩下，忽地就緊緊夾住她指尖，舉起腹部將毒針刺入她指腹。鴉公屏息凝神盯著戰況，大氣都不敢出一下。誰知不到半盞茶功夫，就見他的蠍子鬆開了鉗，抽搐兩下翻肚死了。

承安兀自神色如常，道：「我早說過了，我是百毒不侵。」

鴉公一下臉都綠了，但他畢竟不失風度，只是從懷中掏出銀鉗網袋，草草收拾了蠍子的屍身，隨後輕輕笑道：「願賭服輸、願賭服輸。」說著竟眞除下了戒指，少女手指較纖細，他只好將戒指套在承安大拇指上，看起來倒像一只貴氣的扳指。

承安根本不關心戒指，一再叮囑道：「你可答應我了，要好好把長生身體的毒素都祛乾淨才行！」

鴉公支頤偏著頭看她，道：「放心，舉手之勞罷了。」又說：「這算是什麼道理，還眞是百毒不侵之身了？妳又不是蟲子蠍子，負那一身劇毒怎麼還活得好好的呢？」

承安聞言神情寥落：「和蟲子也差不多。」

「這話什麼意思？」

承安道：「我的身體裡也養著一條蠱。」

鴉公愣了一下：「是妳剛才說的那種？」

承安搖搖頭：「不是，不一樣。我的蠱能壓制住我體內所有厲害的毒性，所以什麼樣的毒藥對我都起不了作用。」

鴉公睜大眼：「還眞是百毒不侵之身……」又急急追問：「妳體內的蠱叫什麼、又是怎麼來的？」

承安面露難色，鴉公知道這一行的規矩，非常厭憎他人打探養蠱煉蠱的做法，他雖制住承安軟肋，仍不願以此相欺，忙道：「若不願說便算了。」

承安道：「都是陳年舊事了，說出來也沒什麼。只是我雖長年待在丹陽派掌門身邊，多少有些耳濡目染，對養蠱之事恐怕還沒有你懂得多。」

鴉公兩眼放光，搓著手道：「無妨、無妨，妳知道多少便說多少。」

承安目光便有些黯了下來，道：「我體內負載的是丹陽派的母蠱。」

「母蠱？」

「不錯，而牠每隔十多年便會產一次卵。」

鴉公愕然道：「牠能在人體內孕育生養？」

承安頷首：「就是牠賜給我百毒不侵之身。」

鴉公愣道：「這麼說來，妳的血能解掉所有的毒嗎？」

承安忙搖頭道：「正好相反，我在丹陽谷裡試過不知多少藥，體內夾雜無數蠱毒，母蠱只能保我無事，我的血卻是天下最毒的東西。」

鴉公疑惑道：「那麼剛才那些小蠱又怎麼會前仆後繼、一頭往妳血裡扎呢？」

承安道：「母蠱產卵時為了保全自己孩子的性命，會暫時淨化我體內的血液，這時候的血便拿來哺育丹陽派其他毒蠱，不論是種在弟子體內的焦明或那二人用的毒蠱，大概都是喝我的血而成的，所以自然見到母親一樣，奮不顧身地靠上去——」

鴉公從來沒聽說過這樣的事，一面感到興致盎然，一面不知不覺對承安抱了點敬意：「無怪妳的師兄弟死活也要把妳拖回去。」又說：「不過，母蠱產子倒是一件很古怪的事。」

承安一臉迷茫地看著他：「古怪？為什麼？」

鴉公便解釋道：「不錯。蠱有什麼習性，都是養蠱人精心設計培育出來的。通常蠱會以相殘廝殺的方式豢養，每一隻蠱都是獨立的個體，很少聽見這種做法的。當初會讓母蠱以產卵的方式代代相傳，一定有原因吧？」

承安從來不曾考慮過這個問題，一時啞口無言。

鴉公似乎也無意深究，只說：「但既然妳對丹陽派那麼重要，又怎麼會突然拋下丹陽派一走了之呢？」他一說完，反倒自己有了解答，笑道：「換了是我也想跑！要我給關在一座深谷裡一輩子只為了餵蟲子，我可不幹！」

承安聞言卻苦澀地笑了，低聲嘆道：「不是我拋下丹陽派，是丹陽派拋下了我啊！」

陸長生沉沉昏睡了十幾日，始終沒有醒轉。

每天早上鴉公會拿一把小匕首，在陸長生的手腕、肘內彎還有上臂內側各割上淺淺一刀，引小半杯鮮血下來，再取銀簪浸入血裡，查看血中還否殘餘毒性。等放過血後，盼盼便在他傷口塗上薄薄一層紺青色的草藥泥，再拿絲絹把傷口纏起來。

草藥擦上去大概很痛，承安見每次擦藥時，陸長生眉心都會跳一跳，指尖也一顫一顫的。這時她就會問鴉公：「怎麼辦，長生會不會就這樣死了？」

「毒性基本上已經清得差不多了，他的身體還在復原中。妳放心好了，人沒有那麼容易死的。」

「那他怎麼都不醒呢？」

鴉公抬起頭，拿手裡還蘸著血的銀針在她面前晃一晃，說：「我天天給他放血，這幾天來妳看銀針黑過一次沒有？」

承安搖搖頭，說：「沒有。」但隔天早上還是會再問一次。

後來鴉公給問煩了，索性說：「反正我們也要去棲霞派，若搶到不死藥，我分一半給他好不好？」

晴空一碧如洗，彷彿所有憂煩都讓那場大雨一起洗去。他們沒在石橋鎮多做盤桓，立刻動身前往臨邛。自然爲的不是陸長生，而是三寒會。就像楚大刀說的，他們要上銀屏山把那些仙女從雲端上拉下來，從她們手裡奪走西王母的不死藥。

承安自然是不信這一套的，鴉公大概也不太信，但他終究妥協了。並不是他忽然變得天真，而是他已無路可走。本來他下了一個但書，說：「好，我試一試不死藥。但我一人帶盼盼上銀屏山就好，你們不必跟去。」

楚大刀笑說：「你怕什麼，怕牽連我們？」

齊翦子也幫腔說：「是棲霞派自己說要比武的，到時候是幾百人擠在她們大堂裡看好戲，難道還許她們反悔了？難道還許她們惱羞成怒了？」

於是這個但書也沒有成立，等他們吵出一個結論時，雨也停了。齊翦子像怕鴉公又改變心意，匆匆弄來幾匹馬，立刻揮軍北行。

鴉公允諾會把陸長生治好，承安也就跟他們一起出發——陸長生的目的地本來也是銀屏山，承安卻沒想過會以這樣的形式前去。他們一路乘馬而行，下馬時就由齊翦子和楚大刀輪流揹陸長生走。他們盡量避開讓棲霞派管制的村鎮，走得雖慢一些，倒也沒碰上麻煩。

平順的幾天讓承安甚至覺得或許等三寒會過了，顧盼和陸長生的身體都會復原。陸長生也許會留在棲霞派，和他妹妹生活在一起，順便指點她的劍藝。

這也是她心中描繪的一種美好願景，離開丹陽派後她才覺得自己的生命也是一條大河，以前懸在那裡，但現在可以往前走，而且能流出丹陽谷，也許通往一片蒼藍而璀璨的海。

直到那天早晨他們在井邊找到顧盼。

客棧後院子裡有一口大井，顧盼像一尾離水的魚蜷在井邊。她和承安住在同一間房裡，但承安甚至不知她是什麼時候起床的。

顧盼兩眼渙散，嘴上青紫色的毒素連血色一併褪去了，一雙唇只剩下石蠟似的蒼白，她連話也說不大清，口中呢呢喃喃、反反覆覆，聽著就只剩這一句：「我渴。」

鴉公抱她回房裡，她說渴，鴉公就不停倒茶水給她喝。齊髫子不知上哪裡去弄來一口大木桶，桶裡裝了滿滿的清水。顧盼抓著那個木桶，把整顆頭都埋到水裡去，屋子裡靜得嚇人，只能聽見她喉頭發出咕嘟咕嘟的吞咽聲。

喝到後來她扶著桶子開始嘔吐，吐出一肚子的清水，吐出來又喝回去，吐出來又拚命哭她渴。鴉公看到這個慘狀，大概也曉得窮途末路，他把顧盼硬從水邊拔開，任她像一頭發狂的野獸死命哭吼。

鴉公很冷靜，只命齊髫子弄了條繩子來，把顧盼綁在床上。他從懷裡拿出一口小瓷瓶，一拔開栓蓋，就聞見一股濃烈的腥臭味。

齊髫子和楚大刀立刻察覺不對勁：「老鴉，你幹什麼？」

他戴上銀絲手套，拿瓶口在掌心敲了敲，說：「以毒攻毒。」

兩人都是愀然變色，想攔住他。

齊髫子說：「不要這麼冒險，再試試多撐幾天，離臨邛至多也就五天路程——」

鴉公打斷他道：「你難道看不出來過了今晚盼盼就得死？要麼渴死，要麼活活讓這些水漲破肚子！」而後他冷聲道：「你們裡面誰還有辦法的，就說出來，不然不要阻止我！」

齊楚二人都不說話了，從瓷瓶裡爬出幾道紅色的細線來。鴉公將細線拈起來，掐開顧盼的嘴巴，說：「吞進去。」

顧盼連話也說不出來，只是粗喘著掙扎。鴉公便掐開她的嘴巴，讓那些東西順著爬進去。齊楚二人看不下去，紛紛別過頭去。鴉公緊緊揑住她的手，眼光一下也沒放開。過了一會兒顧盼開始嘔吐，吐出一些黃黑交雜的酸水來，那幾條紅線也在裡面，彎彎扭扭的，看不出是死是活。

鴉公臉色暗了一暗，大概沒有成功。

楚大刀默忖片刻，從懷裡掏出十幾把匕首，每把匕首上都纏著一條小青蛇。他沒說話，只是掐住那些青蛇頸子，按在顧盼腕脈上。青蛇咬了她一口，但不見動靜，一會兒忽然胸腹鼓起、兩腮歙動，乾渴似地直吐信。

十幾條，他一條一條試，都是一樣的結果。

齊翳子也解下肩上那口大麻袋，從裡面抓出一團黑糊糊毛茸茸的東西來，才放到顧盼身上，就聽顧盼喉間吐出一串破碎的呻吟，開始瘋狂地抵抗。

楚大刀攔住他道：「連我的翡翠刀尚且沒轍，你那些沒用的黑毛不是平白折騰死盼盼嗎？」

鴉公抓住顧盼雙拳，安撫道：「盼盼，妳不要急，再試一個方法、再試一個就好。」然後他轉身望著承安，說：「承安，妳的血……能不能試試妳的血？」

承安望著眼前的人間地獄。

即使見過無數死亡，她仍在此刻感到戰慄。她曾以爲自己看慣生死，但這一刻她卻明白，死亡是一樁極其絕望、並且永遠無法習慣的體驗。

「妳的血……妳的身體既然百毒不侵，說不定妳的血可以救盼盼！即使不行，妳體內的劇毒或許也能——」

承安明白了他的用意，是想拿自己的血和顧盼體內的旱毒相殺，忙驚慌地阻道：「不可以，那樣她一定會死！」

鴉公懇求般地說：「試一試，就試一試？」

他的語調那樣平靜，反而顯出一股決絕的瘋狂。

齊鬍子見她不肯，眼露凶光怒道：「先不說老鴉幫了你們多少，就我們兄弟整日替妳把那沙包扛上提下，如何妳一點血也不肯借？」說著竟作勢掄拳挽袖起來，楚大刀忙攔住他，道：「你冷靜一點！」

承安對他吼道：「你懂什麼？你曉得我的血是什麼？顧盼身體裡是朱蟾也好金蟾也好，碰到我的血就是必死無疑！」

顧盼屈起十指掐住喉頭，發出一聲聲淒厲叫喚，她開始大力搔脖子，抓出怵目驚心的血痕。鴉公緊扣住顧盼的手，望向承安，堅定道：「試一試。如果她捱不過妳的血，就當給她一個好走——」

承安踉蹌退了幾步，掩面流下淚來：「我不想要她死……我真的不想要她死……」

鴉公從地上撿起匕首，輕觸她的掌心。

承安閉上雙眼。

「刀子給我。」她說：「全部退開我身邊，離得愈遠愈好。」

她將刀鋒按進手心，劃出一道深深的血痕，然後她拳起十指，用另一手掐開顧盼的嘴。顧盼掙扎得很厲害，但承安使比她更大的勁，像要把她的顎骨都掐碎一樣，緊緊將她箍住。

她將拳心靠在顧盼嘴邊，抽咽著說：「妳忍一忍就好了，一下就不難受了。」

她的血像一道初萌的火舌，沿著顧盼喉頭一路燒下去，顧盼瞪眼看她，像是無聲譴責她的暴行。而鴉公站在遠方看著，抿唇靜靜不說話。

顧盼的哭號聲漸漸弱了，承安從她袖口抽出手絹，把手上的傷口緊緊纏住。只聽顧盼乾嘔一聲，倒像慢慢吐出一口長氣似的，她的頭顱柔軟地俯垂下來，身體漸漸放鬆。

齊鬍子性格急躁，看顧盼不再掙扎了，就想靠過去看看她的情況。

承安卻厲聲喝道：「不要過來！」

然而不待她的警告，隨即齊鬍子便停步了——因爲不必靠過去，他也知道顧盼發生了什麼事。

暗紫色的斑點從她的領口一路攀沿向上，亂蝶一般地布滿她那張本來就說不上好看的面孔，臂膀讓衣袖遮住了看不清，但能看見她的手心也開始浮出那些駭人的斑紋，零零亂亂、重重疊疊，像讓人拿錐子一下一下戳出一個個窟窿。

承安按低她的身子讓她好好躺下，又撩起被子蓋住了她的臉。

鴉公顫著身子走到床邊，承安啞聲道：「你不要靠近……」但鴉公沒聽她的話，輕輕拉開被角，眼睛一眨不眨地看著顧盼的屍身，像要把她最後的模樣永遠刻進自己腦海裡。

「盼盼……跟在我身邊二十多年了。」他的嗓子早就壞了，扭曲變形的聲音聽上去永遠無悲無喜：「她很聽話，照顧過我哥哥，也服侍過我姊姊。我常在想，我被趕出白石莊的時候，要是不准她跟上來，她現在一定在江南還過得很好。」

齊鬍子「哇」一聲大哭了起來，衝著承安罵道：「妳這小妖女，妳到底使了什麼手段！把盼盼給害死了？」楚大刀撈住他的腰不讓他衝過來。

鴉公沉沉喝令道：「老齊，不要胡鬧！」又轉頭問承安說：「我能帶她走嗎？」

承安搖頭：「不可以，不要碰她的身體。燒了，連著這些床褥一併都得燒了。」

那天夜裡顧盼在院子裡化成了火星與滿天的塵灰，剩下的骨頭破片黑漆漆的像在墨水裡浸過，承安親手一片一片替鴉公裝進了罈子裡。

鴉公說顧盼中了厲害的毒，連他也束手無策，但承安看不出來，顧盼除了嘴唇青得發紫以外，沒有什麼地方看起來不對勁，承安甚至都覺得那或許是她塗在嘴上的顏料，南疆有很多女人喜歡把自己的牙齒塗黑，覺得這樣漂亮，她以前見過的。

顧盼照樣和他們一起用飯，聽他們說笑，聽他們爭論不死藥而從不插口，只是微笑坐在那兒，彷彿說的是和她無關的事，彷彿去與不去她都不在乎。

她總說：「我跟在少爺身邊三十多年，對我來說這樣已經夠了。」

夠嗎？承安心裡想。

但她答不上來。

八、飲鴆局

IMMORTAL BIRD

IMMORTAL BIRD

倒虹川慢悠悠地從那遙遠的山頭走下來，貫穿了整座丹陽谷。

自承安離開丹陽谷後，清音便躲在掌門別院不出，鮮少露面。尤其近這半個月來，幾乎不曾踏出別院半步。吃穿用度之物，皆讓人以懸絲垂掛的方式吊進院裡去，偶爾只允許楝子進別院去服侍他。至於門中一應大小事務，則皆交由梧聲和醴泉處理。

梧聲性子溫，心裡也沒成算，實際上多是由醴泉裁決一切，儼然已是半個丹陽谷的主人。但眾人都很清楚，煉丹房和所有的文獻都放在掌門別院裡面，只要進不去別院，門中事務擔得再多，也沒有什麼意思，不過就是個大戶人家的管事罷了。

醴泉很快就察覺到這一點，開始有意無意地拉攏梧聲和其他弟子，甚或暗示楝子讓清音出來，否則少了掌門的領導，整座丹陽谷已陷入死局之中。

楝子不耐煩地說：「我說過多少遍了，我進掌門別院只是帶他要吃的給他而已，其實大多數時候他連我也不見，只命我把東西放在前廳，不許我再往裡面走。」

醴泉焦躁道：「你難道就不能自己走進去看看他嗎？」

楝子冷笑一聲，道：「換了你，你敢嗎？」

醴泉啞口無言。他也曾想過，或許跟在楝子身邊就能出入掌門別院，但沒有人敢以身犯險。

換到楝子的立場也一樣，假使清音命令他只能走到堂前，他就不敢再越雷池一步。

反倒梧聲還真心憂慮清音的狀況，問他：「楝子，你是最近唯一見過大師兄的人，知不知道他到底怎麼了？」

楝子沉默著不說話。

清音病了，這一點不辯自明。

楝子第一次看見他模樣時嚇了一跳，清音全身上下都起了豹紋般的黑褐色斑痕，最初只長到脖子，如今已慢慢蔓延到面上，本來清俊的面孔幾乎黑了半邊。他雖刻意拿長髮遮著，看著仍是怵目驚心。

清音雖還不到纏綿病榻的地步，但身體明顯變得衰弱許多，不論做什麼好像都要耗費比平常多幾倍的力氣，時時掛著一種忍耐痛苦的表情。楝子每次看見清音，都忍不住猜想他正受怎樣的折磨，若換了自己，又不知能不能受得住？

清音雖不曾當面指示，楝子仍自作主張將清音的狀況保密。醴泉詭計多端，若讓他那一派人知道清音的病勢，或許眞會想出法子來變天也不一定。

爲了和醴泉稍作抗衡，楝子竟也設法靠攏梧聲。楝子平時非常討厭梧聲和彩鳶，這兩人整日膩在一起，個性都叫人厭煩。

梧聲是師父最寵愛的弟子，師父鍾意她甚至遠勝首徒清音。楝子也知道她很聰明、學習又勤快，平時雖擺出一副嬌嬌弱弱的樣子，其實本領並不在清音之下。清音性格難以親近，門中弟子倒有不少人期望梧聲繼任掌門，可是她對此卻毫無自覺，永遠只知垂著頭、細聲說喪氣話：「大師兄沒有發話，我們誰都不該談掌門的事。我也不喜歡這樣，好像丹陽派要怎麼了。」

彩鳶則和她正好相反，明明沒本事，卻老是擺出趾高氣揚的態度。誰若對梧聲有半點不尊重的，立刻就翻著眼皮瞪人，一副要吞人入腹的模樣。

楝子沒有回答梧聲對清音的關切，事實上他根本也答不上來。

醴泉旁敲側擊問：「楝子，你曉不曉得清音爲什麼不出掌門別院？是不想出來，還是不能出來？」

但楝子死咬住一張嘴就是不說話，梧聲猜想道：「恐怕和承安不脫關係。清音命鴻麟彩鳶二人犯險出谷，爲的也是把承安找回來。」

「清音難道有什麼地方爲承安所制嗎？」

這倒是不難聯想，丹陽派的日常生活本來就是煉丹養蠱之術，師門手足間互相下藥陷害的事情，並非沒有發生過。然而若要說動到清音頭上，未免令人匪夷所思。那承安難道是大羅金仙，就連清音也不是她的對手？

「楝子，你什麼都不說，我們要怎麼幫清音？」

楝子心裡冷笑，幫清音？處決清音還差不多。他想：你就是把所有支持清音的人都治死了、自己起來高呼稱王也沒用。即使把清音活活餓死在裡頭，你們也得不到那不死鳥的經卷。

醴泉的不懷好意愈發強烈，於是楝子盡量躲著。晚間炊飯時所有人都會出西寨來，他便避開眾人，偷偷搭著小船到東岸去，沿著山邊慢慢地走。偶爾抬頭時能見到倒虹川白練千丈，如一尺天女羽衣，從山頭上一路逶迤下來。

深谷裡是見不到夕陽的，谷底的日落不同於平地，只要日頭一開始傾頹，轉眼間就勢敗如山倒了。

他看著那一下轉暗的天色，從心底發出一聲嗤笑——所謂山中無甲子，寒盡不知年。他被困在這深谷底、過著再也不曾見過夕陽的日子，也不知有多少年了，這麼一想，便深感丹陽谷現在發生的事情，皆如蝸角之爭。就是得了丹陽派之主的位置又怎麼樣，難道就能煉出長生不死藥來？就他知道的，丹陽派存在了兩百多年，就連祖師爺也沒煉出個鳳凰蛋來過。

不知不覺已到掌門別院前，水崩以後，兩岸間又搭了新的橋，雖也說不上牢靠，起碼勉強還能用。這座橋的監工是醴泉，他偶爾懷疑是不是醴泉想把清音活活斷死在對岸，所以故意搭了這麼一座歪七扭八的橋，恨不得再來一次水崩，把這唯一的聯繫也沖斷。

他心裡刻薄地想著：不過若沖斷了，醴泉心心念念的不死鳥可也就斷在那一邊了。

楝子看著沒有別人，便悄悄走進掌門別院裡。清音給他裝了一個小瓶子的血，讓他揣在懷裡，就是那瓶血在發揮作用，讓守護掌門別院的焦明不敢越雷池一步，他沒有告訴任何人這件事。以清音現在衰弱的程度，讓他自由進出掌門別院，差不多就等於把命交在他手裡一樣。如此深重的信任，更讓楝子不願有負所託，因此也就格外忠實於他的任務。

他走到清音居所前，輕輕叩了叩門。半晌，聽見裡面傳來細細的鈴聲，這才推門走了進去。

大堂裡酸枝木的長桌上積了一層薄灰，兩邊白幔帳被風拂動，以一種悠閒的姿態輕輕晃著，像谷裡那條走了幾千年的長河。光透過帳子射進來，零零落落投下薄暗的影子，整座院落死寂淒清，彷彿連最後一點時間流動的痕跡都被凍結了。

清音依舊躺在床上，降著簾子，床邊垂著一隻手，手上爬滿星星點點的斑紋。楝子侍立在床邊，聽見簾子裡的清音傳來虛弱的聲音說：「鴻麟和彩鳶……回來了沒有？」

楝子搖搖頭，一會兒才想到隔著簾子他看不見，忙道：「還沒回來。」

清音細不可聞地嘆了一口氣。楝子沒有真正過問清音變成這樣的原因，這也是唯一一件清音不肯對他說明白的事。清音可以把自己的性命都交到他手裡，卻不願多談承安半字。這一點叫楝子怎麼也想不透，究竟承安對清音是怎樣的存在？

楝子長嘆一聲：「你把一切託付在他二人身上，他們若就此全無音訊、或者死在路上了，難道你就得一輩子這樣病下去？」

清音沉默一會，道：「我別無選擇，我出不了丹陽谷。」

「我曉得，你病成這個樣子，根本——」

誰知這時清音卻突然坐直身子：「我還沒有病到那個地步。」說著像要證明自己的話，清音打起簾子，披衣起身，焦躁地說：「但我不能離開丹陽谷，我出不去！」

楝子咀嚼他這話，第一個聯想到的就是焦明之蠱。丹陽派弟子身上都被種下焦明的蟲卵，一旦離谷太久，焦明便會孵化而出，將宿主的五臟六腑噬盡。

但按理說，若清音已繼承了掌門之位，應該有能力解開自己身上的毒才對，畢竟依照門規，掌門繼位之後要散盡原來所有人，然後離開丹陽谷一段時間，去尋找新的弟子。然而清音卻只將自己鎖在掌門別院內，遲遲沒有動靜。

楝子沒有思考過這背後的原因，如今想來，竟有一個方便解釋——因爲他離不開丹陽谷。既然沒辦法去找新的弟子，自然也不敢輕易散盡舊的弟子。這個解釋，背後代表的意義對他未免有些殘酷：「清音，你……身上的焦明之毒，沒有解開嗎？」

清音大概也聽出他話裡的意思，搖搖頭道：「楝子，你不必懷疑，我便是丹陽派第十四代掌門。」說著他轉過身，眼中帶著楝子不曾看過的絕望，他說：「但正因我是掌門，才更不能離開丹陽谷。」

「這是什麼意思？」

「因爲整座丹陽谷，其實就是一個掌門別院。」

清音閉上雙眼，那冷淡的語調好像在說一件和自己完全無關的事：「老實告訴你，丹陽谷和掌門別院沒有兩樣，谷內谷外全都埋滿沉睡的焦明。一旦我離開此處，谷中所有焦明都會醒來，屆時不但這裡所有人都得死，恐怕連山下也要受波及。」

楝子愣了片刻，才意會清音話中的意思，立時他便明白清音的絕望從何而來——因爲連他也一起被拖入了這絕望的深海之中。

然而他甚至無暇同情清音。無邊的恐懼浸入骨髓，楝子心裡第一個念頭，就是立刻離開丹陽谷。旋即他又想起自己身負焦明之毒，就算逃離丹陽谷，也不過剩下一個月的壽命。

清音像看透他，冷嘲道：「你現在一定很想讓我給你解了身上的焦明，不過很可惜，我沒有這個能力——焦明之毒是無解的。」

「可是你自己剛剛才說——」

「我『繼任』成爲掌門的時候，身上的焦明之蠱自然就死了，但我沒有直接將它解除的辦法。」

楝子慌忙道：「難道是師父沒來得及告訴你嗎？掌門人一定知道解除焦明的方法才對，否則以前的掌門是怎麼將弟子散出谷，讓他們——」

忽然，楝子的臉色變了。

清音頷首：「師父不曾告訴我，是因爲他也不知道。我十數年來遍閱谷中所有文獻，以我所知，焦明應該是無解的。」楝子面色慘然，清音冷酷地證實他心中的猜想：「因此恐怕所謂散去只是好聽的說法，實則……」他冷笑一聲：「如此一想似乎也合理，本來就是爲了守住丹陽派的祕密，才不斷汰換新的弟子。既然如此，又怎麼會刻意留下他們活口？」

「這算什麼？」棟子顫聲道：「掌門不能走，弟子也跑不掉。這樣豈不是誰也離不開丹陽谷，得一輩子死守這座——」

忽然，一絲清明在他腦中亮起。

棟子直盯住清音，像要看穿他眼底有沒有分毫的心虛：「不對！若眞如你所說，掌門必須牽制谷內焦明，不能離開谷底，那每任掌門是怎麼找新弟子的？師父確實是親自來到村中，把我帶回來的啊！」

「只要有另一個人守在谷底，代替我牽制住焦明的職責，那麼我是可以離開丹陽谷的——你知道我說的是誰嗎？」

棟子心口一跳，所有的事都接上了。

「不錯。」清音說：「只要承安還待在谷底，我就可以離開丹陽谷。」

「眞的有……承安這個人嗎？」

「當然。」

清音的眼神清澈無垢，不見半絲虛假。棟子心底有些動搖，他不知清音說的哪些是眞、哪些是假。

「找回承安又怎麼樣呢？承安回來好讓你可以離開谷底，遠走高飛？那我們呢？我們解不開焦明之毒，只能在丹陽谷裡消磨掉一生的時光？」他瘋狂尖叫起來：「承安能解決這個問題嗎？不！承安只能解決你自己的問題！你還不是讓我們一輩子給丹陽谷陪葬！」

說完，他一把推開清音，抓著屋裡的東西胡摔亂砸，吼叫道：「這算什麼！這算什麼！」

清音沉聲道：「我如果想走，現在就可以離開。」

棟子聞言僵了一僵，停下手中的動作，滿布血絲的雙眼死死盯著清音：「你這話什麼意思？你想一個人逃嗎？」那咬牙切齒的模樣，彷彿清音下一句話答得不對，他就會立刻衝上去將清音撕成碎片。

「不，我只是要告訴你，我和承安體內既無殘毒，亦不必受谷內焦明甦醒之災，我只要不管丹陽派的死活，早就可以和她遠走高飛，你以爲我是爲什麼還要困在丹陽谷這麼多年？」

楝子茫然盯著他看，清音說：「我找了這麼多年，爲的是找到終結這個循環的辦法。」

他長嘆一聲，閉上雙眼：「而我找出的唯一方法，就是承安。承安是解決丹陽谷問題的唯一手段——只要她一死，谷裡所有的焦明，不論種在你身上的、或包圍住整個丹陽谷的，都會跟著她一起殉死。」

那一刻，屋外傳來飛鳥掠過天際的啼鳴。

清音面色一動，道：「是鴻麟和彩鳶！」

是鴻麟放回來的信使千里蜂。

清音從牠爪子上取下一張小小的紙卷，上面只用很小的字寫著：「彩鳶已傷，承安在臨邛。」

楝子感覺心跳重重落了一拍。

紙條上沾了一些綠色粉末，清音認出那是鴻麟養的追魂索。他略沉吟一會，已明白鴻麟的意思。兩人雖找到承安，但要將她帶回時卻受到阻攔，彩鳶甚至負傷。就算抓住承安，兩人也未必就能活著將她帶回谷底。鴻麟刻意留下追魂索，就是在向清音求援，要他派人過來。

千里蜂停在清音手背上，一下一下親暱地啄著。清音將那紙條折起，對楝子道：「你隨我來。」

楝子隨他到書房，清音拿一個瓷瓶塞到他手裡，說：「你也出谷，去幫那二人。這裡面是暫緩焦明孵化的藥，一顆能撐上三個月，算上你和鴻麟、彩鳶的分量，足了。」

棟子這時已完全冷靜下來，他掂掂手裡瓷瓶的分量——若他一人將裡面的藥全都私吞，也夠活上四、五年了。但他卻說：「不行，我不能去。」

他說這話時，倒非出於私心：「若我也走了，這谷裡眞沒有一個人站在你這一邊了。」

清音頗覺訝異，但也明白他的意思：「醴泉傷不了我的。」

棟子駁道：「他要是等得心急了，索性一把火燒了你這掌門別院怎麼辦？」

「梧聲呢……她也站在醴泉那一邊嗎？」

「你也曉得梧聲，我看她天天哭哭啼啼想她的彩鳶就夠了，根本沒弄明白醴泉想幹什麼。」

清音嘆道：「以鴻麟的性格，會放千里蜂回來求援，必是出狀況。如今我出不了谷，唯一信任的人就只有你了。」

「那承安到底是何方神聖，難道鴻麟彩鳶兩個還對付不了她嗎？」

清音沉默片刻，方道：「不論如何，離谷的藥你帶著，絕不致讓你有損害。你不放心的就是醴泉而已，既然如此，不如就將此事一刀兩斷，也好教你安心。」

「一刀兩斷？」

「如果他們這麼想進掌門別院，我便請他們進來，將此事做個了結。」

棟子忙道：「萬萬不可，若叫醴泉進了掌門別院，難保他不對你做出什麼！」

清音卻冷笑道：「我卻也還不到連一個叛徒都對付不了的地步。」

清音終於在眾人面前現身。

除楝子外，算上梧聲、醴泉在內，共有十二人被邀進掌門別院。

清音站在院門前，眾人站在院外，他們之間只有一道在地上畫出的細細紅線，卻彷彿隔了一方大海那樣得遠。

清音雙頰凹陷、面色蒼白，簡直已到了形銷骨立的地步。他的身體好像只剩一副空架子，撐不起那件雪花色的大袍子。然而，最叫人怵目驚心的還是他身上的斑痕——那焦褐色的記號，從他的臉孔一路向下攀緣，布滿他的脖頸、雙手，一切露出可見的肌膚。

「隨我來。」

清音領他們進院內，他雖一副病懨懨的模樣，眾人卻也不敢輕慢，跟在他身後一聲不敢言語，只聽得見稀稀落落的腳步聲。

入了大廳，他坐首位，梧聲居次，再來則是醴泉和楝子，其餘人皆居下首。

這時楝子忽感到說不出的恐懼——清音平生謹慎，若無絕對的自信，是不會自己引火燒身的。他知道，清音是要清算這些人，而且極有把握。他與梧聲、醴泉雖無什麼交情，但也絕不到仇視的地步，畢竟都是相處了十多年的同門手足，總是有些感情的。今日清音要清理門戶，親自將他們送上斷頭台的劊子手卻是他。

清音環顧眾人一圈，道：「好久不見。」

眾人不解其意，不敢隨便開口，醴泉好整以暇看他玩什麼把戲。他見清音惡疾纏身，難掩心中喜悅——如今清音只是一頭逞強的紙老虎，梧聲又是傀儡娃娃，只要今日壓下清音，丹陽派就如囊中之物。

「都坐。」清音氣定神閒地說：「今天邀各位來，原只爲了一件事情。大家想來心裡也有數，我們就不必拐彎繞圈兒了——自師父他老人家殯天至今，也已過了月餘。」

石丹朱素來最寵愛梧聲，她聽清音提起師父，不由面現哀戚之色。

清音又道：「他老人家走得太急，不及留下隻言片語。雖然掌門之位早傳與我，但我知道在座諸位，有許多人對我石清音做這個掌門人，是很不服氣的。」

醴泉聽他說話一口中氣尚聚不足，心中更加肆無忌憚，譏誚道：「我們也都知道大師兄的苦處，若有辦法證明自己是第十四代掌門，早就出來說清楚了，何須躲在別院裡這麼久呢？」

棟子啞聲道：「清音能自由進出掌門別院，這難道還不足以證明嗎？」

醴泉諷道：「他自十二歲起便能進出掌門別院，爲的是要服侍師父養著的那個小公主，這我們誰不曉得？照你這麼說，現在你也能出入掌門別院，那麼你也是掌門了？」

棟子聽見一些稀稀落落的笑聲，便不說話。

清音卻不惱，淡淡笑道：「醴泉說得不錯，出入掌門別院，那也說明不了什麼。今天我找大家過來，就是要徹底洗清疑慮，證明我是丹陽派的掌門人。」說完，他按著堂前長案站起身來：「你們大概不曉得，做掌門的第一件事，就是學會操縱焦明的方法。我既能解去你們身上的焦明之毒，自然也能讓牠們提前破殼而出，明白吧？」

這話一出，眾人面色都是一變，連棟子都不可置信地盯著清音瞧。

清音泰然自若，銳利的眼神掃視眾人一圈，最後他微微一笑，將目光停在梧聲身上：「梧聲，我想妳心裡多少也有些不服，暗想說不定自己才是師父屬意的掌門，是不是？」

梧聲拚命搖頭，清音卻殘酷地笑道：「既然如此，我就先從妳開始殺起，妳說怎麼樣？」

梧聲面上血色盡失，全身僵著說不出話，她看一看清音，又看一看周圍師兄弟，所有人都愣在當場，一樣不知所措。楝子最先回過神，忙向清音求情道：「大師兄，梧聲沒有這個意思，請你——」

清音冷聲喝道：「住口！」

楝子立時噤聲。清音自有一種不怒而威的氣派，明明看著像一盞紙糊的燈，下一刻就要被風掀倒，但他那股氣勢卻叫人未戰先怯，就連醴泉也開始感到不安。

他素來最是靈巧機變，卻也讓清音的雷厲風行所震懾。一時心裡雖千迴百轉無數念頭，竟也不知如何是好。這裡所有人都可以死，就是梧聲不能，她是唯一有能力和清音正面交鋒的人，又容易控制，若讓清音先下手爲強除掉了她，自己的陣營就等於先垮了一半。萬一清音不是擺空城計，他的麻煩就大了。

清音卻不給他們思考對策的時間，又向前逼近一步，他對梧聲溫言笑道：「梧聲，妳考慮夠了嗎？」

梧聲慌張望向眾人，向他們投以求助的眼神，眾人卻心照不宣避開眼光，就連醴泉也不敢直視她。

梧聲素乏捷才，並不如醴泉一般心思玲瓏。她自小最敬愛師父石丹朱、最欽佩師兄石清音，丹朱既沒留下話給她，她也就不曾多想，深信清音便是丹朱欽定的繼承人，甚至還有些鬆了口氣，她自知沒有清音的殺伐決斷，遠不如他適合做丹陽谷的領導人。

眾師兄弟剛才還拱她出來勸清音，如今卻沒有一人要出面爲她說話。她腦中一片空白，失了神似地向清音走去，滿心只想著：要是鴻麟和彩鳶在這裡就好了，他們一定會替我想辦法。醴泉見梧聲無意反抗，驚覺大事不妙，忙擺出一張笑臉道：「大師兄也不必如此劍走偏鋒，要證明掌門——」

清音卻看也不看他，只望著梧聲道：「梧聲，我實在也不願殺妳，但妳我一日不做一個了斷，丹陽谷一日不寧。」說罷，眼角餘光輕輕掃向醴泉：「只要妳這個天子不死，底下諸侯就要蠢蠢欲動了，妳說是不是？」

醴泉聞言不由一陣膽寒，知道清音含沙射影地在說他。以清音之冷厲殘酷，今日若眞動了手，絕不是除掉梧聲一個就會善了。他心底盤算，今日讓清音點名入內的，多半是和醴泉親近、或是素來不滿清音的一黨，清音刻意將這些人聚在掌門別院內，恐怕從一開始就一個都沒打算放過。

梧聲顫聲道：「若大師兄……認、認爲只有……只有這樣……」因爲恐懼，她話都說不清楚，像頭乖順小貓，一步步走向清音。而清音只是慈祥地笑著：「很好，過來我這裡。」一隻手已慢慢舉過頭頂。

棟子再也無法忍受，尖聲叫道：「求大師兄開恩！」說著衝向前去，要攔住清音痛下殺手，然而，有一個人比他更快——只見醴泉已一個箭步將梧聲拉開，順勢拍掉了清音的手掌。

他想，若讓清音殺了梧聲，接下來眾人橫豎都是一個死，不如先下手爲強，乘其不備將他撂倒。清音卻好似早料到他會這樣做，微微一笑，反手一勾將他拉近自己。

醴泉一碰到清音冰冷的手，便知大勢已去，他長喝一聲，運起全身之力，想將清音的手撥開。清音三根指頭搭著他的脈搏，卻黏住了似地一沾就脫不去。

醴泉感覺不到清音施力，卻自腕骨處傳來一陣椎心刺骨的劇痛，一道冰雪一樣陰寒的氣流自手腕直衝入四肢百骸。他內力遠不及清音，根本無從抵禦，只覺自己自腕口以上，身上的骨頭一片一片地碎開。那股冰流在他體內掃蕩一周，最後又衝回他四肢末梢，蘊聚到了指尖上，在他指緣結出一層細細的凝冰。

醴泉面上一陣青、一陣白，方才他還以爲被浸入百尺深寒的冰凍海中，如今卻只覺周身如受烈焰焦灼。那寒意彷彿一陣大浪，捲起他體內熱氣，滾燙的浪頭低垂著壓過他的身軀，燒穿他體內每一寸土地。

從他被抓住到清音將他摔出屋外，只在電光石火之間，眾人甚至連發生了什麼事都還不明白，連一聲哀號也沒能發出來的醴泉，便伏在地上斷了氣。

清音沒讓眾人有喘息的機會，又逼近了一步，望向邊上幾人道：「鶉火、肅霜，你們兩個呢？也想和醴泉一樣反我？」

那兩人都是平素與醴泉最親的一群，見清音大開殺戒，魂都去了一半，忙跪下朗聲道：「我們只聽大師兄的！」見清音面色一沉，知道自己說錯話，又慌慌張張改口：「只聽掌門的、只聽掌門的！」

他們本來見清音悽慘的模樣，心頭皆是大喜，以爲有機會將他一舉扳倒。誰知他出手仍如虹飛掣電，立時先除了第一個心頭大患，半點看不出衰弱的樣子。這下眞是嚇得他們連半點叛逆之心都沒有了，只伏在地上不敢說話。

清音背過身去，眾人看不見他的神情，只聽他低沉的嗓音道：「誰若還有不服的，現在就出來。」梧聲還跌坐在地上，生根木頭似地一動不動。她定定凝視著清音的背影，好像在看一個陌生人。楝子看不過去，將她扶了起來。梧聲渾身都顫得厲害，而他自己也一樣。

清音只留下一句：「楝子，你帶他們出去。」自己便轉身回房，甚至沒再看任何人一眼。

眾人在大堂中呆立了好半晌，終於有人先回過神來，怯怯問著：「是不是該將醴泉師兄的遺、遺體——」

楝子沉默地過去收拾醴泉的屍身，即使不回頭，他也能感覺到身後那些又懼又恨的灼灼目光。醴泉的屍體很柔軟，一身筋脈骨骼大概都讓清音內力震碎了，掛在手上像一團棉絮。丹陽派的內力分作兩道，先陰後陽，練到深湛處如冰如火。醴泉的手腳上都覆了一層堅冰，他抱著屍體卻覺得暖烘烘的。

「走吧！別待在這兒了。」

以楝子爲首，他們扛著醴泉的屍體，像列送葬隊伍，離開掌門別院，一路上沒一個人開口說話。待眞的踏出別院了，眾人才覺得脫出了清音桎梏。

「把醴泉……葬了吧！」

其實不必楝子特別交代，那些人也明白。他們沉默著扶起醴泉屍身，梧聲也踉蹌走到他身前，忽然雙膝一軟，跪了下來，伏在他屍身上「哇」的一聲開始大哭。她和醴泉未見得如何親近，這一聲除了哭他枉死，也是因爲心裡壓抑的恐懼一次爆發開來。

楝子心裡梗得難受，卻也不知如何勸慰，只好一隻手搭在梧聲肩上，一下一下輕拍著她。

一會兒眾人扛著醴泉的屍身走了，梧聲空洞洞地回望了掌門別院最後一眼，也跟著他們一起離開。只有楝子還站在那道紅線邊上，好像一隻船隊揚帆遠航，剩他一人留在岸邊，遠遠朝他們揮手送別。他想起梧聲那絕望與憎惡的神情，知道過完今天，清音雖然不會再有一個敵人，但也不會再有朋友了。

楝子回到別院，見清音伏在床上低喘。見他折回來，扶著額頭啞啞地笑了起來：「這下你可放心了？既演了這一齣，一陣子內沒有人再敢有二心了。」

「你這是給自己將來樹敵。」

「無所謂，只要撐到承安回來就好了。」

說沒兩句話，清音又喘了起來。楝子在他床邊坐下，忍不住順了順他的背：「你還好吧？」

「剛才眞氣催動得太厲害……」

「也多虧你那一手，這下所有人都服服貼貼了。」

清音察覺他語氣僵硬，低聲道：「你覺得我心狠手辣，但不鎮住醴泉，丹陽谷遲早變天。」

「你……一開始就是要殺醴泉？」

清音乾笑一聲：「我殺梧聲做什麼？再說了，以我現在這個樣子，也不是梧聲的對手。」

清音威震全場時，他眼中的熠熠光采，讓楝子一度以爲他的病都是裝模作樣，甚至那些斑痕可能都是自己畫上去的。然而看著眼前喘得連話都說不清的清音，楝子才明白他眞是紙糊的老虎，剛剛不過是在逞強罷了。他那一擊之威耗盡所有力量，如今油盡燈枯，恐怕現在就算自己要殺他，他也無力抵抗了。

清音拉著他的手，說：「你出谷去，代替我出谷去，把承安帶回來。」

楝子已不知該不該信清音，只是哽咽著說：「只要把承安帶回來，我們就都能得救嗎？」

清音啞聲道：「丹陽派的存在從一開始就是個錯誤，爲了滿足祖師爺煉出不死鳥的願望，兩百年、十四代，總共犠牲了多少人？丹陽派既然傳到我手裡，要存要廢都由我決定。楝子，我不要不死鳥，我要讓所有人都離開這個不見天日的鬼地方。」

他說到後來已是氣若游絲，破碎不成字句。窗外的風輕輕送了進來，彷彿吹散了他的呢喃——

「讓我親手了結丹陽派……讓我再見承安最後一面……」

九、代桃僵

IMMORTAL BIRD

IMMORTAL BIRD

陸長生睜開眼，說不上來是什麼感覺，只覺得半身酥酥麻麻的。眼前也不是那日棲身的小廟了，他瞪著屋上橫梁看了一會兒，直起身來，身上倒沒有什麼不靈便。

他頭一件事就開始找起自己的劍，隨即他想起一把劍他送給承安，另一把讓丹陽派的殺手折斷了。

他摸索著到前廳去，看見承安正和不認識的人說話。

承安聽見聲響轉過頭，只見陸長生拖著遲滯的腳步走過來，她驚呼一聲：「長生！」隨即奔上前來，抓著陸長生雙肩，瞪大眼把他上上下下都看了一遍，恐怕他缺鼻子少眼睛。

半晌，似乎確定他安然無事，才問：「你感覺怎麼樣，身體好一些沒有？」

陸長生見了承安，心裡一顆大石就放了下來，也不記得自己要說什麼了，只好胡亂笑著點頭道：「好多了。」

他環視屋裡一圈，不像是客棧，和承安說話的那些人都不太認得。看了半天，總算認出齊大鬍子，但他和印象裡又不大一樣，好像鬍髭多了一圈，腰上瘦了一些。

其他人他都不認識，許多人都不做漢人打扮，但笑容很親切，衝著他直點頭。還有人很熟悉似地叫他：「陸兄弟。」

「這裡是臨邛。」承安拉著他入座：「這些人都是鴉公的朋友。」

「臨邛？」他瞪大眼：「怎麼昨天還在石橋鎮，今天已經跑來臨邛了？」

承安笑說：「什麼昨天，在你睡著的這段期間，我們輕舟早過萬重山了。」

陸長生這才隱約想起那夜的情況，鴉公替他們趕跑丹陽派的人，再後來他就不記得了。

「我昏過去多久？」

承安攤開十指計算，一會兒搖了搖頭說：「記不清了。」又笑道：「不過不必擔心，鴉公把你身上餘毒都清乾淨了。」

「鴉公……對了，鴉公呢？」

承安沉默了會，說：「他還是不相信棲霞派有不死藥，帶著盼盼去求醫了。」

齊鬍子本來像是想說些什麼，聽見承安這樣講，也就住口了。

承安說：「楚大刀陪著他，不必擔心。」陸長生看她手上戴著鴉公的戒指，心裡覺得有些古怪，卻又說不上來是哪裡不對勁，只好頷首道：「原來如此，倒希望顧姑娘能得救。」

承安順著他目光看去，才知道他正盯著戒指，便說：「他走以前送我的，我戴著彆扭，給你吧！」說著便隨手摘下戒指，套在陸長生右手食指上，又舉著他的手仔細端詳。

陸長生的手寬大而勻稱，骨節分明，微微有些蒼白，像一塊上好的玉，還透著淡淡的青，襯得那黑玉髓格外漆黑深邃。

按承安跟齊鬍子的說法，這群人都是要來參加三寒會的。他們是幾路比較親近的朋友，不願住大客棧，只共同包了一處小酒樓。

臨邛已是銀屏山腳下，因此特別能感受那種劍拔弩張的氣氛。

如今臨邛幾乎全城受棲霞派禁管，鴉公恐怕他們無處棲身，因此讓他們來找這些人。顧盼既死，他便沒有參加三寒會的意思，自己帶了顧盼的骨灰回江南下葬。

這群人都和鴉公有些交情，大概認爲鴉公肯把戒指送給這兩人，一定是非常看得起他們，因此對兩人格外熱心。其中有個大個子叫楊漢生，跟他們特別投緣。雖然名叫漢生，卻穿一身漂亮的蠟染花布，操一口不大利索的南方話。

陸長生心底畢竟是偏袒著三寒會的，見臨邛已嘯聚這許多人，忍不住問：「你們都是來參加三寒會的？是爲了三派保管的信物？」

楊漢生爲人爽直乾脆，似乎不覺得値得遮遮掩掩，直說：「也可以這樣說。臨邛這裡的江湖人分成兩派，一邊是中原的名門大派，專門要來讓棲霞難看，或者給青竹、隱松兩派出出氣的。另外一邊就是我們了，哪裡來的都有，是衝著棲霞派保管的東西來的。」

陸長生考慮了一下，問：「你們是說……不死藥？」

楊漢生愣了愣，忽然朗聲大笑：「原來陸兄弟聽到的消息是這個啊！」

承安問他：「難道還有別的？」

楊漢生搖搖頭：「咱們不信這個，天下哪有不死藥？再說，就是眞的有，我們也不想要。你說人生在世，活那麼長又有什麼意思？」

陸長生見他灑脫可喜，不由讚道：「好胸襟！」

承安嘻嘻笑道：「我不信，你沒試過，怎麼知道沒意思？若把不死藥擺在你面前，恐怕你就不會說出這麼堂堂正正的大道理了。」

楊漢生卻也不惱，只道：「那就到那時候再說，起碼現在我們是沒興趣爲它爭奪廝殺的。」

承安又打趣他兩句，陸長生奇怪道：「不過依楊兄意思，好似江湖上對那三派信物的傳聞不只一種？」

楊漢生道：「不死藥的說法我也聽說過，只是不相信。」

「那楊兄聽到的風聲又是什麼呢？」

楊漢生也不扭捏，直言道：「我們聽說三派保管的東西，是一條活了幾百年的蠱王。」

「蠱王……你是說，毒蠱的那個蠱？」

楊漢生頷首，陸長生心裡想，這和他聽說的卻不一樣，便問：「可是三派這麼謹慎地供著一條……一條蠱王。」他本來要說一條蟲子，想想或許會冒犯到他們，於是忙改了說法：「甚至還要交接輪轉，這又是爲了什麼呢？」

楊漢生道：「我也不曉得他們養的到底是什麼。還別說，照看這種大傢伙很傷血本，有些一天要吃幾頭牛的。」

「吃牛？」

楊漢生笑道：「你聽說蠱，就覺得是蟲子了？其實不一定的，蠱的形式有很多，也不一定都是養毒蟲。我們叫這種東西草鬼，飛禽走獸都能成的。好比我們家的蠱就是……」他神祕地笑了一笑，說：「嘿嘿，這個我就不方便告訴你了。不過剛才說的吃牛，那是眞的有的，以前還聽過有人養蛟。」

陸長生當然也不便追問，只好說：「我聽說三寒會的信物是兩百年多前、三派始祖從一位大俠手裡接過來的。我想大俠不大可能贈蛟才是。」

楊漢生聽他這樣說，便大笑道：「我也沒眞的以爲他們養了頭蛟，要眞養那種東西，誰還想把牠養在自己家裡？別說二十年才轉一次，二十天我就想把牠送出去了！」

陸長生沒有坦言，其實他知道信物裝在一個巴掌大小的小金盒裡，千年蠱王或者還放得進去，一頭蛟大約就免談了。

楊漢生奇怪道：「不過，棲霞派又不是弄這個的，不曉得霸占著蠱王要做什麼？」

陸長生嘆道：「或許她們自己都不曉得那是什麼東西呢！」

楊漢生詫道：「自己都不曉得？值得爲自己都不曉得的東西開罪這麼多人嗎？」

陸長生聽了心裡有些感慨——對他們來說，這是尊嚴和威信的問題。爲了守住這個面子，這些名門正宗不明不白幹下的蠢事多了去了。

承安對這話題沒興趣，打斷他們說：「剛才正說怎麼去棲霞派才好呢！」

陸長生疑惑道：「怎麼去？銀屏山離這兒很近了吧？」

楊漢生道：「自從出了那殺手的事，棲霞派不讓人上銀屏山的。我們也都在等，等三寒會開始，林掌門能放人上去。」

陸長生不著痕跡地修正他：「掌門是妙音子道長。」

承安道：「那長生給你妹妹捎封信吧！或者她能幫上忙？」

齊鬍子搖搖頭說：「現在恐怕水都潑不進去。」

承安問他：「你要來之前沒先跟你妹妹說過？」

陸長生嘆道：「本來也就是想見她一面，看看她好不好而已，倒沒想到會是今天這個情況。」

兩人在臨邛盤桓了幾日，銀屏山還是沒有絲毫放鬆戒備的消息。果然棲霞派銅澆鐵鑄一般，若無事先知會，根本不可能上得去。

陸長生這幾日四處在外打聽，本來想試著找青竹派來的師兄弟，依附他們混進去。但青竹派雖是這次大會的主角之一，或許是對棲霞作風不滿，竟姍姍來遲不見蹤影。

陸長生一面心煩，一面又悄悄鬆了口氣，他本來就不想和師門撞個正著。若不是棲霞禁令下得太嚴，附近幾個村鎮都不許外客進入，他根本連臨邛都不想進來。

承安卻不像陸長生一樣急，她一派輕鬆說：「那就算了，別這麼急！咱們慢慢等，等到三寒會過去了、等到那殺手就逮了，再上去還不成嗎？」

「本來還可以，可是現在我不放心。」

「不放心什麼？」

「不放心妳啊！」陸長生正色道：「妳想一想，那個鴻麟和另一個叫什麼——」

承安聳聳肩說：「我也不曉得。」陸長生嘆道：「好吧！不管叫什麼，總之丹陽派那兩人要是又來抓妳，我可不是他倆的對手。上回是托了鴉公的福，這回還能怎麼辦？妳難道想被抓回丹陽派裡嗎？」

承安看向他腰間的劍——上回陸長生的劍被鴻麟硬生生毀去了，那是他師父贈與的，他看得挺重，嘴上雖然沒說，承安知道他還是有些惋惜。

她要把陸長生給她的劍還他，陸長生卻搖搖頭說：「說給妳就是給妳了。」自己只暫買一把普通鐵劍防身。

「當然不想，我才不回丹陽派。」承安這回倒是答應得爽快：「我想通了，我現在活得挺開心的，回去丹陽派給人當成雀兒關進籠子裡做什麼？」

聽她提到這個，陸長生也忍不住起了點興趣：「你們丹陽派到底是在做什麼的？那兩個人身手都非常好，武功路數我卻不曾見過。」

陸長生不敢說武學見識淵博，但以丹陽派二人那種程度的高手，起碼不該一點印象也沒有。他想，果然丹陽派長年躲在深谷之中，從來不曾涉足江湖，否則以他們的實力，一出手必是震動武林。

「是嗎？」承安似乎不太了解，陸長生忽然有個懷疑，便問道：「承安，該不是妳的武功也和他們一樣好吧？」

承安笑彎了腰：「你被我騙怕了？」

陸長生輕咳兩聲不置可否，承安笑道：「你放心，這回我可眞沒騙你了。那些上竄下跳的功夫我一概不會。」

「爲什麼只有妳的師兄弟學呢？」

「我的工作是替丹陽谷煉丹試藥，又不是練功。」她輕快地踏著腳步說：「不過從今以後，我就要當棲霞派的小弟子啦！」

「嗯，那兩人雖然厲害，要動棲霞派還是沒那麼容易的。」

承安偏愛駁他：「棲霞派有什麼安全的，不是還有個無名殺手嗎？」

陸長生心想，果眞是前門拒虎，後門進狼，現在還沒一處安全的了。他嘆了口氣，道：「現在聽起來似乎那殺手專挑下山落單的女弟子出手，並不敢眞的冒犯到銀屏山上。妳聽好了，等妳上了銀屏山，在這件事落幕以前，絕對不准下山。」

承安笑著應承：「是是是，你就跟我媽似的。」

兩人回去時天已稍晚，一進門就看見一群不認識的女郎。站在中間的那一個穿著水色銀花的緞子，背上一柄長劍，湖綠色的劍穗垂在她肩頭。

那女子聽見他們的聲音，回過頭來，她生得很清秀，溫膩白磁似的鴨蛋臉上，嵌著一對柳葉一樣極細而稀疏的眉。陸長生注意到屋裡的氣氛不大對勁，讓承安往門邊退了退。

楊漢生坐在中間，趁那女人轉頭的空檔，拚命對陸長生擠眉弄眼。仔細一看，就能發現他們每個人的姿勢都有種說不出的古怪，似乎哪裡受了傷，可是又看不見傷口。

屋裡其實另外還有幾個年輕少女，身上也都揹著劍，劍上挽著和她一樣款式的穗花。可是都只垂手侍立一旁，不敢輕舉妄動，沒有半點那女人的氣勢和風采。

陸長生看這陣仗，心裡明白——這是棲霞派找上門來了。

他心裡電光石火轉過許多念頭，這時，楊漢生忽一臉凶神惡煞地對他大吼：「臭小子！你是什麼人，這兒也是你能闖得的嗎？還不快滾！」

承安自然不明白楊漢生是在對他們示警，偏著腦袋說：「楊大哥怎麼回事，竟認不得我們了？」

陸長生雖懂他的用意，但也知這只是徒勞無功。對面的女人並不笨，楊漢生的行為不過弄巧成拙。

那女子朝陸長生微一頷首，道：「在下葉澄，是棲霞門下第四弟子。」

一聽見這個名字，陸長生就知道今日大勢已去。

葉澄的名聲還是很響的。

棲霞門下有七個重要的人，外頭稱她們「棲霞七劍」。以輩分而言，算是現在棲霞派第二代弟子。

棲霞掌門妙音子這些年只潛心修道，不管派中事務，雖然還有好幾位師叔伯在，武藝倒都沒有這七人來得出類拔萃，因此如今棲霞門裡大大小小的事情，差不多都歸這七個女弟子管。甚至新的弟子入門，也不必經長一輩的師叔伯同意，而是直接入她們其中一人名下，隨其學劍。門中最年輕一代的女弟子，都管她們叫「傳劍師姊」，七人威名之甚，甚至遠壓過掌門妙音子。

眾人私底下都說將來就是選新的掌門，恐怕也是這七人間私相授受之事，那些師叔伯根本插不上口。這七人連自家倫常尚顧不得，就更不必說武林江湖間的道義。幾年來在她七人的專擅之下，棲霞派俠名已失，落了個恃強凌人的口實，如今更演得這一齣強霸信物、與盟友恩斷義絕的戲碼來。

而葉澄便是在這七劍中排行第四，江湖上人稱「君子蘭」的。

七劍在外名聲並不好，但葉澄是例外的一個。她為人謙和有禮，頗知進退，陸長生上次去看妹妹梵天已是六、七年前的事，不過他還記得，除了傳劍給陸梵天的七劍之首林諸星外，梵天最喜歡的就是這個溫柔的師姊。

但陸長生也很明白，葉澄處事柔軟，不代表她的真功夫不硬，在這裡動起手來，若是牽涉到無名殺手的事，恐怕很難善了。

他這時心裡忽有了個想法，便將手背在身後，定定看著葉澄。

葉澄為人倒是客氣，恭恭敬敬道：「我們並無惡意，只是想見顧二少一面。」

陸長生沉吟了一會，並不答話。承安似乎也知情勢風雨欲來，因此不敢多嘴。

另一廂楊漢生一躍而起，喊道：「我已說了，我們不認識妳說的什麼顧二少，妳不要來牽連他人！」

他話還沒說完，銀光一錯，兩柄長劍已抵住他的咽喉。

葉澄緩緩轉過身來，那柔媚如絲的眼神軟刀子割人似的，雖不凌厲，卻也叫人隱隱生疼。陸長生只見她右臂輕輕一晃，一道紫電從她袖裡射出，不知將什麼東西射穿了釘在牆上。

她從腰間抽出長劍，三尺青霜好似一泓月光：「我知道你們的底細，不必想在我面前搗神搗鬼的。」

葉澄的聲音嬌嬌細細的，和她手上那尺軟月光一樣，好像一點都不會傷害人，但她一出手就釘死了楊漢生的壓箱寶，眾人見狀，都沉默著不敢開口。

楊漢生卻十分仗義，道：「妳本事好，我鬥不過妳，不過牽累無辜也不是我們兄弟做得到的，今天說什麼我也不叫妳動他二人半根毫毛！」

說罷，他按著桌角大喝一聲，一拳竟將整張桌子打爛。那兩個挾制他的女弟子曾受葉澄之命，不可輕易傷害這屋裡任何人性命，因此劍雖制在他要害上，竟都不敢出手，愣著退開了幾步。

葉澄妙目一寒，心道他這一下來得剛好，她正愁沒理由抓一個起來殺雞儆猴。她不想做得太過分，以免眞和顧停雲結下深仇大恨，但若不對這些莽漢略施薄懲，恐怕他們還不知道棲霞派的厲害。

陸長生看出楊漢生左肩已受重傷，想來剛才葉澄曾出手制住店裡的人一輪，還刻意不留下明顯外傷。他見眾人頹敗委頓，心知今日與葉澄硬拚勢必不會有好結果。不論如何，必須先設法化去這場對峙才行。

於是他踏前兩步，刻意啞著聲道：「兩位且慢，不必爭執——卻不知葉姑娘找顧停雲是爲了什麼事？」

葉澄聽見這句話，微瞇起眼，轉頭來上下打量陸長生：「你曉得他的下落？」

其實莫說陸長生，就連這一屋裡鴉公的朋友大概也沒人曉得他身在何處，陸長生卻自信滿滿地說：「當然曉得。」

葉澄聽了，便暫時收起劍，道：「是嗎？那麼如今他在什麼地方？還有請公子引路。」

陸長生摩娑著那枚黑玉戒指，笑著指了指自己腳下的地板，說：「就在這裡——我就是顧停雲。」

陸梵天歇了一個中覺，醒來時聽見門外有人聲窸窸窣窣響動，她聽出那是自家師姊妹的聲音，故只是輕輕喚道：「有事就進來。」但外頭隨即鴉雀無聲，門外的人不敢有什麼動作，陸梵天忍不住便冷笑了一聲。棲霞派裡素來對她就是這個態度，她也早習慣了。

陸梵天隨意理了理衣環釵髻，便打起簾子來。兩個師妹站在外頭，稟報道：「顧停雲帶回來了。」

陸梵天聞言連最後一點睡意都沒了，她忙問：「如今人在哪裡？」

她們說：「人已在流雲堂裡。」

「還有誰在那兒？」

「四師姊和六師姊在。」

老四葉澄和老六吳箏都下了山，也不知顧停雲是誰帶回來的。

「大師姊呢？」

「人歇著，好像沒有出來的意思。」

陸梵天心裡想這很好，若連大師姊林諸星也驚動了，豈不是叫那顧停雲笑她棲霞無人，讓他一陣小風便刮得滿池春水皺。她打了點清水洗洗臉，又忍不住問道：「那顧停雲是個怎麼樣的人？」

小師妹答道：「挺端端正正一個年輕人，就是啞著嗓子。」陸梵天心想，這倒和尤劍英二人報告得差不太離。

「我先不出去，讓妳兩個師姊應付著便是。」

「可是……顧停雲說非要見到七師姊不可。」

「見我？」陸梵天有些疑惑：「非要見我做什麼？」

兩人都是搖頭，陸梵天心裡覺得奇怪——雖然是她下的命令，讓葉澄和吳箏去把顧停雲請上山來，但按理說顧停雲不會知道這件事才對。

她看裙子上壓出了摺痕，道：「我換件衣服便去，妳們下去吧！」兩個師妹告退了，她便換了套水綠色精神抖擻的衣裙，又重新將鬢邊夾起，一頭烏雲梳理得一絲不苟。

菱花鏡中倒映出的女子明豔照人，陸梵天眼底卻看不到這些，她一心只想著自己代表的是棲霞派，絕不能叫那顧停雲小瞧了去。

還沒到流雲堂，遠遠就聽見吳箏說話的聲音，斜地裡坐著一個年輕男人，讓門扇遮住了看不清。吳箏說話聲音又急又高，頗有點咄咄逼人的意思，那顧停雲卻只是搖頭，一句話也不說。

她心裡奇怪，大步流星踏入流雲堂裡，葉澄只就著餘光偷瞄她一眼，吳箏則停下了聒噪不休，忽冷笑一聲道：「這下好了，你想見的大美人陸梵天來了。」

陸梵天聽她說這話頗不莊重，心裡便有些火氣。她與吳箏素來不合，自己也沒少給過她難堪，正要開口反唇相譏，卻見那顧停雲轉過頭，滿面笑意地看著她。

一時陸梵天只覺得腦子轟的一聲，變得一片空白，一句話也說不出。

那人哪裡是什麼顧停雲，那是她親哥哥——陸長生！

陸梵天僵著臉，看陸長生笑逐顏開，走過來親熱地拉住她的手，叫道：「梵天，多久不見了！」聲音也不啞了。他又上上下下打量她一番，感嘆道：「是長大了！多少年不見，是個這麼漂亮的女孩子了。」

陸梵天迎著她兩個師姊疑惑又敵視的眼神，只覺得她哥哥像個跳梁小丑一樣，讓她既羞愧又憤怒。

吳箏問她：「七師妹，妳認識顧停雲？」

葉澄也道：「這麼說來，我好像也覺得他有些眼熟。」

陸長生沒說話，只等著陸梵天自己解釋。她雖打死不想認了這個哥哥，如今卻是勢如騎虎，不把話說開，她也脫不了這個麻煩。

她臉紅了一紅，別開葉澄的眼神，說：「這人不是顧停雲。」

「什麼？」吳箏尖聲叫道：「他如果不是顧停雲又是誰？」

人是葉澄帶回來的，她的臉色更難看。陸梵天故作雲淡風輕：「這是我哥哥，青竹派的陸長生。」

兩人都是一愣，陸梵天覺得喉頭發乾，恨不得快將這話題帶開，因此便將矛頭指到葉澄身上，說：「四師姊，妳是怎麼回事，胡亂抓了個人回來交差？」

葉澄一聽她這話，氣得胸口一堵。她心想：交差？交誰的差？陸梵天還眞把自己當掌門人好支使她們幾個姊妹？

吳箏和葉澄很親近，立刻就明白她要發怒，忙輕輕按了按她的手掌，說：「我們哪裡曉得？他自己說他是顧停雲，手上又戴了顧家的信物！」

陸梵天回頭瞪了陸長生一眼：「你報顧停雲的名字幹什麼，存心給我們添堵？」

陸長生忙道：「對不起，實在是銀屏山完全封鎖住了，我們沒有辦法上棲霞派，只好出此下策。」

吳箏道：「你既是青竹派的，也不必急，三寒會到了難道還怕上不來？」

陸長生嘆道：「我有急事必須先見梵天。」

吳箏便冷笑一聲，葉澄卻忽然像想起什麼似的，沉下臉來。

陸梵天咬著牙根道：「總之……這次完全搞錯了。我給我哥哥魯莽的行爲跟師姊道歉。」說著忙忙拉著陸長生走了。

陸梵天拉陸長生回自己房裡，確定房門關牢實了，這才氣急敗壞叫道：「你急什麼？你到底急什麼！為什麼不能等三寒會再上來，非要用這種旁門左道？」

陸長生不能體會陸梵天的心情，只當她是小女孩丟了臉發脾氣，失笑道：「是我不好，原諒哥哥吧！」說著自己找了張椅子坐下來，承安乖順地在他身後站著。

陸長生笑著笑著，正色起來，慈祥地望向梵天道：「多久沒見了？這幾年過得好不好？」

青竹和棲霞的距離並不算近，陸長生不是很常有機會到棲霞派來，未婚妻小婉過世以後，他更是不大願意踏足這個傷心地。他記得最後一次見到的陸梵天，好像只有十三、四歲年紀，正是還對親人有著強烈依戀的年紀。這麼一想，心裡忍不住便升起一股強烈的愧疚感。

陸梵天聽他問自己好不好，忽然就一陣鼻酸，心裡說不出多少的委屈。但她好強，也不想讓陸長生知道苦處，便故作不在乎地說：「有什麼好不好，這日子不都這樣過嗎？」

陸長生說：「過來讓我仔細瞧瞧。」

陸梵天倒也聽話，就走到他身前垂著頭看他。她記憶中的陸長生是更意氣風發的，不像現在已經隱約有了些歲月的風霜。

她恨陸長生不肯常來棲霞派找她，使她兄妹間如今彷彿多了一道疏離的牆——那牆很薄，或者一推就倒，可是再怎麼樣，也會留下斷垣殘壁的破碎痕跡。

陸長生也是頗生感慨，露出一個苦笑，他站起身來，拍了拍陸梵天腦袋，說：「真有出息！我離開的時候妳還跟在妳大師姊身邊呢，如今妳已是棲霞派的中流砥柱了！」又問：「妳大師姊好不好？」

陸梵天有些沉不住氣：「你們青竹派一定恨死我們了！你想問三寒會的事就問，不必拖拖拉拉。」

陸長生卻道：「三寒會的事，我已不管了。」隨後又嘆道：「只是妳們這樣做，終究給人留下了恃強凌人的壞印象。」

陸梵天立刻冷笑一聲：「說到底，果然是爲青竹派做說客來了？」

陸長生見她出言諷刺，心裡有些難過。兩人分別多年，感情畢竟已生疏了。他搖搖頭，說：「我已退出青竹派了。」陸梵天一時愕然，陸長生也沒給她發問的機會，逕直道：「我這次來，也不爲三寒會，就是想來看看妳。以後我就去妳小婉姊姊墓前，陪她過下半輩子。」

這時一直沒說話的承安忽然大叫出聲：「什麼，你要去哪裡？那小婉姊姊是什麼人？」

陸梵天似乎這時才注意到承安，本來以爲她只是配合陸長生演戲的棋子罷了。

陸長生回應道：「是我妻子——」

承安驚呼道：「你娶親了？」

陸長生笑道：「其實是未婚妻，在成親前她便去世了。不過在我心裡，小婉永遠都是我的妻子。」

承安嗔怪道：「這話你怎麼從沒跟我說過？」

陸長生正要說話，陸梵天便不耐煩地打斷兩人，道：「這位姑娘又是什麼人？」

陸長生正尋思該怎麼交代來歷不明的承安，承安已先跳出來，昂然道：「我叫李承安。」

陸長生道：「正好，我也是爲這件事來的。承安是個身世可憐的孩子……」他不知該怎麼解釋承安那段連她自己都說得含含糊糊的背景，只好蜻蜓點水般胡亂帶過：「我沒有辦法一直照顧她，所以想將她交給棲霞派。妳如今已有傳劍師姊的身分，能不能收她做徒弟，讓她在此能有個棲身之處？」

雖稱傳劍師姊，實則收徒與否的大權都操縱在她們手上，只是爲了維繫輩分不亂，因此新入門的弟子雖跟她們學劍，但名義上都只稱師姊。陸長生也知道收承安不收，是陸梵天一個人就可以決定的事。

陸梵天不做半點修飾：「那得看看她有什麼本事，我棲霞派難道是專收你撿來的這些小貓小狗？」

陸長生聽她言語無禮，便板起臉孔，道：「梵天，妳太不像話了！向承安道歉！」

陸梵天也知道自己說話冒犯，心裡卻抗拒道歉，不服氣道：「丟下我這麼多年，現在知道來擺哥哥的架子了？你既然這麼有悲天憫人的胸懷，幹什麼不帶她回青竹派？就說你又有一個妹妹要來暫借他們一副碗筷了！」

陸長生聞言也有些動了火氣，承安卻不慍不火地說：「長生不是說過了嗎？他已退出青竹派啦！」

誰知話才剛說完，陸梵天忽然就伸手搭住她手腕，將她整個人摔了出去。

陸長生喝道：「梵天，妳幹什麼！」

他忙過去扶承安，但承安其實沒摔得太痛，摸著地板就爬了起來。

陸梵天這一下本來只是要試她身手，沒想到承安果然於武藝一竅不通。習武之人，猝不及防受襲時，通常不及多做矯飾，本能地就以自己最熟悉的功夫反擊。

「第一關倒過了，棲霞可不收已有根柢之人。」

承安也不生氣，只是拍拍身上灰塵爬起來：「第一關，那還有第二關嗎？」

陸長生卻沉吟不語，他見陸梵天與當年那溫順乖巧的妹妹已去之千里，心裡也說不出是什麼感慨，總是見到她平安無事，心上一顆大石終於放了下來，一時百感交集。

他溫聲問承安：「痛不痛？」承安嘻嘻笑著說一點也不疼。

陸梵天看了便瞇起了眼，心裡很不是滋味。好像陸長生把這幾年該給她的關愛，全都分給了這個來路不明的承安。

陸長生扶她坐好了，才又對陸梵天道：「妳這幾年倒也愈發出息了，兩年前還升上了傳劍師姊，此後就能與妳大師姊在同一個位置上了！」

他不想和她再起爭執，故換了一個話題。陸梵天也從善如流，沒有再刻薄挑釁：「我還差大師姊差得遠呢！」

陸長生嘆道：「不過，總歸看到妳沒事，我就安心了。」

陸梵天聞言心口一跳：「有事？我會有什麼事？」

「我來銀屏山的路上聽說了，最近有一個無名殺手出沒，害死棲霞派不少女弟子。」

陸梵天聽他原來說的是這個，便有些意興闌珊道：「是啊！我已下令禁止所有弟子出銀屏山，只讓幾位師姊在外頭查探，我不相信我們找不出線索。」

陸長生見她說這話時神情慵懶，頗帶些倨傲的意思，又聽銀屏山上眾人須聽她指揮，甚至能隨意調度其他傳劍師姊，心裡不免有些奇怪——或說更多的是擔心。有時少年得志，並不一定是好事，何況才見面一會兒，他已能感覺到陸梵天氣焰太盛，不知收斂，若如此下去，必招人嫉恨。

「對方是衝著信物來的？」

陸梵天神色有些僵硬，沒好氣地回道：「我哪曉得？如今天下要找棲霞派麻煩的人，排到銀屏山腳下也排不完。」

陸長生聽她故意逞強，不由嘆道：「我也是眞心勸妳，不要再一意孤行。」

「你這話什麼意思，什麼叫我一意孤行？」

陸長生想起那日棲霞派弟子告訴他的話，便說：「妳……實話說，想將信物扣留在棲霞派，是不是妳的主意？」

陸梵天聽了也來了火氣，便道：「憑什麼這樣說？」

陸長生蹙眉道：「我看眾人都聽妳調度指揮，也不見妳對妳師姊說話有什麼敬意。妙音子道長早已退隱多年，因此我想若林諸星也不出面管事，恐怕如今棲霞派竟是聽妳號令得多。」

陸梵天哪裡聽不出陸長生這話裡帶著嚴厲的責難，心裡很不高興，但陸長生幾乎全部說中，因此她也無話可駁。

陸長生見她不說話，便知自己猜中大半，嘆道：「本來信物該輪交給青竹派，就老老實實交出去。梵天，妳自己想一想，難道値得爲那樣一個東西賠上棲霞派百年俠名、賠上妳們棲霞弟子的性命嗎？」

陸梵天不耐煩地回嘴道：「這是我師門中事，你一個外人也不必插嘴！」陸長生還要勸解，她已厭倦地說：「你七年又四個月沒見過我，難道就只有這些話可說？」說著轉身就去了。

陸長生僵在原處，難受得說不出話來。直到她走了很長一段時間以後，才細不可聞輕嘆了一聲。

承安笑道：「這就是你說的，最乖巧柔順的妹妹？」

陸長生道：「我不曉得……梵天的性格變了很多。」

他想自己多年來不曾負過教養之責，甚至不曾探視過陸梵天，這才叫她不知何時變成這樣浮躁高傲的性子。她說的那番話像兩面刃，陸長生的心口被割得隱隱生疼，但他知道梵天握刀的手也一樣在淌血。

承安在他身邊坐下來，一雙明亮的大眼看著他說：「要是棲霞派待不下去，就走吧！我不待在棲霞也沒關係，就跟著你，挺好的。」

陸長生見她乖巧體貼，彷彿填補了他心中那個已經不存在的、柔順的陸梵天的幻影，心裡一時覺得既安慰、又悲傷。

陸梵天走沒多遠，便在廊間轉角看見葉澄和五師姊岳詩瑩，兩人似乎是在談論陸長生。她和陸長生吵了一架，一路哽咽著過來，眼圈都紅了，實在不想碰見這兩人，便刻意繞了路走開。

她在濃濃夜色中踽踽獨行，夜深露重，山裡已頗有些寒意，她穿的衣服薄，很快就冷得縮起了肩頭。陸梵天咬著牙，盡可能集中精神對抗寒冷、讓腦子完全放空，這樣她就不必想起那許多委屈。本以爲陸長生來了能給她一點安慰支持，沒想到就連陸長生也站在她的對立面，一見面就是一通數落。

她被一股強烈的無力感包圍。

多年來在棲霞派裡的孤立生活已讓她筋疲力竭，但她至少還能想念那個遠方的哥哥。直到今天她才知道，原來她與陸長生之間也早讓歲月的洪流沖得愈來愈遠。

走了一陣，陸梵天才發現自己不知不覺已到了後山的韶華殿。這裡是棲霞派的祖祠，供奉有歷代掌門靈位、被目爲禁忌的棲霞劍隱學，還有引起這次騷動的三寒會信物——百年身。

陸梵天愣愣望著韶華殿，鬼使神差地便走了進去。

大殿內肅穆森然，靜悄悄一點聲音也無，陸梵天的腳步聲聽起來就特別響。殿內無數牌位羅列，上頭刻著歷代掌門的名字。陸梵天偶爾會猜想著，她們這一輩中，最後是誰能入主韶華殿？

棲霞派歷代只收女弟子，但韶華殿正中央供的卻是一個男子的牌位。據說在兩百多年前，棲霞、隱松、青竹三派的開山祖師，曾救下一位落難俠客。俠客將百年身托與三人，又各贈一套劍譜示謝，今日三派能有此風光，靠的也算是那俠客所贈的三套劍譜。爲了祭奠追想他，三派都將他的靈位供在自家祖祠正中央。

陸梵天抬頭望去，見那上頭端端正正刻著「石清音」三個大字。

通往後殿兩扇沉重的大門緊鎖，鏽綠的銅環覆上一層窗外透進來的藍月光，看上去變得灰撲撲的。在這兩扇大門之後，就藏著棲霞隱學與信物百年身。

大門共有四把鑰匙，分別由四個不同的人保管——掌門妙音子、大師姊林諸星、二師姊朱寒衣各拿一把，還有一把，就在她陸梵天手中。

然而朱寒衣已死，因此她的那一把鑰匙也交由林諸星保管。

陸梵天妙目掠過那烏鴉鴉的一片靈位，心裡忽重重抽了一下。她想，不論繼位的是林諸星或她陸梵天或什麼人，總之已不會有朱寒衣一個位置。這麼一想，她就難受得厲害，在大殿前虔誠地跪了下來。

「寒衣師姊……」她哽咽著說：「對不起，都是我害……害死妳的。」

陸梵天在外人面前從不落淚，可是到這夜深人靜之時，卻再也壓抑不住心中的悔恨和不安。

「如果那時不是我堅持，妳也不會白白送了性命、棲霞派也不致演變到今天這個局面。」她一邊哭了起來：「我……都是我害的，我是棲霞派的大罪人、大罪人——」

韶華殿裡依舊靜悄無聲。

陸梵天對著一片黑暗謝罪，忽爲自己感到可笑。原來銀屏山上，只剩這無人的孤寂之地能讓她有一點安全感了。

陸梵天很快就擦乾眼淚，她已發洩夠了，再哭下去不過是小孩子討糖吃而已。不過，這裡誰來給她糖呢？她拂去身上塵灰，盤算著葉澄她們也差不多該睡了，準備回房。

這時候，她忽聽見一陣細細的風聲。

那聲音很細，若非陸梵天警覺性強，根本無法聽見。她立刻收起所有脆弱，一手按住腰間的劍，謹慎打量起周遭來。

下一刻陸梵天飛身一躍，湖水一樣的青裙飛濺而起，一劍直接刺往梁上。她的劍術泰半由大師姊林諸星直接指導，故頗得其迅雷不及掩耳之長，饒是伏在梁上之人應變機警，仍叫她割了一截袍子下來。

只是那人如走龍蛇，在梁上幾個翻滾曲折，轉眼便在黑暗中隱去了身影。陸梵天一手按著梁子，激起滿天塵灰，她橫劍一掃，撲了個空，放眼望去，梁上一片濃暗，什麼也看不清。

一點聲息也沒有。

陸梵天心想：對手形如鬼魅，善於來去黑暗之中，在暗處她討不了巧，因此立時鬆手落了地，負劍身後，凝神細聽。

她心裡驚駭不已——那人究竟是何時、又從何處潛入韶華殿中，自己竟一無所覺。但若在自己進殿之前，他就隱身於梁柱之間，這麼長時間他能不發出半點聲息，必然是個高手。

陸梵天不敢托大，緊握寶劍火琉璃，沿四邊繞了大殿一圈，仍是一無所獲。她幾乎要覺得剛才的騷動只是自己的幻想，可是那截灰袍握在手中，彷彿還帶了一點主人身上的餘溫。

忽然，陸梵天頸後一涼。

她悚然一驚，千鈞一髮間一個打滾避了開去，她乘勢將長劍向後一掃，果然看見一道隱約的黑影，轉瞬間又融入黑暗之中。

見了對方的眞身，她心裡反而定了下來。看這情勢，對方必不善於正攻，因此不敢與她硬碰硬，只要能將他逼出這片黑影，自己便得了十成的勝算。

計較已定，陸梵天環視周遭，薄薄的月光只塗亮了大殿的四個邊角，其餘地方都像被潑上黑漆一般。她在原地踱了幾步，一個急躍飛身，躍向殿西最靠近她的柱子。

她舞動長劍，擦過柱石，火花爆濺，她遞出長劍上的火星，點亮柱上猛虎雕刻啣住的燈台。

對方似乎也明白陸梵天想幹什麼，斜地裡兩道銀光朝陸梵天破空而來，暗器上夾的勁風立時掃滅了小小的火星。陸梵天冷笑一聲，長劍打落那人射出的兩隻銀梭。她還正愁對方潛伏不動，不現眞身，他這一下自曝方位，對她眞是再好不過。她猛然拔地而起，焰光一樣的利劍按著那銀梭的方向直去——

誰知此時，陸梵天忽聽自己身後一道掌風拍過。

陸梵天心底一寒，沒料到這大殿中潛藏不只一人。畢竟她機變靈巧，紅火般的劍光轉身遞去，對方沒料到她變招如此迅速，一時不及收手，陸梵天感覺自己的劍點中了他的肩頭。但也就只有那麼一瞬間的接觸，她似乎刺傷了那人，他卻轉眼便消失了。

陸梵天大駭，朝空胡亂掃了幾劍，但那兩人就像從不曾存在過一樣。她抹了把冷汗，站在原地又等了一陣子，始終沒再聽見半點呼吸聲。她無從判斷對方究竟還潛伏與否。

她謹愼地退往柱邊，在燈台上點火。待得四柱都點亮了，她才就著火光仔細察看整座大殿。

然而，殿中早沒了那二人的身影，只有地上零零碎碎地落了許多沒見過的暗器，也無從判別身家門派。陸梵天徹查了一陣，並無所獲。

陸梵天雖恐怕這是聲東擊西之計，但一時之間也顧不得這許多——說不定那兩人已離開韶華殿、潛入土屋之中了。

韶華殿兩道大門何等沉重，若無鑰匙，就是大羅金仙也進不去。於是陸梵天先回了主屋，點了火炬打起銅鑼。葉澄、岳詩瑩、吳箏三人很快反應過來，接著其餘守夜的女弟子也都趕來集中在大堂之前。

吳箏見是陸梵天敲響的警鐘，心裡先是不以爲然，冷笑著問道：「不曉得出了什麼大事，竟連七師妹都這麼緊張呢！」

陸梵天無視她的冷嘲熱諷，道：「有人闖入銀屏山。」

葉澄心下一凜，忙問道：「此話當眞？」

陸梵天點頭道：「方才我在韶華殿受了埋伏，那兩人身手很好，轉眼就跑沒影了，我沒追上，我恐怕他們已潛入主屋，必須立刻徹查，不可掉以輕心。」

岳詩瑩怪道：「這麼晚了，妳去韶華殿做什麼？」

她這麼一說，吳箏也滿臉好奇，陸梵天有些堵住，總不能說自己是去沒人的韶華殿裡哭吧！她還想不到一個好的託辭，葉澄卻先皺眉道：「怎麼可能有人闖進來？守山門的師妹們不知道有沒有事……箏箏，妳先帶人去看一看。」

吳箏素來服葉澄，便也沒繼續刻薄陸梵天，領命轉身去了。

葉澄下了命令，這才想起平日最愛指揮全局的陸梵天還在這兒，忙偷覷了她一眼，陸梵天卻仍愣著沒說話。她有些擔心陸長生，因此走了神，根本沒有注意葉澄說了什麼。

岳詩瑩問道：「澄澄，那我呢？」

葉澄略一思索，便道：「詩瑩，妳先去通知大師姊和掌門師伯，還有去注意其他師叔伯們的安全。」

岳詩瑩隨即前去，葉澄拍了一下陸梵天：「七師妹，妳和我去韶華殿。」

陸梵天這才回過神來，道：「韶華殿裡應該已經沒有人了，我見那人是往主屋的方向過來的，應當全力搜索這裡才對。」說罷，便命眾弟子以五人為一組，徹底搜索整棟主屋，只撥派一小批人力過去韶華殿裡檢查。

葉澄卻不以為然，韶華殿裡的東西最要緊，陸梵天的決定明顯不合理，便道：「既如此，我隨她們去檢查韶華殿。」

這卻正好合了陸梵天的心意，本來她就急著去察看陸長生的安危，若讓其他人跟著，免不了又說她徇私，正有話來編派她的不是。她便點點頭，說：「四師姊說的極是，那麼韶華殿就拜託師姊照看了。」

她直奔陸長生的居所，見燈早已熄了，另一房中的承安似乎也已早早歇下，似乎沒有什麼異狀，這才稍稍鬆了一口氣。

另一方面，葉澄帶著人徹底檢查了韶華殿。但除了一些梁上濺下來的灰塵之外，根本沒有半點活動過的痕跡。主屋那裡徹夜搜查。但直到天光大亮，仍是沒有收穫。

IMMORTAL BIRD

十、火琉璃

IMMORTAL BIRD

那日風波過後，就再也沒鬧過怪事，除了陸梵天以外，竟沒有半個人能證明有人潛入棲霞派過。陸梵天雖拿出對方落下的暗器與她割下的一截袍子作爲證據，畢竟眼見爲實，眾人既沒看見，心底都不大當一回事，只當陸梵天是譁眾取寵。

陸梵天有心無力，只得暫時擱下此事。

爲了轉移注意力，她開始教承安用劍。

承安想拿陸長生給她的劍練習，陸梵天不允許：「妳連劍都還提不動，怎能用開過鋒的利劍？」說著給承安換上了木劍。

「是，師父。」

「在妳能換成鐵劍之前，我都不承認妳是棲霞派的弟子。」

陸梵天不悅地說，但還是在木劍上繫了一朵大紅穗花。承安聽過陸長生和她解釋棲霞派劍穗的意思，心想自己靠裙帶關係，倒眞一躍成了名家陸梵天的弟子。

「妳笑什麼？」

「沒事，我只是想，妳給我紅穗花，爲什麼自己的劍上縛的卻是白穗花？」

陸梵天低頭看了自己的寶劍火琉璃一眼，說：「我是大師姊的弟子，自然還是跟著她用白穗。」

「但妳已是個獨當一面的傳劍師姊了！」

陸梵天沉默了會，說：「劍是師姊賜給我的，我不想忘本。」

這眞是一種古怪的關係，既是師徒，又是姊妹。

「我還不算棲霞派的弟子，那我該怎麼叫妳？」

「隨便妳。」

「那我叫妳小師父好不好？」

陸梵天沒理會她，長劍出鞘，日光映射下劍上浮著一層檀紅色的光采，劍身上共鑲了六顆紅色寶石，翻動時透出胭脂一樣的光。

「棲霞劍講究的第一是輕靈，要使劍光如焰——」陸梵天長劍倏然一抖，劍光靈蛇出洞一般舞開來。初時還見劍身，後來只剩劍影，再後來連劍影也看不眞切，劍光扭曲，形影無定，如火舌一般時而暴起，時而消滅。

承安對劍一竅不通，然而縱是她這樣的外行人，也立刻看出陸家兄妹之間巨大的差距。承安曾問陸長生學劍靠的是努力或是天分，陸長生想了一下說：「劍學得不好也沒關係，盡力就行。靠努力自然是能達到一種頂峰的，但和靠天分到達的頂峰，又不一樣。」

她以前沒特別想過不一樣在哪裡，看過陸梵天的劍以後就明白了。

陸梵天收劍回鞘，承安欣喜地叫道：「我要學劍、我要學劍！我要變成跟妳一樣厲害的劍俠。」

陸梵天冷嗤一聲，把她手裡的木劍也收回來。

承安驚叫一聲：「怎麼連木劍也不給我了？」

陸梵天道：「初學劍者，第一大忌就是拿劍，從基本拳腳馬步開始練起！等這一關通過了，這柄紅穗木劍才歸妳；木劍使得好了，才准使鐵劍。」

承安不得已，一切兵械乖乖上繳朝廷。要交出陸長生那把劍，又捨不得，再四保證：「小師父，我保證不會拿這劍胡亂使著玩兒，只是妳把它留給我，不要拿走好不好？」

陸梵天道：「既然不使，又留在身邊做什麼？」

承安苦著臉道：「這是長生給我的劍，他都要離開銀屏山了，連把劍都不還給我嗎？以後我也只剩這劍好睹物思人了。」

原來陸長生既已將承安託付給棲霞派，也確認了陸梵天安好，了卻幾件心頭大事，便想離開棲霞派。陸梵天自那日與她哥哥不歡而散以後，幾天來不聞不問，兄妹形同陌路。聞知此事，竟也不加阻攔。只有承安捨不得他，死拖活賴、苦苦哀求，總算他肯多待幾天，但也無意久留，不日便要出發。

陸梵天聞言細看，果然是陸長生的劍不錯。劍上每一處彎折稜角、紋路花樣、缺口傷痕，陸梵天無一不瞭若指掌。

陸梵天昔年曾在青竹派待過很長一段時間，雖也愛劍，但青竹派不收女弟子，陸長生不能私傳她劍術，只能教她些萬變不離宗的簡單基礎。陸梵天怕黑，陸長生晚上就解一把劍下來給她，左右雙劍輪流，讓她夜裡能抱著睡。對她來說，那雙劍就像是大哥的化身。到了棲霞派以後沒有人可以依賴，吃了苦眼淚都要自己吞，陸梵天很快戒了怕黑的習慣，然而至今若不抱劍仍難以成眠。

見她神色鬆動，承安忙乘機央求道：「小師父，妳勸一勸長生吧！他整天說要下山，妳難道就不會捨不得？」

「妳和他那麼好，妳怎麼不自己去勸他？」

承安道：「那又怎麼樣呢？我和他終究是無親無故的兩個人，我有什麼立場要他爲了我留下？妳和他卻是永遠的兄妹，在他心裡妳總是最珍貴的。」

陸梵天果然變了顏色，但她只冷冷轉開話頭，打量著那劍說：「他贈妳劍，那是打定主意一生不再使青竹派的劍術了？」

承安面色黯然道：「他左手再不能使劍了。」

陸梵天訝道：「怎麼回事？」

承安不肯說：「妳是他妹妹，妳怎麼不自己去問他？」

陸梵天見她拿自己的話來堵自己，僵了一僵道：「他劍贈的是妳，可不是我！」

承安嘆道：「小師父，妳別鬧彆扭了！你們兄妹不愉快，妳難過，長生心裡也難過，可是他很笨，不知道妳心裡在彆扭什麼。人生不過百年，有什麼好過不去的？很多事如果能早些說開，將來也不會有那些後悔莫及的日子。」

陸梵天被她說得焦躁起來，像要掩飾自己的不安，她厭煩地駁道：「要妳來多管閒事，妳憑什麼來教訓我！說到底，妳和我哥到底是什麼關係？」

承安道：「就和我說的一樣，無親無故。他救了我一條命，我只是他在路邊撿回來的、來歷不明的小姑娘。他不是都有老婆了嗎？」

陸梵天聽她這話倒有些哭笑不得：「現在是誰在鬧彆扭？」

承安道：「我才沒有鬧彆扭。」又問：「妳嫂子叫什麼……什麼婉？」

「小婉。」

「她……不在了？」

「嗯。」

「還這麼年輕，病走的？」

陸梵天搖搖頭，拿手在自己脖子邊比畫了一下：「這樣走的。」
承安掩住驚呼，兩人沉默片刻，承安才又忍不住問道：「怎麼就……想不開呢？」
陸梵天道：「妳在棲霞派也待了一小陣子，難道感覺不出來？」見承安果然迷迷茫茫，便苦笑道：
「這兒就是這樣，若不受人待見，妳的日子就很難過。如果想待下去，就得變得比其他人都強。」
承安覺得她神情中有幾分落寞：「妳——」陸梵天卻不願多談，只道：「我知道小婉姊姊日子也一樣過得很不開心，我哥又離她那麼遠，大概哪一天忽然想不通，沒挺過去，就爲這個走了。」說著有幾分哽咽起來：「我哥連原因也不曉得，一直很自責，覺得他沒照顧好小婉姊姊。」
「長生是爲這個原因才不想來棲霞派的？」
陸梵天眼神黯了一黯，沒說話。承安道：「那妳就更該多陪陪他，別讓他一個人把這些事揹著。」
陸梵天站起身，拍去裙上的塵灰，道：「等妳當了我嫂子再來教訓我！」
承安覺得陸梵天很可愛，微微一笑：「我從沒想過要嫁給長生，我不能嫁給他。」
「爲什麼不能？妳不必在意小婉姊姊的事，她既未過門，也已過去好多年了。」
承安卻說：「不是爲她，而是我早已嫁給別人啦！」
「噯——」這下倒是陸梵天張口結舌：「嫁……人？妳什麼時候嫁的人？」
「和長生認識很久以前的事了。」
「那他……怎麼會讓妳一個人跟著長生呢？」
「他已經死了。」
陸梵天驚呼：「對不起。」

承安搖了搖頭，似乎並不介意。陸梵天看著她像想問什麼，又有幾分欲言又止，後來她索性將劍都收起，湊近承安身邊問：「他是……怎樣的人啊？」說完又慌亂補充：「當然，妳不想說也是可以的。」

她那多慮倉皇的模樣，倒有幾分像陸長生，承安見了不由笑道：「這問題得讓我想一想。」

她閉上雙眼，彷彿在追想過往那些浮光掠影——那人在風中輕揚的紅衣，寒星一般神采顧盼的雙眸。

「他像火焰，像焚風……他是鳳凰，是狂焰裡展翅的不死鳥。」

陸梵天看著她那憧憬的神情，不由也走了神。那是怎麼樣的感情呢？如此熾烈、純粹——而瘋狂。

「後來呢？妳和他——」

「後來？」承安輕輕地笑了：「後來火焰吹零了，後來鳳凰枯死了。」她低啞著聲音，很輕地說：「他明明說好陪我一輩子的。」

說定陸長生明日啓程。

傍晚時門外遠遠傳來一陣喧騰，陸梵天愣了愣，這時間很少有人會來找她。偶爾承安會過來，但這幾天她找陸長生的時間更多，恐怕是想多珍惜和他相處的日子。

她想，或許不是來找她的，但這時她就聽見她們叫著：「七師姊！七師姊！」上氣不接下氣。

陸梵天蹙了蹙眉，她性格嚴苛，平時要向她通報事情自有一個規矩，這些師妹不會不明白，必是有什麼棘手的事，才讓她們敢犯自己的忌諱。她披衣推門出去，兩個小師妹面無血色，瞪大著眼，連聲師姊也叫不出來。

陸梵天本來要罵人，見那樣子心裡有幾分不祥之感，一反常態溫聲道：「什麼事鬧成這樣？」

那師妹一張嘴，話還沒說，眼淚先掉下來了。

陸梵天忙問：「怎麼回事，倒是說話啊？」

另一個還算鎮靜，說：「請七師姊快去韶華殿，四師姊她們也過去了。」卻不說是什麼事，更像是忌諱著不敢說。陸梵天也沒多問，回房取了劍，壓著一顆狂跳的心隨她們走。她有一種預感，能讓她們如此慌張的事情，只有一件。

韶華殿門口已守著十多個女弟子，劍都出鞘在手，彷彿正提防什麼看不見的威脅，面色卻都無比驚懼。大門虛掩著，葉澄等人站在門口，大概正等她過來。

「開門——」見陸梵天到了，葉澄下令，兩個女弟子為她推開韶華殿沉重的大門。

大殿裡依舊空蕩蕩的，鴿卵灰的冷石地在雨天看來更加狼狽陰森，風刮著哭泣般的嗡嗡聲響，地上兩具屍體直挺挺地躺著。

「啊……」陸梵天發出一聲驚叫，葉澄面色難看，吳箏別過頭去不忍再看，岳詩瑩小聲說：「是弱水和……阿純。」

「這是怎麼回事？」

葉澄搖搖頭：「不知道，屍體是在韶華殿後面的竹林裡找到的。」

陸梵天蹲下身去察看屍體，她掀開兩個師妹衣襟，看不見明顯的傷口，但有星星點點的淡淡瘀血，最叫人駭然的是，兩人掌心都有一團黑氣凝結，指尖上結了一層薄薄的冰。陸梵天輕按兩人手掌，還能感覺到一股細密的寒氣纏住她們手心不放。

她整個表情都變了：「他上山了？」

沒有人能回答她的問題——她口中指的不是別人，正是那連殺棲霞十三名弟子的無名殺手。棲霞派連損了十多位弟子，卻婉拒來自武林各方的協助，對死者的狀況保密到家，因此江湖上很少有人知道這些受害女弟子的死因。

其實棲霞派並非不願說，而是不敢說。

因爲不論實力強弱，這些女弟子皆是被一擊斃命的。

殺手一掌摧碎她們的心脈——就只一掌，再無其他傷口，她們甚至沒留下半點苦戰或抵抗的痕跡，好像只在轉身低頭的一瞬間便叫那人拿了性命。

然而比起他虹飛掣電一樣的出手速度，眞正令人恐懼的還是屍體的慘狀。

死去的女弟子幾乎半個身子都結了冰，那堅冰足花了四五日才化盡，但她們體內經脈卻全是被燒斷的，燒得只剩一些焦褐乾枯的碎末。

那人的內力同時兼有灼熱與陰寒，讓人如受業火焚灼，又似入寒冰地獄。究竟是要怎樣的功夫，能只在一掌間便叫人如經一世榮枯，轉眼便送了性命？

陸梵天不明白，眾人也毫無頭緒。她們懷疑過多少名家、拷問過多少高手，從少林「拈花指」、崆峒「一葉春」、太平道「陰陽兩儀掌」、仙宗門「七月流火」，甚至江南顧家「枯榮一線」，所有的可能性都考慮過，卻始終一無所獲。

陸梵天盯著那兩具屍體，先是感到恐懼，但隨即就冷靜下來：「不對，不是他。」她執起死者的手心，讓葉澄等人圍上來看：「先前受害的師妹，起碼半個身子都結了凍，但這兩個只是在掌緣結了薄薄一層冰，經脈也未被燒斷……這個凶手的功夫還沒到那麼純熟的地步。」她又質問道：「屍體是什麼時候發現的？」

「晚膳開始前負責晚課的師妹過來打掃，因提過來的水半途打翻了一些，所以想去後面竹林裡的水井再打一些水過來，結果就看見她們倒臥在水井邊。」

「最後看見弱水和阿純是什麼時候？」

一個怯生生的女孩說：「早課的時候還有見到的……那時也是例行灑掃，我和阿純分派到韶華殿，她說好像在林子裡看到什麼東西。我跟她沒那麼好，問她是什麼，也不說，我又不敢過去看。她和弱水老是膩在一起，我猜大概是找弱水一起去了。」

陸梵天心想：水井！她們不曾搜過水井！

棲霞派占地不小，眞要找起人來幾乎是搜山的程度，因此躲倒不難，但如果要長期潛伏在棲霞派內，一定要確保的就是糧食和水源。她當初曾想過這一點，也搜查了炊事房和幾個主要水源附近，但都沒有收穫，加上其他師姊對她說的話半信半疑，很快這場搜索就無疾而終。

「這手法絕不是那個連環殺手，我想恐怕是潛伏在山上的外人。」陸梵天近乎冷酷地喋喋不休：「這下妳們總肯相信了吧！我並不是空口說白話，確實有人躲在棲霞派裡！」

她自顧說了半天，忽然注意到其他幾位師姊都沒有回應。只見她們正交頭接耳，臉上都掛著一種說不出的怪異表情，眼神冰冷冷的。

陸梵天心裡沒底，有些著慌。

葉澄遲疑了一會，道：「七師妹，我們幾個倒有另外一種想法。」

「什……麼？」

「自七師妹說有人入侵之後，我們大舉搜山了四、五日，更不必說整個棲霞派都要被翻過來了，仍是沒有半點發現。」

「現在擺明他已現身，一定是阿純她們發現了他的行——」

葉澄卻像根本沒聽她說話，自顧打斷道：「因此我們想，是不是從一開始就沒有入侵者？」

陸梵天瞇起眼，尖銳地說：「妳到現在還覺得我騙人？」

葉澄道：「不，也未見得就是妳說謊。也許所謂的入侵者早就光明正大地待在棲霞派內，因此我們不論怎麼樣也查不到。」

陸梵天駁道：「這裡的師姊妹都是多少年的情分了，怎麼可能會做出這種……」說到這裡，陸梵天忽明白了葉澄想說的是什麼，一想通這一層，不由得渾身發寒，不可置信地瞪著葉澄看。

岳詩瑩則順理成章接道：「是啊！我們棲霞的姊妹不可能是凶手，所以扣除她們不算，光明正大待在銀屏山上的外來者，就只有兩個人。」

陸梵天因憤怒而全身顫抖，像被她們當面搧一個耳刮子，既辣，又疼，只覺一生從未受過這樣侮辱。她站直起身，一字一字咬牙切齒地說：「無憑無據，不要血口噴人。」

葉澄冷冷道：「我們的懷疑也不算無憑無據，說起來，陸長生不是退出青竹派了嗎？」

「退出青竹派和這件事有什麼關係？」

吳箏道：「我們是礙著妳的面子，不好當著面說。陸長生又不是自己退出、是被逐出青竹派的，這件事最近一段時間傳得可熱鬧啦！」

陸梵天愣怔無話，葉澄問：「七師妹，妳知道陸長生是爲了什麼緣故被逐出青竹派的嗎？」

陸梵天茫然道：「我根本不知道這件事——」

葉澄道：「雖然只是些江湖謠傳，不過聽說陸長生被逐出青竹派的原因，是因爲他潛入祖祠，偷看了青竹派的隱學。」

「怎麼可能！」陸梵天尖叫道：「長生才不是那樣的人！」

所有三派弟子初入門時，必會在師祖牌位前恭恭敬敬磕九個頭，指天立誓、念誦門規，而門規第一條就是絕不准偷看隱學內容，若違此誓，掌門人可立殺之，將叛徒頭顱送到祖祠前血祭。

岳詩瑩又道：「聽說他師父何琴心終究顧念多年情誼，不捨得取他性命，故廢了他一隻手，讓他這一生都不能再使青竹劍。但三派隱學據說不只劍藝，而是一套深奧的上乘武功，只是祖師爺嫌它威力極強卻失之陰毒，因此禁止弟子接觸。這殺手內力如此醇厚古怪，江湖上又不曾見過，說不定——」

陸梵天哪裡聽不出她的意思，怒斥道：「岳詩瑩，妳羞辱人也該有個限度！」

眾人不置可否，陸梵天又尖聲道：「妳們憑什麼誣指我哥哥！誰親眼見到我哥哥偷看青竹隱學了？妳們叫我哥哥過來，我們當眾對質！」

岳詩瑩駁斥道：「他若偷看了青竹隱學，難道還會專程告訴我們？」

葉澄卻道：「若要當面對質，卻也不難，剛才詩瑩也說了，何二俠爲了不讓他再使青竹劍，將他逐出師門時，廢了他一隻手。」

吳箏也道：「不錯，這是一翻兩瞪眼的事，若他兩隻手都好端端的，自然是我們誤信謠傳冤枉了他，我們給他磕頭賠罪。」

陸梵天聞言背脊發涼，竟說不出半句話來。她想起陸長生贈與承安的寶劍——承安說陸長生贈劍與她，是因爲他自己左手不能再使劍了。

她才剛想阻攔，就聽韶華殿外女弟子稟告道：「人帶來了。」

全盤休矣。

陸長生踏入棲霞重地韶華殿，初時還有些摸不著頭腦，及至見了地上兩具冰冷的屍體，面色不由一變：「這是怎麼回事？」

然而沒有人回答他，殿內眾人面上全都冷冰冰的沒有表情，彷彿一尊尊瓷人一樣，無言地盯著他看。

葉澄望著他左手那副黑色手套，神情愈發冷酷，她沉聲道：「陸師兄，能煩請您卸下那隻手套嗎？」

陸長生不明白她的用意，吳箏大感不耐，直道：「你若不肯除，我來幫你！」說罷，竟不由分說拔了劍，想直接割開陸長生的手套。陸長生讓那劍光晃了一晃，先本能地退了幾步。

這時另一道深紅色的劍光橫了上來，只聽鏗然一聲，吳箏的劍讓陸梵天檔了下來，吳箏感覺虎口一陣發麻，劍上竟硬生生讓陸梵天的火琉璃劍砸出一個缺口。

葉澄面色一變，喝道：「梵天！妳這是什麼意思？」

陸梵天怒道：「誰敢拿劍指著我哥哥？」

陸長生卻不明白這場爭執從何而來，忙和緩道：「別吵了，葉姑娘不就是要看這黑手套底下是什麼嗎？」他雖不欲讓人看見那醜陋的傷口，卻也不至於到要爲此大動干戈的地步。他走到眾人面前，捏住手套指尖向外一抽。

只聽見喀啷幾聲，原本塞在手套裡填充的小竹枝紛紛落地。眾人看見他手上那被齊根斷指的傷口，面色都不由有些駭然。

陸長生難堪地乾笑了幾聲，翻了翻自己的手掌，問：「這樣子……可以了嗎？」說著便彎身去撿地上的竹枝。

葉澄只失神了一會，隨即恢復冷漠的神情。她盯著陸長生，問道：「陸師兄，這是你被逐出青竹派時，令師留下的傷口是不是？」

「是。」陸長生不熟練地將竹枝全都塞回原處，再匆匆戴上手套。他有意無意地將左手往身後藏，說：「陸某確實……已不是青竹派弟子了。」

陸梵天在心底呻吟了一聲，葉澄幾人面面相覷。

葉澄又質問道：「你是什麼原因被逐出青竹派的？」

陸長生沒想到她會問得這麼不客氣，先是沒反應過來，隨即他便帶點冷淡地拒絕道：「師門中事，恕陸某無可奉告。」

岳詩瑩偏著腦袋說：「青竹不再是你師門啦！」

吳箏冷笑道：「或是我來替你說，怎麼樣？因爲你私自打開祖祠大門，偷看了青竹派的隱學——」

陸梵天忙道：「長生，快告訴她們不是這麼回事。」

陸長生卻是沉吟片刻，並不正面作答：「是與不是，也與諸位無關。」

陸梵天沒料到他會給出這樣一個模稜兩可的答案，焦急道：「長生，你就老實說啊！不是就不是，別叫她們小瞧了你！」

陸長生卻仍是緘默不語，葉澄見陸長生既無意辯駁，便下令道：「把他押下去，關在紫荊堂的地牢裡。」話音甫落，數道銀光已架在陸長生肩頭。陸長生不懂爲何棲霞派忽然動手，才一閃神，兩個女弟子已上前來箍住他雙臂。

陸梵天哪裡肯依，尖聲叫道：「誰敢動我哥哥！」但她還沒來得及提起火琉璃劍，葉澄的劍尖已先指向她眉心，隨即她感到背後一涼，吳箏與岳詩瑩的劍都抵在她背後。

葉澄冷聲道：「梵天，妳這是要同室操戈？」

陸長生見狀慌忙道：「不要傷害梵天，我不會抵抗！」

葉澄使了個眼色，女弟子把人架著押下去了。

陸梵天三面受制，動彈不得，孤軍受圍。她知道硬拚也沒有意思，於是將火琉璃劍收回鞘中，冰冷的眼神點過每一個人。

「同室操戈？」她冷笑一聲：「現在是誰同室操戈？」

岳詩瑩看了葉澄一眼，葉澄沒說話，吳箏卻冷笑道：「我們不先制住妳，難道還等妳來鬧個天翻地覆嗎？妳可是陸梵天，可拿著好厲害的火琉璃寶劍啊？」

岳詩瑩也說：「七師妹，妳那麼氣做什麼？本來青竹派被逼急了，因此動上了隱學的歪腦筋，那也不是不可能的事。」

陸梵天惡狠狠瞪著她，葉澄道：「好了，不必多說，到底事實眞相如何，總會有個水落石出，我們在這裡數落七師妹也沒有意思，我想她哥哥的事情，她多半也是不知情的。」說罷率先收了劍：「妳哥哥和那位李姑娘我們只是暫時關押，若能證明他倆是清白的，自然立刻放他們出來。」

這話明著好像在爲陸梵天脫罪，其實卻是把陸長生直接定罪了。

陸梵天冷笑兩聲，輕蔑地盯著葉澄道：「師姊，妳很害怕吧？妳怕那連環殺手眞的摸上山來，把這裡所有人都殺光，是不是？」

至今為止，棲霞受害的都是年輕一輩女弟子，七劍自負威名，認定那殺手絕不敢來招惹她們。但陸梵天檢查過死者遺體，心裡很清楚——連她在內，七劍裡除了林諸星，恐怕根本沒一個是那人對手。只是戳破了這層紙，畢竟叫人難堪，這下三個人臉色都有些不太好看。

葉澄斥喝道：「七師妹，不可胡說。」

陸梵天咬牙切齒，顫聲道：「長生若是那殺手，早把棲霞上上下下都殺個片甲不留，還輪得到妳們來拘禁他？」

吳箏尖聲責難道：「妳還好意思提殺手？先不提現在最大嫌疑人就是妳哥哥。說到底，今天棲霞派會惹毛青竹、隱松，是誰要負最大的責任呢？梵天，妳怎麼不說說，是誰堅持要把百年身——」

陸梵天像被狠狠踩了一下痛腳，面色立時一變，不可置信地瞪著吳箏。

吳箏也知道觸了她的逆鱗，卻不肯示弱退讓，更加挑釁道：「我說錯了嗎？」

陸梵天憤怒地叫道：「當初要打開百年身，妳們也是全都同意的，現在要把責任推到我身上了？」

說到激動處，她的聲音變得尖銳破碎。陸梵天雖武藝出挑，但葉澄、岳詩瑩、吳箏三人加起來，也絕不至於制不住她，因此陸梵天大發雷霆，她們非但不覺得恐懼，還好像看一頭衰弱的猛獅在牢網中困獸之鬥一樣。

陸梵天望向周遭眾人，皆是面無表情，看猴戲似地冷眼覷著她。她忽然感到難以言喻的疲憊和厭倦——十年了，她在銀屏山上待了十年了，卻好像從來沒有走進棲霞派過。

吳箏乘勢道：「從一開始就是妳說要打開百年身的，我和詩瑩反對過多少次？澄澄難道沒有勸過妳？

還有寒衣姊，她徹頭徹尾——」

一提到死去的朱寒衣，陸梵天如遭雷擊，血色盡失。她顫聲冷笑道：「好、好，真是太好了！反正出事了就全部推到我頭上好了！好一群推諉卸責的小人！當初每個都說不妨試一試、都說同進同退，如今又是怎樣一副嘴臉？」她指著她們一個一個的鼻頭，高聲道：「等著瞧，要讓我證明了長生的清白，我讓妳們一個一個跪下給他磕頭謝罪！」

葉澄聞言，忽然大步走向前去——

狠狠摑了陸梵天一個巴掌。

她指著地上兩人的遺體，道：「妳這些話對著阿純和弱水兩個再說一遍看看！姊妹屍骨未寒，妳不思如何找出凶手，反而在這兒和我們反目爭吵，只顧自己親哥哥受不得半點委屈。棲霞派是怎麼對不起妳？妳哥哥重要，難道我們這些姊妹就不重要？」

陸梵天尖叫道：「妳們又哪一個對得起我、哪一個把我當成姊妹過！朱寒衣的死，妳們沒有一個躲得掉責任！」

說到激動處，陸梵天竟流下淚來。她不願叫眾人小瞧了她，轉身便衝出了韶華殿，徒留眾人面面相覷，好半晌竟沒有一個人敢開口。

十一、斫紫荊

IMMORTAL BIRD

IMMORTAL BIRD

承安沒能倖免，同遭連坐。陸長生見她也在牢裡，詫道：「這是怎麼回事，爲什麼連承安也抓？」押送他過來的棲霞弟子卻面無表情，冷酷地在門上掛上鎖鍊，轉身走了。

陸長生至今沒搞懂棲霞派拘禁他的理由，還當是爲了隱學一事。他心想：三派雖同將隱學視作禁忌，但就算他眞的偷看隱學，那也是他青竹派的家事。棲霞派自己強行扣押信物，早已無視祖訓，爲此事打抱不平到這種地步，非但有違情理，且未免越俎代庖，更不用說還牽累承安了。

承安倒不慌張，環膝坐在地牢角落裡。陸長生叫喚了一會兒，外頭無聲無息，說不得只好放棄。

「她們抓妳做什麼？」

「大概我是你帶上來的，自然也視作同夥了。」

「同夥？」陸長生失笑道：「青竹派的事和妳又有什麼關係了？」

承安遲疑了一下，才說：「不是青竹派的事，她們說你是殺死棲霞派弟子的連環殺手。」

陸長生一時沒有反應過來，好半晌才想起韶華殿內那兩具屍體，他思索片刻，終於明白，恐怕她們出於對隱學的恐懼，竟將他與無名殺手連結起來。鴉公曾說棲霞派被那殺手逼得走投無路，果非空談。

「承安，我可沒殺人！」

承安啞啞笑道：「我知道，我們一路上都讓棲霞派壓著打，哪有本事去殺她們的弟子？我也說啦！可她們就是不信。」

陸長生長嘆一聲：「她們懷疑我偷看了青竹派的隱學，大概故作此聯想，懷疑我以隱學上的功夫殺人害命。」

承安偏著腦袋看他：「所以……你眞偷看啦？」

「當然沒有！」

「但她們說你就是偷看了隱學，才被你師父趕出青竹派的。」

陸長生沉默不語，承安見狀便道：「我知道你不可能做那種事的，既然如此，何不把話說清楚？告訴她們你沒有偷走隱學，告訴她們你眞正離開青竹派的原因。」

誰知陸長生卻道：「不，青竹隱學是我偷走的不錯。」

這下倒換承安愣怔了。

陸長生接著道：「雖然我把隱學偷出來，但我絕不曾起意偷窺過內容。」

承安詫異道：「這是怎麼回事？」

陸長生嘆道：「因爲三寒會的事，隱學在青竹派裡成了一把火。」

睽違二十年的三寒會開始前夕，棲霞派卻擅自改變了規則，說青竹派不惱恨那是絕無可能的。然而青竹亦自知不是對手，且不說棲霞派內還有個號稱「天下第一」的林諸星坐鎮，光是七劍其餘幾人，青竹派便無力應付。門中爲此起過數次激烈辯論，幾回爭執未果下，漸漸出現了另一種聲音——

不如拿出隱學來精研數月，或者有擊敗棲霞派的可能。

掌門一輩的師叔伯恐怕青竹威名敗在自己這一代手裡，商議既定，便決心取出隱學，作爲三寒會上與棲霞派抗衡的籌碼。

祠堂大殿上共四道門鎖，四把鑰匙分由掌門何劍膽、其胞弟何琴心以及周、尹兩位師叔保管，此「四封門」的習俗持續了數百年，自來三派皆然，爲的是不讓一人專擅大權、破逆門規。

幾人既已決心違背祖訓，何劍膽便要三人將鑰匙都交出來。何琴心最初激烈反對，總是孤掌難鳴，又不好違逆長兄，只得交出手中那一把。然而周、尹兩人堅決不肯將鑰匙交給何劍膽，一時陷入僵局。

那周、尹二人道：「既是要鑽研隱學，則四人都應當有分。咱們擇日一同前往祖祠便是，如何只將鑰匙給你一人？」

何劍膽剛烈暴躁，最聽不得有人質疑他的不是，當下便與周、尹翻臉，指責兩人臨時反悔，幾乎要大打出手。還是何琴心出面緩頰，最後眾人暫且商定，將鑰匙集中交與何琴心保管，擇日再開祠堂。一方面澄明周、尹二人並無反悔之意，一方面眾人不信何劍膽，免他乘機私吞。

何劍膽見四把鑰匙都在弟弟手中，心想胳膊肘總要往內拐，幾次攛掇何琴心，說三寒將至，不如先將隱學取出交與他，讓他細細鑽研，若得了成果，再與他一同分享。何琴心自是不願，說四人既已商定何時開祠堂，便須照著規矩做，自然兄弟倆鬧得不太愉快。

誰知就這樣拖了一段時間，周、尹二人又生悔意。

年初祭祖祠時，周師叔私下對何琴心說：「隱學與百年身都是老祖宗傳下來的規矩，沒道理為一個去犧牲另一個，若棲霞執意要留下百年身，那壞的也是她們自己的俠名，我們何苦去攪這髒水？」

沒想到過了年後，周師叔忽得急病去了。

此事來得太過突然，何劍膽語焉不詳，只草草辦過了喪事，急著將遺體燒化。這下態勢逆轉，何氏兄弟占了上風，尹師伯雖質疑他師弟的死有問題，又不敢直說自己也參與了開祠堂一事，便胡亂編造了一些理由指責何劍膽，私下鼓動其他人來反掌門。

此事四人守口如瓶，不曾讓底下弟子知曉。陸長生因與師父親近，偶然窺見他兄弟二人爭吵，隱隱猜出事件輪廓。陸長生恐怕再這樣下去青竹派要先垮掉，他心底雖急，但只憑他也勸服不了眾師叔伯。

他想：說來引起紛亂的源頭正是封在祖祠中的隱學，不如他將隱學藏起，先斬後奏，待過了三寒會的風頭再完璧歸趙。他平日長侍師父何琴心左右，近水樓台，乘夜裡偷走了四把鑰匙。

夜深人靜之時，陸長生獨自一人潛入祠堂。

因怕驚動他人，他只敢擎一隻短燭。祠堂既深且廣，堂上陳列歷任掌門牌位。他先恭恭敬敬朝那些牌位一拜，道：「弟子今日擅闖此處，絕無私心。還請各位太師叔伯不要怪罪。」

隨後他便拿四把鑰匙開了後殿的門，後殿意外窄小，但高，兩側各放一列高架，幾乎要碰上屋梁。

後殿平日裡無人打掃，到處都積了一層厚厚的灰。陸長生小心翼翼端著燭火，先巡看左邊的架子，架上擺了一口沉沉的大鐵箱。鐵箱太重，上頭又鋪了一層灰，陸長生沒打算將箱子搬下來，他撬了一下箱子，沒鎖，翻開箱蓋來看，箱內放了一個方方正正的水晶柱。

陸長生湊過燭火去細看，只見柱身挖了一個球型大槽，槽邊兩側接兩道狹溝，有機關能操縱。陸長生知道那恐怕就是三寒交接信物用的晶匣，他不敢任意搬動，闔上鐵箱，又翻找了一會，但除找到幾個備用的晶匣外，再沒有什麼東西了。

他又去檢查另一邊的架子，這邊架上倒什麼也沒有，只有一口小木盒。

陸長生細細查看，心裡忽有種說不上來的毛骨悚然。那木盒實在太簡陋，上頭有幾處厚灰明顯零落，彷彿有誰先打開盒子過了。

陸長生不敢多想，輕輕挑開了木盒，果見盒裡放了一副卷軸，他大鬆了口氣，又想不對，拉開卷頭，見上頭寫「青鴻劍內功心法第一……」，再後頭寫什麼他不敢看了，忙忙又封上卷軸，心底默念了聲：

「弟子無意冒犯。」

那經卷畢竟已傳了近三百年，泛黃薄脆，幾乎一碰就要碎了。陸長生將木盒物歸原處，經卷藏入懷中。他動作快而謹慎，拿了東西立刻封上祠堂，又將鑰匙歸位。他想先尋一處將隱學藏起，待天一亮便向掌門與眾師叔伯稟告。不論要受怎樣責罰，總是他不交出隱學來，眾人便沒了爭執的理由。

他將鑰匙放回何琴心書房，本要回自己屋裡，靜待明日受罰，但一想起那封藏簡陋的木盒，總有個古怪的感覺揮之不去。他尋思片刻，忽又改變心意，開始搜起何琴心的書房。他一面做，一面渾身打顫，恨不得虛應故事，草草翻一遍就交代過去。

然而畢竟他跟著何琴心太久，師父書房哪裡有暗格、哪裡是機關他都瞭若指掌。果然他在書桌下找到一個機關夾層，輕輕一扳，從夾層裡便吐出一副卷軸來。他忙鋪在燈下展卷來看，只見上頭是師父清秀端正的小楷，書「青鴻劍內功……」

陸長生閉上雙眼，倒抽一口涼氣，他將整幅卷軸攤開，又取出懷中隱學來比對相看，果然分毫無差，何琴心書案夾層內的卷軸完全是將隱學重謄一遍的抄本。

陸長生心亂如麻，一時不知如何是好，正躊躇間，忽聽見門外響動，匆忙間他什麼也來不及收，才想將燭火吹滅，門已啪一聲推開來，何琴心披著一件袍子、手上提一把小燈站在門邊。

陸長生說不明白那一刻心裡感覺，只看見昏黃燭光搖動，燈火下師父的面容又明又暗，光影斑駁，看不清他的輪廓。

何琴心一眼就看見桌上攤開兩副卷軸，心下了然。他也不見羞怒，只是帶上了門，平靜地朝陸長生走去。陸長生將兩份卷軸都抓在手裡，倉皇後退，撞到窗台邊上。他見已是退無可退，望著何琴心哽咽道：

「師父——」

「長生，對不住啊。」

陸長生不知道師父向他道什麼歉，只覺心裡說不出的難受，兩行眼淚掉了下來。

何琴心也不辯不爭，只是伸出手來，道：「把隱學給師父，我來處理。你放心，這次是我不好，我不會再重蹈覆轍。」

陸長生心裡有幾分鬆動，正猶豫不絕，這時又聽門外傳來一聲巨響，只見青竹掌門何劍膽提著雙劍，一腳將門踹開。

他見兩人對峙，冷笑一聲，道：「琴心，我就知道你不是這麼安分的人，必留一著後手。」說罷，他瞪向陸長生吼道：「小畜生！你手裡拿的是什麼東西！」見陸長生一動不動，何劍膽索性拔劍出鞘，怒喝：「東西給我！」說罷竟一劍朝陸長生殺了過去。

陸長生手無寸鐵，亦不敢對師伯還手，一時不知所措。

何琴心恐怕兄長真殺了愛徒，也顧不得這許多，忙攔住何劍膽，阻道：「大哥，別動手！」

何劍膽冷眼斜睨著他，嗤道：「你還有臉說事？你要不要告訴我陸長生手裡拿著的是什麼東西？我看就是你和這小畜生合謀，我先殺他，再來處置你！」

何琴心面色一沉，道：「大哥，休要逼我動手！」

何劍膽冷笑道：「如何？已大功告成，要拿隱學上的功夫來對付你這個沒用的大哥了？」

何琴心身形一矮往門邊探，不知何時手中已多一對長劍。他冷聲道：「既如此，便恕兄弟失禮了。」

陸長生見兩人交上了劍，腦中一片空白，既無力阻止，亦難以相幫。

何劍膽根本無意與何琴心浪費時間，從一開始他的目標就只有隱學而已。何琴心一漏出空檔，他便挺劍殺向陸長生。

陸長生心想：這隱學彷彿有令人失魂喪智的能力，青竹派的相殘惡鬥、同室操戈，俱是爲它而起，果然當年祖師爺將它封藏是有道理的。不論是師父或掌門，隱學絕不能再交還他們手上，否則青竹派一定要垮。

他手裡緊握兩副卷軸，只想著非找一處將它們徹底藏起才行，然而這斗室之間，卻叫他何處可逃？陸長生低頭望去，他手上一無所有，只剩一盞短燭微弱的火光。

總之不肯說。

承安見陸長生含糊其詞，就是不肯細說他偷走隱學的緣故，猜他多半不願隨便說師門閒話，便也不再逼他，只問：「那你們的隱學最後哪裡去了？」

陸長生聞言變了面色，既似懊悔，又似寬慰。良久，方始長嘆一聲：「我就說我總是把事情搞砸，永遠想不出什麼好辦法——」

這時門外鎖鍊聲響了，陸長生猜是守門人來換班，便打住話題閉口不語。果然岳詩瑩提著劍走進來，問：「剛才說什麼呢？」

承安也知趣地噤聲縮到一邊，陸長生只是搖一搖頭。

「我來看著你，可別想變花樣。」岳詩瑩對他的緘默倒也不惱，只是笑道：「就你嘴巴最緊，把話老實一說開，也就沒事了，怎麼就是不吭聲呢？」

陸長生睜大了眼看她：「把話老實說開是什麼意思？」

岳詩瑩道：「難道你眞的偷看了隱學？」

陸長生急道：「當然沒有！」

岳詩瑩本來想問他隱學到底是怎樣的武功，果然他矢口否認。她倒也不覺得他說謊，便改而問道：「我看你也不像殺手，更不像有膽子敢偷隱學的。你老實講出自己爲什麼被趕出青竹派，大家也就不爲難你了。」

「既然連妳都懷疑，把我抓起來做什麼？」

岳詩瑩聳一聳肩：「我不認爲你是凶手，但阿澄她們幾個這樣想，我也插不上話。只能說棲霞派急著要一個凶手，偏偏你撞上浪尖。」

岳詩瑩並不討厭陸長生，或許是心底偷偷拿他和陸梵天做了比較，因此他的溫和有禮更顯得珍貴了。

「難道把我關起來，殺手的問題就能解決嗎？」陸長生又嘆道：「再說，妳們隨便抓個人充數，偏偏抓了我，這叫梵天情何以堪？」

「誰管陸梵天怎麼想？」岳詩瑩嬌笑兩聲，與其說她抓著陸長生打，不如說那是她們幾個師姊妹共有的默契——殺手、百年身、三寒會這幾件事因果相連，總要有個人出來承擔。

而這人自然就是陸梵天。

彷彿只要將陸梵天推到風頭浪尖上，她們就不必首當其衝，就能離那片恐懼的大浪愈來愈遠。

正閒談間，忽聽外頭傳來一陣窸窣聲，岳詩瑩與陸長生同時望向門外，俱不作聲。

岳詩瑩道：「你也聽見什麼了？」

陸長生保守地說：「或者是風打過林梢？」

她否決道：「我聽著不像。」說罷站起身來，走到門口張望了一番。

外頭只有一片寂寂夜色，什麼都看不分明。岳詩瑩膽子很大，亦極爲自負，心想外頭不論是哪一路神仙，憑自己的本事總也該應付得來。因此不作遲疑，對陸長生道：「我去外頭巡一巡。」

紫荊堂和韶華殿正好在相反的兩個方向，主要是用於收藏門中經書典籍，後面則設有一處小小牢房，專爲關押犯禁弟子之用。因此這裡除了每日負責打掃的弟子之外，平時鮮有人跡。

岳詩瑩在紫荊堂外繞了一圈，不見異樣。

她正默忖要不要開門進去裡面檢查，忽又聽見一道風聲，只見頂上一條黑影掠過，她心一沉，立刻追了上去，然而還踏出沒兩步，劍光已自身後襲來。

岳詩瑩只覺這人動作快得異乎尋常，但她亦非等閒人物，嬌小的身子向前一屈，這一劍已避了開去。她一探腰間，流星般發劍向後掠去，隨後身子一扭轉，一招「鳳啣釵」直點那人眉心。

對方冷笑一聲，閃也不閃，直接一劍將岳詩瑩的劍震開。

岳詩瑩聽見自己劍上發出一聲悶響，已被敲出一個缺口來，忙縱身一躍拉開距離。蒼淡月色下，那人的面目照得分明——

不是別人，正是陸梵天。

陸梵天提著她的寶劍火琉璃，帶點挑釁地盯著岳詩瑩看。她美麗的面孔讓妖異的月光染上一層淡淡的青影，火琉璃上的寶石泛起幽暗寒光。

「梵天……妳這是什麼意思？」

陸梵天冷笑道：「什麼意思還要想嗎？」

「妳是來劫獄的？」

陸梵天橫劍一指，冷聲道：「冤獄就不叫劫獄，我是來救人的！」

火琉璃劍削金斷玉，鋒銳異常，是她升上傳劍師姊的位置時，大師姊林諸星親自送給她的。岳詩瑩曉得若和她正面對劍，自己的劍被她一劍斬斷都有可能。

然而，出於一種複雜的心情，岳詩瑩並不願呼救。

她們師姊妹七人的排行，只論行第不論本事高低，陸梵天最晚入棲霞派，因此是傳劍七人中位次最小的一個，但那不代表她的劍術就在其他人之下。

平日她們幾人或者私底下不喜歡陸梵天，但表面上仍都保持和和氣氣的樣子，縱是切磋比試也不出全力，難有機會這樣傾力相搏，因此岳詩瑩見陸梵天拔劍相向，竟頗有些躍躍欲試。

岳詩瑩略作沉吟，決絕道：「須知刀劍無眼，若妳執意闖關，我可不會顧念手足之情。」

陸梵天也沒開口，只是冷嗤一聲。她壓低身子，忽如捷豹一般衝了出去，霞光一樣的利劍立時朝岳詩瑩兜頭籠下。

岳詩瑩盡量不當其鋒，只是舉重若輕避了開去。

陸梵天的劍招輕靈如風，遠比岳詩瑩迅捷而古怪。岳詩瑩的劍卻沉穩如一株老松，不因風吹而動。當陸梵天狂風也似的掠過之時，松葉只是隨風輕輕一振，隨後又歸於靜止。

月光之下，兩道劍影一青一紅，夾纏不休。

兩人系出同門，雖然學的都是棲霞劍，只因傳劍者的不同，劍意便大相逕庭。然而畢竟一招一式爛熟了的，因此於對方每一路劍都了然於胸。見招拆招，一時倒也僵持不下。

岳詩瑩劍影籠身，卻並不慌張。陸梵天連出十劍，她也只以一劍輕輕巧巧地化了開去，順便抄個空子反擊。陸梵天出手如風，她便細勻慢磨。反正兩人體力差不多，再拖下去一定是陸梵天吃虧。陸梵天是來劫囚，亦知戰線拖長了對她沒有任何好處。

她目光一沉，劍招轉而鈍重起來。

變化來得太過突然，叫岳詩瑩也愣住了——那不是岳詩瑩見過的棲霞劍。

那是什麼？

岳詩瑩還沒反應過來，就看見陸梵天的劍在她眼前向下一壓，柔軟的劍身顫了一顫，畫出一道弧來，劍影在她眼前扭曲——

宛如焰光。

她聽過很多人讚美陸梵天的劍如火焰又如流霞，是眞正體現了棲霞劍的唯一一人，這一點連林諸星都還比不上。然而這是她第一次看見陸梵天的棲霞劍，她的劍宛如西天裡流散的彤雲，又似狂風中吹零的火焰，形影無比虛幻，帶來的疼痛卻又無比眞實。

霎時焰光暴起，方才那一劍鈍重之姿宛如幻影，快得叫岳詩瑩措手不及。她感覺右臂僵了一僵，才要發力提劍，焰鋒已壓面而來，岳詩瑩手中長劍被打飛出去，陸梵天壓在她的身上，青鋒冷冷，在她脖頸上畫出一道血痕。陸梵天身上有一陣淡淡的寒香，像橙子一樣的香氣。柔軟纖細的鬢髮拂在岳詩瑩面上，微微搔動著，好似清風帶起的柳枝。

岳詩瑩閉目等死。

這一刻她心底一片空白，無暇再去思考任何事，唯一流過她腦海的畫面是陸梵天最後陡生激變的那幾劍，那如朱雀展翅的美麗劍影，一再重演、一再重演。岳詩瑩心裡不甘，除了那幾劍以外，她不覺得自己有哪裡輸給陸梵天。

「師姊，失敬了。」

陸梵天低啞的聲音從她耳畔流過，岳詩瑩微微睜眼，但見陸梵天垂雲凌亂，隱在秀髮後的神情面目她看不眞。陸梵天伸出兩指在她頸邊一敲，岳詩瑩立時一陣昏眩，在暈過去前，最後一個念頭想的只是：世上爲何會有那樣的劍？那眞是棲霞劍？

陸長生聽見外頭匆忙的腳步聲，回來的卻不是他預期的岳詩瑩，而是陸梵天。她一確定沒有追兵，立刻將大門帶上。

「梵天，怎麼會是妳？岳姑娘呢？」

陸梵天沒有回答，只是走到牢邊，兩手緊緊抓著欄杆。陸長生見她指節因緊握而泛白，渾身還打著顫，便隔著鐵柵輕輕按了按陸梵天的手，說：「沒事，我沒事。」只覺陸梵天的手冰涼得不像活人。

陸梵天這才如夢初醒，急道：「先別說這些了，你現在立刻跟我走！」說罷，寶劍火琉璃流雲般出鞘，將門上的鐵鎖整個削了下來。

陸長生見了大駭道：「梵天，妳這是在做什麼？」

陸梵天不耐煩地罵道：「看也知道，我要帶你們兩個逃出去！」

陸長生慌忙道：「那怎麼行，如今我的嫌疑還未洗脫——」

陸梵天道：「你怎麼可能去偷看青竹隱學？又怎麼可能會是那連環殺手？反正必是她們弄錯了，等你先出了銀屏山，日後我再和她們慢慢解釋！」

陸長生搖頭道：「不行，我不能走。要讓妳師姊們知道妳意圖私縱，恐怕連妳也脫不了關係！我既問心無愧，便不怕她們來查。」

陸梵天氣急敗壞道：「你不明白，你留在這兒遲早被她們折磨死。爲了抓出凶手，棲霞派上上下下都要瘋了，那些女人別的不會，折磨人的招數卻是一把一把的！你知道凡有嫌疑的前幾流高手，被帶回棲霞派拷問的有多少人？活著走出棲霞派的又有多少人？」她見承安坐在角落裡，便指著她說：「你自己不怕死，難道還牽累她？你現在立刻帶著那丫頭走，我帶你們到下山的出口去，那裡守門的師妹由我放倒。」

陸長生道：「我們就這樣一走了之，妳要怎麼辦？我怎麼可能放妳一個人留在這裡！」

陸梵天道：「你放心吧，我不會有事的。除了林師姊，這個棲霞派我還沒眞把誰放在眼裡過。」

陸長生拒絕：「妳私放了我，難道林諸星會不管不顧？」見陸梵天沉默下來，他嘆道：「我和岳姑娘稍微聊過，不覺得她們眞認爲我是殺手，她們只是急了，非要找一個人頂罪。我們就在這兒被關上幾天，也沒有什麼。」

「反正我已脫不了關係了。」她說：「我剛才和岳詩瑩動了手，現在她就倒在紫荊堂外面。」

陸長生面色一變，立時明白事情的嚴重性。陸梵天不惜對岳詩瑩出手只爲救他，不論他走或不走，陸梵天都難逃罪責。

他愣了兩秒才道：「好，我走！梵天，妳跟我們一起走。」

陸梵天苦笑道：「我必須留下來。今天棲霞派會變成這樣，全都是我的責任。」

陸長生猶不解她何出此言，承安忽然扯了扯他的袖子，說：「有人……長生，門外有人。」

三人一齊噤聲，果然聽見外頭有人正一下一下撬著牢房門，那聲音似遠似近，既急切又瘋狂。

陸梵天沒料到追兵這麼快就到，面色一沉，道：「等會兒你們先走，剩下的我來擋。」她進來時只是將門虛掩，並未上鎖，但牢門年久鏽蝕，對方一時也推不開。

那讓人心驚膽跳的聲響只持續很短時間，對方好像非常不耐煩，忽然狠狠踹了一腳，將大門踢開。

陸梵天眸光一冷，長劍已出，暴風一樣捲了上去。那人不閃不躲，一上來便雙手一拍夾住了陸梵天的火琉璃寶劍。登時一股寒泉般的大力從劍上衝了上來，陸梵天心口一震，幾乎是本能地向後一躍。寶劍搖曳之間，已從那人的指縫間抽身而退。

站在她面前是一個不曾見過的年輕男子，穿一身石青色的布衣，一雙烏黑的眼像沉沉的夜幕鑲在了眼窩裡，只是在他眼底看不見半點星月微光。

陸梵天周身一冷，這傢伙是什麼人？

就在她出神的瞬間，另一道影子從她身邊擦過。陸長生大驚失色，喚了聲：「梵天！」他手中沒有武器，只能以身做盾，衝向前去撞開陸梵天。但陸梵天的反應遠比他想得要快，陸長生還沒碰到她，她柔軟的身子便向下一折，舞劍朝另一人殺去。

承安認出兩人正是丹陽谷的使者，忙叫道：「別殺他！」

但陸梵天根本無意收手，她的利劍來得猝不及防，石彩鳶身上還帶著鴉公留下的舊傷，不似往日靈便，只能橫出左臂擋格。幸而鴻麟一掌拍來，叫陸梵天這一劍來的略偏了些，只劃開一道傷口，否則以火琉璃劍之威，必削下他半截手臂。

彩鳶的鮮血染花了陸梵天的青裙，他因吃痛悶哼了一聲，腳下卻不見半分遲滯，往承安的方向衝去。

陸梵天回劍架開鴻麟掌風，立時一個壓身，右腿掃向彩鳶，濺起一蓬亂塵。陸長生身邊沒有稱手的武器，只好隨意拿了掛在牆上的一根火鉗朝彩鳶砸去。

彩鳶伸手緊緊抓住火鉗，陸長生虎口一麻，知道恐怕彩鳶又要藉那火鉗傳力，立刻鬆手將火鉗摔了出去，一腳掃向彩鳶胸口。

彩鳶冷笑一聲，變指爲爪，抓向陸長生頸項。

陸梵天嬌喝一聲：「你休想！」說罷，竟一劍削向陸長生肩頭。

她這一劍來得極險，只要毫釐之差便可能割斷陸長生的脖子，但同樣彩鳶若不收手，絕對難逃斷臂之災。果然彩鳶不敢輕掖其鋒，忙抽手退了開來。

鴻麟乘這二人交手，覷著陸梵天背後空隙，猛地發掌扣住她左腕，她只覺腕上一涼，一股極陰寒的內力順勢攀沿而上。

陸梵天心中先是一駭：是那殺手？然而隨即她便否定道：不對，還差得遠，我比他強！

鴻麟察覺陸梵天的手腕忽軟綿綿像要化了一樣，從他桎梏中抽身而去。正要攔阻，陸梵天卻沒給他反應時間，火琉璃劍忽在空中畫一道大彎，由下而上直掃，雷光一樣劃過鴻麟雙目。

鴻麟發出慘叫，卻不退縮，猛撲向陸梵天雙臂。陸梵天知他又欲故技重施，他的內力像劇毒一樣，一旦沾上就難脫身，他這是想拚著看誰先死。遂冷笑道：「你就這點本事？」說著她忽鬆手棄劍，一腳狠狠踢向鴻麟心口，鴻麟還來不及施力，她右足一勾將劍又送回手中，直接刺穿鴻麟肩頭。

鴻麟嗚咽一聲，陸梵天這一次出劍直攻咽喉——她的招式頗得其師姊林諸星之三昧，但求快狠準，十招之內必要取敵人性命。林諸星自是有其苦處，不得不練這一路快劍，但陸梵天並未體會到這一點，只學了她劍上的狠辣殘酷。

鴻麟雙眼既毀，只能聽見劍風從他面前獵獵掃來，情急間無計可施，忽然揚手從袖中灑出漫天灰石，叫道：「彩鳶，走！」

承安驚呼一聲：「小師父！」就見那灰石在空中炸了開來，鮮紅塵埃好似滿天花雨。陸長生想也沒想便衝入霧中，將陸梵天按倒在地。

鴻麟的身影也被埋在那片紅霧下，彩鳶就連他的輪廓也已看不清，只能聽見他聲嘶力竭地叫道：「走！快走！」

彩鳶慘然道：「不……我不走，要走就一起走！」

那紅霧叫「遮天火」，算得上是鴻麟最珍視的殺手鐧。鴻麟雖待在丹陽派中十多年，但並不如何熱中煉丹養蠱，眞正說來，養的只有這遮天火。

那些紅霧便是遮天火的蟲卵，通體鮮紅，平日收在一個密封小筒中，一旦拉開筒口機簧將遮天火射出，蟲卵遇見外界空氣，便會立刻孵化，化作漫天毒霧。

彩鳶知道須臾之間這些毒蟲便要破卵而出，鴻麟這一手是破釜沉舟，根本沒有逃出去的打算。若他再不走，只怕一會也難以脫身，但若在此拋下鴻麟，則他必死無疑。

鴻麟沒聽見動靜，又叫道：「你不走，梧聲要怎麼辦！」

這一句話打中了彩鳶軟肋，他覺得一顆心好像要被撕做兩半，但此時已由不得他再作遲疑。只聽他哭喊道：「你不會白死！我叫承安給你陪葬！」說罷，袖中連出數道寒芒朝承安殺去。鴻麟雖看不見彩鳶的表情，卻能聽見他破碎的哭聲。
這時遮天火已開始孵化，滿天羽翅震動之聲，鴻麟卻不覺得害怕，反而心底一片澄明——
他這一生，還是第一次聽見彩鳶哭。
那一刻他心裡有一處變得柔軟，覺得自己這一輩子，好像不算毫無意義的虛耗，至少這世上還有人爲他掉過眼淚。
彩鳶連環射出四柄銀錐，分別穿過承安肩胛與腰際，另一把則沒打中落在地上。彩鳶自是情急失了準頭，但他並不介意未傷及承安要害——只因那四柄銀錐上都淬了劇毒，見血封喉。
承安身中暗器，卻既不吃驚，也不恐懼，她只是帶著一種憐憫的神情看著彩鳶。
遮天火已經孵化，不出片刻這房內就將化作煉獄，彩鳶收住眼淚，眼底那一簇躍動的火焰變得冰冷，轉眼風也似地撞開門掠了出去。
陸梵天猛咳不止，掙扎著想從地上爬起來，陸長生卻死死將她壓在懷裡，她只能自他臂間細縫中隱約看見一片鮮紅——
血紅色的霧雨乍然破碎，好像綻開了滿天煙花。本來細不可聞的振翅聲漸漸變得響亮，到了令人毛骨悚然的地步，陸梵天雖不知那是什麼，卻被一種熟悉而不祥的恐懼包圍，她腦中一片空白，只是反覆想著：和那時候一樣——逃不了，這麼短的距離根本逃不了。
誰知轉瞬間，滿天煙花忽熄了。
那片霧雨散得無影無蹤，眼前雪亮了起來。

陸梵天全身僵著動彈不得，過了好半晌，她才終於相信那些東西已消失了，她輕輕喚了聲：「哥——」陸長生這才注意到狀況有異，他稍一鬆手，陸梵天便推開他站起身來。

只有承安站在那片熄滅的煙火之後，她垂著頭，一身本來清潔的白衣沾染血汙，彷彿一朵讓烈火吞噬的白蓮。她右手緊握一柄淌血的銀錐，而那滿天的紅花霧雨，如今全都停在她左臂上，密密麻麻爬滿了她整隻手臂。

陸梵天未曾見過如此駭人的景象，神情都變得扭曲。承安左臂微微一晃，那些紅霧就像枝頭抖落的殘花一樣，忽然刷一聲全落了地，可以看見她左臂上拉開了一道長長傷口，鮮血潑墨般染紅整片地面。

「承安，這是……怎麼回事？」

陸長生見承安似乎傷得很重，一陣心慌向她走去。誰知承安卻連退幾步，發瘋似地大叫道：「不要靠近我！」

她踏過那一地遮天火的屍體，發出一陣踩碎枯葉般的聲音。鴻麟的眼睛被陸梵天劃傷，這時什麼也看不見，他雖不明白發生了什麼事，但只聽遮天火的振翅聲全部消失，便知今日大勢已去。他從懷中摸出一柄小刀，貼住自己的咽喉。

陸梵天眼角餘光瞥見他欲自我了斷，立時踢起地上的火琉璃劍射穿他的手掌，她像抓住小貓一樣提起他的領子，道：「我可不能讓你死了，你還得留著給我那些師姊一個交代。」

說這話的同時，就見不遠處漸次亮起火光。

陸梵天回頭望去，葉澄援兵已至。

十二、暴風雪

IMMORTAL BIRD

IMMORTAL BIRD

十多個擎著火把的弟子團團將地牢圍住，葉澄環視牢內一圈，寒聲下令道：「圍起來，把這裡所有人都帶下去。七師妹，妳也過來。」

陸梵天雖知今日走不脫了，但並無半分懼意，昂然道：「全都退下，不許動他們兩個！」又指著鴻麟道：「如今我已將眞正的凶手揪出來了。」

吳箏站在葉澄身後，冷笑道：「誰知道是哪裡找來的替死鬼！」

葉澄卻不意氣用事，只是瞇著眼上下打量鴻麟。棲霞派內除來客外，清一色都是女子，陸梵天就是有天大的本事，也不可能一夜之間就下山去拖了一個男人來做代罪羔羊。

「妳說他便是那連環殺手？」

「不知道，但兩人是一路的，絕不可能毫無關係。」

「阿純和弱水也是他害的？」

陸梵天頷首道：「還有一個跑了，但他身上帶著傷，跑不遠的。師姊，快命封山搜索——」

葉澄卻不理會她，斷然道：「將這三人都押往流雲堂。」

所謂的三人自然包括陸長生和承安，陸梵天伸臂來擋，道：「豈有此理！既然我已經抓到了眞正的凶手，憑什麼還要押解我哥？」

吳箏道：「妳尚且自身難保，還要替陸長生出頭？妳對詩瑩出手這件事，我們還沒跟妳追究呢！」

陸梵天輕蔑道：「傷了岳詩瑩的事，我自會向大師姊請罪，妳是什麼東西，輪得到來指手畫腳？」

吳箏氣得面色發黃，伸手上來拉扯，葉澄冷聲打斷兩人：「這倒不必，一切經過我已向大師姊稟告了。」

陸梵天聞言便噤了聲，葉澄不由心想：天下恐怕也就只有林諸星治得住她。

陸長生知妹妹對大師姊因敬生畏，林諸星這個名字對她來說，就像是李靖的玲瓏塔、如來的五指山，忙向葉澄道：「此間之事皆由我而起，能不能讓我見林師姊一面，請她不要怪罪梵天？」

葉澄道：「這就不是我能決定的了。」

陸長生知道此時再做什麼都是困獸之鬥。他心裡想：固然對岳詩瑩兵刃相向一事陸梵天難逃責罰，但那七劍之首林諸星冷靜通達，若由她出面來管這事說不定反倒更好，於是索性束手就縛，並不抵抗。

承安卻定在那兒一動不動。

她站在地牢中心，滿身浴血，腳下踩著蟲子與鮮血鋪成的絨毯，白色的裙上開著血色的花，整個人說不出的妖異。她掩著手臂，一言不發盯著鴻麟，臂上傷口像讓那些蟲子吮乾，已經不再繼續淌血了。

但鴻麟不能回應她的目光，血霧迷住他雙眼，眼珠子一跳一跳割著疼，兩個棲霞派的弟子上去鍊住了他，他也不抵抗。

陸梵天眼睜睜看她們把鴻麟拖下去了。陸長生站在自己身邊，她們不敢擅動，所以下一個就是承安。承安身邊滿地翻肚小蟲，看得人頭皮發麻，那幾個弟子妳看看我、我看看妳，一時猶豫不決，但大概見葉澄臉色黑得難看，也不敢退讓，說不得只得硬著頭皮朝她走去。

承安聽見鐵鍊子冰冷的碰撞聲，這才大夢初醒，大聲叫道：「不要靠過來！」

她一邊胡言亂語，一邊朝鐵牢的方向退去，面目因恐懼而扭曲。葉澄的弟子以爲她要拒捕，一個箭步上去，一左一右掐住她的臂膀，承安渾身一僵，手上銀錐鬆脫，砸穿了腳背，她卻好像感覺不到痛一樣，只是滿眼絕望看著那兩人——

變異陡生。

只聽鏗的一聲，鐵鍊摔落地上，其中一人忽發出怪聲，摳住自己的喉頭：「妳、妳……」她雙眼暴凸、唇色泛青，以一種羅剎惡鬼般的神情瞪著承安。眾人還未反應過來，又聽見一聲呻吟，另一人也跪伏在地激烈乾嘔起來。

承安慌亂地想退開，那兩人卻像要抓住救命稻草般拖住她的手腳。她們本來雪白的肌膚開始泛起栗紫色的斑紋，就像清水裡落入一滴墨，片刻就爬滿全身。

她們瞪著雙眼，然而什麼也來不及說便鬆了手，就像忽然被人抽去骨頭，軟癱著倒下去。

紫荊牢內靜得連呼吸聲都聽不見，沒有一個人開口。

承安像要尋求保護一樣逃進鐵牢之內，顫聲道：「不要碰我，我說了不要碰我的——」

說罷，忽然雙膝一軟，倒了下去。

承安醒來時，發現自己倒在鐵牢裡。

一動不動，仍在原處。

不知又過了多久時間，牢外仍是一片漆黑，只能聽見零碎的雨聲。她慢慢坐直起身，縮進鐵牢的角落。外面滿地的蟲屍已經清掃乾淨，牢門又掛上了一副新鎖。

陸長生沒鎖在牢裡，坐在另一頭長凳上閉目養神，看起來倒像個牢頭。

他一聽見響動，便睜開眼：「妳醒了！」

承安看見他要靠過來，立刻像警戒的貓一樣威嚇道：「不許靠近！」

見承安整個人都要縮上牆了，陸長生只好停在原處，一會兒索性在地上坐下，正對著承安。

「妳又犯病了，燒得很厲害。」

承安四處打量，她被鎖在鐵牢中，陸長生則在牢外，身上也不見銬鐐枷鎖，看來棲霞派倒暫時放寬了對他的看管。

「她們呢？都到哪裡去了？」

陸長生指一指門外：「有人看著。」又說：「棲霞派將那個叫鴻麟的人押走了。」

承安又問：「他的同伴呢？」

「跑了，搜山四天，都沒結果。」

承安愣了一下：「四天？」

陸長生道：「對，妳倒下去四天了。」

承安這時才發現他滿面倦容，看來是好幾天沒有好好睡過了。

那日承安忽然倒下，陸長生原以爲她是激動過度才昏了過去。沒想到倒了半天，始終未見甦醒，他一探她額頭，火燒火燎的滾燙，忙要棲霞派請人爲她診治。

可是除了陸長生外沒有人敢靠近承安，棲霞派也不願找人犯險，只將她扔在牢中不管不顧，陸長生只能跟她們要些冷水擦拭。

幸好第二天承安的燒很快就退下去，陸長生才略安心一些，只是她始終沒醒過來。

陸梵天這回鬧得太過火，大概連上頭都看不下去，連著數日都沒有她的消息。陸長生問了守門的弟子，只一律答不知道，他一面煩惱承安，一面又擔心梵天，弄得他焦頭爛額。

承安問：「這幾天都是你在照顧我？」

陸長生頷首：「棲霞派不肯……靠近妳。」

「你呢？你不忌憚？」

陸長生嘆道：「妳燒得那麼厲害，我只怕妳就這樣一覺不醒了，還忌憚什麼？」

承安笑了一笑，垂著頭不說話。一會兒她挽起袖口在他眼前晃了一晃，陸長生不曉得她那一刀捱得深不深，但現在傷口幾乎看不見了，結了一層淡粉紅色的薄痂。承安伸手掐住那層薄痂，一瞬間陸長生以為她要把傷口撕開，但她遲疑一會，終究縮回手去。

「不流血了。」她說：「算你運氣好，傷口好得很快，要是沾到我的血，連你也得跟著送命。再有下回，就不要管我了。」

兩人都不說話，承安看陸長生的眼睛，知道他想問些什麼，又不知道怎麼揀擇措辭，恐怕出言一有不慎傷了她。

「你就不想問我是怎麼回事？」

陸長生不說話。她也不管陸長生，逕自道：「我的血裡有毒。劇毒，沾身即死。」

陸長生雖隱約料到是這樣，面上仍掩不住驚愕：「是……丹陽派的蠱毒嗎？」

承安沒回答，陸長生有些激動地說：「妳怎麼從來沒告訴過我？」

「換了是你，想對別人說嗎？」

陸長生無言以對，承安又說：「我不敢說，怕說了你就不要管我了。」想一想，又改口道：「我怕你討厭我。」

「怎麼能爲這種事討厭妳？」

承安猛一下抬頭看他，眼裡竟滾著大大的淚珠。陸長生嚇了一跳，不知道自己說錯了什麼。

但承安沒有掉眼淚，只說：「當然會爲這種事討厭我——所有人都變得恨我，清音也是。」一會兒，承安又問：「長生，她們會殺掉我嗎？」

陸長生忙道：「不會的，那不能算是妳的錯。」但終究他也沒把握，於是又補上一句：「如果棲霞派要殺妳，我第一個會出來阻擋的。」

承安得了他的承諾，欣慰地笑了：「那好，以後我可只剩你了。」

陸長生問她：「妳的血……怎麼會變成這樣子？總不是天生帶來的。」

話才說完，承安忽面色一變，扶著牆邊乾嘔起來，像要把五臟六腑都擠出來。陸長生慌了手腳，抓著牢柵直問：「才醒過來，怎麼又犯病了？」

承安卻猛擺手，只要他離遠一點：「沒事，你別管我。老毛病，一會兒就會好的。」

果然如她所言，不多時似乎便好得多，也不再嘔吐了，她扶著牆縮到角落裡直喘，一會兒才緩過來，一張臉蒼白得像牢外的月光。

「是蠱毒發作了嗎？丹陽派也在妳身上下了蠱嗎？」

她倚在牆邊看著陸長生，露出有些殘酷的笑容。

「不是，沒有什麼蠱毒發作，我比蠱還要更毒。」她說：「我身上確實有一條蠱，但牠並沒有毒性，大概只是在產卵。」

陸長生面色變了變：「什麼……產卵？」

「蠱在產卵。」她按住自己的胸口：「我身體裡種的蠱，每隔一段時間就會產卵，那時候我也會受牠影響，全身上下都不舒服，你以爲我生病，多半是出於這個原因。」

陸長生好半晌才理解她話中的意思，十分震驚：「那怎麼辦才好？丹陽派的人會不會有解藥？那個鴻麟有沒有辦法……」他顫聲說：「有沒有辦法救妳？」

承安笑道：「別慌，死不了的。我說這是老毛病，早就習慣了，除了有些難受，倒不會有損害，牠既要藉我的身體孕育後代，又怎麼會傷害我呢？」

這時，門外傳來鐵鎖鬆動的聲音，一會兒門開了，是葉澄，她看承安一眼，神情很明顯僵了一下。

「李姑娘醒了？正好，我們也想來看看她的情況。」

陸長生心想：定是從那鴻麟口中問不出什麼，才想從承安這兒下手。這麼多日不管不顧，如今倒又想起來關心了？正要開口責難，忽然注意到她身子微微發顫，面色蒼白得很不尋常。

陸長生有些驚疑，葉澄很不情願地靠近鐵牢邊解開大鎖，說：「兩位請隨我到流雲堂來，大師姊想見李承安。」

大雨滂沱。

葉澄打著一盞燈籠走在最前頭，陸長生和承安跟在她身後，八個弟子手持火炬夾道兩旁。

通往流雲堂的遊廊蜿蜿蜒蜒了幾百尺，一眼望去，竟也望不見那融化在黑暗中的盡頭。

陸長生望向雨夜中的庭院，幾盞石風燈明明滅滅，地上被雨水刷得又黑又亮，此外什麼也看不分明。

風很大，掀著雨絲向上捲，凝神就能看見一道道冰紋似的細線，兩旁弟子手上火炬被風吹得垂零晃蕩。

一路上葉澄一句話都沒有說過，陸長生不曉得是不是自己的錯覺，葉澄的臉色慘白得厲害。轉眼出了廊簷遮蔽，流雲堂已在眼前。葉澄伸直手打起油紙傘，優美得彷彿繪畫中的仕女。承安怕雨水打濕自己的傷口，故把肩膀縮得很窄，又刻意離陸長生離得遠遠的。

一進流雲堂，陸長生一眼就看見陸梵天。她站在西邊角落的陰影裡，離其他兩個師姊很遠。陸長生想喊她一聲，卻見她臉色也蒼白得嚇人，甚至沒注意到他進來，不過總是平安無事，陸長生鬆了一口氣。

不只是陸長生，承安也注意到氣氛非常古怪，堂中搖曳的燈火昏昏曖曖，朦朧不明，或許是外頭雨勢太大了，像一個沒有盡頭的漩渦，就連燭光也被它捲了進去。

承安環顧流雲堂一圈，西下首站著垂頭喪氣的陸梵天，離她一段距離是吳箏和葉澄，兩人同樣臉色難看。岳詩瑩雖讓陸梵天所傷，但並未傷及要害，休養了幾天倒也無事，只是刻意站得離陸梵天遠遠的。其餘弟子垂手侍立，承安大都沒見過，只覺得她們面色僵硬，不像活人，倒像一尊尊銅澆的塑像。

流雲堂上首之處，坐著一個女人。

承安曾見過不少身分高貴、威嚴氣派之人，卻少有像這女子一樣令人見了便不由膽寒。幾乎是看見她的一瞬間，承安就明白今日流雲堂的沉重，有一半是她帶來的。

那女人身上罩一件曳地的銀霜色大氅，從頭到腳蓋得嚴嚴實實，在昏暗的流雲堂裡顯得格外刺眼，她半張臉都被帽兜遮住，承安離她又遠，甚至連她的面貌都看不清。

陸長生踏前一步，對那堂上白袍女子長揖一禮，道：「林師姊。」

那女子朝他微一頷首。

這便是連陸梵天亦心折不已、名動天下的七劍之首——林諸星。

算上這一回，陸長生這輩子共只見過林諸星三次。

林諸星初次威震江湖時，陸長生甚至還沒成為青竹派的弟子，一直到入門之後，他才知道他們三寒之盟中，有這麼一個出類拔萃的人物。

關於林諸星的傳聞很多，據說她自幼罕言寡語，與人不親，既不受師尊教誨，亦不與姊妹切磋，只醉心於自己一人的劍道，門裡多有離群仙鶴之譏。她換過好幾個師父——掌門妙音子與她另外四位師姊妹都曾試著傳劍於她，卻彷彿被她拒於門外，終究難與她說上幾句話。最後還是妙音子已隱居十數年的師叔庾青梅將她帶了去，親自指點教誨。

四年之後，庾青梅帶林諸星出關，她雖依舊性格冷淡，但已洗去一身孤傲乖僻之氣。據說那庾青梅帶她回棲霞派後，只對妙音子說了一句話：「藍染，若她當年便在棲霞門下，今日掌門恐怕就不是妳了。」

這雖只是江湖傳聞，未必值得盡信，但自那之後，掌門妙音子便對棲霞之事淡了許多，後來甚至還沉迷道家辟穀修仙之術，不再插手棲霞事務。

若將林諸星當做庾青梅的關門弟子，那麼她還算得上妙音子的師姊妹，故她那些師叔伯們對她也都愈發客氣尊重了起來。

然而真正叫林諸星名動江湖的，還是在她十五歲那一年。

當時秦嶺北峰太白山上忽起了一個叫「凌霄寶殿」的教派，據說是從崑崙山上「西王母教」傳過來的一個支派。初時凌霄派不過就是普通民間教團，信眾多是市井販夫走卒。但漸漸凌霄派變得愈來愈龐大，當時自稱「西華太上眞君」、凌霄派的掌派者更忽然大興土木，在太白山上搞了一個什麼「封神台」。說自己是天君下凡，將來要輔佐金龍眞帝登位，將戎夷之輩全都趕出王土。甚至有不少朝堂公卿、江湖豪俠入其門下。

那凌霄派加入這許多三教九流之後，漸漸失去原來的本質。門下弟子精擅各種旁門左道，再加上他們從崑崙本教帶來的異域武藝之精奇高妙，實是中原武林聞所未聞，一時江湖之中無人能掖其鋒。

凌霄派既然找不到對手，聲勢便愈發壯大，門下弟子姦淫擄掠，無惡不作，儼然已成大害。

棲霞派與凌霄派距離最近，也有好幾個弟子遭了他們毒手。三寒會同氣連枝，自然義不容辭，帶了門中最精銳的弟子前去討伐異教，當時林諸星也跟了去，是所有人中年紀最小的一個。

三寒會師於太白山下，連夜打上了封神台上凌霄宮。那時正是隆冬，一場大雪連下了十七天，封神台地勢險峻，易守難攻，眾人只能守在山腰處卻再也不能上去，轉眼糧絕援盡、又不耐孤山苦寒，很快盟中已起了鳴金收兵的聲音，說等過了早春，太白山上雪化冰消之後再捲土重來。然而這次三寒精銳盡出，若連一個敵人也沒見血便鎩羽而歸，未免有重挫三寒威信之虞。

誰也沒料到的是，當天深夜，林諸星一人雪夜策馬上了山頭。

那一晚難得雪勢稍緩，眾人便跟在林諸星後頭圍寨。林諸星闖入凌霄宮後，裡頭卻是鴉沒雀靜，半點聲息不聞。眾人覺得奇怪，正要進去一探究竟，忽見凌霄宮內刮起一道狂雪。

眾人只道早已雪霽雲收，不知何故寨內又起了漫天飛雪，後來他們才知那是林諸星的劍氣——凡她劍風所到之處，捲起遍地白雪。直待她出了凌霄宮，劍飛雪方始稍歇。

當她提著凌霄派眞君的頭顱出寨之時，一身白衣濺血，裙襬上血浪翻飛如赤焰飄搖，讓她好似站在一片火海之中。

三派眾人爲她那一身狠戾之氣所威懾，竟無一人敢靠向前去。直到她走了很久以後，他們才敢再入凌霄宮內一探。

一入凌霄宮門，竟赫見滿園胭脂一樣的紅梅花，襯著雪色，分外鮮烈奪目。

再定睛一看，才知原來那不是梅花，而是積著白雪的枯枝，只是樹上白雪經鮮血飛濺，竟染得如一樹紅梅一般。

一夜劍飛白雪，血染紅花。

林諸星只以一人一劍，殺盡凌霄宮中七十餘人。

陸長生當時聽了她的傳聞，一面覺得她未免殺心太重，一面又忍不住對她那一劍之威神往不已。但他畢竟不曾經歷過凌霄派的亂事，並不明白凌霄弟子的厲害，也就不能理解林諸星以一己之身滅了凌霄派是一件多麼駭人聽聞之事。

在那夜劍風舞雪之後，江湖上便給林諸星起了一個名號「暴風雪」，更有好事者評她恐怕是這百年來的「天下第一劍」。

一個十五歲的少女，一夜之間震動江湖。

然而在那之後的十多年，林諸星不曾再離開過銀屏山半步。

縱她十多年銷聲匿跡，但她名聲之響仍未消減半分。青竹派當年一同上山的師叔伯曾親眼見過那震撼一幕，因此一聽說棲霞派不願交出信物是林諸星所准，立時都陷入發狂般的絕望當中。

陸長生能有幸親眼見到這幾乎已成傳說的人物，還要算是托了陸梵天的福。

卻說陸梵天入了棲霞派後，本來跟在妙音子身邊潛心學劍，妙音子對她喜歡得不得了，忍不住帶她去見了林諸星，說：「我讓此子十年內便能勝過妳，妳看如何？」林諸星不知回了什麼話，妙音子聞言震怒拂袖而去，此後陸梵天便改而待在林諸星身邊，雖仍以師姊相稱，卻算是棲霞神劍林諸星這一生唯一的弟子。

因而陸長生前來探望陸梵天時，得有一窺林諸星眞面目的機會。本擔心林諸星不知是怎樣一個古怪人物，實則她遠比陸長生想的謙和有禮許多，並不如江湖傳聞中乖戾傲慢。

林諸星坐在那兒一言不發，彷彿只是一座雪砌的雕像。葉澄走到大堂正中代替她發話：「妳不必害怕，我們問妳幾個問題，妳只須照實回答便是。」

承安看了陸長生一眼，向前走近幾步。

葉澄問：「那日闖入地牢的人，他說他叫石鴻麟，妳和他是什麼關係？」

承安也照實答道：「說起來我不認識他。」

葉澄顯然對承安的回答不甚滿意，她冷笑一聲，說：「不認識?但他好像不是這樣說的，他說他潛入銀屏山的目的只有一個，就是將妳帶回去。」

「不錯，我見過他一面，也就只有這一面之緣。他雖奉命要將我帶回丹陽派，從前卻不曾見過我。」

「丹陽派？」葉澄沉吟片刻：「他也提起過丹陽派，卻不肯說在何處，妳也是丹陽派的弟子嗎？」

「勉強算得上。」

「如此說來，就是師兄弟了？」又問：「妳和他學的是一樣的武功？」

「我不會武功。」

葉澄眯起眼，似是不信。陸梵天忙插口道：「承安並非帶藝投師，我試過她，確實沒半點根柢。」吳箏低聲冷笑道：「胳膊肘往外彎的，誰敢信妳。」岳詩瑩似也不以爲然。

葉澄道：「妳們丹陽派在什麼地方？」

承安不答話，葉澄又問：「丹陽派是不是與棲霞派有過嫌隙？除石鴻麟外，妳曉不曉得妳師兄弟中，有誰可能是殘殺我棲霞弟子的連環殺手？」

承安仍無言以對，葉澄便高聲威脅道：「如今在這銀屏山上的丹陽派弟子只有妳與石鴻麟二人，若他不是殺手，那麼便是妳了？」

承安這才勉強開口道：「妳們找殺手，怎麼又找到丹陽派身上？丹陽派離這兒起碼有幾百里遠，何況在我出谷之前，根本從沒聽過什麼棲霞派。」

棲霞玄門正宗，名揚天下也有數百年了，她這話未免冒犯，就連葉澄面色也微微一變。

陸長生忙解釋道：「聽承安說丹陽派長年居於不見天日的深谷中，沒聽過三派也是正常的。」

承安有些厭煩地說：「不錯，我這一輩子都被關在掌門別院裡，認識的丹陽派弟子用手指頭都算得出來，再說了，憑什麼把這筆帳賴到丹陽派頭上來？誰都可能做殺手，就是丹陽派弟子不可能。」

葉澄問：「何以見得？」

承安道：「丹陽派爲禁管弟子，在他們身上都種下了毒蠱，根本出不了谷多久時間，他們愛惜生命都來不及了，哪有那個閒功夫千里迢迢來殺妳們棲霞派的弟子？」

葉澄道：「出不了谷，那妳和他又算怎麼回事？」

承安道：「先不論我，鴻麟是怎麼能拖這麼久的我不曉得，但他體內的毒蠱不可能盡除，就算是服藥抑制必也有個極限。」

葉澄與其他幾人交換了個眼神，有些不知所措。若承安所言不虛，則她們好不容易才找到的線索，恐怕又陷入僵局之中。

良久，葉澄嘆道：「但凶手必然和丹陽派脫不去關係，石鴻麟已認了弱水和阿純是他所殺。」

承安不以爲然道：「這算什麼？這兩件事一碼歸一碼，憑什麼把山下的案子也都算在他頭上？」

葉澄頓了一會，有些艱難地開口道：「我們懷疑石鴻麟，並不單是因爲他殺了弱水和阿純，而是因爲他的手法與殺手如出一轍——他們使的是同一路的功夫，恐怕就是你們丹陽派的功夫。」

這下承安換面色變了：「這怎麼可能？丹陽派……妳們是不是弄錯了，或將類似的功夫搞混了？」

她想：連清音算在內，丹陽派弟子恐怕十多年來都沒怎麼出過谷，如何能和棲霞派結下這樣的深仇大恨？然而若殺手並非丹陽派弟子，爲何又能使丹陽派的功夫？

「不可能搞錯，你們那一路功夫太古怪了。」葉澄說：「死去的師妹們身上皆爲堅冰所覆，體內經脈卻如遭火焚全數燒斷。江湖上能查的門派我們都查過了，但或者至陰，或者純陽，這兩種截然不同的內力不可能同時存在於一人身上。」

陸長生駁道：「或者殺手不只一人，兩種內力分屬兩人所有？」

葉澄絕望地說：「不，只一掌……就只一掌。他從來沒有失手過，殺人從來只出一擊。」

承安雖未學習過丹陽派本門心法，卻也知長生訣講究的便是陰陽的無限消長、反覆生滅。石家窮極一生追逐長生不死，兩位祖師之中，丹陽子求不得無生無滅，出塵子在永劫循環中尋常住之身。

承安面現遲疑之色，陸長生見葉澄盯著她不放，擔心她們要把矛頭指向承安，怒道：「僅憑此就要將人定罪，未免叫人不服！懷疑我倒也罷了，承安半點功夫也不會，怎能是那殺手？」

葉澄聞言，神色黯然道：「不，我知道你們三個都不是兇手。」

陸長生聽她說得篤定，反倒有些訝異，她們幾人不言不語，良久，才聽岳詩瑩低聲道：「他又出手了……又出手了。」

葉澄垂下眼，細聲道：「今夜才得到的消息，三師姊在臨邛郊外——」

陸長生聞言不由大駭，想不到七劍終有人折在那殺手手裡了。

自上棲霞派以來，七劍中一直缺了兩人，一個是下山打探殺手下落、排行第三的呂飛煙，另一個就是在去年深冬病逝的七劍之次，朱寒衣。

朱寒衣據說是掌門妙音子的私生女兒，因親生父親不肯相認，故從她姓朱留在銀屏山上，妙音子對朱寒衣的偏愛三派眾人皆知，可謂將己一生絕技傾囊相授，若非有個林諸星擋在前面，妙音子當眞恨不得連自己的掌門之位都一併給了朱寒衣。也有人說正因不忿傳位林諸星，故妙音子雖已入道不理塵務，卻偏偏死咬著掌門之位不放。

去年冬天，朱寒衣不知染了什麼急病，忽然撒手去了。據說妙音子在銀屏山上撕心裂肺哭了十幾個日夜，幾乎不曾尋死。此後她對棲霞之事更加冷淡，每日只爲朱寒衣誦經祈福。少了掌門管束，七劍更恣意妄爲、不知收斂，最後甚至強行霸住三派信物，這其中引來多少風波，妙音子不曾置喙隻言片語。

至於下山的呂飛煙，陸長生對她了解不多，只知江湖上說她是劍如其名，一套棲霞劍在她手中使得靈動如一縷輕煙，就連林諸星對她亦讚譽有加，在七劍中是個數一數二的人物。

除二代弟子外，陸梵天嚴令禁止弟子出銀屛山，呂飛煙便是受她之命下山探查線索，豈料她不但眞碰上了殺手，還爲此送了性命。

葉澄沉聲道：「飛煙師姊受害不過是這一二日之間，再怎麼樣也不可能是你們犯下的罪行。」

岳詩瑩道：「聽說最後有人見到飛煙師姊的身影是在三天前，她剛回臨邛來，在渡口隨一個黑衣的少年走了。」

陸長生訝道：「有人看見那殺手的樣子了？」

葉澄頷首：「不錯，這麼長時間以來，那人總是神出鬼沒、行跡縹緲，連半點蹤影都不曾留下，如今他總算失手現了行蹤……」然而，一思及他的失手是拿呂飛煙的性命換來的，葉澄神情不禁黯了一黯。

陸長生道：「既然如此，妳們把我們扣在這兒又有何用？」

岳詩瑩駁道：「就算你們不是殺手，這兒還有阿純和弱水的兩條命呢！」

葉澄嘆道：「也休說那些了，如今我們只剩丹陽派一道線索……李姑娘，事無巨細，請妳將貴派一切能說的全都告訴我們。」

承安遲疑片刻道：「或許妳們說的不錯，此事和丹陽派難脫關係。妳們說的那種功夫叫長生訣，是丹陽派的本門心法。」又道：「與其說那是丹陽派的心法，不如說那是石家的功夫。長生訣本是由石家兄弟二人所創，道號出塵子的石一歸，與道號丹陽子的石嘆鳳。後來兄弟二人分別，石嘆鳳退居南疆，於深谷中自立門派，便是丹陽派，今已傳至第十四代，掌門人叫石清音。」

眾人本來凝神細聽，及至她提及石清音時，忽都變了面色。

陸梵天驚呼道：「妳剛剛說什麼石清音？」

承安複誦一回：「石清音，他是丹陽派的掌門人。」她見陸長生神色也有些古怪，不由問道：「清音有什麼不對勁的？長生你不也知道清音這個人嗎？」

陸長生道：「妳……沒告訴過我清音姓石。」

承安怪道：「姓石怎麼了？鴻麟姓石、丹朱也姓石。丹陽派是石嘆鳳一手建立，所有人都跟著他姓石啊！」

陸長生忙道：「也不是什麼大事，只是你們丹陽派的掌門，恰與我們三派祖師同名罷了，不……說祖師也不太對，妳記不記得我和妳說過三派的起源？」

承安頷首，陸長生解釋道：「當年三派祖師救下的那位俠客，就叫石清音。」又道：「不過這多半只是巧合——」他話還沒說完，吳箏已掩著面哭了起來，叫道：「怎麼會是巧合，天底下哪有這樣的巧合？他信上不就署著石清音的名字來的嗎？」

陸長生本來心想：天下同名同姓之人甚多，石清音也未見得就是太罕見的名字，棲霞派未免大驚小怪，但一聽見吳箏的話，便察覺還有其他內情，他盯著吳箏，問道：「什麼信？」

吳箏知自己說漏了口，別過眼去避開陸長生的眼神。

陸長生又問一次：「什麼信？誰用石清音的名義寫信給妳們？」

棲霞派眾人皆不發一語，陸長生望向妹妹，問道：「梵天，妳們到底還隱瞞什麼？是誰寄的信，難道是那個殺手嗎？」

陸梵天啞聲道：「別說了……這事一會兒再談。」

陸長生見她眼神閃爍，便知猜中了。

承安道：「不管是誰假充清音的名字寫信給妳們，都不可能是丹陽谷內的石清音。」

葉澄道：「是不是丹陽派的人，除非妳能親自見上他一面，否則在這兒怎麼想都是無濟於事的。」

承安無奈道：「我當然也想知道他是不是丹陽派的人！可是連妳們也逮不著他，我又能怎麼樣？」

她一說完，那三人神色忽都有些異樣，尤其陸梵天更是面無血色，叫陸長生頗生不祥預感。葉澄謹慎地說：「關於這一點，我們幾個是有一點想法。」又說：「那殺手既已到銀屏山腳下，絕無道理又忽然離開臨邛，如果臨邛裡出現棲霞弟子，或者能引他現身。」

陸長生這一生未曾這麼憤怒過，他將承安拉到身後，怒目瞪視葉澄：「妳這是什麼意思？」

葉澄面不改色道：「承安姑娘既已是我棲霞弟子，自然棲霞有難，她也不該袖手旁觀。」

陸長生冷笑道：「袖手旁觀？她連正式拜師立誓的一關也還沒過，怎麼就成妳們棲霞弟子了？」

葉澄冷聲道：「你也不必急著徇私，她怎麼不是棲霞弟子了？傳劍給她的不就是你妹妹陸梵天嗎？」說著更指著承安道：「不然你自己問問你妹妹，她也說李承安的劍都縛上紅穗花了。」

陸長生不可置信地望向陸梵天，就見她眼神閃爍，不敢直視他失望的神情：「梵天，我將承安託付給妳，妳就是這樣照顧她的？」

陸梵天忙辯白道：「不是的……我、我……」說著竟急得語無倫次：「我會跟她下山去，絕不讓她受那人毒手——」

陸長生苦苦哀求：「梵天，妳很明白若真引出那殺手會是什麼結果，我不要妳們都以身犯險！」

葉澄道：「不會有危險的。」

陸長生恨恨道：「既然如此，葉姑娘，妳何不親自下山做誘餌？」

葉澄面無表情，說：「我們姊妹太常在江湖走動，他不會不知道我們幾個是誰。」又對陸梵天說：「七師妹，妳不能跟在她身邊做護衛，太多人認得妳，那殺手難道如此愚蠢，在妳陸梵天眼前現身？」

陸梵天尖聲駁道：「他連呂飛煙也敢殺，憑什麼不敢殺陸梵天！」

陸長生見她們吵翻天，怒不可遏，無比心寒：「只有妳們的性命是性命，別人的死活就不是死活嗎？」

葉澄隨即換下方才那張哀戚的臉，冷酷地說：「陸長生，你別忘了李承安身上欠著我棲霞兩條人命，這還沒算上受她所累的阿純和弱水呢！」

岳詩瑩亦道：「不錯，若她能幫這個忙，棲霞倒可考慮既往不咎。」

陸長生憤然道：「既往不究？命都沒了還要追究什麼？妳們自己尚沒有把握能從他手下全身而退，又拿什麼來保護承安？妳們有沒有把承安當作一條人命來看待？」

葉澄冷笑道：「李承安可遠比你想得有本事，她甚至不必動手就能害死我兩個棲霞弟子，當一個人……李承安那樣還算人嗎？」」

承安聞言面色刷一下變得慘白，陸長生沒想到她言語如此惡毒，顫聲恨道：「好、好一個威風凜凜的棲霞派，果然眞如江湖所言，恃強凌寡、俠心敗喪！」

「長生——」陸梵天雙肩微顫，似乎還想解釋，陸長生卻忽然伸手奪她火琉璃劍，橫劍一指，朗聲道：「今日誰要動她，就踩著我陸長生的屍體過去！」

葉澄幾乎同時拔劍，與陸長生針鋒相對，煙硝一觸即發。

誰知這時，承安卻輕輕推開陸長生：「長生，謝謝你。不過你不必如此，我願意下山引他現身。」

說罷，她自己向前走了幾步，陸長生愕然望著她。

承安已收回方才的失態，面色如常望向葉澄，道：「我也想見他一面，我想知道他是誰。」這一刻她的神情如此高貴凜然，就連葉澄也不由得遲疑了半晌。

忽然，一個清冷的女聲插口道：「陸少俠不必多慮，李姑娘的安危不須由梵天負責。」是林諸星。

一直沉默的她發話了。她站起身，一身霜色的斗篷順著肩頭滑落，露出一張本來精巧纖美的面貌。外頭雨勢愈發大了，風隔著窗子吹了進來，撩動她那一頭白色長髮，彷彿掀起了一場暴風雪。她的肌膚琉璃一般近乎透明，銀桂色長髮齊到腰際，宛如一匹裁切得整整齊齊的白綾。

承安也看得愣住，她心想：這個人就是用雪砌成的，上天奪走了她的顏色。

林諸星銀色長睫之下，那雙灰色眼珠裡跳動著淡淡的紅光。

她望著陸長生，又重複了一遍：「我下山，由我來保護她。」

十三、百年身

IMMORTAL BIRD

IMMORTAL BIRD

彩鳶喉頭一陣火燒火燎，忽然一道冰涼的細流灌了進來，他連著嗆了幾口，睜開眼，看見一張模模糊糊的臉孔，他伸出手要去碰，那人卻避開他。他看著眼前人彷彿溶成霧的輪廓，忽然鼻頭一酸，流下淚來：「鴻麟——」

「我不是鴻麟，你醒一醒！」那人大力甩開他，又拍一拍他腦袋：「鴻麟呢？他怎麼沒和你一起？」這時彩鳶才眞正清醒過來，他猛一眨眼，本來那些雲裡霧中的景色都漸漸歸位，他花了一段時間才認出眼前的人，那是棟子。

「爲什麼會是你？」

「鴻麟傳了信回來。」棟子從懷中取出一口小銀罐，扭開蓋子，將裡面的東西倒在手心。初看上去像是些綠色的粉末，慢慢便能看見牠們在棟子手中蠕動爬開，像一條青色的河，在幽暗夜色裡熒熒發光。彩鳶恍惚道：「是鴻麟的追魂索……」

棟子把自己一路上怎麼追來，又怎麼找到彩鳶簡略說了。

「對，可是我只找到你，卻沒有見到鴻麟，鴻麟上哪兒去了？」

彩鳶垂下腦袋，沒有回答。他不知道鴻麟將追魂索送回丹陽谷求救，自己還能活著走到這一步，靠的全都是鴻麟。

「鴻麟死了。」隔了很久他才勉強擠出這一句：「我和他在銀屏山上失了手，他爲了讓我逃走，使了和對方同歸於盡的殺手鐧。」想起那滿天紅火，彩鳶悽慘地笑道：「早走了也好，總強過讓焦明吃成一具白骨。」一會兒，他流著淚說：「再過不久我的焦明也要孵化了，棟子，你殺了我吧！把我的頭斬下來，帶回去給梧聲。你回去告訴清音，我雖沒能奪回不死鳥，卻也替他殺了叛徒承安，求他看在這一點上，不要爲難梧聲。」

楝子聽他說殺了承安，先是背上一涼，隨即又感到非常奇怪，按清音之言，若承安已讓他殺了，焦明便該隨母蟲殉死才對，然而他似乎不覺體內焦明有變化。

這一則可能是清音欺騙、二則可能是清音自己也搞錯了什麼，三則……承安根本還沒死。他心裡不敢去想前兩種狀況，只從第三樣猜。

他說：「焦明之事你不必擔心，我帶了大師兄給的藥，毒性大約還能再壓一陣子。」他沉吟一會，又問：「彩鳶，你親眼見到承安死了嗎？」

彩鳶聽他這麼一問，愣了一下。他說：「我的毒錐見血封喉，有三柄射中了她，再加上鴻麟的遮天火……」按理說，那日紫荊堂內所有人應該都難逃死劫才是。

楝子卻道：「從你剛才說鴻麟死了我就覺得很奇怪，依我之見，他應該還活著才是。」

彩鳶聽他這樣說，幾乎整個人要跳起來：「你說什麼？爲什麼說鴻麟還活著？」

楝子把手伸到他眼前，讓他看著自己手心那些緩緩爬行的綠色小蟲：「可能你對鴻麟的蠱並不了解，但就我所知，鴻麟養的蠱都是同命蠱，同命蠱與宿主同棲，宿主死去時蠱也會隨之殉死。」

根據清音的說法，恐怕承安體內的母蠱也是同命蠱。

他繼續說道：「追魂索的一部分與鴻麟共生，應該也不例外，可是你看，他的追魂索至今還在作用，若不是靠著這個，我也沒辦法找到你。」

彩鳶大喜過望：「這麼說來，鴻麟或者還有救！」

楝子問他：「你們兩個是何時服藥出谷的？」

一聽他說完，彩鳶隨即像從雲端被推到谷底。

按此推算回去，只怕鴻麟發病之日也已不遠，就算他們能在這數日間再闖入銀屏山，也未見得就能救回鴻麟。救命藥分明已在眼前，卻只能眼睜睜看著鴻麟錯肩而過。

他將銀屏山上的事都跟棟子說了，棟子沉思一會，指著手背上說：「彩鳶，你注意看這追魂索。」

彩鳶茫然不知所以，棟子道：「追魂索在這裡分成了兩道。」

彩鳶細看棟子手上那排成一列的綠色小蟲，果然最前端處岔分成兩道小小的細線，若不是棟子心細，根本就無法察覺。原則上追魂索仍是指著同一處方向，但其中有一道稍稍偏西一些。

「這是什麼意思？」

棟子道：「鴻麟的追魂索分三道，可以想見他一共下在三個人身上，多半就是你、他自己，還有承安。」他指著最靠近自己的那一頭，說：「你在這裡，所以前面這兩道細線，指的應該是鴻麟和承安。」

彩鳶暴睜雙眼喝道：「怎麼可能，承安必死無疑！」

棟子搖搖頭，說：「我不曉得，但鴻麟肯定還活著。你自己不是也說了，鴻麟都放了遮天火，怎麼他也還沒死？」

「但我的錐子眞的打中她了——」彩鳶腦中一片空白，不明白究竟是哪個環節出了問題。

棟子嘆道：「不論究竟是追魂索出錯，或是他二人都還活著，我們總是還有一個希望。方才聽你所言，如今要上銀屏山救人恐怕是千難萬難，既然如此，不如就另一條線著手，你說，這一條往西岔出去的線，是鴻麟呢？或是承安呢？」

彩鳶毫無頭緒，只是恐懼地想：一旦選錯邊，鴻麟好不容易才得來的救命機會又要沒了。

楝子卻氣定神閒道：「是鴻麟也好，是承安也罷，只要追上這條線，至少就能先救下鴻麟性命。」

彩鳶惑道：「你這是什麼意思？」

楝子道：「若這是鴻麟，就讓他服下解藥，而若是承安的話……」他眼底亮起一束明亮的火焰：「就殺了她。」

日暮時分。

林諸星披著厚重的斗篷，撐著一把綠油紙傘，坐在江邊的小茅棚下。

承安和她刻意坐不同桌，但兩人只相隔一個位置，她側過頭去，遠遠望著那一頭漸沉入水中的日頭，像一輪火，在江面烈烈地燒。

從承安的角度看過去，只能看見林諸星一截白筍般的手腕，嬌弱得彷彿連一把傘也提不動，然而就是這隻手將握住三尺利劍橫在她身前，誓言護她全身而退。

這幾日來，她們都在日暮後來到臨邛江畔，靜靜等待那人現身。

因林諸星天生不能受日光曝曬，因此兩人只能在黃昏以後出門，林諸星通常會站在離她很遠一段距離外，今日卻難得與她並肩而坐。

承安身上揹著陸長生贈與的劍，劍尾別上一朵雪白穗花。這是棲霞弟子間一個隱晦的暗號，劍穗的結式與顏色都有講究，代表劍的主人是在哪一位傳劍門下。

而白色穗花在整個棲霞派中，只有兩個人有資格使用——林諸星與陸梵天。

「妳這樣對著太陽，不疼嗎？」

「無妨，已是將殘敗日。」

承安時常覺得太陽非常不可思議，當高掛中天之時，會因光芒太過強烈不可逼視，反而只有在油盡燈枯的一刻，才能直視它的眞身，那焰色的美麗金輪。

她偶爾會想，人和太陽也一樣嗎？人在將死之時，是不是也會脫去所有虛僞的矯飾，露出一生只有一次的本來面目？

下山前承安去見了鴻麟一面，那是她答應爲棲霞派做餌的唯一條件。

鴻麟兩眼間劃過一道怵目驚心的大長疤，他看不見，只聽見腳步聲，很輕，他初時以爲又是棲霞派的人來拷問，便不說話，甚至不投注任何關心。直到承安走近牢門前，彎身下來叫喚他：「鴻麟。」

鴻麟愣怔一會，忽然傾身向前，雙手抓住牢門猛力搖晃。他的雙腿被棲霞派折磨得幾乎廢了，難以動彈，只能使勁將上身往前拉。承安抓住他的手，叫道：「你別動了，我在這兒，不會走的。」

鴻麟鬧了一會才安靜下來，他身子倚著牢門，問：「妳還來找我做什麼？」

承安說：「我不曉得，就是想來看看你，或者很快就見不到了。」

鴻麟想她說的大概是焦明的事。承安仔細打量他，便知道自己所想得不錯。鴻麟身上已浮起一些黑色斑點，那是焦明將要大批孵化的前兆。

承安忽感到難以言喻的悲傷，即使她幾乎稱不上認識鴻麟。她靠著牢門坐下，兩人間隔一道鐵柵，腦袋卻輕輕靠在一起，竟好像認識了很久的朋友。

承安輕聲說：「你和我講一講丹陽派的事好不好？丹陽派裡還有哪些人？你們平時都做什麼？過怎麼樣的生活？」

鴻麟苦笑道：「妳難道不在丹陽派裡，不知道這些？」

承安淡淡道：「我從沒踏出過掌門別院一步。」沉默半晌，她又改口問道：「他叫什麼名字？和你在一起的那一個。」

「彩鳶。」

「和我說說你和彩鳶的事吧！」

「很無趣的。」

「沒事，你說，我想聽。」

鴻麟不是多話的人，但他此刻突有一股衝動，想滔滔不絕地說那些陳年往事，也許過了今天，他再想說也沒處說了。隔著一扇牢門，鴻麟開始細數他與彩鳶、梧聲在丹陽谷的那些日子。初時只是說給承安聽，說到後來，彷彿能看見他唯一的朋友們站在面前，生命裡那些貧乏蒼白的細節，在他眼前都變得豐滿繁複、變得那樣值得珍惜。

他再也說不下去，無聲地流起淚來。

承安看他哭泣，心裡空蕩蕩的，渾身與他一樣的冰冷難受。

他雙手抵著牢門，哽咽道：「承安，我求妳回丹陽谷吧！彩鳶和……或者還能救彩鳶和梧……」哭到後來已是話不成聲，承安聽不清他在說什麼。

承安說：「你明知清音要殺我。我若回去，或許就得換我沒命。」

鴻麟知她說得半點不錯，她與兩人無親無故，甚至只見過兩次面，有什麼道理要為他們送死？

承安低聲嘆道：「鴻麟，我不想死。」

鴻麟苦笑一聲：「誰想死呢？」緊抓著牢柵的手鬆開了。承安問他：「你還有時間去擔心他們？你知不知道自己體內的焦明還有多久會孵化？」

「我不知道，不記得了。到後來我再也不去算。」

「棲霞派不會放你走。」

「我曉得，我沒以爲自己能活著出銀屏山過。」他又懇求道：「我知道妳絕不會回丹陽谷送死，那能不能請妳至少答應我一件事。」

承安不敢應，他說：「有朝一日，若妳再與彩鳶狹路相逢，那時求妳手下留情，饒他一命。」

承安一愣，無奈道：「你以爲我殺得了他？」

鴻麟道：「妳能毀我遮天火、能從彩鳶暗器下全身而退，我雖不知妳究竟是誰……但妳的本事必比我們所有人都高得多。」

承安苦笑道：「我若眞這麼厲害，現在早打破這牢籠放你逃命。」

「不要可憐我。」鴻麟低聲道：「若可憐我，就把妳要施捨的這一命給彩鳶。」

承安不解，嘆道：「他將你一人留在這裡，你卻對他這樣恩深義重。」

他道：「是我讓他走的。」又說：「妳不想死，我們也一樣。我們受清音指使，爲求活命，所以對妳苦苦糾纏。我是活不了了，但他……他與梧聲一直都想離開丹陽谷回故鄉去，他們還有能去的地方。」

承安恨恨道：「他回他的故鄉，與你何干？」

鴻麟笑道：「是啊！與我無干。但我好羨慕他，他們就像寒枝上展翅的雛鳥，拚命想飛向遠方，那麼耀眼。我是無家可回的人，就算有翅膀，也不知道飛往哪裡去。」

承安聞言便不說話，一會她忽哭出聲：「我和你一樣，也是無家可回之人，就是飛了也無枝可棲。」

鴻麟聽她吐露哀音，心頭不由一動，生出一股同病相憐之感。他雖不知承安為何一生都被囚禁在掌門別院中，但這十多年的閉鎖歲月，必定十分孤獨。他低聲說：「飛了就知道能去哪裡了。妳要脫離清音掌握，妳要得到自由。」

承安握住他的手，垂淚不止：「好，我答應你。」

「我看不見自己的樣子，妳想我還剩多久時間？」

承安沒有回答，只從袖裡掏出一塊摔碎的瓷杯破片，按進鴻麟手裡。那銳器很小，她細聲說：「她們會搜我的身，不讓我帶刀劍進來。」鴻麟細細摩挲那碎瓷鋒利的邊緣，便也明白了承安這不答之答的意思。承安哀道：「對不起，我什麼也做不到，我沒有辦法化解焦明之蠱，我只能幫你到這裡。」

鴻麟微微一笑，說：「那已很夠了。」

「妳在想什麼？」

林諸星的聲音將她喚回神，承安抬起頭，只見遠方雲霓低垂。彷彿要送落日最後一程般，逐漸沉落。承安受到日暮悽愴的感染，竟也不由感傷起來：「我在想，人將死之際，究竟心裡想的是什麼呢？」

林諸星聞言便回過頭來看她，她的眼珠顏色很淡，裡面閃爍著絲絲細細的紅影，承安不知道那是她眼睛本來的顏色，或是餘霞染上的光輝。

「一定是想著……我不想死，我還想活下去。」

承安與她下山數日以來，極少聽她開口說話，見她忽然回應自己的喃喃自語，倒有幾分訝異。

「是嗎？妳怎麼曉得？」

「以己之心，推諸他人。」

「但是，人的一生這麼長，一定也有人感到厭倦了吧？」

「不論活著的時候多麼痛苦，在死前一定還是有一瞬間想活下去，想著……縱是須臾片刻也罷，只要能再給我一點時間就好。」

承安笑道：「信誓旦旦，說得好像妳曾經死過一次一樣。」

林諸星的眼神放在江那一頭的落日上，隨著它漸漸沉入江心，愈離愈遠：「差不多。」

承安一愣：「什麼意思？」

林諸星說：「我已沒有多久好活了。」

說著，林諸星伸長了手，像要去碰觸落日一樣。

對林諸星而言，太陽是離她最遠的東西，只有在它將死的短暫時刻，她才能碰到一點日光的餘溫。

「妳……生病了？」

「我的身體比別人虛弱，本來就活不長，這幾年恐怕已是大限。」她見承安神色訝異，柔和道：「妳放心，只在我劍風所及之處，必能保妳平安。」她指著江岸渡船，道：「妳就算站在那兒，我從這裡也能護妳周全。」

承安嘆道：「我沒懷疑過妳的本事。」又說：「剛才說的就是妳的心情嗎？妳不想死嗎？」

林諸星坦然頷首，承安詫道：「爲什麼？爲什麼妳不想死？」

林諸星笑道：「又爲何我不想活？」

承安有些赧然：「我想妳拖著這身子也不是一兩天了，多少也……我原以為妳對此事必看得很開。」

「沒有人能習慣死亡。」她沉聲道：「此於武道上是大忌，我亦心知肚明。我少年時殺過很多人，這幾年也在死亡邊緣遊走過無數次。即使如此，我仍無法坦然接受自身的死。只要想起自己時日無多，心中便難以平靜。」

承安看她好似出塵仙鶴，不沾染半點塵世汙濁，豈料同樣過不去這一關。心底訝異的同時，也不由有些欽羨與悵然——她雖不願為鴻麟回丹陽谷，卻也難以明白林諸星愛生怕死的心情。

「林姑娘，妳是為什麼而這麼想活下去呢？」

「因為我很貪心。」

「貪心？」

「我十幾歲的時候，眼裡只看著自己手中這一把劍。我從不顧祖訓、不在乎他人，只想著有一天我能把這劍愈磨愈利，利到沒有任何人能想像的地步。那些頓挫停步的人不會是我，只有死亡能攔住我……但這樣的想法，漸漸變了。」

「終於我發現攔住我的不是死亡、不是衰弱的身體、不是武林加諸於我的虛名——而是我自己。我一人在那條漫長孤獨的路上，愈走愈遠，每當我走得慢了、看不見路了、在岔口徘徊的時候，我束手無策，不論怎麼樣，都只有我一人……那讓我第一次停下腳步，感到害怕。」

「那妳……該怎麼辦才好？」

林諸星淡淡道：「就在那個時候，梵天來到棲霞派。」

「我開始指導她劍藝，我的心……慢慢改變了。確實，終有一日我會停在某個地方，但棲霞劍終究不必在我。我雖死不足惜，但還想看見更深遠無窮的劍道、還想看見師妹們超越我、還想守住棲霞百年根基，讓棲霞派走得比我更遠更遠……我很貪心。」

承安卻搖搖頭：「這才不是貪心呢！我很羨慕妳。」

「羨慕？羨慕我什麼？」

「人生在世，若連讓自己想活下去的欲望也沒有，那還算活著嗎？我雖不想死，卻也不知自己爲什麼而活。我的一生像一場毫無意義的虛耗，在丹陽谷裡待了那麼長的時間，連自己爲什麼要活著都已經不記得了。」

「沒有誰的一生會是一場徒然的虛耗。」林諸星說：「妳爲什麼而活著，那得妳自己去找。」

承安垂下眼，看著擱在膝上的那柄長劍，老劍半舊不新，握柄的地方磨得漸漸看不清紋路。

「我想學劍。」

林諸星溫聲道：「回去以後，我和梵天教妳。」

忽然，她神色一變，轉過身背對承安。承安順她目光看去，只見江邊遠遠那一頭，有一個人朝著茶棚慢慢地走來。

那是個高挑削瘦的少年，看上去約莫二十多歲年紀。他一身黑衣雖鈍鐵也似地烏沉沉，腰上卻纏了一條金繡帶，繡帶極細，華貴但並不張揚。

承安不曾見過他。

就算他是丹陽派弟子，久居掌門別院的承安也不可能認得出來，但她心裡隱約有種感覺，知道此人並非出自丹陽派。本來她甘犯大險下山，爲的就是證實心中的猜想。

那人漸漸走近茶棚，承安別開眼不去看他。茶棚裡一半的位置是空的，他卻刻意挑承安旁邊的位置。而林諸星不知何時已走得老遠，承安甚至看不見她的身影。

那年輕人在她身邊坐下，笑盈盈問她：「姑娘，好漂亮的劍，能否借我看一看？」說著，也不等承安回話，逕自捧起白穗花仔細端詳。承安凝望他低垂的側臉，彷彿想從他的輪廓中看出些什麼來。

他看罷劍，似乎很滿意地笑了笑：「我見姑娘連著數日都在這兒看日落，不知有什麼好看的？」

承安道：「只有在這個時候，你才能看清楚太陽眞正的模樣。」

那人便也學著她去看落日，只是落日已沉入江中，天色轉眼便暗下，只剩邊上一點殘陽紅暈。

那人道：「日落的時間這麼短，看不看得清楚本來模樣，又如何呢？」

「你不喜歡落日？」

「不錯，將死殘陽有什麼好看的？」

「那你喜歡什麼時候呢？」

「旭日初升。」他爽快地說：「我倒希望太陽永遠就高掛天邊，永無沉落之時。」

承安搖頭道：「日升月沉本是天理循環。不會西落的太陽，自然也無東升之日。」

他聽了倒像來了點趣味：「姑娘此言未免敗喪頹唐，朝日長掛難道不好嗎？」

承安道：「若沒有死，生又是什麼意思？」

那人撫掌朗聲大笑，站起身來，望著遠處滾滾江河。過了好一會兒，他問道：「我有艘小舟，隨我去江上看看月色如何？」

說著，他自顧邁開步伐，朝江邊走去。他的步伐較大，一下就將承安遠遠拋在後頭。承安環顧周遭，林諸星不知隱身何處，她不得已只好跑著追上，劍穗風吹雪一般隨著她的步伐輕晃。那人在江邊呼哨舟子靠岸，讓承安搭上他的手，海燕穿簾般躍上了船。舟子搖槳輕輕一晃，小船盪了開去。

轉眼之間，兩人便離了岸。華燈初上，江上輕舟星星點點，船頭風燈如墨裡點染開來的流金。船駛得並不快，那少年站在船頭，腰上金色衣帶隨風而動，彷彿一頁頁鴉青色的紺紙，拿泥金在上頭描了一遍又一遍的梵歌。天色青青暗暗，燈火將他面孔描出一個突出的輪廓，竟顯得有幾分莊嚴。

承安問他：「你的名字叫石清音嗎？」

他聽了便笑道：「不，我叫石還璧。」又問：「那麼妳呢？妳叫林諸星嗎？」

「我姓李，我叫李承安。」

「李承安。」他想了一下，似乎對這名字沒有印象，不過也並不在意。他道：「妳既不是林諸星，那很好。妳挺有意思的，我並不想殺妳。妳不是棲霞弟子吧？」

「為什麼這樣想？」

「我不曉得，妳不像。我本來猜妳會不會是林諸星，可是又不太對，林諸星年紀沒有妳這麼小。」

「你不知道林諸星長什麼模樣嗎？」

他搖搖頭：「林諸星這一生下銀屏山的次數少得可憐，何況近十幾年來都沒有她的消息了。」

承安道：「若我就是林諸星，難道你敢殺我嗎？」

石還璧朗聲笑道：「殺，當然殺！」他的笑聲中充滿惡意：「不殺一尾大的，棲霞派還真當我不敢動她們的七劍！」

這時一陣風呼嘯而來，將他狂放的笑聲吹散。

承安卻不關心他與棲霞派之間的恩怨，她只想證實自己的猜測：「你猜得不錯，我並非出身棲霞，我是丹陽派的人。」

說完她直盯著石還璧，石還璧卻沒反應，只是饒富興味道：「妳不是棲霞派的？那眞奇怪了，妳既不是林諸星或她的弟子，又別著她的劍穗做什麼？」

承安沒有正面回答他，只道：「你既不叫石清音，又冒他的名寫信給棲霞派做什麼？」

石還璧一雙鳳目掃視江心一圈，仔細察看每一艘小船——至此他已確定承安不過是一頭餌，但他絲毫不感驚慌，反倒覺得可笑。他想：棲霞派拿這女孩做餌，但他石還璧又何嘗不是？

他氣定神閒笑道：「此乃先祖名諱。」

承安聞言渾身一顫：「石清音……是你的祖先，當年三派祖師救下的落難俠客便是他？」

「不錯。三派輪轉的信物本來就是我石家暫寄，如今我只是要他們物歸原主罷了。」

承安閉上雙眼，輕嘆道：「果然我猜得不錯，你也是石家的人，假使你不是出身丹陽派，那麼必然是出塵子一系了。」

「出塵子？」石還璧面現疑色：「那是什麼人？」

「你竟不曉得出塵子是誰？」承安反倒有些詫異：「出塵子石一歸，他是石清音的父親。」

石還璧顯然知道石一歸這個名字，面色一下就變了。

他警戒地看著她，恨恨道：「我不知道妳想變什麼把戲，也不知道什麼落難俠客，我只知當年那些人巧言令色，從清公手裡騙去了劍譜與不死藥，強占數百年之久，還敢擺出一副名門正派的樣子！」

承安聞言渾身冰冷，一時所有疑惑皆雲開月明，她朝石還璧逼近道：「什麼不死藥……你說什麼不死藥？難道他託給三派的信物竟是、竟是——」

石還璧面色一沉，喝道：「不錯，便是我石家所造的不死藥——百年身！」

承安瞬間面色刷白：「你搞錯了，百年身根本不是不死藥，它——」

這時船身忽一晃，晃得她踉蹌連退了幾步。石還璧恐怕她摔進江中，忍不住伸手要去拉她，誰知一陣狂風掠過江面，承安還沒反應過來，已被那陣暴風帶到身後，倉皇間她只看見一道雪影晃過，劍光如水銀般潑出。

石還璧冷笑一聲，朗聲道：「好、好！總算釣出了妳劍神林諸星。」說罷驚鴻般拔身而起，小舟被這兩人一起一落帶得激烈晃動起來。石還璧躍退至江面，林諸星卻不依不饒，順著劍風，整個人捲到江上，四周小船紛忙走避，一時驚呼之聲此起彼落。

承安看不清林諸星的身影，只見一道三尺雷光打向水面，江心濺起無數水花，彷彿打碎一地晶簾。水珠倒映的蒼白月影，在聚沫時亮起，又在飛散時破滅。

石還璧連退了十數尺，承安的小船離他愈來愈遠。林諸星的速度實在太快，快得比他預想得還要可怕上十數倍。她的劍不是風而是雷是電，在那炫目強光中不帶半點慈悲。他一時無法還手，只得退到江上，在水面上縱躍而逃。

林諸星靠著捲起的劍風將自己帶到江上，卻沒有砍傷石還璧，待劍風一緩，空中無可借力，便失卻立足之處，逼得她只好躍到一只小船之上。

她的斗篷在打鬥時滑落，露出她本來面目——雪砌冰雕一般潔白的身影，江風帶起她的白髮，彷彿一道尺許的月光。

石還璧大笑道：「無怪妳從不下銀屏山，原來竟是個見不得天光的白頭羊！」他眞氣充盈，站在水面亦如履平地，與高踞船頭的林諸星遙遙相望：「只可惜過了今夜，妳就再也回不了銀屏山了。」

林諸星看見他腰間的金繡帶閃動一刹，轉眼身姿便如煙縷般消散無形。她卻只是閉上雙眼，靜靜聆聽身邊流過的風聲。

倏然，林諸星拔劍而起。

江心之上，一黑一白兩道殘影再度交鋒。

林諸星的棲霞劍一共二十四路，每一路皆如虹飛掣電，石還璧一招也接不下來。在這風雲變幻、無數次的劍及履及之中，他只能硬以掌風將她劍勢推偏。他內勁極是醇厚，但也只能勉強將林諸星的劍稍微帶離軌道。

縱使如此，石還璧仍難避她利劍之威，轉眼已是遍體鱗傷，然而石還璧並不介意，只等著那唯一的機會——林諸星露出疲態的機會。

和林諸星交手後他很快便發現一件事——林諸星或者受限於自身體力，因此她的劍不能拖，只能以快打快，務求在最短時間內消滅對手。單以這一點來說，他先前交手過的棲霞弟子無一人能與之相提並論，縱是被譽作「飛煙劍」的快劍呂飛煙，速度也還差了她遠不只一截。

然而林諸星也就只前頭那幾劍如轟天雷一樣可怕，漸漸勢頭便削弱了下來。她在江湖上無敵手，是因爲根本沒人擋得下她前三劍。若現在她依舊維持那最初三劍的水準，自己根本不可能將她劍勢打偏。

果然不出所料，當林諸星使罷二十四路棲霞劍，劍勢已老，一瞬間劍光變得沉滯鈍重。石還璧武藝雖臻至登峰之境，卻畢竟少年輕狂，江湖歷練太少。他吃定林諸星負疾之身，到此已是強弩之末，因此當下未有半分遲疑，立時一掌拍開林諸星的劍。

他以肉身當鋒，本該叫林諸星利劍削下整隻手掌來，但他那掌風到處，竟如大風過境，無堅不摧，林諸星忙以劍爲盾，護在身前，誰知寶劍讓他掌風一帶，登時斷作兩截，他那凌厲掌風已拍向她面門。

這一下林諸星萬難閃避，只得硬生生吃了他一掌，登時那徹骨陰寒綿綿裊裊地鑽入體內，林諸星見自己肩頭竟已覆上了一層薄冰，底下筋骨卻是火燒火燎的疼。

雖是劇痛加身，林諸星卻面色如常，陡然她皓腕一翻，手上雖仍握那半截斷劍，劍影卻忽然扭曲，如風中吹零的碎雪，轉眼間便不見了形影。

石還璧完全不能預測林諸星下一步動作，只見她舉起右手，流雲般拂過他雙目，瞬間那消失劍光又一閃而現——她五指箕張，斷劍殘身脫手，紫電般射入石還璧胸口。石還璧未料她還有這一招，面色大變，忙收掌欲退，卻察覺林諸星以一股黏稠的眞氣纏住了他的手掌。

他內力修爲遠勝林諸星，凝神更一發勁，一掌索性將林諸星直接拍了出去，但兩人距離太近，只這短短的一刹那，林諸星便已制得先機。

那劍被林諸星墜入江中的勁勢一帶，略向上偏，只刺到石還璧心口上方數寸。石還璧死裡逃生，正鬆一口大氣之時，忽覺劍有古怪之處。原來林諸星將劍送出之際，以自身之力將那殘劍也震斷了。她那勁道下得極巧，拖著半柄四分五裂的劍身而不使它潰散，直待劍已刺入他胸口之際，方才爆濺開來。

她這一劍如炸開來的炮仗，石還璧還不及回神，劍的碎片已在他體內四濺紛飛，他半個身子登時一片血肉模糊。他亦不知那些碎片射入何處、是否傷及臟腑，只是疼得說不出話來。

石還璧立時踏水而飛，連退十數尺遠。落水的林諸星撞破江面，如一條白龍出水，朝他撞去。石還璧

未料林諸星方才的疲態不過是裝腔作勢，不知她還有多少後手，自己又身負重傷，不敢貿進。他忍住劇痛，朗聲大笑道：「林諸星，今日是我大意，這一仗算我敗了！他日三寒之會，我必親上銀屏山候教！」說罷，竟踏江飛身遠去。

林諸星身上的傷不比他輕，亦無他那身踏水而行的功夫，自知絕追他不上，遂不再窮追不捨，退回承安所在的那艘小船上。舟子不待她發話，立時飛也似地將船往岸邊帶。林諸星忍耐著傷口，站在船頭遠眺，以防石還璧又調頭回來。

高手過招，承安連誰輸誰贏也看不明白，只知他二人如兩顆明星在空中交會，光采迸裂、火花四濺，雖然轉眼便錯開身，火花隨即覆滅，但那相撞時的餘溫猶在，熱辣辣燙得嚇人。

她也看不出林諸星現在究竟如何，一路上她泥雕偶塑一般立在船頭，彷彿一堵高牆護在承安身前。她的寶劍既已摧折，便暫借承安身上那把作戲用的劍，雪白穗花又回到主人身邊，迎風而盪，凜凜生威。

上岸後林諸星仍舊一語不發，直待回到下榻處，她才忽地嘔出一大口鮮血。承安看得渾身發寒，忙扶她床邊坐了，道：「林姑娘，妳傷得很重，我去為妳請大夫來吧！」實則這三更半夜，承安人生地不熟，又要上哪裡找大夫來呢？

林諸星擺一擺手，示意她不必：「無妨，這點傷還頂得住。」

承安這時才看見她整條左臂幾乎凍成了霜，林諸星身負重傷，已無力運氣化去堅冰，承安恐再下去會凍傷她的手，便道：「我去給妳打熱水來吧！」

林諸星沒有反對，承安便下去要了熱水，一下一下舀了淋在林諸星手臂上，不知多久才洗去她那一臂的冰雪。自始至終林諸星總是面無表情，承安也不知她究竟傷著了沒有。

林諸星又打坐運氣大半個時辰，終於緩過勁來，道：「今夜在此暫歇一宿，明日一早就回銀屏山。」

她見承安憂心重重，便道：「妳不必擔心，他傷得只怕比我還重，沒休養一陣子是不會再出手的。」

承安搖搖頭，問她：「妳呢？妳傷得重不重？若非妳也大損元氣，絕不會就這樣放他走吧！」

林諸星坦然道：「不錯，當時我也追不上他，沒能拿下他的人頭，這一戰算我落敗。」

「接下來妳打算怎麼辦？就此罷手了嗎？」

「不可能，他身上欠我棲霞太多血債，但凡我活著一日，就絕不與他干休。」

「可是這一次機會妳沒把握住，如今他已跑得遠了。」

「他還會再來。」林諸星斬釘截鐵道。

「何以見得？」

「他要的東西還在棲霞派。」

承安知她說的是信物百年身，面色一變：「你要放他上三寒會？」

「既然他已放話三寒會要再與我交手，我便大開山門，正好在諸多武林豪傑之前將他斬於劍下，以振我棲霞之威。」

「妳有把握能勝他？」

「不錯。」她說：「他在二十招內勝不了我。」

「那過了二十招呢？」

「他活不過二十招。」

承安見方才林諸星也不過與他平分秋色，並未占得上風，如何就能將話說得這麼篤定？林諸星那雙彷彿透明的灰眼卻熠熠生光，跳動著堅定的火焰，她說：「我只負責絆住他。」

霎時承安明白了她的意思——三寒之會上，棲霞派可不只她林諸星一人，她若能綁住石還璧二十招，那麼其他人便可從旁施襲圍殺，看來她是不惜一切也要取下石還璧項上人頭。承安雖非武林中人，卻也覺得此舉未免有失大家風範。

只是她看著林諸星眼中的光采，清澈無畏，她知道在林諸星心裡有一根堅毅不動的中軸，是支撐起她一切行動的準則、是令她無懼榮辱毀譽的堅強信念。那是一個母親為了護住孩子不惜一切犧牲的眼神——林諸星是棲霞派的母親，而她唯一的念頭就是要保護棲霞派。

可是，林諸星的作為卻是錯誤的。

「林姑娘，請聽我一句話，收手吧！」承安嘆道：「他是石清音的後人，妳們棲霞派所保管的百年身，本來就是他們石家的東西。」

林諸星遲疑片刻，望向她道：「是他告訴妳百年身的事？」

承安沒有回答她，只繼續勸道：「妳們扣留著百年身一點意義也沒有，因為那根本不是妳們想像的不死靈藥，只是一頭毒蟲！」

林諸星聞言立時面色一僵，承安見她神情有異，心底忽有個奇怪的猜測：「林姑娘，難道妳也見過百年身的真面目？」她見林諸星面有難色，忙道：「那妳更該相信我所說的話，百年身與我丹陽谷亦有極深的淵源，我很清楚那是什麼樣的東西。」

林諸星沉默半晌，方始道：「我知道妳說得不錯，但此事已無轉圜餘地。」

「為什麼？再這樣下去對誰都沒有好處！」

林諸星雙眼一閉，道：「棲霞派已經沒有百年身可以還給他了。」

天色漸明。

陸長生與陸梵天對坐了一宿，窗外的天色從晦暗到初曉，兩人都沒說上半句話。

陸梵天把她那火琉璃寶劍擦了又擦、擦了又擦，終於她看著漸透出蟹殼青的天際，再也耐不住沉默，對陸長生說：「你有什麼話就說！你自己不也同意由師姊保護承安嗎？現在又來我面前擺什麼臉色！」

陸長生這才緩緩開口：「信——」

「什麼？」

「妳們說的信，到底是怎麼回事？」

陸梵天過一會才明白他說的是什麼，她卻猶豫不知該不該說，就見陸長生面色陰鬱，道：「那殺手曾捎了信給妳們，是不是？」

陸梵天心知今日陸長生非要問個明白不可，索性把話說開：「不錯，那殺手曾給我們寫過信。」說著，入屋內取出一口鐵盒來。

盒上掛一把不相襯的大鎖，她揮動火琉璃劍，面無表情將鎖頭割了下來，只見銅盒裡頭整整齊齊疊了一沓淡青色的信箋。陸長生本以爲至多也就是一封，沒想到殺手竟寄了這麼多信來，臉色變得有些難看：「全都是他寄的？」

陸梵天頷首：「從去年冬天開始，到現在一共寄了二十四封。」說罷，又黯然道：「他既殺了三師姊，下一封警告信恐怕也該來了。」

陸長生翻著那些信箋來看，連著幾封幾乎都寫一模一樣的內容：「百年身乃我石家之物，務請完璧歸趙。」是極俊秀挺拔的一手小楷，信末都是署名石清音，叫他不由一陣毛骨悚然。

陸梵天厭煩似地說：「他後來只要殺一個人，就一定會寄一封信，像在提醒我們再不交出東西，就會有更多人犧牲一樣。」

陸長生連翻十數封後，發現信的內容起了變化。陸梵天應是依信寄來的順序收拾，最底下的一封是最早寄來的信。他把整疊信箋推散，取出壓在最底下的一封——只見那信雖未署名，但言語懇切有禮，信中詳述三派保管的信物百年身本是他石家所有，先祖遺願不論如何要將百年身歸於祖祠之中，故請棲霞派忍痛割愛，將百年身交還石家。

「回信呢？」陸長生顫聲問道：「妳們回了他什麼？」

陸梵天垂頭無言以對，陸長生又繼續讀信，棲霞派顯然將他置之不理，於是他的言語愈形激烈，最後甚至不惜放話：「若不交還百年身，必將棲霞踏爲平地。」

也是從這封信以後，信尾開始署名石清音，內容千篇一律只是要棲霞派歸還百年身，不斷反覆的字句彷彿惡咒一般，一筆一畫間都能看見他強烈的惡意。

百年之前，三派祖師所遇見的落難俠客便叫石清音，三派保管至今的信物百年身亦是他所託付，此人刻意留下他的名字，其中警告與責難的意味不言而喻。

陸長生質問陸梵天：「從這封信以後，他就開始殺人，是不是？」

陸梵天咬著下唇，幾乎要咬出一道血線來。陸長生道：「他不是無緣無故盯上棲霞派……他一直試圖和妳們對話，妳們卻完全不理會他，所以才演出後來這些慘劇，是不是？」

陸梵天道：「百年身對三派而言是何等至關重大的寶物，怎麼能隨便交給一個陌生人？」

陸長生不可置信地望著她：「這世上除了三派弟子以外，還有多少人知道石清音這個名字？妳們爲什麼不和他見上一面？若他眞是石大俠的後人，那麼百年身本來就該還給他。」

陸梵天道：「都是兩百多年前的事了，就算他是石家後人，又要怎麼去證明？」

陸長生道：「他能不能證明那是他的事，如何妳們卻連讓他證明的機會也不給？就算最初妳們將他視爲騙徒，事情都演變到今天這個地步了，妳們還是堅持己見？」

陸梵天似乎也無話可駁，別過臉去，嘆道：「長生，你不明白。」

「我不明白什麼？」

陸梵天卻只是煩躁地掐著指尖，陸長生不再說話，靜靜望著妹妹游移的眼神。半晌，他低聲道：「梵天，妳老實告訴我，是不是妳自己想獨吞百年身？」

陸梵天聞言面色劇變，回過頭來瞪他：「胡說！才沒有這回事！」

「據說，百年身的眞面目是長生不死藥……關於百年身的傳說，三派弟子多少都曉得，梵天，妳實話告訴哥哥，是不是妳自己想要長生不死，才拚命將百年身留在棲霞派？否則事已至此，妳爲什麼還……」

陸梵天蒼白著一張臉，死命搖頭。陸長生拉著她的手，哽咽道：「妳怎麼會相信那種事，世上怎麼可能有長生不死藥？梵天，妳醒一醒，値得爲那樣一個虛幻的神話賠上整個棲霞派嗎？」

陸梵天慌亂道：「不是這樣的！我……我不奢望什麼長生不死，我只是——」

陸長生勸道：「梵天，放手吧！現在懸崖勒馬，說不定還來得及。」

「來得及？」陸梵天聽了他這句話，忽然冷笑一聲，那雙明亮得火炬一樣的眼睛登時暗了，陸長生從未見過她這麼絕望的神情，說不出的心慌，只能拚命晃著她的肩頭喊她：「到底怎麼了？妳別不說話，告訴我啊！」

陸梵天猛一把摔開陸長生的手，尖叫道：「來不及了！來不及了！」邊大叫著已是淚流滿面，陸長生不知所措，只能僵在原處看她發狂。到後來陸梵天叫啞了嗓子，只剩面上一簾無聲的淚，陸長生這才怯怯問：「梵天，到底出了什麼事？」

陸梵天卻不回答他，垂頭抽著肩膀哭泣不止。陸長生不曾見妹妹哭得如此無助，想伸手碰一碰她，又不敢。那一刻他感到陸梵天離他好遠，他怕伸出了手，也碰不著。

陸梵天待在棲霞派那麼痛苦，他卻一無所知，或者正好相反，其實他比誰都清楚，棲霞派是多難待的地方，只是他一廂情願相信林諸星能保護他妹妹，他怕憶起妻子的死，於是自私地把她拋棄在這裡。

陸長生終於明白那一天爲什麼自己會折回頭去找承安，因爲在那個和梵天年紀相仿的女孩身上，他擅自投射了妹妹的影子，彷彿只要對承安好，就能彌補這麼多年來對梵天的不聞不問。

陸梵天哭了很久，直到後來再也掉不出一滴眼淚，只是睜著一雙眼看陸長生，一句話都不說，連求救的話也不知道怎麼說。

陸長生朝她一面笑，一面流下淚來，彷彿陸梵天流乾了眼淚，他就代替她哭。他彎下身來抱住她，說：「梵天，妳不要怕，都告訴哥，哥一定會幫妳……哥一定幫……」

陸梵天顫抖著回抱住陸長生，將腦袋埋進他懷中，說：「我不要你幫我……你幫不了我，沒有人幫得了我。」

然後她抬起頭，兩眼空洞地望著他：「來不及了……百年身已經毀了！」

「大師姊已經撐不下去了。」

直至陸梵天親自說出口，陸長生這才明白林諸星確已是強弩之末、油盡燈枯了。林諸星因天生帶來的疾患，自幼體弱多病，雖於武道上極是聰慧穎悟，然而出於先天的限制，她在體能上有著極大弱勢，最終能練起來的也只一路棲霞快劍——取其輕靈狠辣之長，只要能在最短時間內給對手致命一擊，便能避開她體力不足的致命弱點。

林諸星苦心孤詣，她的棲霞劍踏上了百年來無人能及的巔峰，便說她是當世第一劍，恐怕也無人敢有異議。眾人雖不說，心裡都是屬意她能盡快取代妙音子，接下棲霞掌門之位，也唯有她，能將棲霞派帶上另一個高峰。

其中，最熱心於此的莫過於陸梵天。

她在棲霞派處處受人孤立，唯有傳劍予她的林諸星對她友善親愛，對她優秀的表現從不吝讚賞。對陸梵天而言，林諸星既如嚴師，又似慈母，更隱隱約約重疊上兄長陸長生的影子。對彷彿一艘孤舟的陸梵天而言，林諸星就是她眼前唯一的明燈。

妙音子對掌門之位已無戀棧，擺明了怎麼樣都好的態度，餘下的七劍也對林諸星極是敬重，並不反對由她接任。然而，林諸星卻遲遲不肯接下掌門一職，只因她認爲自己時日無多，不如將這個位置傳給更年輕適合的人選。

自然，承她衣缽的陸梵天便是不二人選。

然而棲霞派中除林諸星外，根本沒有人站在陸梵天這一邊，由她接任掌門一說自是引起激烈反對，不說別的，就是陸梵天自己也絕不願玷汙了這在她心中只能屬於大師姊的位置。

此事在棲霞派裡鬧了一兩年，就在這段期間，林諸星也開始頻繁發病，幾乎到了纏綿病榻的地步，只有很少的時間能保持意志清醒。陸梵天在她身邊寸步不離地服侍，每每在林諸星沉沉睡去後，陸梵天便一人找個角落哭得泣不成聲。

她知道，林諸星病得快要死了。

而就在此時，上天給了她一個轉機。

轉眼已屆三寒會的二十年之約，陸梵天這才想起棲霞派內還保管著百年身。

眾人平日雖不好公然討論，私底下或多或少風言風語。更不必說她還待在青竹派時，也在那裡聽過一樣的傳聞——據說，百年身的眞面目是長生不死藥。

陸梵天當時只覺得這是上天賜給她的一份大禮，是上天對她這十幾年來折磨的補償，她想，只要讓林諸星服下百年身，就能挽救她的性命。

然而，她眼中看見的只有不死，卻根本沒想過擁有長生之後會帶來怎樣的後果。

她將這個想法告訴其餘師姊，她們雖也想救林諸星的命，然而畢竟此舉已近欺師滅祖的地步，眾人或者猶豫、或者躍躍欲試，意見分歧。

其中二師姊朱寒衣性格保守，大力反對；三師姊呂飛煙自來無拘無束慣了，並不覺得碰一碰百年身就是什麼罪大惡極的事；四師姊葉澄爲人謹愼，並不表態，而五、六岳詩瑩和吳箏雖遲疑反覆，終究還是較偏袒林諸星那一邊。

朱寒衣敵不過眾人的壓力，只得交出韶華殿的鑰匙——妙音子早將自己那一份也交在她手上。而陸梵天每日就在林諸星身邊服侍，自然輕而易舉便將她的鑰匙偷到手，再加上她自己手中那一把，打開韶華殿後殿的鑰匙就全部齊備了。

那一日除她們六人之外，還有一些與她們平日較親近的弟子一齊聚於後殿。她們取出裝著百年身的金盒，但對百年身是什麼東西根本毫無概念，也不曾見過晶簾交接的儀式，只是一群人圍著小盒子，既興奮又期待地開了鎖，終於見到那傳聞中三派輪轉了百餘年的珍貴寶物——

在盒子裡，裝著一尾金色的小蟲，牠一動也不動，好似正沉沉熟睡著。

眾人皆是面面相覷，怎樣也不明白長生不死藥如何會變成了一隻蟲子，更不明白三派這百餘年來守著這麼一隻蟲子做什麼。

隨即各種猜測奇想繞著那金色小蟲展開來，甚至有人懷疑是不是百年身早被動了手腳、偷天換日。一時眾人莫衷一是，七劍也手足無措，不知如何是好。

誰知就在這時，那盒中的小蟲突然輕輕顫了一下。

金影閃了一閃，百年身眨眼就消失了。

最先注意到百年身不見了的是朱寒衣，她本來一直盯著盒子裡的小金蟲看，豈料只是一瞬間的走神，再看時小金蟲已不見了身影。

她驚呼道：「百、百年身呢？怎麼不見了？」眾人望向那空空如也的盒子，俱是大驚失色。

這時，不知何處傳來了嗡嗡的震動聲。

那聲音又重、又輕，分明只是很小的響動，眾人卻大氣也不敢出一下，因此那聲音便顯得格外響亮。

朱寒衣似乎離那聲音最近，故聽來特別清楚，她左顧右盼張望，直叫著：「在哪裡？在哪裡？」忽然，一陣金影從她眼前掠過，隨即她頸邊一涼，一股說不出的痲癢感鑽遍全身。

不出片刻，朱寒衣便身子一癱，朝桌邊直直倒下，桌角磕破她的額頭，汩汩鮮血沾濕她的眉眼。

陸梵天驚叫道：「師姊！」彎身忙要去扶，誰知才一伸手，就見朱寒衣額角流下的鮮血泛黑，面色漸漸浮出一層青紫色的黑氣來。她嚇得猛縮回了手，朱寒衣身子一傾，倒在地上已斷了氣。

這一場激變來得猝不及防，眾人根本還不明白發生了什麼事，全都僵在原處動彈不得。這時，那彷彿喪鐘一樣的振翅聲再次嗡嗡響起，不到片刻之間，又是一人倒下。

這時她們終於懂了——奪去這兩條性命的便是沉眠百年、卻被她們驚擾而起的百年身。

然而此時要收手已嫌太遲，那百年身形體極小、速度又極快，根本防不勝防，轉眼間眾弟子一個接一個癱倒在地，韶華殿後頓成修羅煉獄。

陸梵天定在原處，腳底下彷彿生了根，她腦中一片空白，逃也不是、不逃也不是，根本不知該做什麼。這裡面只有岳詩瑩一個人還清醒著，很快回神過來，將平日納在袖裡的天機銀針全都扣在手中，當她見到金影一動的瞬間，立時將銀針滿天花雨般地撒了出去。

她心中恐懼驚惶不比其他人少，因此也顧不得準頭，只是一古腦地全朝那金影扔去，只能說上天還沒有要將她棲霞滅絕之意，萬幸岳詩瑩一發中的，十二根銀針中，有一根射中了百年身。

韶華殿內一片死寂，所有人都只是一動不動盯著滿地銀針，隔了很久，始終不再聽見振翅之聲後，陸梵天才嚥了口口水，拖動步子前往察看。

那小小的百年身被岳詩瑩的天機銀針釘在地上，似乎沒撲騰幾下便死了。牠身上不知帶了什麼劇毒，岳詩瑩的銀針如被浸入墨池之中，竟染得如鴉羽一般。

她俯下身，看百年身那小小的金翅薄如蟬翼，兩翼接處被銀針斷作兩截，轉眼間那輕紗般的翅膀便垮了下來，如冰晶一般碎裂了。

她們處理掉了百年身的屍體，在那之後皆是茫然若失，完全不知如何對外交代。七劍折了一個朱寒衣，再算上其他罹難的弟子，棲霞派一共死了七個人給那百年身陪葬。

更慘的是，她們毀去了百年身，明年初夏的三寒會又要拿什麼出來？

她們無計可施，也知道不可能瞞得過去，只好向妙音子與林諸星全部吐實。妙音子一聽說朱寒衣也在這場胡鬧中賠上性命，如遭雷轟電掣，哭得撕心裂肺、肝腸寸斷。妙音子既無力處理這件事，生殺大權便落到林諸星手上，眾師叔伯們都嚷著要將她們全部以叛教門規處置。

林諸星雖同樣雷霆大怒，但她既知這些師妹犯下滔天大罪的動機原是爲了自己，無論如何也不忍心嚴厲懲處，只是必然要有一個人出來爲此事負責。

對於誰該出來做擔罪的替死鬼，眾人倒是有志一同——該出來謝罪的只有一人，那就是陸梵天。本來就是她慫恿大家打開百年身，她出來替死，死得倒也不冤。

陸梵天深知眾人嫌她厭她，卻不意竟對她殘酷無情到了這個地步。她知道她確實該負責，但就是不甘心眾人將她推上火線，自己卻閃身避掉一身腥。

當初說要打開百年身，另外五個人全部都是同意的，就是將她送上三寒會處刑又怎麼樣？該交給青竹派的百年身一樣交不出來！難道把責任全部推給她，事情就能解決了嗎？

於是她提出了「三寒比武」的辦法，棲霞這代的弟子極是出類拔萃，遠勝青竹、隱松二派，她們只需編個冠冕堂皇的理由，將信物輪轉的方式，從屆期之約，改爲比武取勝，便有機會將百年身扣在棲霞派。

只要不把百年身交出去，就不會有人知道她們毀去了百年身。

反正三寒會二十年才辦一次，只要能留住百年身二十年、四十年，很快的，除了棲霞派以外就不會再有人知道百年身的眞面目，屆時棲霞就能從中徹底解脫了。

或許眾人被恐懼沖昏頭，一時也沒仔細思考她的方法到底有多少可行性，竟被她說動，打算就這樣蠻幹下去。

林諸星本來就偏袒陸梵天，又憐恤她的初衷也是爲了替自己續命，便決心爲她將這重任扛到底。

她既允了陸梵天三寒比武的辦法，自然就是願成爲這場比武大會上、棲霞派的一堵鐵壁銅牆。

眾師姊妹見林諸星願出面鎭場，更是信心大增。若有林諸星在，便是天下武林都來踢棲霞的館，她們也無所畏懼。

只是事情從來不如預想發展得順利，她們強占百年身的行爲引起武林公憤，說既是比武留物，那麼誰都能參加，於是她們的敵人不再只限青竹、隱松兩派，而是擴大成整片武林。

然而最慘的還是那連環殺手的現身——棲霞派上天下地，始終找不出他半點身家行跡，對他的神出鬼沒束手無策，不但平白賠上幾十個弟子的性命，更是重挫棲霞威名。在這危急存亡之秋，若棲霞連最後一點威嚴也留不住，還要怎麼面對三寒會上來踢館的人？

只是事已至此，棲霞已經無法回頭了。

陸長生聽陸梵天說完前因後果，只覺渾身血液冰涼，總算明白她的絕望從何而起。

「梵天，說實話吧……」陸長生顫聲道：「不要再硬撐下去了，老實將百年身已毀的事向大家坦承，或者還有機會取得原諒。就算妳們有林諸星在，但妳們要面對的不只是青竹、隱松，而是天下武林的公憤討伐啊！就是捱過了這一劫，將來又如何呢？」

陸梵天哭道：「我又何嘗不想，若能收手，早就收手了！可是現在全天下都知道棲霞派強占信物，青竹、隱松更認定我們想獨吞不死藥，就算這時出面說百年身被我們錯手毀掉，又有誰會相信？」

陸長生知她所言不虛，現在棲霞派就是出來跟大家認錯，眾人也只會當那是因她們見天下群起而攻之，知道來硬的不行，故轉了個彎放軟身段，編個故事愚弄眾人。

如今天下武林已齊聚臨邛，就等著三寒會看這場好戲，順便沾點好處。縱是林諸星有天降神兵之威，難道她能把這各門各派的人全都殺盡？今日棲霞派若是拿不出百年身來，恐怕還不知如何善了，而這當中首罪之人，無疑就是他妹妹陸梵天。

陸長生心中亂極反倒靜了下來，若連他也不救陸梵天，還有誰能救陸梵天？一時他腦中掠過無數念頭，只想著要讓棲霞派在三寒會上順利過關。他一生沒爲陸梵天做過什麼，至少在這一刻，他要替陸梵天擋掉這場風雨。

他沉吟片刻，心中忽有了一個盤算。他扶住陸梵天肩頭，溫聲道：「梵天，妳不要怕，這件事情我有辦法解決。」

陸梵天說：「你不必騙我，棲霞派都把事情鬧到這個地步了，你還能有什麼辦法呢？」

陸長生卻沒多說什麼，只微笑道：「妳不必擔心那麼多，這件事全部交給哥就是了。」

陸梵天愣愣望著他，隨後哽咽說：「你不必……」一句話沒說全便落下眼淚，哭著哭著又笑了起來。

那一刻陸梵天忽然打心底感到解脫。她知道陸長生不會有任何好辦法，她也不要陸長生幫她——陸長生幫不了她，但陸長生的承諾卻叫她無比心安。就好像回到母親溫柔懷抱中的嬰孩一樣無憂無慮，所有的無助與恐懼都雲散煙消，她知道一切風風雨雨陸長生都會爲她擋。

她獨來獨往慣了，就像大海裡飄搖的一葉孤舟，不論怎樣的大風大浪都一個人咬著牙扛。林諸星是她的明燈，卻不是與她同舟共濟的人。

而如今陸長生跳到她的船上，一把爲她接過了那她再也划不動的槳、再也揚不起的帆——

她想：得救了。

縱然一起沉沒也無所謂，至少不再是一個人了。

林諸星負傷而歸。

沒有人敢問在臨邛發生了什麼，林諸星非但沒有帶回殺手的項上人頭，自己還帶了一身傷回來。她回銀屏山時，離三寒會已不過數日之期。棲霞派若無林諸星坐鎮，實也不敢貿然面對天下武林的來勢洶洶，準備延期三寒會。

誰知林諸星一回來，便風風火火地命人開了棲霞派所有封閉的大門，迎各路江湖豪傑上銀屏山。

本來棲霞自知難敵天下圍攻，只準備放隱松、青竹二派上山，至少表面維持住三寒會正統。一些玄門正宗若自恃身分，不願落個越俎代庖的惡名，或者便不會強行介入。剩下仍想硬闖的，只好能擋則擋。

林諸星原也同意這個做法，自臨邛歸來後卻大反其道而行。

棲霞派內只有眠鶴樓、湘妃閣兩處建物是爲招待隱松、青竹弟子之用。林諸星命眾弟子全部搬至最深院韶華殿與紫荊堂之間暫住，至於她們本來的房間則全部挪作客室。不僅如此，她還命人在棲霞派外圍連夜加蓋涼棚，供訪客暫棲。

眾人雖隱約知道林諸星與那殺手對陣失利，卻也不敢多問，只是看她彷彿瘋了一般大刀闊斧，極盡鋪張地辦起三寒會，心裡都非常不安。

林諸星病了近兩年，幾乎已到沉痾難起。兩年內棲霞派裡由陸梵天與葉澄分掌大權，兩人作風南轅北轍，總是葉澄盡量忍讓，然而棲霞派仍陷入一股扭曲窒鬱的氣氛中，不得一日安寧。

在百年身出事之後，林諸星爲安撫眾人不得不勉強打起精神，重新做起棲霞派的主宰。然而她已無力勞心費神，因此一切瑣事細目仍由其他師妹裁決，只要不需要她出面的事，她便盡可能不干預。

但她從臨邛回來之後一切都變了樣，那反常熱切的舉動讓人說不出的害怕，只覺得她好似一盞暴起燃燒的短燭，要把自己最後一點光采都燒盡，只待三寒會一落幕，便燒得連餘灰也不剩。

這段期間，林諸星只見了陸長生一人。

陸長生再見到林諸星時，她坐在流雲堂最上首，單手支頤，星眸半閉，蒼白的肌膚彷彿水晶般，一碰就要碎。林諸星的衰弱顯而易見，只隔幾日，她彷彿忽然失去所有力量，只剩眼底最後一道瘋狂的火焰在燃燒。

陸長生知道林諸星是整個棲霞派的主心骨，只要她還撐著一日，就絕不會讓棲霞派倒下，可是如今的林諸星也是副空架子，恐怕再幾陣狂風刮來就要倒了。

陸長生先打破了沉默：「承安——」

林諸星道：「李姑娘很好，毫髮未傷。」

「那林師姊妳呢？」

林諸星只是搖一搖頭，沒回答。陸長生道：「棲霞派沒有人敢問，那便由我來。妳見到那殺手了吧？」林諸星頷首，陸長生又道：「妳恐怕傷得不輕？」

林諸星冷冷回道：「陸少俠非要見我不可，大概不是只爲此事吧？」

陸長生也不客套，直言道：「妳與他交過手，自問比之如何？若他上三寒會，妳能攔得住他不能？若不能，妳又要置棲霞眾師姊妹性命於何處？」

林諸星道：「這卻不勞費心。」

陸長生道：「梵天將百年身的事都告訴我了。」

林諸星聞言沉默下來，沒有多置一詞。陸長生一反適才咄咄逼人，朝她低頭道：「一切皆是舍妹之過，該由她負起全責。」

這時他才看見林諸星那嚴霜般的目光動了一動，她垂下眼，道：「此亦非梵天之錯，她只是年少心急，又過度擔憂我的病況。」她頓了一下，說：「眞要說錯的話，是我的錯。」

陸長生嘆道：「不論梵天犯下這滔天大罪的初衷，畢竟一切是她惹出來的事。她毀去三派信物百年身，此罪萬死難償。莫說青竹隱松，就連棲霞派都不該私縱她，只是我畢竟是她親哥哥，不論怎樣都捨不得見她——」

林諸星只當他是要求自己護陸梵天周全，便打斷道：「你且放心，百年身之事我會負責到底，只要我林諸星還有一口氣在，就絕不叫梵天出來扛罪頂死。」

陸長生卻道：「不，我是她哥哥，這件事情由我來負責。」

林諸星不明白他的意思，陸長生朝她走近幾步，沉聲道：「我有辦法，能讓棲霞免去這場大劫。」

林諸星不答，陸長生知她不信，便道：「我知道妳只當我誇口，這也無妨。三寒會且如常舉辦，不必受我影響……只是我想請林師姊答應我一件事。」

林諸星道：「你且說，我自會盡我所能。」

陸長生道：「若我能讓棲霞免於此劫，請林師姊答應我，不再追究被承安連累的那幾條性命，只要妳肯開口，我想葉師姊她們應不致為難。」林諸星遲疑片刻，正要說話，陸長生已朝她深深一拜：「請妳答應我，好好照顧她的餘生。」

當他抬起頭時，眼神無比堅定清澈，彷彿天下之大，竟無一事能令他感到畏懼。

林諸星看著他星辰般明亮的目光，沉吟道：「我不明白你的意思。」說著閉上雙眼：「我未必就保得住棲霞派，你若不放心李承安，便帶她走吧！」

陸長生笑嘆一聲：「替我向承安說聲抱歉，可惜我終究是梵天的哥哥，終究選擇留下來保護梵天。」

林諸星只覺他言中有些不祥之意，還想說些什麼，陸長生卻已轉身去了。

陸長生一出流雲堂，便被承安攔個正著。

陸長生見了他，忽現哀愁之色。他不自覺伸手碰了碰她面頰，嘆道：「承安……妳沒事眞好。」

承安追問他：「你進去找林諸星說了什麼？」

陸長生道：「沒什麼，只是請她不要追究先前的事，將來好好照顧妳。」

承安卻說：「不必。你也不要留在棲霞派了，現在就去找梵天，和她離開這裡吧！」

陸長生詫異道：「怎麼回事？」

承安沒頭沒腦地說：「那殺手叫石還璧，是你們三派之祖石清音的後人。」

陸長生先是一愣，方道：「妳親眼見到他了？」他心裡雖早覺得兩人必曾和殺手交鋒，畢竟林諸星不願談論隻字片語，因此他也無從得知實情。

陸長生問：「果然林諸星不敵他？」

承安長嘆一聲，道：「不單是這個問題，棲霞派在情理上也站不住腳。我已勸過林諸星，百年身本來就是石家的東西，她既堅持不肯歸還，這就坐實了石還璧所說的巧取豪奪。他一定會來三寒會，屆時就不是三寒會之爭，而是棲霞派和石家之間的你死我活。」

「是林諸星告訴妳百年身的事？」

承安不答，他又問：「或是那石家……果然與你們丹陽派有關係嗎？」

承安靜靜望著他，忽然她問：「長生，你知道百年身是什麼東西嗎？」

陸長生遲疑片刻，始終不敢說出一個定論。良久，方躊躇道：「長生……不死藥？」

兩人繞過長廊，承安將他拉到一邊靜僻處，道：「丹陽派的開山祖師本名叫石嘆鳳，道號丹陽子……」說到這裡，她渾身僵了一僵，彷彿感到很難受似地，她閉上了雙眼：「百年身便是丹陽子造出的毒蠱。」

陸長生一愣：「百年身是你們丹陽派的東西？但石清音——」

承安搖頭道：「石清音只是帶百年身逃亡，但百年身並非由他所造。石清音的父親本名石一歸，道號出塵子，正是丹陽子的兄長。這對兄弟出身南疆，皆是方術之士，精於養蠱煉丹之道。丹陽子愛與出塵子一較長短，造出百年身的初衷，也是爲了看誰能先做出眞正的不死藥來。後來變亂突生，出塵子身死，清音帶著百年身出逃，再後來他大概就遇上你們三派的祖師，爲了躲避追兵，將百年身託付給三人。」

「那百年身眞正的主人丹陽子呢？」

承安垂下眼來，細聲道：「丹陽子逃入深山大谷之中，自此開創了丹陽派。他們石家武學本都來自出塵子與丹陽子兄弟二人，自然石還璧的功夫與丹陽派是同一個脈絡。」

陸長生怪道：「既然百年身是你們祖師丹陽子之物，如何不是你們想將百年身送回丹陽派，告慰丹陽子在天之靈，反倒是出塵子的後人不擇手段也要奪回百年身呢？」

承安冷冷道：「因爲丹陽子根本不希罕百年身。」

說到這裡，她忽然悲哀地笑了：「丹陽子逃入深谷之後，一心只以煉出長生不死藥爲念，對外頭發生了什麼事，根本不管不顧。他以巫蠱道術控制弟子，讓他們不能輕易離開谷底，在他身死後數百年間，丹陽派仍被關在那不見天日之地，只爲完成他一人的遺願。」

陸長生聞言，不由感到疑惑：「煉出不死藥？他不是已經成功做出百年身了嗎？」

承安搖頭道：「可是百年身並非不死藥啊！」

陸長生面色一變：「不是不死藥？」

他待在青竹派內近二十年，雖從不敢相信世上眞有不死藥的存在，這一刻仍不由生出幻滅之感。他想：如果百年身根本不是不死藥，那棲霞派到底爲了什麼而犧牲？

「不錯，百年身並非不死藥，而是不老藥。」

「不老藥？」

「長生，你明白不老和不死的區別嗎？丹陽子做出來的東西只能帶給人華年外貌、容顏不老，可是仍逃不過傷病疾疫之災。何況丹陽子愚昧之至，他的百年身雖能帶來不老之身，事實上卻全無用武之地。」

「全無用武之地……爲什麼？」

「因百年身乃極凶惡猛毒的一尾金羽毒蟲，誰讓牠輕輕碰上一下都是必死無疑……連碰也碰不得，還要怎麼得到不老之身？就連丹陽子亦曾自諷他造出的百年身不過是永生之毒罷了。」

陸長生聽她對百年身的描述與陸梵天幾無二致，不由打從心底毛骨悚然：「怎麼可能，這世上眞的有不老藥嗎？」

承安冷聲道：「不但不老藥存在，就連不死藥也存在。」

陸長生驚呼一聲，承安道：「丹陽子造百年身的目的，就是要和兄長出塵子一分高下，然而百年身只是失敗的作品，雖能帶來不老之身，但沾身即死，根本沒有實際用處。」

「那麼出塵子呢……在這場競爭中，出塵子最終做出了什麼？」

「在這場競爭中，出塵子取得了完全的勝利，他的才能遠高過丹陽子，他做出了眞正的不死藥……」言及此，承安忽掩面悲鳴道：「也就是我丹陽派百年來心心念念、不斷追求再現的靈蟲——不死鳥，那才是眞正的不死藥！」

說罷，她向陸長生道：「你不明白，棲霞派已經沒有百年身可以還給石還璧了，這場三寒會棲霞派恐怕難以收拾，你還是快隨我走吧！」

「不，我知道棲霞派已毀了百年身。」陸長生卻斷然拒絕道：「所以我才要留下來。」

十四、三寒會

IMMORTAL BIRD

IMMORTAL BIRD

三寒會如期舉行。

算上青竹、隱松二派，除少林不願干預他人家事之外，江湖上有頭有臉的共來了二十四派，僅此人數便已超過三、四百人眾，更不必說算上其他零散的小門小派、還有想來沾點油水的三教九流。銀屏山一時被擠得水洩不通，裡裡外外都是黑鴉鴉的一片。

正殿外堂沉霞廳自然容不下這麼多人，三百多人的比武也不知從何比起，於是大多數人被請至殿外各處院舍、涼棚稍歇，僅青竹、隱松二派在廳內尚有席位。

這幾日來江湖上風風雨雨謠傳甚多，有說林諸星已然身死的，也有說棲霞終究不敵千夫所指，決定將三寒會直接取消的。莫衷一是，上山來的眾人心裡也沒個底。

然而棲霞派內卻對這些謠傳置若罔聞，照舊操持會務，款待一絲不亂，如有惡意滋事，亦是毫不容情，並不受半點影響。

至正午時，大會總算要正式開始，群情逐漸鼓譟起來。

青竹掌門何劍膽這次上山共帶了二十人，除與他同輩的幾位師兄弟外，其餘皆是座下最優秀的弟子，可說一門精銳盡出。隱松派掌門張並守卻不以爲然，只帶四名親信子弟，舉重若輕，態度從容。雖同是三寒之盟，對棲霞青竹之爭卻隔岸觀火，似乎既無相爭、亦無相幫之意。

何劍膽憤恨不平，直說隱松今日既如此無情，他日也不必指望青竹待他仍有兄弟之義。三寒之盟，轉眼已是分崩離析。

至午時，四名紅衣棲霞弟子推著交接用的晶匣出來，另一邊幾個衣飾華貴的女郎從內堂走出，當中簇擁著一位白衣女子，一頭銀色長髮披霜蓋雪，眼珠的顏色很淡，猛一瞥幾乎分不清是藍是灰。她逕直走上階梯，甚至沒回望武林群豪一眼。

那就是林諸星。

當年曾在太白山上見識過她暴風雪之威的人都隱隱感到恐懼，其餘人更多則是覺得震驚——誰能料到名動天下的棲霞之首林諸星竟是個白子。

林諸星坐在最上首處，一身白衣勝雪，睥睨群豪，面無表情。

眾人見了她的眞貌，本來還有些竊竊私語，但在她那凜凜威嚴之前皆不由膽寒，一時堂上竟鴉雀無聲。她就是棲霞最高的一堵牆，只要她還擋在前頭，彷彿任何風雨都不能撼動棲霞分毫。

過了一會似已諸事齊備，眾人見由始至終只有七劍現身，不見半個掌門一輩的師叔伯，心裡都暗道江湖傳聞所言非虛——須知妙音子還未歸天，棲霞派最大的位置竟是由林諸星坐在上頭，人說棲霞二代弟子坐大，自己門中尚不知綱常，更不必談對江湖還存什麼道義了。

底下眾人序齒排班，依身分妥善排了位次，其中青竹乃此會上賓，故坐右邊上首處。

何劍膽見她們推了交接用的晶匣出來，冷笑一聲，朗聲道：「林掌門這是要傳交信物的意思了？」他那「掌門」二字咬得特別用力，言語中刻薄之意十分明顯。林諸星卻絲毫不以爲意，站起身來，平靜道：「棲霞已有明言，今日比武留物，勝者得之。」又從腰間拔劍，劍光如迴風流雪，她將長劍遞出，道：「今日誰能過我林諸星手中這一柄劍，百年身便歸他。」

此話一出，底下自是一片譁然。須知多年以來三派皆以「信物」二字諱稱他們保管之物，三派弟子雖或曾有耳聞，但也從不在公開場合上如此指陳其名。

眾人聽她說信物叫百年身，與近日江湖流傳，說三派信物是不死藥的風聞連結起來，竟好似那謠言非空穴來風，不由都有些興奮起來。

何劍膽見她態度狂傲，心裡既覺氣憤，又有幾分恐懼。雖然林諸星的傳聞很多，有說她纏綿病榻的，亦有說她已武功盡失的，但十六年前他曾親見識過林諸星劍飛白雪的恐怖，那一夜，蒼茫雪地盡染成血紅地獄，何劍膽至今仍難以忘懷。

一時堂中雖私語細細，卻不見有人上來打頭陣。不知過了多久，才終於有一人叫道：「林掌門，只要勝過妳，不論是誰來比武都行吧！」說完，只見一個黑黑瘦瘦小老頭一躍而出，身上掛了密密麻麻的金屬小瓶子，一跳出來，便滿身叮鈴鈴地響。

葉澄看陸梵天一眼，朝身邊吳箏低聲道：「是梨山九盟的人，這些傢伙最擅長旁門左道、鬼蜮伎倆。」

吳箏冷笑：「派惹上他們的人自己來解決？」

葉澄搖頭道：「這倒不必。」

只聽那人嘿嘿笑道：「我雖非青竹派，但若能在林掌門手下留得性命，那麼您可是一言既出、駟馬難追，讓這百年身歸我小老兒啦！」本來規則是要勝過林諸星方可，他卻刻意歪曲，擅自改作只要不死在林諸星手下便行。

林諸星甚至看也不看向他一眼，那人道：「林掌門，得罪啦！」說著便朝她躍去。

林諸星動也不動，其餘隨侍在側的弟子們也面無表情，不做任何舉措，只有護送晶匣的弟子暫時推著晶匣退到一邊。

那人躍到階前只差林諸星幾步時，忽然雙手一掐，不知何時肉掌變成一雙鐵爪，朝林諸星面上猛撲而去。年輕的弟子不曉得林諸星的厲害，幾乎要驚叫出聲，只怕百年身被不知哪裡冒出來的人捷足先登了。

何劍膽見有身邊弟子也有些躁動，沉聲喝道：「不要輕舉妄動，好好看著林諸星。」

他這麼說，便是要他們見識見識林諸星是什麼樣的人物。

然而他的盤算畢竟落了空，林諸星根本不需要親自動手。只見那人躍到林諸星面前，忽然雙手朝內一縮，足下發力，一個打滾朝空撒出漫天煙霧。一時階前大霧朦朧，左近許多棲霞弟子都猛咳了起來，那人身影蜷縮在霧中，轉眼便消失了蹤影。

半晌，那鬼影忽又暴突而出，當眞防不勝防。眼見他的鬼爪只差林諸星數寸時，忽然一道亮光晃了一晃，眾人在大霧裡看不眞，只隱約察覺那人縮著的雙腳鬆了一鬆。慢慢霧散開來，那人維持著雙手向前撲抓的姿態直接墜下，只聽鏗的一聲，他手上套的鐵製鬼爪已斷成十數截——連著他的肉掌。

不過片刻，那人便身形扭曲地趴倒在地，身下一片血紅。

眾人先是震驚，再是一股說不出的憤怒。姑且不論此人是誰，今日說定比武切磋，不過分出勝敗即可，如何一動手便如此殘酷殺人？

果然聽底下有人叫嚣道：「棲霞派擺明了不見血不干休？」

又有人鼓譟道：「如此殘虐冷酷，算得上什麼名門正宗？」

岳詩瑩面不改色，還劍入鞘，方才正是她一劍收拾了鬼爪老怪的性命，她似乎渾不以爲意，仍以輕快的語氣道：「本來不必殺的，但他說要是他能留得性命，百年身就要歸他，我不得已，只得動手。」

吳箏大笑道：「諸位這時倒要做正人君子了？」又道：「聯軍圍討、越俎代庖管我三派家事，還不是想著雁過拔毛？名門正宗？你們也好拿這四個字來教訓我們？」

岳詩瑩晃了一晃才還鞘的劍，滑出小半截劍身，隨意笑道：「若有不服，上來挑戰便是。」

眾人見了她的劍身又是一陣戰慄——她的動作極快，方才在鬼爪老怪身上連下數刀，劍上血槽竟連一滴血沫也沒有沾上。

何劍膽平日最偏愛的弟子叫盧鎮東，素來心直口快，最是急公好義，他見岳、吳二人姿態高傲，一時按不下這口氣，便向前長踏一步，抱拳揖道：「既如此，青竹派盧鎮東不才，想求林姑娘賜教。」說罷雙劍出鞘，兩道銀光如行雲流水，他身姿高瘦挺拔，宛如一樹修竹，極是優美。底下的人不由暗讚畢竟是名門高弟，江湖上多稱隱松、青竹遠遠不比棲霞之威，或許因此叫人小瞧了青竹也不一定。

何劍膽暗叫不好，卻沒來得及攔住他，但這時若叫他退下，又未免有損青竹威名。

何琴心亦知兄長心意，先喝道：「鎮東，誰准你擅自出陣了，還不快退下！」只求還能力挽狂瀾，莫叫他平白送了性命。

誰知才剛說完，忽然便一道黃色的影子狂風般閃過。

岳詩瑩劍還未收，那影子便先一躍而出。她動得極快，卻沒帶起半點風聲，只能看見兩道湖藍色的衣帶在空中一掠，好似孔雀的尾羽一般，襯著鵝黃衣衫格外醒目。盧鎮東「喝」地一聲雙劍疾出，忽覺右手一輕，不知何時，其中一劍已被對方洶洶來勢打飛了出去。

盧鎮東不及回神，那人一腳踢中他胸口，將他狠狠掃飛到廳門邊。他只覺胸口窒鬱，疼得連哀號聲也發不出來。

岳詩瑩偏著腦袋，笑說：「箏箏，妳今天倒勤快？」

吳箏一腳踩著盧鎮東的寶劍，一邊朝他冷笑道：「就憑你，也想求我師姊賜教？」

她此舉當眞冒犯之至，眾人見了面色都是一變。何劍膽漲紫一張臉，直瞪著林諸星看，林諸星卻只是冷眼看著場內，不置一詞。

看來棲霞派今日是破釜沉舟，沒有要留半點情面的意思。

這時葉澄環視眾人，朗聲道：「這裡這麼多人，總不能叫三寒會連開上七天七夜吧？也不必照資歷輩分了，你們直接派門裡最有本事的上來吧！」

說罷，她眼神冷冷往青竹派掃去。

青竹眾人面面相覷，他們很清楚盧鎮東絕非庸手，雖說吳箏突然發難叫他猝不及防，可也不該到被她一招重挫的地步。其他幾名弟子忙去扶了盧鎮東下場，所幸棲霞派這回倒眞是點到爲止，並未取他性命。

何琴心深知今日青竹本來就毫無勝算，但也未料到棲霞派竟能如此不顧情面，吳箏與岳詩瑩分明下手過重，林諸星卻無半分阻攔之意。大概棲霞爲振聲威，今日是絕不會手下留情的。他見眾弟子皆頗不忿，恐怕有人一時衝動上去送死，忙嚇阻道：「不要輕舉妄動。」

一時大堂中又是一片死寂，棲霞弟子見眾人不敢擅動，面上皆有些輕蔑笑意。眾人雖是憤恨，但見她們凌厲狠辣，仍舊不敢有什麼動作。

葉澄微微一笑，朝何劍膽道：「何掌門，既無人想來比試，那麼就由青竹派——」

這時，忽聽有人打斷道：「我來一試，請葉姑娘賜教。」話音一落，便見人群中走出一青衣道士來。眾人認得是崆峒派飛光子，若以輩分來算，他或許還高上妙音子一輩。葉澄亦不敢托大，只凝神盯著飛光道長，一揖道：「既如此，多謝飛光道長指點。」

飛光道長從腰間解下劍來，遞給身後弟子，道：「老道不學無術，劍上造詣遠不及葉姑娘，只好以這雙肉掌爲劍，還望葉姑娘不要見笑。」

本來崆峒派之強項便不在劍術，而在其一套出神入化的拳法「一葉春」。他出此言分明是要逼葉澄也棄劍，僅以拳風掌力與他相搏。然而棲霞本以劍術起家，若論拳掌遠不及崆峒，以他年紀輩分，此舉無異小兒耍賴。

吳箏譏諷道：「飛光道長眞是好興致。原來您這把年紀還活不夠，眞想湊個『百年身』？」

眾人知道崆峒也未見得有意要取下百年身，不過是想先拿下一城，削去林諸星左右臂，甚至說得上是爲青竹派鋪路，早已暗暗欽服。飛光道長逼葉澄棄劍，雖未免有失氣度，但眾人聽吳箏如此出言不遜，心中自然更傾向崆峒一邊，竟無人要爲棲霞說句公道話。

葉澄瞇著眼打量了眾人一會，見果然無人直言，皆是默許飛光道長之舉，只得微笑道：「既如此，晚輩也不好使兵刃。」說罷竟也解下長劍，交給身後弟子。

一時眾人屏氣凝神，無人敢出大氣一聲。只聽飛光道長沉聲一喝，雙拳沉猛有力，虎勢龍形，先朝葉澄兩肩遞去。

葉澄面猶帶笑，不閃不避，但忽伸手探向身邊兩個弟子，拉過她們衣背上的索帶。那兩人尚未回神便聽葉澄嬌喝一聲，抖開兩條索帶向梁間射去，她借勢一盪，便從飛光道長兩拳間溜了出去。

飛光道長哪裡肯依，拔地突起，變拳爲掌，兩道掌風如影附形地追了上去。

葉澄笑道：「只有這樣？」說罷整個人都倒掛在索帶上，身形一晃，恰從飛光道長頭頂掠過。

她伸手向飛光子頭頂探去，飛光子大駭，恐她傷及要害，空中忙收了掌勢，硬生生一個翻身避開。誰知葉澄卻只是輕輕向上一揭，揭下了道長髮帶。

飛光道長一頭銀絲蓬亂散開，葉澄笑道：「晚輩不才，拳腳粗疏，向來只懂一套棲霞劍，今日既無兵刃在身，只好向道長借了。」說罷纏在皓腕上的髮帶急射而出，索帶如劍光舞開，儼然是一套棲霞劍法。

飛光道長見那索帶朝他咽喉點來，初時只如靈蛇般柔軟，誰知竄到眼前時陡然一挺，一條輕軟的髮帶竟叫她使得如一柄剛劍在手。

飛光道長本能雙掌一拍，夾住那條髮帶，隨即感到掌心一燙，索帶竟眞如利刃般劃開一道深深的傷口，頓時他雙手血流如注。

葉澄先傷他雙掌，叫他的一葉春拳掌不能迅捷如常。

飛光道長面色一沉，喝道：「好、好一手化柔爲剛的硬功夫！」卻不退縮，鼓足十分勁道，直朝葉澄面上拍去。這一下若眞打中，縱是葉澄也非給拍爛半個腦袋不可。

葉澄卻半點不見畏懼，她倒掛在索帶上如靈蛇出洞，趨避莫測，身形一盪便避了開來。飛光道長這一手落了空，已失先機。葉澄笑道：「到此爲止！」向下一沉，輕飄飄從懸著她的索帶上落下，反手就將索帶射出。那青索去勢極快，飛光道長不及收手，一下讓索帶箍住喉頭，葉澄只要稍一發力，便能直接將他絞死。

這時聽堂中一老人喝道：「飛光，我來助你！」說罷一道白光殺至，索帶登時讓長劍斷作兩截，饒是葉澄亦不由得愣了一愣，旋即那劍光轉向葉澄。葉澄猝不及防，讓那人削去一小截秀髮。

原來那人正是飛光道長的師弟白星子，他見棲霞一路上來便無意手下留情，恐怕飛光眞讓她所殺，倉皇間不管不顧便出了手。

葉澄兵刃不在手中，不好與他硬拚，只得向後迅速避開。她冷笑道：「方才還是崆峒派自己說的不帶兵刃，再說了，二打一，可沒這樣的規矩。」

白星子冷笑道：「原來葉姑娘還記得三寒會有規矩。」說罷還將飛光子的劍拋還給他，喝道：「師兄，不必與棲霞派的人客氣！」

飛光子遲疑片刻，竟也乘葉澄手無寸鐵之際，持劍圍了上去。

葉澄妙目一冷，正要發出袖中銀針機括，忽見眼前一道紅火掠過，只聽鏗、鏗兩聲，飛光白星二人的劍皆已被削作兩截，飛出場外。只見飛光道長蓬頭散髮一臉茫然，白星子還未回神，手中便只剩半截破銅爛鐵，當眞叫崆峒盡失顏面。

陸梵天手持寶劍火琉璃傲然立於場子中心，甚至連她是何時闖入的亦無人看見。只聽她冷聲道：「若白星子道長也要加入戰局，便由我陸梵天來做對手。」她這話多少有些譏諷，其時飛光白星二人皆已失了兵刃，哪還來誰做她的對手？

葉澄卻不感激，只冷冷覷她一眼，轉身便走。

陸梵天冷笑一聲，橫劍向前一指，道：「我可沒這麼多囉囉嗦嗦的規矩，誰要做我陸梵天對手的，上來便是。」

眾人方才見了她那一手，知道非但她身手極快，手中寶劍更是無人能當其鋒，又見崆峒二老讓兩人極盡羞辱、黯然退下，一時都有些躊躇不前。

這時，忽一個沉著的嗓音道：「梵天，我來做妳的對手如何？」

眾人聞言皆是一愣，只見青竹派何琴心雙手負於身後，踏入場中。果然陸梵天面色一變，方才那極盡張狂之氣焰立時收斂下來。她自小在青竹派中成長，陸長生的師父對她來說便如半個父親一般。

「何叔……何二俠。」陸梵天定了定神，道：「您這是要代表青竹派出戰的意思？」

何琴心自知未必是陸梵天對手，卻也知她若顧念舊情，大約不敢對他全力施爲，或許陸梵天反倒是他們唯一的缺口。

何琴心二話不說，拔劍出鞘，意思已經很明白。兩道青碧利劍挺出，一道護在胸前，一道直指陸梵天眉心。陸長生師承於他，從拔劍到收劍的姿態，一切皆如何琴心翻版，陸梵天彷彿在他身上再一次見到陸長生身影，不由心神晃了一晃。

何琴心沉聲道：「賜教！」登時雙劍齊出，但聽劍聲吟嘯，如風過竹林。陸梵天一咬牙，道：「得罪！」隨即長劍亦盪了開來，眾人只見她劍身隱隱帶著紅光，劍光起落間如焰光搖盪。若說何琴心的劍是一竿靜竹，陸梵天的劍竟如滿天流霞。

三寒會自來頗負盛名，然而亦很少人能得見三派武學之精粹，今日一見，方始讚嘆果然名不虛傳，不愧「竹」、「霞」二字。

何琴心沉心靜氣，長喝一聲：「起！」亦遞劍相迎，一時金石相擊之聲不絕於耳，兩道劍光夾纏殺了開來。然而，不過片刻，眾人便看出陸梵天的劍壓倒性地強勢，瞬間便如火海，將何琴心一林翠竹燒個體無完膚。

眾人豈不知陸梵天寶劍削鐵如泥，她如有心，早將何琴心斬於劍下，或者終究顧念昔年之情，陸梵天始終不曾下真重手。何琴心與她纏鬥一會，劍勢已老，露出明顯的疲態來。

他有些狼狽地往場邊退開，只覺天下英雄豪傑眼中似乎都帶著冰冷的訕笑。他們青竹派風風火火上來聲討，甚至連林諸星的袖口也沒沾到，就讓趕下台來。

陸梵天也不追，只站在原處靜靜凝望著他，說不清眼裡是什麼感情。

何琴心回首望向兄長，見他果然亦按劍而起，卻又不敢有下一步動作，想來他亦深知縱是自己加入戰局也未必討得了巧。

這時若直接退場，而何劍膽不上來銜接的話，青竹算是敗得一塌塗地了。然而何劍膽上來又怎麼樣呢？雙方實力相差太大，最終仍只有鎩羽而歸一途。何琴心想起那一夜陸長生火燒藏經、毀去隱學，心裡忽感到荒謬可笑。

他忍痛削去愛徒四指，又將他逐出師門，爲的只是這一場結果早已決定的蝸角之爭。他想：青竹派鬧得幾乎分崩離析是爲什麼？陸長生作爲劍客的生命就這樣被毀去又是爲什麼？

他站在那兒，啞啞地笑了起來。眾人見他神情苦澀，只當他是輸不起，卻不知他此時心中千迴百轉。

他心中正念陸長生，說不出的惋惜愧恨，這時，卻聽遠處一人朗聲道：「師父！」

何琴心猛然抬起頭，就見陸長生立在一群棲霞女弟子間。他個子高，在一眾紅妝中格外顯眼。

承安站在陸長生身邊，見他忽朝何琴心走去，心中不知爲何湧上一股不祥之感，忙拉住他的袖口，叫道：「長生！」

她卻沒抓住，陸長生已輕飄飄地去了。

他分明走得很慢，承安卻覺得他的身影轉眼就消失。陸梵天也愣住了，而陸長生不知何時已走到何琴心身前，朝他深深一拜。

堂中多有不識得陸長生的，不知怎麼忽有一個青竹弟子從棲霞派裡走出來，頗覺詫異。青竹派內卻一片騷動，除何家兄弟外，沒人知道那夜陸長生與隱學的眞相，多將他視作擅入禁地、觸逆門規的叛徒。

果然何琴心別開眼去，道：「我已不是你師父了。」

陸長生笑道：「我知道。只是我沒想到，青竹派已付出這麼大犧牲，您們還是放不下百年身。師父，難道您眞的相信百年身是不死藥嗎？」

「我信不信，與你又有何干？」

「於我自然很重要了。我被趕出青竹派去，說到底爲的不都是這場三寒會嗎？」

他這話說得極響，人人都聽得一清二楚。眾人聽他言語間似乎有些隱情，一時都不說話，堂中一片寂靜，只剩他一個人的聲音。何琴心恐怕他將青竹派的醜事說開，瞇起眼來，話裡帶點威嚇的意思：「長生，你想說什麼？」

陸長生道：「我只是很不甘心，也很想知道，我被您削去四指，此後形同廢人，爲的到底是什麼？」他忽然仰天大笑，指著那一頭晶匣裡裝著的小金盒，大聲道：「讓三寒之盟當寶貝一樣守了幾百年、在這大堂之上，爭得頭破血流的東西究竟是什麼呢？諸君，難道你們就不想看一看？」

說罷，他大步流星走向晶匣。

那晶匣就擺正在林諸星正前方，他盯著林諸星那雙灰紅色的眼睛，一步也不遲疑。他道：「何必還搞什麼比武較勁，就讓棲霞派把東西打開來讓大家瞧瞧，看看值不值得這樣爭？」

林諸星見他雙眼清明有神，沒有半分混亂或恐懼，一時弄不明白他心中所想，也站起身來凝視著他。其餘諸人見林諸星起身，皆不敢輕舉妄動，眼都不敢眨一下地盯著林諸星與陸長生對峙，只有承安一人急得跳腳。

陸梵天才回過神，忙衝向前去拉住了陸長生，低聲道：「你這是做什麼？」

陸長生卻一把甩開她，朗聲道：「我不是說得很清楚了？百年身引起武林如此騷動，眾人卻連它什麼樣子也沒有見過，這豈不是很荒謬的事？既然要比武，我主張棲霞派先把東西放在陽光底下攤開來看。」

陸梵天壓著聲音道：「你瘋了？絕對不行……」晶匣裡自然是有百年身的，不過早已死了，陸長生明知此事，卻還要棲霞派打開晶匣，分明是要逼她們上死路。

她見陸長生一意孤行，林諸星也無意攔阻，心中半點沒底，有些著慌，只好拖著陸長生不讓他走。

誰知正拉扯間，遠方忽傳來一聲清嘯：「百年身是我石家的東西，沒有我的同意，誰能打開它？」

眾人只聞其聲，卻不見其影，更無從分辨那聲音是從何而來的，只覺好似從四面八方蜂擁而至。又隔了好一段時間，這才聽見屋頂上傳來一陣極大的震動，眾人抬眼望去，忽見天上有什麼東西直接砸穿沉霞廳的屋頂，墨青色的瓦片轟然崩落，摔成一地碎塵。

漫天煙灰蒙亂了眼，塵霧中隱約能見到一道影子。

直待混亂已息，眾人才看清那是一個黑衣男子，傲然立於廳中，腰間一條金色繡帶隨風輕揚。

林諸星站在高處，與他正遙遙相望，一黑一白，宛如一幅太極圖，陰陽兩方各據一處。

那人卻不看林諸星，雙眼只緊盯晶匣不放，良久，他彷彿很滿足地發出一聲長嘆：「那裡頭裝的就是百年身吧？」

說罷，竟像個孩童般露出極喜悅的神情。他抬眼笑道：「林諸星，本來我說過了，若讓我踏上銀屏山，必將妳們棲霞派夷為平地。但今日我改變心意了，只要讓我拿走兩樣東西，我保證不碰棲霞一根手指，就此離開。」

他指著林諸星身前的晶匣，道：「讓我將百年身……」說罷，又指向林諸星道：「還有妳林諸星的項上人頭帶回石家，我就放過棲霞派，妳看如何？」

這話當眞傲慢挑釁之至，眾人原以爲棲霞派跋扈已極，卻不知從何處冒出一個毛頭小子，竟敢在這百年大殿上大放厥詞。

然而，那高踞王座、始終緘默的林諸星說話了：「那也得看你有沒有這個本事。」

先前連崆峒、青竹的人她都沒放在眼裡過，卻對此人不敢等閒視之——那人無疑便是臨邛江畔曾重挫她一次的石還璧。

石還璧厲聲道：「拔劍。」

有一瞬間彷彿連風都扭曲。

傳劍給林諸星的庾青梅曾讚她「聲未至，人先至」，說的便是她那路快劍之疾——劍風劍光全都跟不上她的速度，就連刀劍交擊之聲彷彿都落在她身後。

眾人直待聽見極響的鏗鏘一聲，才知林諸星早已拔劍飛身，與那突來的闖入者死鬥起來。

堂中許多人這都是第一次看見傳說中的林諸星，見到她那雷光電影一樣的利劍，不但沒有讚嘆的心思，反倒覺得難以言喻的恐怖。

她的劍勢已經稱不上好或壞，也沒有劍意可言，沒有任何詞語可以拿來描述林諸星的劍——因爲根本就看不見。

在他們眼中的林諸星並不是一個人，只是一道白色的強光，時而似空中刮起的風雪，時而似天上落下的雷光。

然而與她對峙的那道黑影，在暴風中心卻顯得過分從容。他的趨避進退只隨林諸星而動。林諸星欺向前時，他便順著她的劍風屈身而退。

眾人眼中看見的只是黑白兩道殘影，自然不知石還璧在從容表面下，其實只能盡全力維持守勢。他雖一面狂放大笑，彷彿什麼也不看在眼底，實則根本攔她不住，光是閃躲就筋疲力竭。

他朝空一聲大喝，雙掌排出，掌風摧折之處，杜斷垣傾，整個沉霞廳叫他打塌了一個角落。眾人皆是一陣驚呼，有幾個走避不及的，甚至活活叫那梁柱壓死，這時所有人才意識到眼前是一場多可怕的生死相搏，紛紛亂作一團。

借掌風之勢，石還璧與林諸星拉開了一段距離。林諸星心中也明白他是想以空間換取時間，忽打了一個手勢，隨即長劍抖開一弧銀光，劍光登時如大雨傾盆一般，鋪天蓋地落了下來。石還璧被困在劍光之中，一時竟無從脫身。

棲霞派所有弟子見了林諸星的手勢，隨即拔劍而出，將他二人圍在中心，不見絲毫亂序。葉澄與吳箏從旁圍殺，她們不敢靠林諸星的劍風太近，只在兩旁掠陣，堵住陣眼最大的空缺，以免叫石還璧逸脫。

再來就只剩陸梵天加入戰局，做林諸星的另一臂——她正要拔劍而出，伸手往腰間探去，卻忽讓人拍了開來——

是陸長生。

就聽他道：「梵天，火琉璃劍先借我一用。」陸梵天還未回過神來，陸長生已抽走她佩劍，一步步走向放著百年身的晶匣，他冷聲道：「林諸星，妳也不必再比了！三派自相殘殺、貽笑武林，說來說去，搞得天下大亂的不就是這三寒會、不就是這百年身嗎？」

說完，陸長生高高舉起火琉璃劍。

那一刻，陸梵天終於明白他想做什麼，然而他離百年身實在太近，根本沒有人來得及阻止。

她只能眼睜睜看著劍身上的紅寶石流轉熠熠光華。

陸梵天大聲尖叫：「住手！」衝向陸長生，但她快不過陸長生的劍。陸長生閉上雙眼，手起劍落，晶匣登時被鋒利的火琉璃劍劊作兩半，封藏在匣中的小金盒斷作兩截。只聽鏗的一聲——

金盒落地，如有千鈞之重。

就連那廂林諸星與石還璧都停了手，愕然望著陸長生。

陸長生面無表情，朝著地上金盒又是一劍，將它徹底斬成碎片。他冷冷望著盒中百年身的殘屍，心中忽然如釋重負，緊握的指節一鬆開，火琉璃劍便脫手摔在地上。

石還璧盯著火琉璃劍落下的軌跡，腦中一片空白。但林諸星只愣了片刻，便明白陸長生此舉用意。她知道，這一刻如果她不配合陸長生，那麼陸長生的犧牲就全部白費了。

心念一動，林諸星劍上的暴風立時撤開，調頭轉向陸長生！

陸長生打算乘百年身暴露之前，先將之徹底毀去，好掩蓋棲霞派的罪行。但只演到這一步是沒用的，因爲一旦眾人知道他是陸梵天的哥哥，多半便會將這當他與棲霞合謀的一場戲。

這確實是一場戲，而且這場戲是張滿的弓，箭在弦上，不得不發——除非在這裡殺掉陸長生，否則還不足以取信眾人。

林諸星心底暗道：對不住了。手上劍勢卻不曾稍歇。

陸梵天察覺林諸星的意圖，尖聲道：「師姊！不要！」一把抄起地上的火琉璃劍朝林諸星奔去，想擋下她劍下罡風。然而陸梵天劍還不曾握穩，林諸星劍光已到。兩劍相擊，只聽一聲鈍響，火琉璃劍敵不住林諸星怒劍之威，竟如狂風中刮起的一片落葉，一下就被帶飛了幾尺遠。

陸梵天大叫：「住手！」她既失寶劍，情急之下無計可施，也顧不得可能遭亂劍誤傷，索性整個人撲向林諸星。林諸星怒喝一聲：「讓開！」將陸梵天一腳踢開。所幸讓陸梵天這一帶，那本來直刺陸長生心口的劍鋒一偏，不曾直中要害。

饒是如此，利劍仍刺穿陸長生的胸口。

陸長生的鮮血隨劍飛舞，霧雨般模糊了陸梵天的視線，斑駁了林諸星清潔的身姿。

陸梵天看著陸長生直挺挺倒下，腦中嗡的一聲，什麼也不能思考。她想攔住林諸星、想過去止住陸長生胸口的鮮血，可是她根本動彈不得，甚至連哭也哭不出聲。

林諸星一步步走到陸長生面前，一面裝腔作勢地對其他弟子下令道：「去檢查百年身怎麼樣了。」一面提劍指向陸長生：「陸長生，你瘋了嗎？」

陸長生疼得死去活來，一張臉白紙一樣，冷汗浸滿全身。他雖已無力思考，卻仍本能配合道：「我已……說了，百年身只是叫三派自相殘殺，如此禍害之物，留之何用？不如毀了算了！」

大堂上一片死寂，只有遠處何琴心聽了他這段話，忽默默流下淚來。

林諸星冷聲道：「你既要逞英雄，我便成全你！」

說著，她再一次舉起劍。

然而，這時忽有一道影子飛了出來，將陸長生護在身後，尖叫道：「林諸星，妳太卑鄙了！」

那不是別人，正是承安。

她不知何時撿起被林諸星打飛的火琉璃劍，擋在陸長生身前。幾乎只在林諸星動了殺意的一瞬間，承

安便猜到必是兩人間做了協議，否則陸長生絕不是這麼瘋狂躁進之人。此舉多半爲救棲霞派或陸梵天，林諸星不可能不明白。

陸長生呻吟道：「承安，妳快走，不要管我……」

林諸星既已承諾陸長生會照顧李承安的餘生，自然不願傷她，因此不曾動劍，只是冷冷道：「李姑娘，請妳讓開。」

承安卻不理會，無畏地瞪著林諸星看。她站起身，提著火琉璃劍緩緩走近，卻不是指著林諸星，而是將劍按在自己頸邊。

「妳這是什麼意思？」

承安道：「林諸星，我不是妳的對手，可我也不怕與妳拚個玉石俱焚！今日妳不放我們走，我就在這裡割斷我的頸子，與妳血濺五步。」

眾人只道承安之舉荒唐可笑，如何竟以自己的性命要脅林諸星？然而林諸星知道她的血裡帶有劇毒，那「血濺五步」一句，分明是要和她拚個同歸於盡，登時變了面色。

林諸星很清楚，只要她一倒下，師妹中沒有一個是石還璧的對手，棲霞百年基業，將被他一夕踏平。以自己將殘之身，就算加上四個師妹，恐怕也很難擊退今日所有人。縱她眞能一劍殺盡堂中上百高手，在她死後又當如何呢？

所以打從一開始，林諸星就沒打算在這場比武大會上取得全勝，她非殺不可的人只有石還璧一個。她要藉著殺石還璧威壓全場，重演一遍當年血洗凌霄宮的震撼，叫眾人知難而退。

因此林諸星猶豫了，她絕不能冒半分風險，絕不能爲如此可笑的理由倒下。

承安知道以林諸星的身手，未必就避不過她的血濺五步，以林諸星之雷厲風行，遲疑恐怕也只這片刻。她便把握住這短短時間，高聲喚道：「石還璧！」

石還璧這時才回過神來，看著那碎成一地的百年身，只感到胸中一股刻骨的憤怒。

承安卻冷靜地指揮道：「石還璧，帶我們離開這裡！」

石還璧幾乎要以為她瘋了，冷笑道：「我殺他還來不及！妳還讓我帶你們逃出去？」

承安卻從容道：「石清音心心念念的百年身已毀，你還拿什麼臉回去石家？」

石還璧默然不語，承安道：「你過來，我有話和你說。」她見石還璧仍有遲疑，便道：「我只說一句話，幫不幫我，你自己決定。我是丹陽派的人，是石家另一支派唯一的繼承者，世上除我之外，恐怕再沒有人幫得上你了。」

石還璧聽了她這話，心底不由有些動搖。他雖威嚇道：「妳說的話，最好有那樣的價值。」說罷卻隨即躍起，越過整個沉霞廳，輕飄飄落在承安身邊。他動作極大，卻不露破綻，林諸星也不願貿然採取行動，只是戒備地盯著兩人看。

石還璧彎下身，承安附在他耳邊輕輕說了一句：「丹陽谷裡還有一尾百年身。」

那話說得極輕，砸在石還璧身上卻如有千鈞之重。

承安輕聲道：「百年身本由丹陽子所造。丹陽谷雖造不出不死鳥，卻有重現百年身的方法，信不信隨你，反正如今世上也只我一人知道丹陽谷在何處。你若幫我，一個月後在川滇界上甘露縣渡口相候。」

石還璧抬眼望去，見百年身已散成一地金色碎末，只要再刮來一陣風，就要連最後一點殘灰也不剩。

承安道：「棲霞派已經沒有百年身了，你還有什麼可失去的？就是我騙了你，大不了你殺了我便是。」

石還璧遲疑片刻，終究伸出手來，擋在她和陸長生身前：「好，我就信妳一回。」說罷，他望向林諸星：「棲霞派既已失去百年身，和我就沒什麼關係了。這兩個人，我要帶走。」

林諸星冷聲道：「你身上揹了我棲霞派十四條人命，今天還以爲你走得了？」

石還璧道：「走不走得了，那也得試試才知道。」

林諸星指揮眾人包圍沉霞廳，又沉聲喝道：「刀劍無眼，誰若還要留在此處，棲霞派可不負責你們的性命！」

大廳中沉默半晌後，眾人紛紛交頭接耳起來。

隱松派掌門張並守首先雙手一拍，道：「今日三寒會當真精采之至，既然接下來已無隱松之事，我等就先行告退了。」說罷，竟率先起身離開。有些門派恐受波及，也顧不得許多，匆匆告辭了。

何劍膽聽身後弟子也蠢蠢欲動起來，不由有些躊躇，問他兄弟道：「琴心，若百年身已……這筆帳我們日後再與棲霞派和陸長生算，不如你我今日便——」

何琴心怒道：「還有什麼帳好和長生算，他馬上就要死了！」

石還璧見棲霞派動用所有人將他圍住，知今日林諸星不打算放他活著離開。他自己要脫身或者還有機會，但要帶著陸李二人全身而退，恐怕沒有那麼容易。本來心中正在盤算如何與整個棲霞派周旋，忽聽身後何琴心朗聲道：「林姑娘，今日之事，是小徒莽撞了。然而百年身在今日三寒會上，本來就該歸我青竹派，此事既是青竹所起，自然也由我們自己家規處置，望林姑娘莫越俎代庖。」

林諸星道：「越俎代庖？百年身是三派共有，何來越俎代庖之說？」

何琴心冷笑道：「原來林姑娘還記得百年身是三派共有。」又道：「我雖非妳林諸星之對手，也還沒屈辱到讓妳在我面前處決我弟子的程度。」

林諸星瞇起眼來：「何二俠這是擺明要與我棲霞爲敵了？」

石還璧高聲笑道：「好、好，看來有人站在我這一邊。林諸星，能不能拿得下我，就看妳本事了。」說罷，一掌朝她拍去，林諸星卻面不改色，好似一尊人偶一樣，對他這一掌不閃不避。石還璧一時愣怔，他哪裡知道林諸星上回受他一掌，內傷沉重，寒氣已入肺腑，不比石還璧只是受些皮肉外傷。

林諸星自百年身毀去、自己重新出來主持大局之後，一直靠的都是一口氣硬撐，她亦自知時日無多，既是藥石罔效，便也不再惜命。只要能讓她今日守住棲霞不倒，日後要病要傷她都不在乎。因此便是拚著再受石還璧一掌，她也必要將石、陸二人斬於劍下。

她這一劍刺來，端的是玉石俱焚，石還璧避無可避。

誰知這時忽聽一人叫道：「師姊！」跟著便是一道紅影飛來，將林諸星撞倒在地。

「梵天，妳——」陸梵天幾乎是以全身之力，死命按住林諸星，她回頭大叫道：「求求你們，快帶我哥哥走！」又朝林諸星哭泣道：「求師姊開恩放過長生！」

何琴心忙乘隙拖了陸長生過來，交給其他弟子，命：「送你們三師哥下山！」陸長生恍惚間又聽見師父慈祥的聲音，感到說不出的一陣心安。

林諸星一掌朝陸梵天拍去，陸梵天雖已做好受罰準備，但在陸長生順利脫險之前，她絕不願束手就擒。她飛身而起，避開林諸星這一掌，又從承安手中取過火琉璃劍，橫劍站在石還璧身邊。

石還璧看看身邊之人，冷笑道：「林諸星，妳倒看看，今日勝負如何？」

十五、鶴夢長

IMMORTAL BIRD

承安作了一場很長的夢。

夢裡她站在一棵梅花樹下，正是初春時分，料峭輕寒。她聽見外頭傳來響動，似乎父親正在與誰說話，一時頑心大起，便悄悄溜出內院，躲在垂花門後看是誰。

從她站的位置能看見抄手遊廊曲曲折折的一節，父親與那些人不知說什麼，帶著他們往自己書房去。父親似乎談得十分盡興，不時聽見他清朗的笑聲。當他們繞過那折遊廊時，承安才看見訪客的模樣。

有三個人。

最後頭落著一個少年，身揹沉重的行囊，垂著腦袋，承安看不清他的模樣，只猜他大概與自己差不多的年紀。與父親暢言的是一位中年秀士，銀冠高束，烏髮如雲，一身白衣不染纖塵，像從畫裡走出來的神仙。他的聲音不大，卻響，有一股堅定而清透的力道，承安想聽清楚他在說什麼，卻老是被父親的笑聲打斷。她只得更賣力拉長了身子，鬼鬼祟祟地伸頭縮腦。

一陣清風打過，吹落一地梅花。

像淡紅色的雪。

白衣神仙身後還跟著一個人，與他差不多的個頭，他彷彿察覺到承安的響動，倏地回過頭來，一雙清亮的鳳眼正對上承安的目光。

承安心口一跳，一瞬間只覺世界靜了下來，父親與白衣神仙在說什麼她都聽不清了。

那人一身紅衣，像開了滿山滿谷的秋楓，早春清風帶起他一身寬袍袖帶，讓他彷彿站在一陣烈焰之中，刺目得叫人看不清。

承安是第一次看見這麼美麗的人，像沐浴焰光中的不死鳥。她凝視那瑰麗火焰，久久移不開眼，眼底一切都染上一層鮮烈的紅。一直到了今天，都依稀能聽見那低沉而帶點笑意的聲音喚她道：「承安——」

承安猛然睜眼，眼前沒有烈火也沒有飛鳳，只有陸長生帶著笑看她。她忽然心口一陣發疼，忙緊拉住陸長生的手。

「承安——」

然而她抓住的只有一片虛空，陸長生的形影逐漸扭曲。承安渾身發冷，一股說不出的噁心感淹沒全身，眼前彷彿籠上一層又一層的霧。她顫聲喚道：「長生。」想站起身，卻只覺暈頭轉向，雙膝一軟便又跪了下去。

她很清楚這種感覺，是她體內的蠱正在產卵。

承安抹去額上冷汗，盡可能縮到牆邊坐下，陸長生躺在她身邊。

不知從何處漂來爐香薰染的香氣，沉著令人安心。屋內一片打磨平整的白石地板，已近日落時分，夕陽爲它蒙上了一層金粉。

青竹派的弟子雖奉何琴心之命護送他們下山，但憂心掌門等人留在棲霞派有危險，因此只留兩人照看，其餘人匆匆又折了回去。

山腰一帶的寺院不願捲入武林紛爭，早在三寒會前半個月便紛紛撤走。方圓數里內若有寺廟道院，多是空城。他們無暇將陸長生帶下山，遂只將他送至山腰一處迎雲寺暫歇。

陸長生傷得太重，不好拖著他走太遠的路，因此只爲他的傷口做了些簡單的處理，青竹派的人也說了，能不能熬過去看他自己造化。

承安腦子裡一片空空的，上回還有鴉公在，這回她一無所有，陸長生很可能闔了眼就再也睜不開了。她試著去想陸長生徹底從這世上消失會是什麼感覺，她見過那麼多的生離死別，這一次一定也能忍受。但才稍微想像片刻，眼淚便掉下來了。

再哭也無濟於事。她擦乾眼淚，勉力站起身來，走到屋外。

寺院裡靜悄悄的，不聞半點人聲，但爐中依舊香煙裊裊，不遠處還傳來米飯蒸熟的香氣，承安輕輕喚了幾聲，卻不見那幾個青竹弟子。她繞到後方灶屋，屋上還冒著青煙，鍋裡有米，想是他們偷淘了寺院的存糧，但仍不見人影。

承安心裡奇怪，又繞到正院大殿去。日影西斜，佛像金身也顯得光華黯淡，夾著殘霞朱色，濃重沉鬱，帶了一種疏離感。

承安忽覺不對勁，忍不住湊近窗眼。隔扇雕花將眼前景象切成一道道支離破碎的片段，她看見早些還和她說過話的人——她不記得那人叫什麼名字，只記得他都叫陸長生三哥——俯身倒在一片血泊中。

承安倒抽一口涼氣，腦中一片空白。

她頭也不回轉身就跑，拚命逃回房中。陸長生仍躺在床上，雙目緊閉。她將門閂上，想了一會，又開始找刀，想將自己的血塗上門窗，但就像要提醒她一切的徒勞無功，承安猛地感到喉頭一陣翻湧噁心——

沒有用。

體內的母蠱正在產卵，她的血這段時間內是沒有毒性的，用來欺騙林諸星或許還行得通，但誰曉得外面的敵人是誰？

不論是誰，絕非懷著善意而來。承安心想，待在這裡不是辦法，必須設法帶陸長生逃走才行。

正當她這麼想時，忽聽見一聲低沉的呻吟。承安嚇了一跳，就見倒在床上的陸長生似乎正輾轉醒來。承安忙去扶了他起身，道：「你醒得正好，這裡不能再待了，我們快走！」

陸長生嗚咽一聲，他雖醒轉，傷口仍劇烈疼痛，根本動彈不得。他試著動了動身體，只有一陣絕望的痠麻，他啞著聲說：「怎麼回事……」

承安慌亂道：「我不知道，外頭有敵人……我、我們必須離開。」

陸長生沉思片刻，說：「我走不了，妳自己一個人逃吧！」又搖搖頭，說：「不好，若敵暗我明，還是先找一個隱蔽處躲藏才是。」

這倒點醒了承安：「我先把你藏起來。」

但她甚至扶不動陸長生，陸長生喘著氣說：「讓我撐著。」勉強搆著承安的肩膀，直起身來。

陸長生也不曉得自己這是哪來的力氣，但他忽然能體會幾分林諸星的心情——這口氣散了，恐怕就聚不起來了。他想：如果還有一口氣的話，至少要保住承安。

這時，遠遠聽見門外傳來一陣腳步聲。

承安心底多希望是陸長生其他的師兄弟，但她曉得天底下絕沒有這麼便宜的事。她慌忙道：「長生，我們快走。」聲音是從前門來的，現在一出去大概就正面撞上了。承安開了後窗，吃力地扶著陸長生爬出去。但屋後只有山壁與一口造景的小池，池上連朵浮萍也沒有，水淺得一目見底，承安暗叫吾命休矣。

陸長生亦知無路可退，反倒沉著冷靜起來。

他抽走承安腰間的劍，道：「妳躲在窗子下，千萬不許出聲。」

承安忙道：「你傷成這樣，怎麼可以——」

陸長生沒等她把話說完，輕巧地攀著窗子躍回房裡，好像他身上的傷只是承安的幻想。一瞬間承安甚至心想：也許長生傷得沒有我想得那麼厲害，隨即她明白過來，陸長生這只是拚著最後一口氣救她。

承安驚呼道：「長生，快回來！」但在她遲疑的片刻陸長生已鎖上窗，劍又讓他拿走，承安只能不停敲打窗子，敲了一會，她聽見陸長生隔著窗紙對她低喝一聲「安靜」，隨後就是門閂打開的聲音。

承安頓時滿心被絕望籠罩，她戳破每一格窗紙，但屋內已看不見陸長生的身影。她心想：寧可拚個同歸於盡，也絕不在此坐以待斃，讓陸長生白白爲她送命。

陸長生推開門，廊下站著一個眼神清亮的少年，陸長生見過他，是跟石鴻麟一起的人。

原來那人正是彩鳶，他循著追魂索的指示，一路追到迎雲寺。他凝視陸長生片刻，終於想起曾在承安身邊見過他，隨即他明白，追魂索指示的是承安的所在。他問：「承安呢？她是不是還活著？」

陸長生道：「我不曉得什麼承安。」

彩鳶眼中燃燒著一股恨意，喝道：「我讓你交出承安！」

說罷，他朝陸長生撲了過去。陸長生一語不發，一抖劍光將彩鳶震開。

兩人纏鬥片刻，彩鳶冷笑一聲，道：「你和承安一樣，倒是命大。」變爪爲掌，朝陸長生胸口拍去。

陸長生前幾下還勉強靠著精神支持，但他本來便非彩鳶對手，更何況如今身負重傷。他知道彩鳶的掌風沾不得，但這一掌他無論如何也擋不下來，只得棄劍彎身，一個打滾避了開去。

陸長生這一下牽動傷口，鮮血轉眼染濕衣襟，疼得幾乎動不了，只能緊緊掐著拳頭蜷縮在地。

彩鳶彎身拾起他的劍，眼中沒有半點憐憫，甚至無意再說半句話。他將劍高高舉起，打算將陸長生斬於劍下。

陸長生心底默念一聲承安，閉目等死。誰知這時，房中傳來一聲巨響，陸長生暗罵了一聲。彩鳶聞聲眼睛一亮，他本來就不在意陸長生死活，只急著想找到承安，因此立刻被聲音吸引過去。

他提劍走到門邊，問道：「承安，是妳嗎？」

屋裡靜悄悄的沒有聲音，他遲疑片刻，一腳踢開了門。只見窗下一顆濕淋淋的大石頭，窗子被砸個稀爛，大概就是讓石頭打壞的。

他皺起眉想：承安在屋內，還是屋外？說時遲，那時快，一道纖細的影子朝他撲來，他猝不及防，一下被按倒在地。承安手裡扣著打碎的瓷杯破片，抵在彩鳶喉間。她大概沒殺過人，手抖得非常厲害。

彩鳶瞪著她，冷笑道：「妳還沒死……妳果然還沒有死！」

他並不感到恐懼，只有無窮的憤怒。若棟子所言不虛，那麼不只他與鴻麟，丹陽派弟子所受的焦明之苦，罪魁禍首都是承安。他尖叫道：「憑什麼妳活著？只要妳死了，所有問題就都解決了！妳為什麼還是不死？」

承安顫聲道：「為什麼你要我死？為什麼人人都要我死，只有長生希望我活下去？」

彩鳶恨恨道：「那妳就去怨師父或清音吧！妳不想死，我們也不想死！」

說罷，他一掌拍開承安，順勢拾起地上的劍。承安連聲呼叫都發不出，彩鳶的劍便如飛光而至，刺穿她的胸口——

從胸前入，自背後出，彩鳶一劍貫穿承安單薄的身軀，然後像要剜下她一塊肉那樣，狠狠將劍在她體內轉了一圈。鮮血順劍身流下，承安甚至沒能開口，只瞪著一雙眼看他，隨即倒地不起。劍尾那被血染污的白穗，好似一朵被狂風吹零的鮮花。

屋外陸長生發出一聲乾枯的哀鳴，聽不出他是因疼痛或悲傷發出這樣的聲音。他勉強挪動身軀，想至少碰一碰承安——可是承安離他實在太遠了。

大量鮮血從承安胸口破洞湧出，淹沒地面，甚至浸濕了鞋。彩鳶這才回過神來，顫抖著退開兩步。

承安死了。

承安的死能讓鴻麟得救、能帶給丹陽谷永恆的解脫，他應該要比誰都高興才對。然而他卻只感到無比虛無，他再也不願看眼前的一切，轉身匆匆逃跑。遠遠那一頭他看見椀子的身影，剛才兩人分別搜索寺院兩側，椀子到另一邊去撂倒其他青竹派弟子。

彩鳶慌慌張張奔向椀子，大叫：「沒事了！鴻麟有救了！」椀子聞言大喜，也快步朝他跑來。

忽然，椀子面上的笑意凍結了。

椀子五官扭曲，面露難以形容的恐懼之情，死盯著他不放。彩鳶還不明白發生什麼事，就聽椀子尖叫道：「彩鳶！背後！」

但彩鳶根本來不及回頭，就被一股大力撞倒。有個人壓在他身上，狠狠扼住他的脖子，那力道分明很小，稍微抵抗就能推開。可是彩鳶看著按倒他的人，腦中只有一片空白，整個人被一股巨大的恐懼吞沒，莫說反抗，他就連發生什麼事都無法理解——

是承安。

胸口還穿著一柄利劍的承安壓在他身上，死死掐住他的咽喉。

承安凌亂的長髮垂落他面上，髮梢沾著濃濃血腥味，他看不清承安的表情，只能看見她胸前的創口還張牙舞爪，長劍仍像椿子一樣牢牢打在身上。

承安啞著聲朝他笑：「人人都要我死……你也是、清音也是、石嘆鳳也是，我知道你們都要我死——」她忽然拔尖嗓子，瘋狂叫道：「可我就是死不了！」

說著，她從自己胸口拔出長劍，鮮血潑墨一樣濺了兩人滿身。劍上兀自血肉淋漓，彩鳶幾乎能從傷口裡看見她的內臟。但承安竟像完全感覺不到疼痛，她高高舉起劍，劍鋒正對他眉心。她眼中布滿暗紅血絲，一句話也不說，只是充滿憎恨地看他。

她是眞的想殺他。

除此以外，彩鳶什麼也無法思考，甚至無力思考爲何承安那樣還能活著，此刻他滿腦子只剩自己——死到臨頭，如此恐怖。

那就是剛才他帶給承安的恐怖。

「不要……殺、我、我不想……死。」

他喉間擠出幾段破碎的話，甚至他都不知道自己說了什麼。但承安聞言，忽發狂般全身顫抖起來，她哀啼般尖笑不止，一會卻又靜靜流下淚來。

淚水混著鮮血打在彩鳶身上，但承安瘋狂的姿態反使他從將死的恐懼中抽身，一個如此悲哀的人無法殺人。

果然承安將劍往旁邊一丟，全身脫力，伏倒在彩鳶胸口哭泣，她說：「我這輩子都在像你這樣求饒，不要殺我、我不想死……爲何從未有人願傾聽我的聲音？你也不想死，是嗎？好，我不殺你，我答應過他不殺你。」

彩鳶艱難地嚥了口唾沫，承安抬起眼，眼中跳動著殘酷的火光：

「但我也絕不能原諒你。既然你這麼不想死，那就給你……我把不死鳥給你、統統都給你！」

她將沾滿鮮血的手按入彩鳶口中，彩鳶感覺滾燙的血順咽喉灌下，霎時胸中一陣翻騰欲嘔，彷彿有什麼東西順著血液鑽入四肢百脈、五臟六腑。一股說不出的噁心感流遍全身，他渾身像要燒起來，緊接而來的劇痛鑽心蝕骨。

彩鳶亂舞雙手，緊掐著自己咽喉哀號。承安被他推倒一旁，但看他悲慘的模樣，反倒狂笑了起來，笑到後來又像在哭泣。忽然，她抬起頭，凌厲的目光指向楝子：「如何，你也要殺我嗎？你也要我死嗎？」

她拾起扔在一旁的劍，發瘋一樣大叫：「你要殺我嗎……要殺我嗎？你要試試看殺不殺得死我嗎？刀槍劍斧火燒水淹，他們試過多少方法，可就是怎樣也殺不死我！」

方才她還鮮血淋漓的傷口，如今已不再淌血了。面上被劃傷之處，也以可見的速度飛快癒合。她每向前進一步，楝子便不由向後退一步。

承安笑了很久，直笑到再也發不出聲。她垂下頭，低聲哀哀道：「放過我吧……我已經很累了。」說著，她拋下劍，走到陸長生身邊扶起他。她揹不動陸長生，只能將他的手臂架在肩上，拖著他一步步走。

而楝子僵在原處動彈不得，甚至沒想過去攔住她。清音一切晦澀難解的話語、丹陽派所有匪夷所思的謊言，一切環節都在此刻扣上了——

丹陽谷所藏匿的、所保護的、所試圖殺害的承安。

那就是「不死鳥」，原來「不死鳥」眞的存在。

彩鳶僵直躺著，面色死白，滿臉牽藤引蔓般的灰褐色斑紋。如果不是才探過彩鳶鼻息，楝子一定以爲倒在那兒的是一具屍體。

彩鳶的情況很古怪，他完全失去知覺，脈象一片渾沌。楝子本來擔心他或許撐不了幾天，但之後數日下來，卻也並不見毒發徵兆。

楝子既殺不死承安，彩鳶又命在旦夕，無路可退之下，只好先帶彩鳶回丹陽谷。他心想，彩鳶身上的褐斑非常類似清音，如果那和清音是同樣病癥，或許只有清音才知道怎麼幫他。

於是他日夜兼程趕回丹陽谷。

然而，當他回到谷中，卻得知掌門別院仍舊深鎖，聽說清音這段時間寸步未出，最近甚至送到院外的食物他也不曾拿走，有些人暗暗猜測，或許清音已死在院裡了。

那叫楝子絕望——清音的血早已乾涸，楝子自然也失去進出掌門別院的能力，他只能努力說服自己，清音必定還活著，畢竟若沒有他，這裡早就讓焦明啃成碎屑才對。

但即使他還活著，如今丹陽派也已如一盤散沙。

本來若按行第排序，清音既不能理事，眾人就該聽居次的梧聲指揮。梧聲卻動彈不得，左支右絀。楝子聽門人說她整日只知垂淚，既憂心清音生死，又不敢進去救他。而醴泉一系早被清音剷除，如今谷內竟沒個人能出主意。因此楝子一回谷，梧聲貞如聞天降救星，匆匆趕來見他。

楝子卻沒帶來救命之策。梧聲見他只帶回一具屍體般的彩鳶，左右又不見鴻麟身影，心早涼了幾分，知他也是灰頭土臉地逃回來。良久，她終於鼓起勇氣問：「鴻麟呢？」

楝子只顧帶彩鳶回來救命，哪有餘力想起鴻麟？他們既沒殺死承安，鴻麟會是什麼下場，他心底也是隱隱有數的。但他不可能殺上銀屏山搶鴻麟回來，鴻麟與彩鳶之間，他只能救一個。

梧聲見他沒說話，更坐實心中猜想，當下紅了眼圈。但再害怕答案，她也不能當沒這回事，她又大聲問了一遍：「鴻麟呢？」

楝子顫抖著身子，從懷中摸出裝追魂索的小銀罐——那就是他們最後關於鴻麟的線索。他按在手心輕輕拍了兩下，瓶口只噴出一蓬細細的青煙，一會就散去了。他將瓶口移開，手上空蕩蕩的，甚至一點碧綠的殘灰都不見。

「那是什麼？」

「是鴻麟的……追魂索。」

而此刻瓶中一無所有，追魂索已沒有要追隨的主人了——意料之中，都過了那麼長時間，鴻麟就算沒被棲霞派殺死，焦明之毒也早就發作。

他想：鴻麟沒了。

楝子回過神時，才發現自己正嚎啕大哭——他與鴻麟從來都不親，且因自己支持清音，有時甚至很討厭他與彩鳶。但再到此時，那些蝸角之爭究竟還有什麼意義？原來他們的性命比那一蓬青煙更虛幻。他爲鴻麟不值、爲彩鳶不值，爲站在這裡的自己不值。

梧聲抓著他哭道：「他怎麼死的？」

鴻麟被棲霞派當殺手抓住，或者是被酷刑拷問死的、或者是讓焦明活活吃掉的，怎麼想都是苦痛至極的結局。他想不出是否還能有一點慈悲的可能性，叫他僥倖得一場好死？楝子說不出口，他不相信這世上會有那如故事般的仁慈，只能嗚咽不止。到後來梧聲也感染他的悲哀，跟著他大哭起來。

但就像一陣來得急去得也快的暴雨，梧聲只哭泣片刻，便收乾了眼淚。

她抹去面上水痕，變得沒有一絲表情，也不再發出聲音，彷彿鴻麟與彩鳶的死活她都不在乎。那令棟子感到恐怖，他從不知那個梧聲是能如此絕情之人。

梧聲忽細聲問道：「棟子，你還記不記得五紋？」

棟子一下沒明白，梧聲說：「就是當年那個溜進掌門別院的師弟。」

棟子這才回想起來，那件事當然沒人能忘得掉，但他不曉得梧聲怎麼還能記得那人的名字。

梧聲繼續問：「你記不記得五紋撐了多久時間？」

「撐了……什麼？」

「五紋從進掌門別院，到焦明開始孵化，你記不記得花了多少時間？有沒有超過一刻鐘？」

梧聲的聲音雖細如蚊蚋，卻充滿穩重的力道。棟子愣道：「我怎麼可能知道？我根本沒看見五紋是什麼時候進去的。我看到五紋的時候，已是師父將他的屍體……」

「我與五紋不同。我從小就隨師父進出掌門別院，對那裡的布局非常清楚。」

忽然，他明白梧聲想說什麼了。

他大駭道：「梧聲，妳想硬闖？妳瘋了？」

換了平時，軟弱的梧聲必是哭成淚人，想找著誰來幫她。然而此刻她的眼淚彷彿已流乾，只垂著眼道：「不必多久，只要夠讓我找到清音就行了。你說，進清音的屋子要多久？要不要一炷香的時間？」

棟子抓住她的手腕，急道：「別想不開，進去了會是什麼後果，我們沒有人能預料啊！」

梧聲怒斥道：「不然要怎麼辦？鴻麟死了還不夠嗎？我絕不要彩鳶步上鴻麟後塵！」

鴻麟二字如一把尖刀插進心窩，棟子啞口無言。他低頭看那追魂索的空瓶，半晌終於退讓，他用茶蘸濕了指尖，在桌面上畫一幅草圖：「清音不常在主屋，多半是待在那條小溪後的院子裡——妳知道那裡嗎？建了高高欄柵，裡面還有一架鞦韆的院子。」

此言頗出梧聲意料之外：「欄柵？那應該是承安的住處，但師父從前不讓我們到那裡去，我也不太記得具體所在了。」

棟子聞言，也頗感詫異，他於是把路畫得更仔細些：「那裡在別院最深處，妳要……腳程快些。」

梧聲別過棟子，獨自一人揹彩鳶過東岸。

從前石丹朱常帶她進掌門別院，她對裡面的結構還是很熟悉的。師父雖不許他們越過小溪，但她很清楚小溪的位置。她站在別院紅線前，腦中反覆描摹無數次行動路線，終於深吸口氣，衝了進去。

很快梧聲便趕到那清溪小院前，只見高欄如棘刺聳立，她從以前就一直很難想像承安究竟是怎樣的人？為什麼須住在這樣一個把人像牲畜般看管起來的地方？但那圍欄再高，於她也只如履平地，她揹著彩鳶，輕鬆一躍而入。院內小屋煙霧繚繞，薰香刺鼻，讓人幾乎喘不過氣。偶爾吹進一點小風，窗邊紗幔便隨如群魔亂舞。梧聲皺了皺眉，將彩鳶暫時安置在地上，跑去掀開屋裡所有簾幕，並打開每一扇門窗，讓外頭清潔的空氣灌進來。

她快速搜索每一間房，最後在最深處的客室裡找到清音，他倒臥在床邊，幾乎一動也不動，身邊打翻了一只水杯。

梧聲見他模樣，以為他已死了，不敢靠近。但一會兒她見清音的身體似乎仍有微弱起伏，她驚呼一聲，忙過去扶清音起身——只見他滿面猙獰的黑斑，幾乎連五官也看不清，梧聲嚇得差點鬆手，但這時她聽見微弱的呻吟，那是清音喚著：「水——」

他還有氣！梧聲忙添了點茶水給清音，總算他恢復些知覺。一想到彩鳶將來可能也會變成這樣，梧聲深感絕望。不知等了多久，總算清音醒轉過來，見是梧聲，他啞著聲道：「妳是怎麼進來的？」

被這麼一問，梧聲才驚覺她進來好久了，她忍不住低頭看自己胸口，彷彿體內焦明馬上要破卵而出。然而什麼事也沒有發生。

「我和彩……對！求師兄……不，求掌門救彩鳶性命！」

「彩鳶？」

清音困惑不已，梧聲忙攙扶他回到大廳，清音見彩鳶如死屍般倒在地上，一臉愕然，梧聲緊緊拉住他雙手道：「彩鳶一回來就是這個樣子了，楝子帶著他日夜兼程才趕回谷的。」

清音過度虛耗，精神恍恍惚惚。他盯著彩鳶看了一會兒，問：「那承安呢？」

梧聲對他只問承安，不顧彩鳶死活有些不滿，但也只得照實答了。她將楝子所言向清音重複了一遍——自然楝子不敢對梧聲明言不死烏一節，只說彩鳶受承安偷襲，勉強搪塞過去。

然而清音聽完，心裡便有了個大概。他說：「扶我過去。」彎身下去細察彩鳶情況。

梧聲與他離得很近，忍不住直盯他的臉看，那已不是她所熟悉的大師兄，而像是一頭臉上爬滿蟲蟻的怪物。清音察覺她的目光，索性將長髮撩到耳後，露出半張斑駁醜惡的臉孔，冷冷說：「看夠了嗎？」

梧聲忙別開眼，不敢再看，清音仔細檢查彩鳶全身，赫見他身上也出現與自己相同的大量斑紋。

他簡直不敢相信發生了什麼——但算算時間，他成爲掌門已是近十五年前的事。再選一個人出來，本來也不奇怪。只是他不明白，爲何承安做出如此選擇？或許她也是走投無路，但這對清音來說，無異天賜良機——他跟鴻麟、彩鳶不同，他太了解承安了。即使賠上性命，他也絕不會留下承安活口。

他強壓住心中狂喜，指著彩鳶面頰，冷聲道：「不必直盯著我瞧，他身上也有。」

梧聲只道彩鳶果然與清音染上相同怪病，藥石罔效，面色立時變得頹敗。清音卻道：「不用擔心，他可以不要死，我知道怎麼救他。只有一個條件，妳必須答應我。」

梧聲聞言大喜：「只要我力所能及！」

清音道：「我要出谷。在我回來以前，谷中由妳掌管。其餘不論，最重要的一點，是妳須看住彩鳶，他若醒來，不許他離開谷底半步。」

梧聲一下愣住：「出谷？可是……爲什麼？」

清音溫聲道：「梧聲，妳是不是一直在想，師父殯天時一句話也沒留，憑什麼我宣稱掌門是自己？」

「我不……我從沒有這樣想過。」

「妳不必怕，我不是要測試妳。若能不做掌門，我原也不貪戀這個位置。我隱瞞許多事，但掌門一事，我確實沒有說謊，早在十五年前，我便被選定爲新掌門。師父選掌門，靠的並不是言語文字。」

「那是靠什麼？」

「在這丹陽谷內，還能靠什麼？當然是蠱——他怎麼拴住弟子，就怎麼控制新掌門。妳現在看見我臉上這些東西，就是蠱的印記。掌門之蠱乃是一對子母蠱，母蠱如今不在谷內，我須去將她找回來……這是救我與彩鳶唯一的辦法。」

梧聲聽他將自己與彩鳶並列，忽明白他的意思，不可置信：「那麼，彩鳶他……」

「不錯，十五年過去，母蠱已選出新掌門——」

清音說這話時，竟是一臉如釋重負的表情：「現在開始，彩鳶就是丹陽派第十五任掌門。」

陸長生再醒來時，聽見一陣細細的歌聲。後來他才發現那不是歌聲，而是承安吟詩的聲音，她念得很輕，所以聽得並不真切，彷彿是夢裡的歌聲一樣虛幻。

陸長生枕在她膝上，睜開眼便看見她輕輕敲著拍子唱，像一個母親在哄睡自己的孩子。

她一注意到陸長生醒來，立時停下，驚呼道：「長生，你醒了？」

陸長生感覺身體很輕，彷彿四肢都失去了知覺，只剩頭腦還活動。他勉強挪一下右臂，還能動，便伸手去碰了碰承安：「別哭。」

承安忙道：「我沒有哭。」

陸長生笑一笑，環顧四周，是沒見過的地方，恍惚間他記起一場惡戰，他摸了摸胸口，只覺一陣撕心裂肺的疼痛。承安慌張道：「別碰傷口，才止了血的。」但已遲了，陸長生雖只輕輕一碰，傷口的鮮血立刻又如湧泉一般，浸濕他的衣衫。

陸長生艱難地嚥了口唾沫，額上冷汗直冒。見承安慌亂不已，陸長生忙道：「沒……沒事。」又見承安衣襟上也是一片怵目驚心的暗紅，他問承安：「妳沒事吧？」

忙著爲他包紮的承安手上一滯，她沉默片刻後，微微拉開自己的衣襟，陸長生看見她自胸口到左肩上一道深縱的傷口，血早已止住了，結了一層淡粉色的薄痂。她面不改色，撮著指尖把那層薄痂撕開，底下肌膚如絲緞一般光滑如昔。

她攏上衣襟，淡淡道：「還能怎麼有事？」

陸長生慢慢想起他失去意識前最後一個畫面——劍尾的白穗花讓血染成鮮紅，長劍貫穿承安的身軀……那是幻是眞？他愕然望向承安，承安長嘆一聲。

李承安出生的那一年，正値改元之際。

那時正是昇平樂世，天昌地順、百姓安泰。她的父親乃直系郡王，自幼她便長於那煙羅錦繡、繁華富貴之家。她的母親希望她一生都能在這平安富貴中度過，故爲她取名「承安」，取其「承平安樂」之意。

李承安的童年過得無憂無慮，她上面還有幾個兄姊，年紀都差得多，也不待在郡王府裡，父母對她百般溺愛呵護，過著如天女一般奢侈豪華的生活。

直到那一年，有幾個人來王府拜訪。

後來她才知道來的是一對方士兄弟，修行丹爐符籙之術。其中道號出塵子的是哥哥，本名石一歸；道號丹陽子的則是弟弟，名喚石嘆鳳。

出塵子秉性老成持重，不只煉丹之術，對那陰陽五行、天人感應之道無所不知，見聞淵博。丹陽子亦上通天文，下知地理，但他性格與兄長恰恰相反，言談風趣雋永，妙語如生蓮花。李承安的父親對那二人極是看重，以厚禮相待。

初時李承安並不知這二人來她府中是爲了什麼，也不好擅自接近，直到她與石清音成爲朋友。

石清音是出塵子在俗家時生的孩子，他倒不曾出家，只是跟在父親與叔叔身邊學習，偶爾替他們做些繁雜瑣事。

石清音性格怯弱，與他父叔截然不同，卻也因此容易親近。承安與他年齡相近，兩人很快就變得熟悉，偶爾也一起讀書嬉戲。承安自恃身分高貴，有時對清音好，有時也愛指使欺負他。她常逼問清音，石家兄弟遠道而來，究竟所求爲何？

清音素來最敬怕承安，她的每句話都當作綸音聖旨，只是父親千萬交代過，此事不許隨便說給外人知曉。因此凡事都順著承安的他，只此一件，始終不肯透漏。

承安也並不眞的很在意，仍時常來找清音玩耍。她父親雖不准她靠近這些清客方士居處，但她自小受府裡嬌慣，我行我素慣了，從不將父親的話當一回事。她想，反正不要被發現就好了。

那一日，清音一人在院裡搗藥。他有一下沒一下撥弄藥杵，歪著頭盯西方天際看，大概恨不得太陽早下山好讓他休息。

這時間石家兄弟多半正陪她父親談經論道，因此承安也不怕，溜進院子來找清音。她見清音發愣，便悄悄繞到他背後，忽然「喝」一聲抓住他的肩膀。

清音驚呼一聲，嚇得手裡的藥杵藥缽都摔在地上，滾出了幾寸遠。承安拍著手大笑起來，又湊過頭去看，只見碗裡裝了不知是什麼的紅色粉末，還飄著一股刺鼻濃烈的異香。

承安看那好像玫瑰做的胭脂，伸手就想沾一點，清音慌忙道：「不許碰、不許碰，碰了會死的！」

承安不服氣，說：「沾了會死，哪有這種東西？」又說：「肯定是你小氣，不讓我碰！你說，到底是什麼東西，這麼珍貴？難道是你叔叔你爸爸帶來的寶貝？」

清音囁嚅著說：「不是那個。」

「那就讓我瞧瞧！」承安說著又伸手過來，清音忙撿了杵砵遠遠跑開了。承安氣惱，便大叫道：「不給碰就不給碰！誰希罕！」

清音進屋把東西藏好了，怕承安眞惱，忙過來服軟示好。

承安卻也不是眞的生氣，見他做小伏低，一陣子氣也消了。只是還要想個方法整治他，便說：「你這麼小氣，我不願和你做朋友了！」清音又慌忙求和，承安道：「除非你答應我一件事。」

清音忙允了，想了想又說：「但剛才那個不許碰。」

承安氣道：「我說了不希罕了。」她想了想，說：「這樣吧！你告訴我你爹和你叔叔到底拿了什麼來王府，我就原諒你。」

果然清音又是面有難色。承安沉下臉，說：「你拜託我做事情，我推託過半次沒有？這也不許碰，那也不許問，到底當不當我是朋友？既然如此，以後我再也不來見你啦！」

清音見承安轉身就走，恐怕她眞要斷絕往來，忙抓住她手臂，低聲叫道：「我告訴妳、告訴妳便是。」

承安也不說話，回頭斜睨著他。清音垂下腦袋，掙扎了半晌，低聲道：「是不死藥。」

承安瞪大眼：「不死藥？」

清音道：「不錯，我爹和叔叔各造出了一種不死藥，想請郡王獻給今上。」

承安聽見不死藥原已大爲驚奇，不意不死藥竟還不止一份！

她問石清音道：「你說的是眞的嗎？那不死藥眞能叫人長生不死嗎？」

石清音遲疑片刻，說：「我不曉得，我沒試過。」

承安說：「難道你還眞想試？」見他神情閃爍不說話，承安在他耳邊悄聲笑道：「不如……我們就試他一試？」

石清音忙驚慌打斷道：「不可、萬萬不可！那可是要獻給……當今聖上的東西。」

承安卻不以爲然：「不是有兩份不死藥？」說著又嬌嗔道：「就當我們先替陛下試試效果好了！」

「不行就是不行！再說了，兩份不死藥也是不同的東西。」

「不同？不死藥還能怎麼不同，不就是長生不死嗎？」

「不……我爹爹和我叔叔做的不死藥，有些分別。」

「什麼分別？」

石清音考慮了一會，說：「爹爹與叔叔對不死藥的看法不一樣，叔叔說，能永保青春年華才是長生的意義，但爹爹認爲，能保存性命才是最重要的。因此兩人做出來的不死藥不同。」

承安似乎也感到有些意思，竟反常不再插嘴，靜靜聽清音說。

「叔叔做的百年身能叫人年華永駐、不受老病之災；爹爹做的不死鳥卻能叫人不懼刀槍水火，即使受了傷也能很快治癒。」

承安聽得目瞪口呆，不敢置信：「眞的這麼神奇？」

石清音頷首：「我爹爹和叔叔都是非常聰明的人，若他們這樣說了，我想不會有錯的。」

承安沉吟一會，問石清音道：「你覺得呢？哪一樣才是眞正的不死藥？」

石清音說：「我也不知道，兩人說得都很有道理。不過若硬要我選一個的話……我認爲，叔叔做的與其稱不死藥，不如說是不老藥還更實在一些。」

承安點頭稱是，又說：「清音，你帶我去看那不死鳥與百年身吧！」

石清音慌忙拒絕，說：「要讓他們知道了，我不被剝一層皮才怪！」

承安苦苦哀求道：「拜託你了，我只看一眼，保證不會做什麼事的！」

石清音仍死命搖頭，承安死拖活賴，胡攪蠻纏，終究不肯。最後承安氣憤道：「我看根本沒有你說得那麼厲害，你們一家都是騙子！」說著竟委屈地哭了起來。

石清音見她哭得兩眼發紅，一時慌了手腳，只好說：「好，我帶你進叔叔的煉丹房去。但妳只能看一眼，什麼也不許碰！」

承安立時破涕為笑。石清音迫不得已，帶承安進了石嘆鳳的丹藥房，他和承安約法三章，進去以後只繞一圈，立刻就退出來，不論看到什麼都不許摸，承安自然滿口答應。

石清音與叔叔石嘆鳳只差十多歲，比起父親，反倒與一個大哥般的叔叔更親暱。石一歸不許他出入書房丹室，只許他做些無關緊要的雜事，石嘆鳳卻將自己所知一切傾囊相授，還給他自己煉丹房的鑰匙。石嘆鳳的丹室在背光處，掛上數重簾幕，大白天的半點光也照不進來，屋裡深凝暗紫，只能隱約看見四面陳列各色銀器，器物邊緣上流動微弱的光。正中央一口丹爐香煙裊裊，飄散一股妖異甜膩的香味。

承安看得失了神，每樣東西對她來說都是那麼新奇，哪裡還記得和石清音的那些約定。石清音攔不住她，只能任她把石嘆鳳丹房裡裡外外翻了個遍。到後來，連他都忍不住好奇，竟跟承安一起胡亂翻看。等兩人回過神時，不知不覺外頭已日落西山，丹室內一片狼藉。

這時石清音才知道麻煩大了，他很少進這裡來，根本也不記得裡頭本來是怎樣陳設擺列，這時才想物歸原位已太遲了。正不知如何是好，忽然，他聽得外頭有腳步聲靠近。

兩人面面相覷，轉眼那人已到門邊。

石清音慌道：「承安，妳快找個地方躲起來，絕不要發出半點聲音。」

承安問他：「那你怎麼辦，你叔叔會不會罰你？」

石清音道：「管他的，總不會打死我，但絕不能叫他知道我帶了小郡主進來這裡。」

承安卻不以爲然，道：「我是郡王的女兒，難道你叔叔還能拿我怎麼樣？你聽著，一會兒你只負責哭，就說都是我逼著你做的，後果我來承擔。」說罷，竟豪氣干雲地一把將門推開——

門外站著丹陽子石嘆鳳。

這是承安第一次在這麼近的距離看見他，石嘆鳳像描在畫像裡的人物，美得甚至有幾分不真實。他一身紅衣讓晚風揚起，彷彿要融入晚霞之中。

那一瞬間，承安眼底好像掀起了一片火海，全身都瘋狂燒了起來。

「我……我……」承安慌亂地退了兩步，剛才的無畏蠻勇全都雲散煙消。她手肘向後一碰，便打翻了半個架子上的東西。石嘆鳳看承安手忙腳亂，又是驚慌又是含淚，一雙鳳眼似笑非笑，說：「清音，這是哪兒跑過來的小老鼠？」

雖然對清音說話，雙眼卻只盯著承安看，承安覺得他眼底彷彿藏了滿天的星。

從那以後，承安眼中再也容不進別的東西。

石嘆鳳像火焰一樣炫目美麗，卻也像火焰一樣燙得扎手，只能保有片刻的絢爛。愈是靠近石嘆鳳，愈是被他燒得遍體鱗傷。承安與他悄悄往來，漸漸明白了這一點。

比起沉穩的出塵子石一歸，石嘆鳳浮華而躁進。他只貪戀片刻的美麗，總是追求虛幻而短暫的事物。當他感到厭倦之時，便毫不留情徹底拋開。然而那與其說是他秉性喜新厭舊，不如說那是他對美的永恆追求。草木凋零、美人遲暮，正因美麗的時限太過短暫，石嘆鳳才在不停在不同事物上追求那珍貴的片刻。

有一日，他竟突發奇想，想造出長生不老藥來。

畢竟，只要能保留住最美麗的瞬間，他便永遠也不會感到厭倦。

石嘆鳳聰明絕頂，從他決心開始研究長生不老的方法，到他實際造出百年身來，總共只花去四年光陰。他欣喜若狂，立刻想將百年身付諸實用。然而，令他訝異的是，他費盡苦心造出的金翅蠱百年身，竟帶著極強的毒性，沾身即死。

服下百年身者，在得到永生不老前就會先死去，因此百年身究竟有沒有效果，根本無從驗證。

石嘆鳳爲此幾乎發狂，然而不論他付出多少努力，百年身基底中最致命的毒素還是難以避免。終於他肯承認，這多年來的努力都是付諸流水，毫無意義可言。正當他準備徹底放棄百年身，重起爐灶之時，忽然發生一件事，讓石嘆鳳的心中掀起了巨浪——

石一歸也造出了不死藥。

不知從何時起，石一歸竟也對這此產生了興趣。在不曾和石嘆鳳討論過的情況下，獨自一人默默地嘗試造出不死藥。

石一歸將之取名爲不死鳥，與石嘆鳳那暴躁而猛毒的金翅小蟲不同，不死鳥非常恬靜安分，裝在奩中，像永遠沉睡一般。

百年身雖讓人長生不老，卻不能讓人有不死之身，一旦受外力加害，服過百年身者照樣會喪命。

不死鳥卻正好相反，與百年身的初衷不同，石一歸的不死鳥雖不能讓人保住青春，即使服下不死鳥，也會漸漸老去。然而，它能讓人身上的傷口損害以很快的速度再生。

石一歸將不死鳥帶給石嘆鳳，向他演示不死鳥帶來的驚人再生之力。石嘆鳳面上喜悅，極是讚嘆石一歸之才華橫溢，心中卻有一處空蕩蕩的。每見到石一歸在自己跟前出現，便感到眼底一陣火辣辣的燒灼。

他始終不明白，石一歸為什麼忽然也想造不死藥？對他來說，不死鳥並非兄長窮盡人智所創造的完美作品，毋寧說是來自他的嘲笑，向他炫耀自己能輕易突破石嘆鳳過不去的極限。

石嘆鳳自此便對百年身撒手不管，石一歸卻還不滿足，他聽說今上聖明，甚至想將這兩個不死藥都帶往進獻。石嘆鳳意興闌珊，道：「百年身不過是個半成品，你只帶你的不死鳥去便罷。」

石一歸卻道：「若能先服下我的不死鳥，或者能壓抑住百年身的毒性，屆時自能收百年身之奇效。」說得石嘆鳳心底也隱隱鬆動起來。

兄弟雖然獻上了成雙的不死藥，但聽說百年身含藏劇毒，根本無人敢輕易以身相試。或許也出於私心，李承安的父親並未將這一對不死藥立刻獻給皇帝，反而將其扣在府內。

石嘆鳳對此頗生不滿，屢有求去之意。承安年紀漸長，明白了自己對石嘆鳳抱持的感情，因此患得患失，恐怕石嘆鳳真有一日便拂袖而去。

在承安十四歲那一年，戰亂爆發了。

母親為她取的名字未能發揮作用，她的太平盛世就到這一年結束。潼關、長安接連失守，戰火不獨燒得皇帝倉皇逃難，遠在邊陲的他們也未能倖免。

轉眼兵臨城下，若落入叛賊手中，屆時還不知要如何受辱。郡王不願折辱叛賊之手，欲以身殉國。承安的母親聽說丈夫要帶全府殉死，苦苦哀求他至少放過年幼的承安。但郡王哪裡肯，只道：「她既姓李，就該有我李家人的樣子！」

婢女爲承安換上華服、化上濃妝，簪了滿頭的珠翠鮮花。承安明知國難當頭，逃命還來不及了，哪裡有空做這些閒事？心中多少也有預感要發生什麼事，卻不知如何是好，只能不斷流淚，一次又一次哭花了婢女爲她描上的妝。

那些婢女亦知這是臨刑前的喪鐘，是要爲小姐盛裝入殮，也就任著她流淚，一面哭著一面替她再把妝化上一次。正當主婢抱頭哭成一團時，忽聽門外傳來一陣急匆匆的腳步聲，郡王夫人不顧外頭小婢阻攔闖了進來，打斷道：「不必化了，承安跟我過來。」

承安被她母親拖著不知往何處去，心裡慌亂無措，哭泣不已。她母親喝道：「不許再哭！」承安才止住了眼淚。

兩人到她父親書房之前，郡王夫人催趕她進去，又命她：「那些礙事花哨的東西摘了，快找你父親將丹藥藏在哪裡！」

原來她知丈夫心意已決，承安必定無倖，慌亂無計之下，竟想起那一對方士兄弟帶來的不死藥。她偷來書房所有鑰匙，將整個房內翻過一遍。她雖隱約知道不死藥似乎有些隱患在，但大難臨頭，也無暇顧及這麼多了。

翻了半晌，承安忽在書櫃邊聞到一陣熟悉的香氣，那是石嘆鳳的煉丹房裡長年縈繞著的幽香。她跟母親指著書架說：「這後頭好像有東西。」

郡王夫人毫不顧忌，將上頭所有書一古腦地搬開扔在地下，見承安木著一動不動，還斥罵道：「傻著做什麼，快來幫忙！」

母女二人幾乎拆了半面書牆，果然找出一格暗道來。郡王夫人發瘋似地將那暗格挖開，搽了鳳仙花汁的漂亮指甲都扳成兩折，但她不管不顧，終於從暗道裡挖出兩口小金匣來。

這下她可愣住了：「哪個才是不死藥？」

承安哭著說：「兩個都是。」

郡王夫人對不死鳥與百年身一無所知，她將手上大小鑰匙都試過一遍，也不知幸或不幸——她先打開了不死鳥。

不死鳥在金匣中沉沉睡著，看上去就像一枚黑紅斑紋交雜的美麗仙丹。郡王夫人將它摳起來，塞入承安口中，道：「吞下去！」

承安慌亂道：「娘！那妳呢？」

郡王夫人急道：「哪裡管得了這麼多了！」只逼著她將不死鳥吞入腹中。不死鳥自始至終未曾抵抗，承安很輕易就將它服下。

旋即郡王夫人又開了另一口盒子，比起不死鳥的光華內斂，百年身一襲金衣，顯得華貴璀璨。她看著百年身一時失了神，心想：恐怕這才是不死藥。也不管承安剛才吞下了什麼，就逼她：「這個也吃了！」說著，她便動手去取百年身，然而就在手伸向盒子瞬間，百年身忽展開雙翅，一下就失去蹤影。

「這是……」郡王夫人好像這才意識到，盒中並非尋常丹藥、而是有生命的東西。她聽見耳邊一陣嗡嗡雜音，回過頭去，就見眼前一道金影掠過。她忽覺渾身冰冷，雙膝一軟便倒了下去。

承安見狀尖叫道：「娘！」她忙扶起倒地的母親，卻聽見那死亡的振翅聲在身後響起。承安感覺後頸被什麼螫了一下，登時全身痠麻，整個人都倒在她母親身上。

緊接著就是一場絕望的慘劇，首先是郡王夫人、再來是承安、再來則是聽聞驚叫聲先後趕來的侍婢與護衛。不論是誰，只要踏入這房內，不出片刻便即倒下。

百年身之毒無比凶惡，沾身即死。承安倒在地上動彈不得，一身火燒火燎的疼。只能眼睜睜看著最愛的母親抽搐一陣便斷了氣，隨後每個進來的人，也都不曾倖免。

郡王一聽說夫人盜藥，氣得提了劍風風火火趕來，誰知一進房門，如見煉獄焦土。承安最後一次看見的父親，就連眼神也不曾和她交會，直挺挺地提著他的寶劍便倒下了。

承安倒在遍地屍體之中，從害怕哭泣到徹底絕望，她不明白為什麼這裡面只有自己沒被百年身殺死。漸漸屋裡變得死寂，眾人知道房中出了異變，再也不敢靠近一步，只剩下她躺在溢滿死亡的深湖之中，不知為何，卻不能跟著沉下去。

就在這時，她聽見一陣急促的腳步聲。

出塵子石一歸站在門口，如天神一般地降臨了。

在這殘酷的地獄中，彷彿只有他能隔去所有業火焦灼，一身清潔白衣，宛如黃泉中盛放的一朵白蓮。

承安呻吟道：「快……走……」石一歸抱起倒在地上的她，面色沉痛，悔恨道：「對不起。」他將承安交給隨後而來的石嘆鳳，道：「你設法帶小郡主離開。」

石嘆鳳詫異道：「你呢？」

他只搖搖頭，說：「叫清音過來，替我收拾最後的殘局。」

石嘆鳳急道：「這怎麼行，你別管百年身了，和清音隨我們一起走！」

石一歸道：「如今外頭已被軍隊包圍，誰也走不脫了！你們分開行動，或者還有機會逃出城去。清音那孩子很機靈，他有能力逃出去的。」見石嘆鳳仍遲疑不動，他暴喝道：「現在百年身或許還控制得住，難道你要等牠從這屋裡逃出來了，將這方圓百里都殺個片甲不留才甘心嗎？」

說罷，他一把推開石嘆鳳，決絕踏入那片煉獄中，獨自面對失控的百年身。石嘆鳳一咬牙，將承安負在肩上，說：「我帶妳走！」

那就是承安最後一次見到石一歸。

石嘆鳳策馬帶她闖出重圍，連夜逃入深山之中。雖然總算順利突圍，畢竟他單槍匹馬，仍是受了重傷。他右腿右臂均中了十數箭，雖及時施了治療，終究留下一些影響，使他後半生行動變得十分不靈便。

但承安比他更慘。

石嘆鳳帶她逃到安全之處時，承安已被打得像個篩子一般，她所承受的疼痛，已非錐心刺骨可形容，近乎絕望，恨不得自己立時便死了乾脆。

可是她卻死不了——不論她受了多重的傷，意志都像一把清明的火焰，獵獵呼嘯燃燒，一次又一次提醒她肉體的劇烈疼痛。

石嘆鳳爲她除去身上的箭，算下來她周身上下共中了四十多箭，就是一個鐵人都能被打爛，可是承安仍活了下來。

石嘆鳳不顧自身亦負重傷，不眠不休照顧了她數日夜，而他也注意到承安的傷口正以異常的速度復原。到第七天早晨，石嘆鳳爲她換藥時，承安身上已連一塊疤痕都看不見了，比石嘆鳳的情況還要好得多。她縮著身子坐在角落裡，似乎也不想讓石嘆鳳靠近她。

石嘆鳳沉默了一會兒，問她：「妳是不是……服下了不死鳥。」

承安聞言咬著下唇不說話，兩行眼淚打了下來。

這也是石嘆鳳初次見識不死鳥的威力，這時他才深切體會，自己是徹頭徹尾輸給了石一歸。

石嘆鳳朝她伸出手，卻被她使勁甩開，就見她雙手掩面嗚咽起來：「怎麼辦……怎麼會變成這個樣子……我這是成了什麼怪物？」

他看著承安恐懼絕望的淚水，心中亦是說不出的悔恨。他與石一歸的競爭，何等虛無，最終百年身毀了石一歸性命，不死鳥毀了承安後半生。承安與她的家族永別，他也失去唯一的親人——此後他們什麼也沒有了，只剩下彼此。一這樣想，從前兩人那些遊戲般的愛情試探，與此刻巨大的喪失感，纏綿著化作無窮的憐情蜜意。他擁抱著他唯一擁有的承安，承諾道：「別怕，妳變成什麼都無所謂，我會陪妳一輩子。」

外頭依舊烽火連天，他也不便帶著承安出去，兩人便決意躲入深谷之中，度此殘生。

最初那段時光，或許是承安餘生中最幸福的歲月。石嘆鳳與她在谷中閒雲野鶴，過著如神仙眷侶一般的生活。承安開始忘卻傷痛，偶爾覺得就這樣和石嘆鳳過一輩子也是極幸福的事。他們採摘河谷中的紅花，自己織染成喜服，又結花環取代霞帔鳳冠，在寒冷的月光下、神聖的大江邊，叩拜天地、叩拜故人、叩拜最後擁有的彼此，互許終身。

然而那純粹的愛情終究變了質——

兩人的終身並不等價，石嘆鳳的百年身開始在承安身上發揮效用。

幾十年很快便過去了，石嘆鳳漸現衰老之態，承安卻始終保持少女模樣，看起來頂多比當年逃難時再大上幾歲而已。

這時石嘆鳳才驚覺承安不只服下不死鳥，也染上百年身的永生之毒。正如石一歸所推測，不死鳥能剋制天下諸毒，順利壓制住他的百年身。

憑他石嘆鳳之能，要再現一尾百年身或許並不難，然而就算做出百年身又有什麼意義呢？如果沒有不死鳥，百年身根本發揮不了作用。

最初他或許是抱著想與承安共白首的心情，拚命要重現石一歸的不死鳥。然而隨著他的逐漸老去與徒勞無功，那樣的心情便產生了變化、回到他最初懷抱的感情——他與石一歸之間的競爭意識。

哪怕石一歸早已化作白骨，他心裡也絕不願輸給兄長，不論如何，他都要做出不死鳥來揚眉吐氣。可是石一歸不曾留下任何關於不死鳥的訊息，他從前又過於自負，不願與石一歸討教切磋，如今根本不知從何下手。

最後，他手邊唯一剩下的籌碼就是李承安。

承安體內帶著不死鳥，是他最珍貴的樣本。當他意識到這一點時，承安與他之間那流金花火一般的美麗歲月便結束了。從那之後，對承安便是一場絕望而反覆的凌遲。

在石嘆鳳一次次的失敗之中，兩人的愛情漸漸消磨殆盡。好像曾經輝煌璀璨的火焰，終究也有凋零止熄的一日。石嘆鳳一年一年老去，他無法忍受不再青春俊美的自己，因此更對年華永駐的承安疏遠。

他自知有生之年恐怕無法造出不死鳥，但他也不願就此服輸。因此他向外搜求許多資質穎悟的少年少女，開山立派，將自己畢生所學傳予他們，只願有朝一日他們能完成自己的遺願。

爲了不忘卻初衷，他甚至以石一歸的孩子清音來爲首徒命名，百年來十餘代弟子遵循此例，首徒皆喚作清音。

而承安作爲門中唯一的不死鳥，一代一代傳到每一任掌門手中。

他們對她或者親近、或者恐懼、或者愛慕、或者嫌惡，她與一位又一位掌門錯身而過，看著他們一個個走向死亡，被送入倒虹川的盡頭。

所有的愛恨悲喜、啼笑歌哭，在百年歲月的長河中，漸漸變得破碎而模糊。回首望去，只剩一陣過眼的輕煙。

這就是我一生的故事。

承安如此哀嘆，陸長生卻輕輕搖頭。

「妳怎能說那是妳一生的故事？妳已經離開丹陽谷了，妳的一生現在才要開始。」

「我不要開始，我要的是結束。」承安道：「長生，爲什麼倒在這裡的是你而不是我？我雖有不死之身，卻救不了你，卻救不了任何人！我救不了爹娘，救不了石一歸，救不了石嘆鳳，每一個人……他們每一個人，我都只能眼睜睜看他們在我面前離開，現在你也要離開了！」

說著她大聲哭號起來。她恨丹陽谷裡那通天的大川，冰冷、漫長，彷彿她一生的歲月，無悲無喜，無始無終。它就一直靜靜待在那兒，聆聽她與石嘆鳳交換神聖的誓言。卻又讓她的誓言化作泡沫，流向大海，石嘆鳳死後，她親手將他的屍體投入江中，目送江水將他送走。

那一刻，她體會到前所未有的孤獨。她曾經那麼愛他，曾經那麼恨他，但在他死後一切愛恨都變得毫無意義，甚至連緬懷他都沒有意義。最後一個見證過她的故事、見證過她作爲李承安那段歲月的人也離開，她感覺自己和這世界還連在一起的最後一條線，斷了。

只有大川還在那裡，日夜奔流，既不給她承諾，於是也絕不對她毀約。

「長生，求你不要、不要也走……」

早知道不要離開丹陽谷，早知道讓清音將她埋葬，至少大川活得比她更久，永遠不會背棄她，那麼她就不必再體驗一次同樣的痛苦。

陸長生卻伸手爲她拂去淚水，道：「我活得夠長了。」

他閉起雙眼，輕聲道：「我那麼自私，對不起小婉、對不起梵天，可是上天還是把妳送來我身邊，陪伴我這麼長一段時間，讓我還能爲誰做一點事。能遇見妳眞是太好了——太好了，人這一生……能有幾次有過這樣的念頭？已經夠了。」

承安緊緊握著他的手，死命搖頭。好像害怕他每多說一句話，就多浪費掉最後一點生存的能量。但陸長生卻不停下，大概他也知道這是自己最後的機會了，他要將所有想說的話都說個清清楚楚。

「石嘆鳳……一定也是，他一定也像我一樣感謝妳。」

承安恨道：「他只恨我的不死之身，他只恨我像石一歸留在世上對他最後的嘲諷一樣。他恨我還來不及，要感謝我什麼？」

「承安，妳想過爲什麼石嘆鳳要把弟子取名作清音嗎？又或者……妳有想過爲什麼石一歸要將兒子取名作清音嗎？」

承安一時答不上話，陸長生道：「不死鳥與百年身……我聽妳這樣說，並不覺得石一歸是有意要和他一較長短。」

「若非如此，又爲什麼要造出不死鳥來將他比下去呢？」

「不是比下去。石一歸只是想保護他，不是嗎？」

承安顫聲道：「你說的是什麼意思？」

陸長生道：「如果沒有不死鳥，百年身又要怎麼發揮呢？石一歸做出不死鳥的初衷，一定只是想讓弟弟的百年身能眞正綻放他的光采吧……我也是做哥哥的人，所以很能夠體會石一歸的心情。」見承安不相信，他又道：「你聽那石一歸替自己的孩子取了什麼名字，不就明白了嗎？清音清音，說的是鳳鳴之聲，他想聽見石嘆鳳的鳴聲啊！他一定懷抱著……願他能雛鳳清於老鳳聲的期望吧！」

承安聞言，默不作聲，良久，她垂下腦袋，喃喃道：「你說……若我能早點把這些話告訴他該有多好？該有多好……」

陸長生卻搖頭：「放心，他一定早就知道了——所以他才把自己的弟子取名作清音，希望他們有朝一日，能爲他重現他哥哥這一生最了不起的作品。」

他伸手拂去承安面上的淚痕，彷彿所有力氣都爲了留給這一句話，陸長生甚至全身都弓了起來：「他像妳一樣失去了一切，妳是他孤獨中唯一的同伴，是他唯一的救贖……不論他是愛妳或恨妳，承安，記著，最後映在他眼中的妳，不是石一歸對他的嘲諷，而是石一歸想保護他的那份心情啊！」

然後他的聲音漸漸弱了，承安再也聽不見了。

十六、一鶴歸

IMMORTAL BIRD

IMMORTAL BIRD

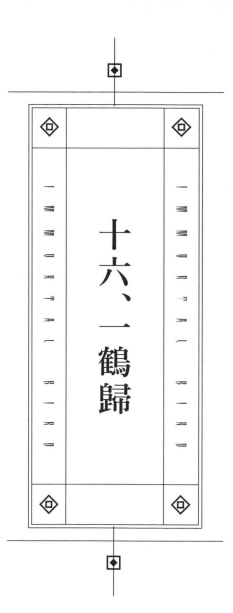

編註：本章節並無情節內容，以〈一鶴歸〉之章名取其意，哀悼長生的逝去。

十七、鳳還巢

IMMORTAL BIRD

IMMORTAL BIRD

清音初見承安時，只有十二歲。

正是七月溽暑之際，大中午的，刺目的陽光將眼前一切刷洗得蒼白模糊。清音站在藏經閣後，看著面前一道清溪潺潺流過。他彎下身來掬一捧水潑洗身體，水花濺在脖頸間，像在身上打翻一盤水晶珠子。

本來石丹朱嚴禁他們在掌門別院裡隨意走動，他因今日天氣炎熱，故悄悄繞到藏經閣後打些清水消暑。他心裡想：此處與前廳不過就是兩箭之地，應無什麼大礙，偷偷來過這裡好多遍，從沒讓師父發現。

但他從水中抬起頭時，忽聽見遠遠地傳來少女銀鈴般的笑聲。

他心道：這時間會是什麼人？難道是梧聲？隨即又想不對，他沒有看見師父帶梧聲進掌門別院啊！

他猜恐怕是哪個師妹偷溜了進來，遲疑片刻，便走往那笑聲來處，想將誤闖的弟子趕回去。

誰知那那兒並不見什麼誤闖的師弟妹，只有一處院舍。院舍位置很偏僻，屋宇園林卻遠較他處都華美，只是外頭攔了長長一道鐵柵。隔著鐵柵，隱隱能看見裡頭大門深鎖，像一處嚴密的監牢。

清音畢竟少年心性，耐不住好奇，便攀上附近一株矮樹。院外雖攔著鐵柵，但院牆不高，他手腳又靈活，很輕易便翻上了屋頂。只見院中有一架鞦韆，上頭坐著一個他未曾見過的少女。

鞦韆看上去很新，或許才剛造好不久。少女看上去比他大了幾歲，坐在鞦韆上有一下沒一下晃著，一邊晃一邊笑，笑得十分開心，像覺得鞦韆很新鮮似地。清音看她動作生疏，猜想她大概以前不曾玩過。

這時忽然他心裡一個念頭閃過：這會不會是師父說的小師妹承安？然而那少女大概還比他大好幾歲，若說是小師妹，未免有些牽強。他正疑惑間，就聽少女輕呼一聲，從鞦韆上摔了下來。

少女雪白的衣裙鞋履都蒙上汙黃，她爬起來，看自己狼狽的模樣，似乎也不以爲意，只是吃吃地笑，笑一會兒又坐回鞦韆上，吃力地以腳蹬地。

本來鞦韆就要有一個人在後頭推高才有趣，然而少女沒有其他同伴了，清音看她獨自一人頑笑，不知怎地，心裡生了些憐憫的意思。就在他走神的這片刻，忽然腳下一個踩空，他整個人連著一大落磚瓦掉進院子裡。

少女聽見一聲巨響，嚇得從鞦韆上蹦起來。她先是很吃驚地望著清音，但看他摔了滿嘴泥的樣子，竟忍不住大笑起來，說：「哪裡來粗手粗腳的猴子！」

清音聞言有些惱怒，很快爬起來，抹淨了臉喝道：「妳又是什麼人，為什麼在師父的掌門別院？」

那少女理所當然道：「我本來就住在這兒，這裡是我的院子。你才——」少女望著塵泥後露出的一雙晶亮眼睛，一時愣住了說不出話來，心裡像忽然刮起了一陣狂風——

太像了。

清音那雙眼，和丹陽子石嘆鳳實在太像了。

「我才什麼？妳別話說了一半就不說了。」

直到清音朝她叫喊，少女才回過神。她朝清音走去，給他遞了一條乾淨的手絹，說：「我叫承安，你叫什麼名字？」

清音沒料到她竟眞的是承安，頗感訝異，然而他雖有無數疑問，仍乖巧照實答道：「我叫清音。」

「你是清音？」

清音見她露出詫異的神色，有些不自在地說：「是啊！哪裡不對勁嗎？」

承安只笑一笑，沒有回答。聽說這少年是清音，出於私心，承安竟有幾分雀躍。丹陽派輪迴一批又一批弟子，反覆賜予他們同樣的名字，然而歷代接任掌門之人，畢竟還是以資質最好的首徒清音居多。

當然另外三位大弟子梧聲、醴泉、楝子都當過幾次掌門，她也碰過一些奇特的例外，彩鳶、鵷雛，還有這一任的掌門丹朱。但剩下的幾乎都是清音獨擅勝場，她不敢說自己記的完全正確，畢竟那實在是太長、太長的一段歲月了。

承安歪著腦袋，拉起清音的手，說：「我在這兒很無聊，你陪我說說話好不好？」

清音想起自己已經跑出來很久了，有些不安起來。他說：「師父不許我們胡亂走動，要是讓他知道我溜進妳的院子裡，一定會大發雷霆的。」

但承安只想著要留住他，再多看那雙神似丹陽子的眼睛一會兒，於是她便說：「不要緊的，我說什麼丹朱都會聽，他要是發脾氣，就說是我逼你的好了。」

清音聽她直呼師父名諱，只當她與師父當真十分親近。承安又利誘道：「這裡有趣的東西可多了，丹朱讓你們看過的經書和丹藥，恐怕還沒有我這房子裡一半多呢！」

果然清音聽得兩眼都發直了。承安喜上眉梢道：「跟我進來，我帶你四處看看！」於是她帶清音繞院落逛了大半圈，除了用來反覆「試驗」她不死之身的刑房以外，每間屋子都帶他進去參觀一遍。

她又讓清音跟她說了很多事，像是門裡的兄弟姊妹如何、自己以前的故鄉是什麼樣的地方……直至谷裡天色已見暗，清音恐怕石丹朱回來見怪，她才放清音回去。

但在清音離開之前，她說：「清音，你可是我在丹陽谷裡唯一的朋友了，以後你要是再來掌門別院，一定得來找我。」又說：「但先別讓丹朱知道。」

在那之後，清音瞞著石丹朱和她又見了幾次面，兩人感情愈來愈好。清音與梧聲是門中最聰明的兩個孩子，其他人大概心裡也都有數，將來掌門非從這兩人擇一不可。然而清音一直都能感覺到師父喜歡梧聲更勝於他，自己彷彿無根之草，將來究竟何去何從，他也感到心中茫然。

他天性較冷淡，又不像梧聲一樣還有同鄉的朋友，在丹陽谷裡一直過著獨來獨往的日子。這個突如其來的承安，彷彿塡補了他心中孤獨的空缺一般。漸漸地，清音愈來愈期待進掌門別院的日子，恨不得天天都能與承安見上面，與她分享生活上任何一件瑣碎無趣的事。

只是終究紙包不住火，很快丹朱便察覺了此事。

本來丹陽派怕承安這不老不死之身的祕密洩漏出去，因此一直將她管鎖在深院之中，不讓弟子知道詳情。又因擔心弟子終有一日察覺端倪，故每隔一段時間，便散去谷中所有弟子，讓丹陽派一切從頭再來。爲了徹底控制住門下弟子，歷代掌門的手段愈發偏激可怕。如焦明之蠱、別院禁則，都是後世一代代發明出來的。

眞正能「接手」承安的人，一直都只能有掌門而已。

她知道丹朱察覺了她與清音的關係，也不擔心，只道：「反正你的位置將來也是要傳給清音的吧？既然如此，早一些讓他知道我的存在又有何妨？」

丹朱冷聲道：「誰告訴妳我打算傳給清音的，丹陽谷裡還有一個梧聲在呢！」

承安厭倦了生離死別，與歷任掌門之間一直刻意維持一種冷淡的關係。即使如此，在這之間也仍存一些親疏遠近的差異。

她能清楚感覺石丹朱怕她，甚至漸漸從恐懼發展成憎厭。這是丹朱頭一次對她近乎違逆的抵抗，承安訝異的同時，也立刻感受到丹朱對梧聲的過分偏愛。清音雖有繼承掌門的資格，顯然丹朱要更屬意梧聲。

然而清音知道了承安的存在。

若不讓清音做掌門，爲了保守祕密最好盡快將他殺死。丹朱多少掙扎猶豫、天人交戰都看在承安眼裡。果然他還是更想保住梧聲，但承安無論如何都不想要清音死。

丹朱嚴令清音不准再見承安，但清音總割捨不下，終於乘一日丹朱鬆懈，偷偷溜到承安的院子。

本來清音只是想見承安最後一面，感謝她這段時日的陪伴，與她告別，誰知承安卻遞給他一口小瓶。

「這裡面是我的血，只要帶在身上，你便可自由出入掌門別院。」她說：「只記得兩件事：第一、絕對不要讓丹朱知道；第二、這血中有劇毒，千萬不要弄破瓶子。」

清音雖不解其意，仍收下她的鮮血與警告，向她應允。承安道：「你七日之後再來見我，這段期間丹朱可能想取你性命，切記好好提防他。」

清音聞言並不訝異，他多少也感覺到丹朱對他態度的改變。於是那七日裡清音便盡量避開他，不敢張揚行事，也不到掌門別院去。

到第七天夜闌人靜之時，清音爲赴承安之約，乘所有人都睡下，獨自一人划小船到東岸，潛入掌門別院。果然承安所言不虛，只要帶著她的鮮血在身上，便能在掌門別院中暢行無阻。

來到承安院前，她早已擎一柄小燭在等他。清音翻進院子，看見火光下承安的面色顯得格外蒼白，不由有些憂心，問道：「妳……沒事吧？師父沒有爲難妳吧？」

承安沒有回答，只說：「快進來，別讓人發現了。」拉他進自己屋裡。

她取來一口小碗與一柄短匕，一句話也不說，忽然便拿刀割破自己手心。清音大驚失色，忙要攔她，她卻擺了個手勢，示意清音不必干涉。火光愈明亮，影子便愈見濃深，燭火下承安的鮮血像蒙上一層鏽那樣，昏暗沉鬱。兩人一聲不出，死寂的房中只聽得見鮮血淌落的滴答聲。

不曉得過多久時間，承安滴了滿滿一碗血，命道：「喝下。」清音遲疑片刻，承安順手撕下一截袖口包紮傷口，道：「你聽我的，我絕不會害你。」

清音雖然疑惑，但他相信承安不會害他，遂從善如流飲盡那碗鮮血。

承安滿意地說：「很好。」攜了清音的手，道：「帶我出去見丹朱。」

清音聞言慌亂道：「這怎麼行？」

承安道：「放心好了，如今丹朱絕不敢動你，你聽我的便是。」

清音雖有些不情願，承安卻再三要求、意志甚堅，不得已他仍帶著承安翻牆出院。

承安拉著清音匆匆穿過大半座別院，來到掌門屋前，她也不顧丹朱早已安歇，擂鼓一般直敲他的房門。丹朱披衣起身，見是二人，先有幾分駭異，隨即陰沉著臉望向清音，道：「我和你說過什麼，莫非你全當馬耳東風？」

承安將清音攔在身後，對丹朱道：「丹朱，你絕不能殺他，方才我已將不死鳥的子蠱渡到他身上了。」

石丹朱未料到承安還有這一手，登時大駭。

不死鳥的子蠱是丹陽派選擇掌門的方法——本來承安體內既有百年身之毒，又有石嘆鳳為了研究在她身上施加的各種毒物，因此鮮血帶有極強的毒性，她必須靠著不死鳥，才能維持性命。

然而石嘆鳳也注意到，每隔一段時間，承安體內的毒性會被徹底壓制，甚至鮮血會暫時失去劇毒。他仔細地研究這個現象，發現約隔十多年，承安身上的不死鳥便會產卵生子。在這段期間內，不死鳥為了保護自己的後代不遭百年身的劇毒所傷，會施盡全力來對抗那些毒素，直到產季結束、子蠱漸漸孵化為止。

石嘆鳳初發現時簡直欣喜若狂，以為自己找到了讓不死鳥再現的方法，然而當他將不死鳥的子蠱引渡出來之後，卻發現子蠱根本沒有不死鳥的特性，也不會長成不死鳥。

他挖空心思，仍無法理解石一歸讓不死鳥產子的理由。子蠱既不能成為不死鳥，對他而言便毫無用處，也不再悉心研究。但後世他的弟子中，有人察覺子蠱有強烈的依賴性，不願離開母蠱承安太遠，遂試著將子蠱種於人身。果然宿主一旦離開承安身邊，身上便劇痛難耐，甚至終將送命。為了不使接下掌門之位的弟子叛教，後人便善用了這子母蠱的特性。在下一任掌門身上種下不死鳥的子蠱，使他至死都只能綁在承安身邊。

一年之中，只有深冬至初春子蠱沉眠時，情況較不嚴厲，歷任掌門便利用這段時間去找新的弟子。承安到此地步，已是心灰意冷，他們要做些什麼，她也全不關心。日後又有其他掌門造出了焦明毒蠱，也是類似做法，且更將子母蠱的特性發揮到極致，藉此牢牢控制住眾弟子與掌門人。

石丹朱一聽說承安將身上子蠱渡給了清音，便知自己暫輸一城。不死鳥十五年才產一次卵，若他殺了清音，下一次產期還要再等上十五年。假使丹朱在這十五年間便死去，則丹陽谷將陷入沒有掌門的窘境。屆時誰能進出掌門別院，將悉由承安一人決定，縱便她想走出這座深谷，恐怕也沒人制衡得了她。

石丹朱不敢貿進。

這是一場賭注，賭他石丹朱先死或是不死鳥先產下子蠱。

丹朱望著承安堅定的眼神，知道她是不論如何都想保住清音性命，甚至不惜越過他，私自選出下一任掌門。他無計可施，只好接受現況，道：「好，我明白妳的意思。既如此，我便允准清音暫做丹陽谷的掌門。今後妳的生活起居，也都由他照管張羅便是。」

承安聽他這話裡還有蹊蹺，忙追問道：「『暫』是什麼意思？」

丹朱道：「我留下清音性命，讓他做個暫代的『準掌門』，但若十五年之期已至，不死鳥產下新蠱而我還未死，那麼誰做掌門，便得由我做主！」

承安暗恨丹朱狡詐，心中打得好如意算盤，但這已是他肯做的最大讓步，承安要再不依，或者他一掌便劈死了清音。承安亦沒有選擇，只得應允道：「那麼這段期間，你絕不許傷害清音。」石丹朱自然與她妥協，他深信不過十五年之期，一定等得到那一日。

誰知，雖只差之毫釐，最後終究是由承安贏了這場豪賭。

石丹朱若地下有知，在他死後幾個月不死鳥便產下子蠱的話，恐怕也是憾恨不已吧！

李承安這一生都擅長等待。

她坐在渡口附近的小亭子望江水靜靜流過，舟楫依舊，迎送多少過客往來。

江上來了一列奇異的船隊，船身一律漆成白色，雖看不見艙內景象，船頭船尾皆懸一盞紙糊白燈籠，插上兩行白幡，清風一起，白幡就嘩啦啦地翻飛，像水上突然颳起的一陣白雪。

那船隊前前後後穿了十多艘船過去，就是承安也看得目不轉睛，一旁有人問：「什麼大戶人家死人？這麼大陣仗？」就聽另一人說：「你不知道，那可不是什麼普通大戶人家，那是銀屏山下來的船，要往幾個友盟發喪去的。」

聽見銀屏山幾個字，承安不覺張大耳朵，那人又道：「前日銀屏山上一場武林爭霸，棲霞派接連與江湖中一百零八派好手鏖戰，不落下風。誰知忽殺出一個沒沒無聞的小夥子，不但搶走她們保管的寶物，還大敗掌門林諸星。那林諸星氣得大嘔一口鮮血，倒斃當場，而……」後頭說得愈來愈誇張，而且，棲霞派的掌門也不是林諸星，承安就此漸漸失去興致。

她到甘露縣數日，早已聽說棲霞派封山之事。現在沒人知道山上情況，流竄各式各樣的風聲。有說林諸星身死的、有說掌門一輩重新出來管事的……撲朔迷離。但武林上風頭是暫滅了一些。銀屏山暫別外客，無聲無息。而青竹、隱松黯然下山後，一切諱莫如深，或許是自感羞慚、或許是值得爭奪的百年身已毀去，又或許是仍顧同門之誼，不再對三寒會之事多置一詞。

船已遠去，過水無痕，那究竟是誰的船，今後永遠都成一個謎團。或許林諸星活得好好的，也或許她眞的死了。

想起林諸星時，她的胸口像被刺了一下。

她是眞心爲林諸星擔憂，心底卻又有一處恨恨地想，林諸星眞死了就好了，是她害死陸長生——也或許不是，或許是彩鳶突襲讓陸長生傷口惡化、或許是她沒來得及帶陸長生下山救治，或許……這許多的或許，終究沒有個了結。

她知道去找罪魁禍首沒有意義，每件事都是因也是果。人終有一死，這是她幾百年來學會最大的教訓。但要眞心變得平靜談何容易？她只是變得麻木，變得失去恨人的力量。

忽然，她感覺遠處有人正悄悄看她。

那視線令人膽寒，她猛一下回過頭去，只見石還璧正站在她身後。

他像風吹來的一樣，她竟沒有察覺他是何時出現的，刺眼的目光消失了。石還璧很自在地在她身邊坐下，彷彿一個與她熟識的老友，承安稍稍往邊上挪開，石還璧笑說：「我沒想到妳眞的會來。」

承安打量他，石還璧仍是一派輕鬆的樣子，和銀屏山一別那日相比，幾乎沒有改變，至少沒有缺手斷腳，便問：「我才沒想到你能從銀屏山活著下來。」

他大笑：「妳就這麼瞧不起我？」又問：「妳剛才在看什麼？」

承安道：「剛才過去一列白色的船隊，有人說那是銀屏山發喪的船。」

「給誰發喪？」

「他們說林諸星。」承安問：「你殺了她嗎？」

「怎麼可能？我殺不了她。」他雖自負，卻很有自知之明，他大方地說：「不過，她倒也殺不了我，說不定她是活活氣死的。」

那倒跟剛才市井傳言差不多，他想了想，又說：「也說不定是給陸梵天發的喪。」

「梵天？」

「是啊，那日若不是陸梵天掩護我，我也沒那麼容易脫身。她是棲霞派的叛徒，若沒能逃出銀屏山，被清理門戶也不奇怪。」石還璧皮笑肉不笑地說：「她自己有同門之義，不便動手，早知我幫她殺幾個師姐再下山。」

承安沒有理會他，倒不是眞信了那是陸梵天的喪船，但心底一池水仍被攪亂。石還璧見她眉頭深鎖，也不自討沒趣，便說：「妳說要還給我百年身的，丹陽派在哪裡？」

承安道：「還要再順水南行一段時日。」

「那我先去租艘船吧！」頓了頓，他又問：「妳身邊那個男的呢？」

承安沒有說話，石還璧也沒再追問。林諸星那一劍深及肺腑，本來陸長生死活就只看老天爺臉色，只是想起承安拚死也想救他，仍舊如此終局，未免也生無常之感。

他往渡口問船去了。承安倚欄遠眺，望向銀屏山的方向，心裡想的都是陸梵天的事。自那日棲霞一別後，她沒有再聽過山上的消息，又爲陸長生哀歎不已，什麼都無暇去想。這時聽石還璧這樣說，不由心緒不寧。她不認爲林諸星眞的會殺陸梵天，但若陸梵天仍留在山上，此刻必定很不好過，林諸星還能再做她的靠山嗎……而且，她還不知道陸長生的事。

該怎麼辦才好？自己非得再見陸梵天一面才行……就算要將那痛苦的消息告訴陸梵天，大概也好過讓她孤獨一人留在銀屏山上。

就在這時，她忽聽身後有人輕喚道：「承安。」

那喚聲叫她渾身一寒——絕不是石還璧，這世上會如此親密呼喚她名字的人不多了，她顫顫回頭，身後是一張極熟悉的面影，原來那才是剛剛直盯著她的刺眼目光。

承安遲疑一會，細聲道：「清音？」

十五年的朝夕相處，如何再見時彼此的面目都已模糊？清音束起長髮，半張臉都籠在斗篷下。或許是回到承安身邊的緣故，他面上醜陋的斑痕已慢慢退去部分，還原他本來清秀的面目。但承安發現自己甚至已漸漸記不得他的面孔，彷彿刻在她心上的，一直都只有那雙鳳羽一樣美麗的眼睛。

承安道：「沒想到我還能再見到你。你是怎麼找到我的？」

但一說完，承安就笑了。那還需要問嗎？當然是不死鳥，他身上還有自己爲救他一命所渡的子蠱。僅是離了母蠱數月，他就變得如此悲慘，想來不死鳥的子蠱，必定不斷昂揚呼嘯著要回到她身邊吧！

清音面無表情道：「托妳的福，彩鳶代替我成爲新的掌門，我才能出谷來找妳。」

承安無聲一笑：「終究不死鳥沒有傳給梧聲。丹朱若地下有知，還不知會怎樣恨我？」

清音道：「要恨也得恨我。若不是爲了我，師父又何必和妳做這十五年的賭注？早知今日如此終局，妳一定想，當初不如讓師父殺了我乾脆吧！」

承安搖頭道：「我從來沒有這樣想過。」她猶豫片刻，問：「你……這些日子還好嗎？」

清音沒有答話，承安走到他身邊，看他身上繁花一樣的斑紋，知道這段日子他必是不得安寧。她忍不住伸手碰他的面頰，嘆道：「你明知自己離不開我，爲什麼還想殺我呢？」

清音冷聲道：「爲了殺死不死鳥。」

這話聽來如此矛盾，果然承安輕笑一聲，道：「包括丹陽子在內，歷任掌門都試著要殺死我，但沒有誰能成功過。」

清音道：「他們反覆折磨妳，或者是想證明不死鳥的極限、或者是想藉妳找出重現不死鳥的方法，所以終究不敢做到底。但我不同，我的目的是殺死不死鳥，我不相信這世上沒有徹底殺死妳的方式。」

再到此時，承安心中對他已無愛恨，只靜靜問道：「你究竟爲什麼這麼恨我？」

「我不恨妳。」

清音說罷，忽然緘口不言。良久，他像要討好人的孩子似抬眼看她，細聲說：「最初我只想救妳。」

「救我？」

「成爲掌門這十多年來，我翻遍掌門別院所有書冊，只想找出毀去妳永生之身、讓我能帶妳離開丹陽谷的辦法。」

承安詫異道：「你想殺死不死鳥，是爲了帶我走嗎？」

他自嘲似笑了一笑：「以前是。」

「現在呢，現在不是了？」

清音眼神一黯：「正因找遍所有方法，所以才知道我是不可能帶妳離開的。丹陽谷中有千千萬萬焦明伏藏，一旦谷中沒有不死鳥，牠們便會自沉眠甦醒，整座山頭都將被焦明吞噬。承安，不死鳥無法重現，每一個掌門都會死，能夠永遠制壓住丹陽谷的只有妳一人，丹陽谷是不能失去妳的。」

「既然如此，爲什麼又要殺我？」

清音沒有正面回答她，只說：「我也曾想過，讓丹陽谷就到我這一代爲止。我不會再出去找新的弟子，我們所有人，在這谷中過完下半輩子就好，可是現在，我不打算這樣做了。」

「爲什麼？」

「我死了以後又怎麼辦呢？」他哀聲道：「承安，只有妳有著永恆之身。等最後一個掌門死後，丹陽谷就只剩妳獨自一人，永遠守住這座孤城。那樣妳太可憐了。」

承安閉上雙眼：「對我而言，還有什麼差別嗎？」

清音不再耽溺於傷感，恢復本來冰冷殘酷的神情，道：「這個循環是切不斷的——我只有兩條路走，繼續這個循環，或者徹底毀滅這個循環。」

顯而易見，清音選擇了後者。

「毀滅這個循環，就是……毀滅我嗎？」

「不錯。不死鳥是同命蠱，殺死牠的唯一方法就是殺死妳。只要妳一死，丹陽谷中所有焦明都會化作灰燼，隨妳的不死鳥一同殉死。」

說罷，清音向她伸出手：「承安，對不起……」

承安對他而言，曾是丹陽谷中最珍貴的存在。

承安救了他的性命，陪他度過空虛冰冷的十五年歲月。

然而除了殺掉承安，讓她體內的不死鳥徹底消滅之外，清音已無計可施。他若心軟，放任丹陽谷一代傳過一代，承安也不過多受幾百幾千年的折磨罷了。既然如此，不如一開始就釜底抽薪，由他來終結承安的痛苦。

承安深深望進他眼底——如果最初清音就把這一切告訴她，她必會任清音處置吧！她在丹陽谷中蹉跎數百年的光陰，歷任掌門帶給她的只剩傷痛與別離。那時的她，對太過漫長的一生早已感到倦膩。

可是現在卻不同了。

「如果只有我死，才能徹底結束丹陽谷的百年枷鎖，或許我確實不該留在這世上。可是你明白嗎？清音……」承安細聲道：「清音……我不想死！」

清音聞言，近乎絕望地大叫：「李承安！妳已經活了兩百多年了，難道還活不夠嗎？」

「不夠……當然不夠！」承安大喊道：「我在丹陽谷裡待了兩百多年，日復一日，只爲不死鳥而生、只與不死鳥爲伴，一日也沒看過外面的世界。這兩百年的長生，於我而言不過是一場漫長的死亡。」她拉住清音的手，流淚道：「清音，我在你們丹陽谷裡，死了兩百多年啊——」

清音見她潸然淚下，不由動搖，但他已無路可退。他恐怕再這樣下去又要心軟，喝道：「承安，上回是我太小看妳。但這次我不會再心軟、不會再犯下一樣的錯誤了！」

承安見他真的動了殺意，心中不由恐慌。她體內不死鳥的子蠱方渡給彩鳶不久，血液還未完全恢復毒性，兼之她也不願對清音下殺手，因此竟沒有半點對抗清音的手段。

清音顫聲道：「李承安，妳縱有不死之身，也絕無徹底殺不了妳的道理。難道我砍下妳的頭顱、掏出妳的心臟，將妳沉進大江、將妳埋入深穴、將妳燒成灰燼、將妳千刀萬剮，也還取不了妳的性命嗎？這世上……總有一個方法，能徹底叫妳灰飛煙滅！」

承安見他已動殺心，慌亂間想起陸長生，隨即拔出長劍，朝清音胡亂揮舞。

清音未料到承安竟會用武器，這一下猝不及防，狼狽退開幾步。承安握著陸長生留給她的長劍，默念道：長生，請你幫我！乘清音這一時大意，轉身便往渡口的方向逃，至少要把石還璧引來。但她哪裡是清音對手？清音袖風一帶，便將她連人帶劍整個摔了出去。

承安摔得滿身汙泥，倉皇爬起，仍不放棄，但清音已追到她身後，伸手抓她後領。

承安走投無路，要跑到渡口是來不及了，索性躍入江中。她不諳水性，三兩下就沒了頂，初時還能看見她撲騰起的水花，但不出片刻，就連這一點掙扎的痕跡都消失了。

然而，清音深知封棺活埋尚且殺不死她，不敢掉以輕心。若非親手將她碎成殘灰，絕不能輕易鬆手。他隨承安一躍入江，很快就發現她緊閉雙眼，兩手鬆開，全身似已脫力，身子正慢慢向下沉。他沒打算讓她就這樣不明不白地埋沒江中，他游到承安身邊，拖著她的身子將她撈上岸。

果然才一出水，承安便大口喘氣，嗆了好幾口水猛咳不止。清音架著她將她往岸上拖，但承安哪裡肯任他擺布，一面尖叫：「放開我！」一面低下頭狠狠咬了他一口，拚死抵抗起來。

清音只想給她一個好死，並不想多加傷害折磨，正想將她敲昏了事，忽聽遠處傳來一聲清嘯。

清音面色一凜，情知有變。果然從那聲音來處，捲起一陣大風，江面打起狂浪。清音抓住承安手腕，一躍而起，退回岸上。兩人猶未站定，一道黑風即撲面而來。

清音飛身欲退開，那人卻已一手將承安抄了過去。清音定睛一看，只見面前一個神采飛揚的少年，一身黑色衣衫，腰上纏著一條金繡帶。那少年盯著他，冷笑道：「開什麼玩笑，我怎麼能讓你殺了她！」

清音屏息凝神，不敢輕敵。這人總不可能是從江心冒出來的，必是在另一頭船泊處，因趕急而乾脆選擇踏水橫切過來。那樣長一段水路，他走來如履平地，又見他適才只是輕輕一帶，掌風便能刮起如此大浪。若換在平時，他未見得將此少年放在眼底，只是他才剛找回承安，如今身體尚十分虛弱，要殺承安固然是綽綽有餘，但面對如此強敵，自然半分馬虎不得。

剛才他就見此人在亭邊與承安搭話，因不想傷及無辜，故不曾上前，如此看來，兩人竟是相識？清音沉聲問道：「閣下是什麼人？」

石還璧昂聲道：「你和她有什麼過節我可不管，但在她交出百年身之前，她的命就算是我的！」

話猶未已，他驚鴻一般拔地而起，雙掌直出。清音見他蓄勢欲動，心中早存提防之意，果然石還璧掌風未到，清音便如一翅白蝶翻飛出去。但他這病中之身，石還璧還未瞧在眼裡，只聽他譏諷道：「你比之那棲霞派姓林的還差遠了！」反手又是一掌打來。

清音面色一沉，這一掌他並非避不開，但他見石還璧路數與丹陽派頗有些雷同，又聽他說承安向他允諾百年身，心中頗感疑惑，想看他究竟還有什麼招數。

果然掌風遞至，清音這回不閃不避，只任他打向自己身上。石還璧的內力一陰一陽，與丹陽派的長生訣如出一轍。清音見他先遞陰來，便運起陽訣相抗。石還璧掌中寒氣一碰上清音內力便立時化去，他還不曉得自己這一掌怎如泥牛如海，就聽清音冷笑一聲，忽逆轉內力為至陰，一掌回拍向他肩頭。

石還璧聽得掌風呼嘯而來，也不由暗吃一驚。沒料到清音看著孱弱，手下還有這分力道。清音指尖才一探上他的肩，石還璧隨即感到一股陰寒內力刺入體內，他心裡大叫不妙，忙向後連躍開數丈。

若換在平時要甩開清音，恐怕沒這麼容易，但他此時內力虛薄，少了一股黏纏之勁，故才叫石還璧簡單脫身。但清音也無意與石還璧糾纏，只是要讓他知道自己並非易與之輩。

石還璧這下已不敢小覷清音，凝神戒備，他那一日雖僥倖自林諸星手下脫身，畢竟也受了不輕的傷，將養數十日才見好轉。

而清音運那一口氣已耗掉大半氣力，故也不敢再有動作，只怕露出破綻來。他轉而望向承安，道：「剛才他說妳應允了他百年身，是怎麼一回事？」

當年石嘆鳳回丹陽谷後，為了替永生做準備，曾再造過一尾百年身，但他終究沒能造出不死鳥來。沒有不死鳥的存在，百年身沒有任何用處，最後石嘆鳳將之封在藏經閣內，不許任何人去碰，弟子只知這是師祖遺物，極謹慎莊重地供奉起來，卻從來不曉得百年身的意義。

清音見承安不答，便道：「那是師祖遺物，是我丹陽派重寶，豈能隨便就給這麼一個來路不明的人？」承安嘆道：「清音，你既然想毀去丹陽派，百年身究竟如何，於你又有什麼重要呢？」清音聞言便默然不語。

石還璧少年心性，聽了「來路不明」四個字有些不悅，便反唇相譏道：「你又是什麼人？憑什麼你來做主？」

承安拉住石還璧，道：「他自然有權做主，他是丹陽派第十四代掌門，算起來，百年身是他的東西。」

石還璧一愣，道：「那妳又是丹陽派的什麼人？」

他心想，百年身既是承安應允，恐怕清音翻臉不認人，忙道：「妳只要帶我回丹陽谷就好，他若不給，我硬搶便是！」

清音冷聲道：「承安，妳還想帶外人回丹陽谷？」

承安道：「他不是外人，他是出塵子的後人，只是想將東西帶回石家。說起來，他體內有著石家的血脈，百年身與不死鳥都該歸他才是。」

清音聞言心口一跳，他自然知道出塵子與丹陽派千絲萬縷的關係。他問：「妳確定他是石家後人？」

石還璧聽他質疑自己，心中大是不快，便要插口，但承安打斷他：「不錯。我與你的問題或許無解，但他幫過我一個大忙，我答應必讓百年身回他石家祖祠。你若還念我舊情，便將百年身交還給他吧！」

承安不願多生枝節，只恐清音恪守門規，不願承認石還璧，又起衝突。她卻不知此刻清音思慮正千迴百轉，甚至可說，他心頭忽如點亮一把火炬。

十多年來，清音苦心孤詣，鑽研掌門別院中所有典籍，終於徹底搞清楚不死鳥控制谷內萬蟲的來龍去脈，最後他得出結論——除了讓承安抱著不死鳥死去之外，沒有其他辦法能除掉谷中焦明之災。

然而，所謂「所有典籍」，也不過就是丹陽子以後一代代累積下來的知識罷了，說到底丹陽派只是封於深谷之中，閉門造車兩百多年。

而石還璧帶著另一支石家所傳承的知識而來，那是丹陽派苦苦追求數百年仍未有所得、出塵子的研究。清音心裡想：那裡面會不會能有一個兩全其美的辦法，讓他不必在丹陽谷與承安中選一個？

沉吟片刻，清音道：「我可以讓你進丹陽谷，但有一個條件。」

兩百多年來，丹陽谷首次迎接一位外來的客人。

卻說清音願將百年身交與石還璧，但要他以出塵子一系不死鳥的消息作爲報答。石還璧本來嗤之以鼻，他自負身手，只道他若要百年身，既進了丹陽谷，硬搶便是。

清音有求於他，不便與他動氣，回到丹陽谷後，耐心將整件事的前因後果與他詳說了一遍。初時石還璧還不當一回事，直聽到承安是不死鳥一節時，才變了面色——既然如此，承安對石家的意義就更深遠、更不能爲丹陽谷犧牲。

石還璧雖是出塵子直系後代，但石家與丹陽派不同，從未試圖重現不死鳥。反倒石一歸的遺念望百年身回到石家，讓石家後代殫精竭慮，只爲求得一星半點百年身的消息，最後愈走愈偏，甚至演至石還璧與棲霞派之爭。

石還璧道：「石家家訓自來如此——人生在世，不過一場百年遊。長生不死，有違自然之道，並非值得追求的東西。我們非迎回百年身不可，也不過是先祖遺願，希望百年身能落葉歸根，回我石家團聚。」

同是石家支脈，清音在丹陽谷中所受的教育卻截然不同，這樣的想法叫他頗是衝擊。他自己雖不對長生不死抱著興趣，卻很難想像手中掌握不死鳥祕密的人能不受誘惑，不去追求不死靈藥的再現。

清音將一切枝節交代完畢，石還璧道：「依我聽來，此事只有一個關鍵之處，只要能解決這一點，一定就能找到一個兩全其美之道。我問你，爲什麼你會認定殺死不死鳥的方法，只有殺死承安一途？」

清音道：「不死鳥本來便是不死之身，尋常手段殺不死牠，再則牠又潛於承安體內，根本無從下手。」

石還璧卻搖了搖頭，說：「我石家所傳之學，卻不是這樣說的。但凡天生萬物，必有一生一剋，不死鳥縱是不死之身，也不可能沒有一個天敵。」

清音道：「若眞能找出牠的天敵，我又何必在此費心？」

石還璧道：「說起來你們的不死鳥，和我所知已有一些出入，要尋找不死鳥的天敵，此事本來就十分匪夷所思。」

清音忙問：「這是什麼意思？」

石還璧不疾不徐道：「就我所知，不死鳥不應該是永生不死才對，至少百年之內就會消滅。妳體內的不死鳥能存活上兩、三百年，才眞叫我不敢置信。」

清音與承安聞言面面相覷，承安詫道：「不死鳥有其壽限？但……石一歸當年並未說過這件事，難道是他欺騙了我父親嗎？」

石還璧道：「我不曉得他當年對妳父親說過什麼，但清公曾有言，出塵子認爲不死之身是太失衡的力量，不死鳥帶來的影響必須有其限度，因此讓牠最終仍有自然消亡之途。」

承安喃喃道：「既然都會消滅，又怎稱得上不死？既然無法不死，爲什麼又要創造出這種東西？」

清音並不在意石一歸創造不死鳥的初衷，只是急忙問道：「讓牠自然消滅的方法是什麼？」

石還璧道：「產子——不死鳥生下的幼蟲長大後會將牠反噬，成爲另一尾新的不死鳥。」

清音與承安皆面現詫異之色：「新的……不死鳥？」

「不錯。如此周而復始幾代之後，漸漸不死鳥的力量愈來愈削弱，最後便會失去牠的不死之身。」

由毀滅中得到新生，再於新生中永恆毀滅。

石還璧困惑道：「可是恐怕這當中還有例外，又或者我石家一直誤解了什麼也未可知，畢竟這個法則在妳身上不起作用啊！」

承安驚呼道：「不是不起作用，而是不死鳥產下的子蠱從來不曾待在我身上過啊！」

「妳說什麼？」

「丹陽派借子蠱來控制掌門，只要不死鳥產下後代，便會將他們引渡到下一任掌門身上。」

而未曾反噬母蠱的不死鳥亦無法蛻變，最終只能耗盡平凡的一生死去。

石還璧聞言道：「如此倒是說得通。」

清音喜道：「既然如此，子蠱便是毀去不死鳥的辦法？」

石還璧道：「我不曉得，試試看或者能有機會。」又問：「妳身上的不死鳥什麼時候會產卵？」

他話一說完，承安與清音便都垮下臉，子蠱才剛誕生不久，便已分出去給彩鳶了。

承安無奈道：「最快也要再等上十五年。」

石還璧見兩人一臉頹喪，忙道：「就算你們有子蠱，這事也急不得。反噬消滅這個方法，起碼要過五、六代才能發揮效用。你們若不急，就再等上個幾百年，或者只能另尋他途了。」

清音與承安俱是無言以對，百年何等漫長？就是承安不急，那些丹陽弟子又何辜陪她斷送人生？就聽清音嘆道：「難道再沒什麼東西是不死鳥的剋星了？除了子蠱以外，就沒有其他東西能吞噬不死鳥嗎？」

石還璧道：「我只知道不死鳥能吃掉不死鳥，若有其他東西能吃掉牠，那至少也得和不死鳥是差不多等級的蠱王才行。」

承安和清音對視一眼，幾乎是同時驚呼出聲：「百年身！」

石還璧聞言也愣住，沒想到兩人竟推論出這樣的結果。但再仔細尋思，確也不無道理。百年身嗜血好鬥，不死鳥則能克制牠的毒性。若讓兩者互鬥，或許有機會互相消滅。可是，若用這個方式來解決不死鳥，百年身就……他偷覷一眼承安，承安見他面色有異，也知他心中顧慮，便道：「石還璧，畢竟我已答應讓你帶百年身回石家。你若不願，我們就再找其他方法。」

她態度這麼乾脆，反叫石還璧有幾分狼狽——他是捨不得百年身，但承安又並非常人，對石家的意義格外不同。石家本就有愧於她，若在此又一次放她自生自滅，連石還璧都要瞧不起自己。

他咬著下唇，苦惱半晌，說：「不錯，百年身非回我石家祖祠不可……」就在這時，他心中忽出現一個主意，他大叫：「不過，若換了一個模樣回去，或許先祖也能體諒吧！」

承安疑惑道：「什麼意思？」

石還璧似乎認為自己找到一個絕妙的折衷之法，興高采烈道：「不錯！若由妳服下百年身，那百年身就將留在妳體內——妳就成為了百年身！」

清音疑道：「你是要將承安視作百年身，帶回你石家交差？」

石還璧不滿道：「我又不是你們丹陽派，沒興趣把一個人鎖在石家一輩子。我只是要承安姑娘回我石家祖祠，給清公上一炷香罷了。」

承安想起石清音的面容，心中不由一陣唏噓，道：「我答應你，一定隨你回石家去為一歸叔叔和清音上一炷香。」

「那好！就這麼辦！」

「承安……」

承安既已允諾，清音原沒有立場阻攔。但他見她雙手微微發顫，心道，換作自己，要獨自面對百年身，也絕不可能沒有半分動搖。石還璧看出她遲疑，怪道：「難道妳還有什麼條件？」

承安輕輕搖頭，道：「我只是想起初見百年身之時……我已活了幾百年，許多記憶都像煙一樣散去了，只有那時的光景，還是那麼清晰。」她望向清音道：「清音，若我遲遲沒有出來，不要猶豫，立刻放火燒了整座藏經閣，將我與它燒得連飛灰也不剩。」

清音聞言，也只得頷首允諾，心中卻生出一股淡淡的寂寞之情。分明是他想要她死的，此刻聽她已有玉碎決心，卻又如此不甘。

承安道：「我此去能否活著出來，也在未定之天，既然如此，我還想見一個人。」

清音卻不知她在這谷中還認得什麼人？頗感詫異，就聽承安道：「我要見新掌門，彩鳶。」

「妳見他做什麼？」

「有些話想帶給他。」

清音至今也不知為何承安會渡血給彩鳶，他想兩人間或曾有過定。於是他道：「好吧！我帶妳去見他。不過他大概仍在昏睡，現在是梧聲在照看他。」

兩人來到彩鳶屋前，果然就如清音所說，彩鳶因離開母蠱太久，身體變得十分虛弱，幾十日來高燒不退。梧聲待在他身邊，片刻不離照護。

這是承安頭一次見到梧聲——雖然這個名字她早在石丹朱那兒聽過許多次。她對梧聲唯一的印象，就是一個最受丹朱看重、甚至可能威脅清音性命的弟子。還以為是怎樣三頭六臂人物，沒想到卻是個嬌小樸素的女子，大概因為疲累，面色蒼白，看上去還有些呆愣愣的。

聽見外頭響動，梧聲隨即起身。見是清音，她忙快步向前，道：「我聽人說你回來了，實在是彩鳶燒了一夜，離不開身，所以——」

說著她忽愣住，望向一旁的承安，清音正要開口介紹，承安卻搶在他前頭道：「妳就是梧聲吧？我聽丹朱說過許多妳的事。」

「妳認識師父？」

「我是李承安，丹陽谷的『不死鳥』。」

梧聲倒抽一口涼氣，承安越過她到彩鳶榻前，彎身撫摸他發燙的額頭。彩鳶仍昏迷不醒，但身上斑點因承安回谷已退去許多。清音問他是否安好，梧聲道：「這幾日睡睡醒醒。」一面忍不住拿著眼偷覷承安。

彩鳶迷糊間感到一隻冰涼的手貼著他，就好像幼時母親的輕撫愛憐。他嘴裡咕噥幾個名字，意識不清地流下眼淚。梧聲垂著眼看這一切，細聲道：「我聽清音與棟子說過妳的事了……妳為什麼還要回來？」

承安沒有正面回答她，只說：「鴻麟說過許多妳與彩鳶的事，我很想見你們一面。」

一聽見鴻麟，本來蜷身低鳴的彩鳶忽重重一跳，梧聲忙輕拍他的背安撫，又問承安：「鴻麟……到哪裡去了？」她明知答案的，但不聽一個結局不肯罷休。

「他必定已死了。」

梧聲「啊」的一聲，掩面哭泣起來，清音沒有說話，雖是意料中事，終究是他將鴻麟與彩鳶送出谷。外頭剛下過一場細雨，順著屋簷落下一面晶簾般細密的水珠，他輕嘆一聲，背過身走到屋外。

「他怎麼死的？」

「我不知道。不過，我曾避開棲霞耳目，帶給他鋒利的武器。」

梧聲知她這是免鴻麟受苦，嗚咽著不住朝她點頭，以示那悲哀的謝意。好不容易止住哭泣，她又問：「鴻麟說起我們什麼？」

「都是些快樂的事。」承安微微笑道：「他說，妳和彩鳶想回家，所以從小就計畫著逃跑。那種奮不顧身的樣子，叫他非常羨慕。他總想有朝一日能看你們展翅高飛，飛離這座深谷。」

梧聲哀道：「他眞傻，羨慕什麼呢？看到掌門別院裡抬出來的屍體，誰還敢有什麼奢想？這麼多年，我與彩鳶早沒了盼頭。」

承安道：「他一定也知道，但我能明白他的心情。清音若向妳說過我的事，妳應當知道我在谷底住了快三百年吧？」

梧聲至今仍難置信此事，遂只胡亂點了個頭，承安悠悠道：「那麼長的歲月，磨光我的一切。但有時我坐在院子裡，抬頭看見枝上雀鳥，忽然騰一聲振翅遠去，會生出一點羨慕的感覺，像短促的一簇火星。彼時我心底十分麻木，幾乎失去所有感覺，所以連那一點火星都那麼珍貴。」

「那妳爲何又要回來呢？是清音……」

承安搖搖頭：「當我眞正出谷以後，那火星沒有了，我只感到害怕極了。」

「爲什麼？」

「我的一生在丹陽谷耗盡，離開這裡以後，我就一無所有。我自暴自棄，那一日我才知道，原來我不是那枝頭盼飛的雀鳥，我根本不知道自己能飛去哪裡。但是……我遇見了很好的人。」想起那人，承安又是一陣悲從中來，她輕輕握住梧聲雙手，道：「梧聲，若我與清音的計畫順利，彩鳶會好起來，你們所有人都可以離開。我會毀掉丹陽谷……妳害怕嗎？」

梧聲一時也不知怎麼回答她，承安卻先說：「我很害怕。」

「我很害怕。」她又重複了一次，這次聲音裡不停顫抖，她死命壓低臉孔，不想讓人看見自己的表情：「所有人都離開了我，若再失去丹陽谷，我……這次又要飛去哪裡呢？」

梧聲是有些敬畏她的——丹陽谷供奉的不死鳥，歷任掌門的遴選者……但那一刻，梧聲卻生出一股難言的悲憫之情，這個女孩，連抓著自己的手都抖個不停。梧聲不是一個敏捷伶俐的人，不知怎麼安慰她，想了許久，她說：「妳若是一隻鳥，才要煩惱往哪裡飛。那妳何不做一棵樹？」

承安抬起眼，眼底還有一點濕淋淋的水光，梧聲緩緩道：「師父給我起的名字梧聲，是梧桐的梧，是鳳鳥所棲的梧樹。」

「妳說我和彩鳶想逃，不是這樣的，想逃的只有彩鳶一個人。小時候他總說要帶我回家，他是飛天的鳶，總有著想追逐的遠處，我卻不同。」梧聲淡淡地笑了：「我不想駁他的意，但其實我很早就斷了念，知道絕沒有離開的一日。」

「但我總不能一生就看著天空憾恨。哪怕我不能飛，也得有個棲所才是。而我的棲所能在哪裡呢？我每天想著這個難題。有一天，我從師父給的這個名字裡明白了。」

她在桌上寫下她的「梧」字：「一個木字與一個吾字——原來如此，我就是那棵樹。我在哪裡，棲所就在哪裡。那時我就想，我大概會一直留在丹陽谷，就算今後丹陽派散了也一樣。」

承安抬頭望向她，梧聲的嗓音讓她想起谷裡的大川，在水深處總是靜靜地流，幾乎像沒有聲音，但又那樣穩定有力。忽然她笑出聲，說：「我告訴妳一件事，妳不要告訴清音。」

承安愣愣點頭，梧聲道：「我從沒有對任何人說過，但我眞的以爲師父會選我當掌門的。」

說罷，她擁抱承安，在她耳邊低聲道：「不要害怕，不要找一棵樹依傍，自己去做那棵樹吧！這樣的話，不論能飛或不能飛，有歸處或沒有歸處，妳都是自由的。」

我是自由的。

承安在心裡默念一遍，再想起百年身時，不那麼覺得害怕了。此一別後，或許今生不會再相見了。她向梧聲略一頷首作別，朝門外呼喚道：「清音，我們去藏經閣吧！」

回到掌門別院，承安恍如隔世。

她離開這谷的時間與她困陷其中的時間相比如此短暫，此刻她卻覺得彷彿離開了一輩子那樣長。

多年來，丹陽派掌門總是告訴弟子，藏經閣內放著不死鳥經卷，總有一天，丹陽谷能藉它再現不死靈蟲。然而那只是一幅描繪得栩栩如生的海市蜃樓，眾多弟子懷抱永不實現的夢想，爲丹陽子的執念殉葬這座深谷中。

丹陽子從不知道出塵子造出不死鳥的方法——沉眠在藏經閣盡頭的，只有他的永生之毒，百年身。

清音打開藏經閣大門。

闊別了數百年，承安終於再一次見到百年身。

那是她一生都無法忘懷的惡夢，時至今日，只要閉上雙眼，她彷佛都還能看見百年身是如何將王府化作煉獄。

然而那金羽翅的百年身，此刻正伏在水晶匣中，藏起利爪獠牙，只像一個酣睡的嬰兒。就像牠的本質一樣，如此美麗的謊言。承安伸出食指輕輕摩娑晶匣，道：「都離開這裡，只留我一人就好。」

清音與石還璧皆遲疑片刻，尤其石還璧好不容易才見到百年身眞貌，自然不想輕易離開。承安見他百般不情願，便柔聲道：「除了我以外，沒有人能在百年身的劇毒下全身而退。若等牠驚醒，別說你想將它帶回石家，整個丹陽谷都得被牠殺光。」

這句話正中兩人心病，石還璧不得已悻悻然退開了，清音望了承安最後一眼，欲言又止。

「承安……」清音彷佛哀鳴般輕喚她一聲，握著她的雙手微微顫抖，事到臨頭，反而是他更動搖。承安也明白他心中所想，笑道：「若我讓百年身殺了，你也是一償宿願，倒不算虧。」

說罷，她輕輕將清音推出門外，自己帶上厚重的大門。她的面孔漸漸融入黑暗中，直到最後一絲光線也被銅門吞噬，承安的身影終於完全消失。

隻身立於濃暗中，承安再無猶疑，掀開匣蓋。

百年身好似能感受到她的氣息般，忽然小小撲翅。承安伸手進匣，牠便靠到承安指畔，銳利的口扎進她指尖。承安眉心一跳，感到右臂酥麻，卻一點也不害怕。

數百年前，她也曾與百年身如此正面相對——那一次的百年身殺盡她所有親族，帶給她悲哀漫長的永生，相較之下，石嘆鳳再造的這第二尾百年身要溫柔多了。

彷佛貪戀她鮮血的甘甜，百年身始終不肯離開指尖，直吸得身子飽脹起來，牠才緩緩闔上雙翅，彷佛靠在溫暖的母親身邊，再度陷入沉眠之中。

石一歸不願讓不死鳥永恆存續，故使牠有反噬自身的特性。既然終將毀滅，又如何能稱作不死呢？承安始終不明白石一歸的用意。

然而這一刻，望著百年身安詳的模樣，承安忽然感覺自己好像能理解他的心情了。

「是爲了你啊……」承安不由長嘆一聲，道：「長生說得不錯，石一歸創造不死鳥的唯一理由，就是爲了讓你能有大放光芒的一刻而已。」

她俯下身，對百年身柔聲道：「你想見不死鳥一面嗎？他是你在這世上唯一的兄弟，那麼多年來，你一定很想念他吧？」

她將百年身送到唇邊，喃喃自語，已分不清是在對誰訴說。

「再造出一尾不死鳥，就像是能再見他一面——其實你一直都曉得他的意思，是不是？」承安淚流滿面，撫著自己的心口道：「你該早點告訴我的。因爲不死鳥就在這裡，他還在等著你——」說罷，就如當年吞下不死鳥那樣，承安將百年身也送入口中。

胸口微微發燙，一股溫暖的波濤在她體內行走，漸漸散至全身——

百年身還在尋找不死鳥。

數百年來未曾間斷的執念，只求那一瞬間的再會。

當那道熱流停下時，承安彷彿聽見不死鳥在她心口發出一聲嘆息。牠不做任何抵抗，只像要將百年身護在懷中一般，欣然張開雙翅擁抱牠，接受牠所有毒汙。

兩道永恆的火光終於逐漸熄滅，那百年身吞噬了牠的兄弟之後，竟也彷彿了卻一樁心願，不再做任何掙扎，只是安安靜靜將牠兄弟圈在懷中，了結這數百年的綿長性命。

那一刻丹陽谷中山搖嶽震，不知何處傳來一陣又一陣嘶吼低鳴，彷彿林中無數巨獸自沉眠驚醒，朝那狹長而過於遙遠的天際咆哮。

清音雙膝一軟，跪倒在地，他感到周身痙攣，體內好似掀起滔天巨浪。他扶著銅門，腦中一片燒灼，只能不斷呼喚著承安的名字。

而承安正跪在藏經閣內，感受她懷中兩件死亡、兩件安息，不斷哭泣。

丹陽谷內所有認不死鳥爲母親的毒蟲，紛紛爲母親之死而震顫，既似哀鳴，又似狂歡。

不知過了多久，大浪才逐漸止息。石還璧始終屏氣凝神，不敢插口，直至他看見清音回神，才焦急問道：「怎麼樣了？」

清音抬眼看他，頭一次石還璧終於能看清他那雙明亮的眼，他臉上那最後一點青褐色的斑紋也退盡，回復本來的面貌。他望著自己雙手，低聲道：「不死鳥已死了。」

尾聲、不死鳥

IMMORTAL BIRD

IMMORTAL BIRD

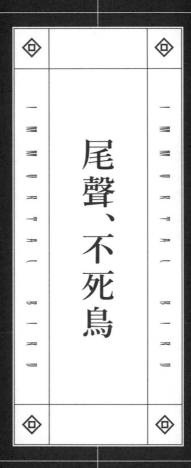

承安望著風吹起的地方。

多少年來，清音不曾再那麼仔細看過她，看她那眉梢眼底總帶著的一點淡淡哀愁。不死鳥既隨百年身同歸於盡，丹陽谷便也就此解脫。二十多年谷底漫長歲月，此刻皆成過往雲煙，清音頭一次眞正永遠踏出丹陽谷。

遠方夕日如燒火海，燒盡西天一片重雲。

清音不知承安的目光追往何處，她總是看向很遠的地方——那是清音不知道的地方，是她兩百多年歲月中，心中曾嚮往而駐足的某處。

自己總是離她那麼遠。

石還璧牽來兩匹馬。承安允諾會隨他回石家，爲祖祠裡的石清音上一炷香，算對他最後的告慰與悼念。她牽過韁繩，朝石還璧輕輕頷首，眼看就要走了，又回過頭來最後望一眼清音。

清音口中忽有些發乾，想對她說些什麼，一時又啞口無言。承安只是笑了一笑，眼神乾淨純粹，不帶任何對清音的怨懟，她說：「我還沒向你道謝。」

清音道：「謝什麼？」

她說：「謝謝你將丹陽派徹底毀去，讓丹陽子的執念得以解脫。謝謝你爲我毀去不死之身，叫我從此以後，能做個眞正的人。」

說罷，她垂下首微微一笑，便轉身往石還璧走去。

他忽地憶起那個笑容，掌門別院初見的那一日，她跳下鞦韆，看著自己灰頭土臉的樣子，有一刻忽愣住不動，然後便那樣笑起來。十幾年來，與她在丹陽谷中渡過的回憶，此刻像潮水拍岸那樣全都湧上心頭，但也在那潮水退去、露出一層貧瘠裸地時，清音深深明白，今夕別後，此生恐怕再無相見之日了。

他不願去想自己是怎樣的心情，只低喚一聲：「承安，妳去石家上過香後，又要往哪裡去呢？」

承安似乎並不擔憂，只道：「我不知道。這個世界太大了，每個地方我想都看一看。」陸長生給她的劍還繫在腰間，林諸星的白穗花被太多鮮血染成紅色：「但我要先回棲霞去見梵天。我掛念她，也還得告訴她長生的事。」

「但……我聽說過棲霞派的事了，那裡如今還安全嗎？」

承安笑道：「如果不安全，我就帶她離開。」

清音像想說些什麼，話到嘴邊卻又咽住了。

承安也知道他心裡所想，溫柔地握住他雙手：「我花掉一生的時間去守住他的夢，而今他的夢醒來，我也該好好爲自己活下半輩子了。」她伸出手，輕碰清音的眉心，與那雙曾令她朝思暮想的眼眸：「清音，你也一樣，爲自己好好活下去吧！」

說罷，她一躍上馬，那廂石還璧朝清音點了個頭，遠遠地去了。

清音目送她漸行漸遠，向前追了幾步卻又停下，終究他只立在原處，朝她的背影大叫道：「承安，我這一生還有機會再見妳嗎？」

承安的紅裙在風中獵獵飛揚，好似一片熊熊燒起的烈焰。在焰火中，她挺秀的身姿，宛如一尾浴火重生的鳳凰。

清音心想：或者那才是眞正的不死鳥吧！

承安回頭朝他笑了一笑，朗聲說：「我不曉得，或許有緣就會再見吧！畢竟……」

說罷揚鞭一指，策馬去了。她最後的聲音在風裡拉得細細長長——

「畢竟一生是那麼短，又那麼長啊！」

（完）

IMMORTAL BIRD

番外篇、老梅

IMMORTAL BIRD

陸梵天驚醒時一身冷汗濕了衣裳，她爬下床推開窗，遠處星光看上去有些粗糙，那頭山崖的梅林光禿禿的。窗口灌進的夜風冷得她直打哆嗦，但她就任風吹著，好像要讓風把那身冷汗吹進骨子裡一樣。

「又作夢了？」

她聽見裙襬拖過地上的沙沙聲，有人輕手輕腳溜了進來。葉澄站在門口，黑燈瞎火的屋裡，只有她像淋了一身潔白的月光。

「葉師姊……」

「別站在窗邊，會冷著的。」

葉澄帶上窗，拉她坐回床邊，伸手捋順她汗濕的頭髮，那麼輕柔，像碰觸什麼易碎的珍寶一樣。

「又夢見小婉？夢見妳哥哥？」

陸梵天只是縮著身子，把腦袋埋進膝裡，葉澄抱住她的肩，說：「不哭，不哭，總是會過去的。」陸梵天並沒有哭，好像在陸長生丟下她回青竹派時，眼淚就哭乾了。但她很喜歡被抱著的感覺，她的腦袋搭在葉澄肩上，葉澄身上總有股清潔的花香，像她那個人一樣乾淨恬淡。

一會兒葉澄覺得陸梵天不動了，微笑著說：「不哭了？」陸梵天仍埋在她懷裡不肯動，葉澄把床上薄被撈過來，蓋在兩人身上。

「總見妳一個人待著，怎麼不去跟詩瑩、箏箏她們在一起？」

陸梵天悶著頭不說話。葉澄也不在意，只是摩娑她的後腦勺。陸梵天的長髮像匹昂貴的黑綢，又輕又軟，日光下總泛著一層薄薄的珊瑚色。

「詩瑩說妳見了人總轉身就跑。」

「我……我沒有，我跟岳師姊打過招呼的！」

「她那人一刻也靜不得，妳見了她得大叫大嚷，最好跳上去撲到她身上她才高興的。」

陸梵天抬起腦袋，雖不頂嘴，能看見她眼底不服氣的倔強。葉澄輕嘆一聲：「我也跟她說了，妳還是個孩子，別跟妳計較這些，但怎麼說她就是有她的一套歪理。那丫頭也是馬齒徒長，妳別和她較真。」

陸梵天偷偷瞄她一眼，葉澄大她六歲，在這時的陸梵天眼底，葉澄是一個成熟而美麗的女人。自己長大也能像她那樣嗎？

陸梵天總這樣想，她還沒有意識到六歲是一個很小的差距，幾乎再過幾年，就會小得看不見。

「岳師姊不喜歡我。」

「胡說。」

「是眞的！我感覺得出來。」

「因爲妳不跟她打招呼。」

「我有！」

「那就再更大聲、更開朗一點。妳愈躲她，她才眞的愈不喜歡妳。」

「就是她不喜歡我，我才躲她的……」

陸梵天委屈地說，葉澄笑著捏一捏她的臉頰：「這下承認妳躲詩瑩了？」陸梵天坐直起身，葉澄說：「師父很看重妳，妳將來是有大前程的。所以更要和大家好好相處，莫做那枝頭上的孤鳥，才不會讓別人背後說妳閒話。尤其常去朱師姊那裡和姊妹們頑去，沒有壞處。」

陸梵天問：「小婉姊姊不和其他姊妹相處，所以讓人說了閒話嗎？」

「小婉啊……」

「朱師姊她們是不是也討厭小婉姊姊，就和岳師姊討厭我一樣？」

葉澄那細蔥一樣的長指按上陸梵天的唇，低聲道：「說什麼討厭？這話以後不許再說。沒有誰討厭妳小婉姊姊，也沒有誰討厭妳。」

陸梵天垂下眼：「葉師姊，妳是不是也不喜歡小婉姊姊？」

葉澄笑著說：「妳倒說說，我為什麼要討厭小婉？」

陸梵天也不清楚自己究竟喜不喜歡小婉。

還在青竹派時，她看見小婉一天到晚纏著陸長生，心裡說不定真有點討厭她。不過，來到棲霞派以後，她在這裡誰也認不得，那些師姊一個個都鮮花烈火似地扎手燙手，她連靠近她們也不敢，就只有小婉天天陪著她，所以那段日子裡她變得依賴小婉。

小婉生得不算美，說話總是帶著笑，輕輕柔柔地，一不注意就聽不見。她時常跟陸梵天說：「我和妳哥哥說好了，再等半年，妳也熟悉棲霞了，我就嫁過去青竹派。」

當然這說法是不對的，青竹只收男弟子，就像她也是年紀漸大了，沒辦法再待著，陸長生才不得不替她另覓棲霞這個歸宿。小婉一旦嫁給陸長生，也不可能住在青竹派裡。反正陸長生不是門中大人物，就和師父說好了，一成親就搬下山去。

小婉每次和她說起這件事，眼睛總放著光，那蚊子一樣的聲音也變得特別響亮，彷彿能離開棲霞派是一件天大的樂事。這時陸梵天就會想起在青竹派時討厭她的心情——

就好像被調換了似地。

她被扔進棲霞派裡，換小婉出來。

陸梵天問過自己很多遍，到底她和小婉的關係好不好？始終也得不出一個結論。每當見到小婉談起未來那興高采烈的模樣，她就忍不住想問小婉，到底是要嫁給長生讓她開心？還是離開棲霞派讓她開心？可她終究不曾開過口，於是陸長生在小婉墓前痛哭失聲、抓著她問為什麼的時候，她答不上話，只能一個勁掉眼淚。

那並不是為小婉之死而哀悼，她只是害怕，怕長生質問她為什麼不知道小婉死的理由？也或者她只是厭惡那個答不出正解的自己。她與小婉朝夕與共，為什麼對小婉一無所知？

從那天開始，陸梵天幾乎不和人說話。

除了師父以外，肯和她說上話的就剩葉澄。不過她知道那也不是葉澄特別待見她，葉澄對誰都好。

小婉死後幾個月，陸梵天常作惡夢。她不記得自己夢見什麼，但醒來時總淚流滿面。

以前隔壁房住的是小婉，常半夜鑽進她被窩裡說些體己話，那時她嫌煩，如今連嫌的機會也沒有。小婉死後，葉澄特意搬過來多加照看，但葉澄不像小婉一樣常窩黏著她，葉澄只在一個時候進她房裡，就是她作惡夢的時候。

她說，陸梵天作夢時總大哭大叫。

自己在夢中究竟都說些什麼呢？一想到此事，陸梵天就毛骨悚然。於是她開始提早就寢，好在更深夜重時醒來。她會在外頭蹓達一整晚，等天要亮再回房裡。

如果她真的夢見了小婉，那她不想讓任何人知道她在夢中都說了什麼，包括她自己。

陸梵天也不敢跑太遠，通常就是繞著棲霞派幾座大殿轉。棲霞人不算多，但占地很廣，幾個主屋之間距離很遠，祖祠韶華殿尤其在冷僻之處。陸梵天最喜歡去韶華殿，她知道那裡巡夜更的時間，因爲太遠了，祖祠平時也沒有人，一夜裡只巡一次，只要避開那次巡邏就可以了。

天亮以前，她就一個人坐在韶華殿裡，殿上冷冷清清，她盯著掩映在重重幔帳後的一面面牌位，像給自己唱催眠的小曲，把上頭的名字從左到右、又從右到左念一遍。

但這一夜與往常不同，陸梵天在進韶華殿前就停下了腳步。

因爲她看見，斷崖那頭有一個人影。

韶華殿後的山崖種滿一林梅花，紅的白的都有，是棲霞第一勝景。寒梅盛放之時，白如朝雲，紅如晚霞，據說她們就是因此才得的棲霞之名。然而這梅林美則美矣，卻因離主屋太遠，又或因離祖祠太近，平時並沒有什麼師姊妹願意過來。

梅林花開盡處，是一道伸得長長的斷崖，今夜崖上有一人在舞劍。

陸梵天不敢靠近，遠遠待在這一岸看著。

月下她只能看見舞劍人一條黑色的影子，但那劍光如霜如雪，風馳電掣，彷彿自有生命一般，陸梵天不知不覺看得癡了。

打完一套劍那人收劍翩然去了，陸梵天猶站在原處，月正行至中天之處，陸梵天感覺全身微微發著熱。好想現在立刻就拿起劍，但劍她留在房內了。她幾個師姊從來都是劍不離身的，只是她還沒習慣。不得已她跑進梅林，折了一截枯梅枝，就在原處比畫起來。

她急著模仿剛才看到的一切，但那人劍法與她學的棲霞劍完全不同，她再怎麼做，也不及那人十分之一的行雲流水。

一會兒陸梵天終於累了，將梅枝隨手一拋，跌坐在地。

那人使的是棲霞劍嗎？

她反覆自問，但沒有答案。師父說，棲霞劍是三派中最美的劍，劍如其名，劍意如風中焰火，如流雲霞影，那該是多美的劍啊！但棲霞派裡沒有誰的劍帶著焰與霞的幻影。

只有今天的舞劍人讓她看見了——那人的劍是蒼白的火焰，一瞬間燒亮了她的世界。

自那夜以後，陸梵天便隨身攜劍，每晚都到崖前等候。舞劍人並不時常出現，只是陸梵天毅力驚人，一天也不落下。那人若不見，她就自己隨意練劍，那人若出現了，她便如癡如狂地觀覽那駭人的劍術。

舞劍人只一套劍，久了陸梵天也漸漸熟悉起來，她試著模仿，倒有幾分形似，但總有哪裡不好，並無劍舞靈蛇之意。陸梵天最不服輸，想仔細看清那人一招一式間如何流轉，於是不知不覺間，她走進梅林，一天比一天更往前靠近斷崖。

到初冬時梅花漸盛了，站在林中只看得見一片花海，陸梵天不得已，只好穿林而出，眞正踏上斷崖。幸而崖上亂石林立，有許多遮蔽處，她便挑了顆大石頭，每夜安居其後。

這夜舞劍人來了，陸梵天原以爲終於得睹眞顏，但他罩一身寬鬆斗篷，根本看不清輪廓。這也是頭一次陸梵天見他怎麼來的——竟是從崖下翻上來的！叫她嚇得合不攏嘴，莫非這人平日住在斷崖絕壁上？

但他一出劍後，一切都變得無所謂了。管他是男是女、是人是鬼，陸梵天在乎的只有此人的劍，愈是靠近，她愈是沉迷其中、不可自拔。

一套劍打完，陸梵天連呼吸都要忘記，今夜她看得更精細，知道自己還有哪裡做得不對。那人收了劍，陸梵天原以爲他從哪裡來，就要回哪裡去，正想再一窺他那神出鬼沒的輕功，誰知，他竟往自己的方向走來。

陸梵天這下慌了，她知道偷看人劍路是大忌，但她潛伏此處，十分謹慎，與那人也保有一段距離。或許只是巧合，不能自亂了陣腳。

她立刻轉身下崖，飛也似地穿過梅林，過一會兒，見那人似乎沒追上來，她鬆了口氣，正想放慢腳步，誰知一道冰冷劍光已按在頸間。

陸梵天不敢回頭，來到棲霞派至今，她還是頭一次如此害怕。

「拿劍。」背後響起一個清冷的聲音。

是女人。

其實也沒什麼好奇怪，若此人是棲霞弟子，自然是女子。

但她是棲霞弟子嗎？她使的分明不是棲霞劍。陸梵天實在太想知道此人來歷了，那好奇心甚至令她忘了幾分恐懼。

陸梵天顫聲問：「拿……拿劍做什麼？」

「妳在這兒看劍看了三個月，總是學了一些？」

陸梵天大駭，那人又道：「讓我看看妳學多少，拔劍。」

陸梵天心道，自己就那麼遠遠地偷看，哪能學到什麼？但她也曉得這時非聽命不可，否則恐有性命之憂。她緩緩拔劍，舞劍人見她照做，便也自抽了劍。

寒芒一自頸上抽開，陸梵天隨即重又抖擻了精神，這麼近的距離，只要動作夠快，或許她還有機會制住對方。

然而只在她動念片刻，舞劍人已轉到她身前了，她的劍咬住陸梵天的劍尖，還沒能看清她的臉，舞劍人長劍一挑，已將她的劍也挽起，陸梵天完全受她所制，只能隨劍起舞。

兩人如嬉戲般對劍片刻，忽然那舞劍人掉轉劍鋒，朝陸梵天咽喉刺去——陸梵天認得出這一式，她瞧了三個月，總是記住一些。她忙舞劍回擊，這一下雖擋得狼狽，至少是擋下來了。

然而舞劍人不依不饒，下一劍立刻又追上來，雖然使的全是她在月下的劍舞，但一進實戰，完全又是另一回事。陸梵天左支右絀，只能東拼西湊的應付，很快她便體力不支，已現頹勢。

她心知以這人的功夫，每一劍都能輕易取她性命，但對方始終不下殺手。她不明白，若不是要殺了偷窺劍法的她，究竟還有什麼意圖呢？

就在這閃神的瞬間，舞劍人長劍勁指，陸梵天聽見耳邊疾風射過，長劍已削斷她半截長髮——再來就要割掉耳朵了！

陸梵天身子還僵在原處，劍卻先動了，就好像劍已是她身體的一部分。千鈞一髮之際，她略略勾動手腕，拿自己的劍，去撞對方的劍，勉強正撞在了劍脊上。

那一下碰得極輕，劍雖不動，卻微微旋轉了一些，薄冰一樣的劍鋒偏了小半寸。陸梵天的耳垂擦出一道深深的血痕，但總算保住沒讓割下。劍釘在梅樹上，舞劍人冷笑一聲：「與我對劍，還能分神？」

這時陸梵天終於看清她的面貌——那是一張沒有血色的臉，肌膚近乎透明，甚至微微發亮，好像月光能穿過她的臉孔一樣。她看上去絕不老，卻垂落一頭黃髮，眼珠發著紅光，陸梵天從未見過這樣的容貌，大聲尖叫起來。

但舞劍人並不惱，她慢慢將劍從樹上拔出來，問：「妳是怎麼想到這一劍的？」

陸梵天緩過神，才知她在問剛才那四兩撥千斤的一劍，她結巴地說：「我不知……我只……」那只是身體的直覺反應，又或許是運氣吧！

但她心底有一處暗暗曉得，絕不只如此，若非她將劍落在恰恰好的地方、催動恰恰好的力道，絕不可能那樣堪堪避了開去。

那人也不逼她，只淡淡一笑說：「棲霞這回倒收了個像樣的弟子。」

陸梵天不敢開口，舞劍人收了劍，又問：「沒人告訴過妳，不要靠近這裡？」

這麼一想，好像還真有過這回事，但陸梵天一心被她的劍術吸引，早忘得一乾二淨。就像此刻，她的四肢都還因臨死的恐懼發燙，但對那優美之劍的渴望仍勝過一切。她見那人收劍，似乎要走，忙大叫道：「妳……妳是棲霞派的弟子嗎？」

「是。」

「可妳的劍不是棲霞劍啊！」

舞劍人沉默半晌，忽然，她揮劍向天一指——陸梵天嚇得抱住腦袋，但預想中的斬殺不曾落下，她只聽見耳邊一陣風聲，再睜眼時，腳下鋪了一片艷麗紅毯，那人的劍風掃下滿樹紅梅，彷彿天女只為她一人散花。

剛才的恐懼一下煙消雲散，陸梵天只感覺此劍詩情畫意極了。

舞劍人說：「這就是棲霞劍。」

她看見陸梵天的表情，笑道：「不服氣？」

陸梵天不說話，她便指著陸梵天擎劍的手，說：「那就讓妳的劍成爲棲霞劍。」

此後陸梵天每晚都穿過梅林，觀摩舞劍人所謂的「棲霞劍」。陸梵天雖常感不安，惟恐是否背叛師門，但她實在深爲此劍心折，故仍夜夜往斷崖習劍不輟。

如此不出半月，陸梵天驚覺自己白日練劍手感已大不相同，變得更隨心所欲。她的劍藝乃掌門朱藍染直傳，平日多是四師姊葉澄指點。葉澄也有覺察，便問：「最近劍使得不似初來時那樣僵硬了，怎麼忽然就開竅了？」

陸梵天亦知葉澄不喜歡她們到梅林去，更不敢托出舞劍人之事，遂胡亂找了些藉口搪塞過去。葉澄也不疑有他，只說：「就是劍路自由過頭，有些偏了。習武之人，最忌三心二意，只想一步登天，還是要把棲霞劍的底子打好打穩了才是。」

陸梵天不敢反駁，心想，就連葉澄也感覺得出自己劍路中攙著不像棲霞劍的東西，那舞劍人又何以稱自己的劍是棲霞正統呢？

如此數月，她反覆被不同師姊指正，陸梵天終於下定決心，還是得向舞劍人問清楚才是。

她早該這樣做了，只是她給自己想了千萬種理由推辭，就是不肯面對事實。她怕萬一那舞劍人改口，說自己使的並非棲霞劍呢？陸梵天想了想，也不知該如何了局，劍學了就是學了，難道還能還回去的？而且，她知道自己是無法放棄那一路劍的。

但今夜舞劍人沒有出現。

若換平日，陸梵天便會直接回房，可她今夜是抱沉舟之心而來，不肯輕易退卻。此刻雖是深夜，她仍不敢隨意叫喚，她伏在斷崖邊，戰戰兢兢探頭下去，果然隱約可見岩壁上有一個洞窟，恐怕舞劍人平日就住在洞裡。須知此處絕壁千仞，就是那些輕功極佳的師姊們，也絕不敢以身犯險，舞劍人竟能在這種地方過日子！

她踟躕不前，知道自己絕對下不去，但若今夜放棄，明日恐怕就難再重拾決心了，正進退失據之際，忽聽身後傳來人聲道：「妳在做什麼？」

陸梵天嚇得大叫一聲，只見舞劍人站在自己身後，今夜她沒有披上斗篷，一頭金桂色的長髮不綁不束，隨風亂舞，在她頭髮及肩之處，不知為何蝦鬚一樣染紅了一片。

舞劍人無奈地說：「妳想在這裡凍死嗎？跟我來。」

兩人穿過亂石滿布的斷崖，最後在一座大石拱前停下，那底下藏了一個小小的入口，舞劍人見她左顧右盼，一臉驚慌，嘲笑道：「妳以為我天天從那絕壁翻上翻下不成？」

她隨舞劍人下階梯，通往山體內一個小岩窟。那裡頭雪洞一般，除幾件生活必備品外，就只有牆上掛了一把劍。但角落裡烤著火，暖洋洋十分舒服。

舞劍人給她添了熱茶，自己忙忙披上斗篷，陸梵天心道，難道她竟然也怕冷？隨即她又想，舞劍人恐怕是聽見自己在上頭逗留徘徊，連披衣都不顧就跑上來了。她搓搓手裡陶杯，暖烘烘地，原來她心中高大如崇山的舞劍人也會有弱點，但她覺得竟連那弱點也是可愛可敬的。

「妳來做什麼？」

「我只是……我有些問題，今夜一定要跟妳問清楚才行。」

舞劍人見她一臉決絕之意，有些好笑，便在她面前大大方方坐下，這時陸梵天反而退卻了，她支吾道：「妳頭髮……染紅了是怎麼回事？」

「妳決心要問清楚的就是這件事？」

當然不是，陸梵天吃了啞巴虧，悶不吭聲，但舞劍人也不是眞心爲難她，逕直說道：「我剛才嘔了一口血，弄髒了。」

「嘔血？妳怎麼了？妳生病了？」

「老毛病了。」

陸梵天驚駭不已，哪知這人神仙似的一路劍，竟是一樹芭蕉之身。但又想，她的外貌原與常人不同，或者本來體質就有些特殊之處。

「很嚴重嗎？」

「大概再剩十幾年壽命吧。」

陸梵天一時青天霹靂，覺得心裡就像挖了個洞一樣，有風簌簌從那洞裡吹過去。最後她只能木木地問道：「怎麼……難道沒有其他辦法嗎？」

舞劍人笑道：「要找辦法做什麼？不過是我壽限將至罷了，十幾年很夠了。」

陸梵天問：「夠什麼呢？」

舞劍人的神情變的慈祥：「夠將我的棲霞劍傳下去。」

陸梵天這才想起自己要問的事，但此刻反倒不好意思開口，誰知那舞劍人代她說了：「妳今日想來問的，也和此事有關吧？」

此人不只劍藝如神，竟然還能猜心。舞劍人笑說：「妳每晚學劍時，想的事都掛在臉上。妳怕自己學的是旁門左道，欺師滅祖，卻又捨不下此劍，是不是？」

陸梵天心裡的話給她一字不漏說完了，只能悻悻然點頭，舞劍人一派慷慨地說：「沒有什麼不好意思的，我原也是有所顧忌，話才拖到今日。妳放心，我的劍當然是棲霞劍——所以與妳所學有出入，乃因妳向掌門所學的棲霞劍，是殘缺不全的。」

陸梵天聞言卻只有更不安了，既然如此，那妳又為何顧忌呢？陸梵天等著她開口，但舞劍人沉默半晌，只說：「身體已經暖和了吧？」

她領陸梵天離開洞窟，出梅林下斷崖，來到崖下的韶華殿。她道：「知道這門後放著什麼嗎？」

陸梵天自然知道，她入門第一件事，就是來此指劍立誓、跪拜祖師，她流暢背誦道：「這裡是棲霞祖祠，放著三派的信物與隱學。」

舞劍人道：「包含現任掌門在內，棲霞派曾傳我劍者不只一人。但真能算上我師父的，大約只有一個，她叫做庾青梅。妳不認識她，她是掌門的師父那一輩人，如今也早已死了。」

陸梵天胡亂點頭，只在心底使勁算著輩分——那麼舞劍人又算什麼？她與掌門算是師徒？師姊妹？

舞劍人又道：「庾青梅是她那代弟子中最好的一個，再下來掌門這輩，差她便差得多了。她上年紀後很少再過問棲霞之事，只有兩件例外，一個是授我劍藝，一個就是在二十多年前，她拿走了掌門的鑰匙。」

「鑰匙？」

「祖祠的鑰匙——這扇門有四把鑰匙，交給四個人保管。其中三把當時在庾青梅與她師姊妹手上，只有一把是給了掌門朱藍染。但後來因出一件大事，叫棲霞派上下震怒，遂將鑰匙從掌門手裡收了回去。」

陸梵天從未聽過這些事，也不知為何師父會失去鑰匙，便問：「為什麼生氣呢？我師父做了什麼？」

「她生下一個孩子。」

陸梵天倒抽一口涼氣。

她知道那說的是誰——她來棲霞也不算很久，但此事是許多師姊妹間口耳相傳的祕話。

朱寒衣師姊原是掌門私生女兒，故掌門對她偏寵有加，武藝絕學也多有藏私，只傳授給她一人的。朱師姊為人親和，與她走得近的師姊妹自成一派，從她那兒常能得來許多武藝上的指點。但也有另一派不忿掌門徇私，譏她是世襲掌門，就與她楚河漢界的。

葉澄她們本來就是與朱師姊最親的一群，她會時常提醒自己多與岳詩瑩、吳箏這些人親近，也是這個緣故。

朱寒衣的事這座山上誰都知道，但一向就是道暗流，水底下波濤洶湧，水面上卻看不出一點痕跡，從沒人敢堂而皇之提起，只有此刻舞劍人既無羨嫉、亦無輕蔑，輕輕巧巧一句話就落下了。

「那時我還年幼，細節我亦不詳。我只知那孩子的父親不肯認她，朱掌門幾乎要讓棲霞逐出門牆，是庾青梅拚死保下她。只是再過幾年，三寒會就要到了，信物要從隱松轉到棲霞。眾人說掌門失德失節，不配這把鑰匙，故讓庾青梅暫代保管之職。」

這時陸梵天注意到一件事：庾青梅分明是傳劍給她的人，也算得上有師徒之義，她卻總是直呼其名。但那並不讓人感到冒犯，她說得那樣平常，就好像在呼喚一個親密的朋友。她想，舞劍人原該算是自己師姊，但又越級讓太師一輩收了徒，或許她也不知該如何稱呼庾青梅，只好直呼其名。

陸梵天驚覺自己非但不反感，反而有點羨慕，這以世俗眼光來看複雜的關係，在她看來卻是更單純簡潔的。此人與那仙去的老劍客庾青梅，比起師徒，必定更是意氣相投的忘年之交吧！

舞劍人又道：「過後幾年，其他保管鑰匙的師姊妹都先庾青梅一步離世。於是忽然間，她一人就得了四把鑰匙。」

這時陸梵天忽覺得韶華殿裡安靜異常。

大殿裡雕樑畫柱厚沉沉的影子，落在她兩人頭上，陸梵天的呼吸也跟著變重，她知道接下來要說的將會是天大的、她無法負擔的祕密。

但舞劍人仍一貫地舉重若輕，什麼天大地大的事，在她說來好像都如吹灰拂塵。

她說：「庾青梅傳我劍第二年，便將那四把鑰匙都交給我。」

陸梵天的聲音都在發抖：「爲什麼？」

頭一次，她看見舞劍人面上出現強烈的情感變化，那是她對這位忘年之友、傳劍之師所懷抱一種深沉的悲憫。

「這四把鑰匙就像是棲霞弟子的毒鴆酒，所以她想要逃走。」

陸梵天隱約曉得她說「毒酒」的意思——這扇門後放著棲霞派的隱學，據說那是一套非常厲害的武學，但過於陰毒而被祖師捨棄。爲了不讓後世子弟誤入歧途，所有人入門前，必先指天歃血立誓，若對隱學生二心，不得好死，掌門可立殺之。

「那妳做了什麼呢？」

「我拿著鑰匙，當天就開了門。」

陸梵天一陣心冷，這下一切都明白了，這就是此人說掌門之劍不全而自己是正統、這就是此人之劍如此曼妙非人間物的理由。她背叛入門的誓言，偷摘了樹上絕不可碰的金、桃……

陸梵天很詫異，她應該要憤怒、應該要轉頭就跑，回去報告掌門這叛徒的所作所爲，但她心底其實沒有任何感覺。

金桃？

體內某種東西正呼嘯著要她生氣，但別說金桃，她連那門後到底是桃子李子甚至橘子都不知道，爲什麼要生氣呢？她要爲誰生氣呢？

舞劍人靜靜地像在等候她，見她臉上雖青一陣白一陣，卻又滿臉迷惑，於是輕輕笑了。

「那於我根本不是鴆酒，我一點也不在乎，我入門時連誓也不肯立。庾青梅一定也早看出這一點，才將鑰匙交給我。我並非什麼標新立異的狂人，只是我早知自己壽命不長，實在不想浪費時間去守什麼祖宗的規矩。」

「但……」陸梵天顫聲道：「她、她們說……隱學太過陰毒，所以才要封藏起來。幾百年來遵守的戒規，總有他的道理才是。」

陸梵天甚至都不知自己說的這些「她們」是誰，幾百年來的棲霞女子嗎？舞劍人不置可否道：「或許吧！我初出此劍之時，將凌霄宮內不分男女老少全殺了。那劍像有自己的意志一樣停不下來，好像非如此不得完成我的劍路。或許那是因爲隱學太陰毒——但也或許是我太過嗜殺的緣故。」

陸梵天沒有答話，舞劍人道：「妳說得沒錯，傳了幾百年的事，總有他的道理——但這個他是誰？這道理是誰的道理？有什麼用處？我不明白，就像掌門……」

舞劍人是眞的很困惑：「她們從掌門手裡收回鑰匙，必定也是爲了服膺某種道理吧？但我不明白，她在這山上生下一個孩子，和鑰匙或掌門有什麼關係？而且最終她還是拿回鑰匙與掌門之位了，所以這些道理的功能和用途是什麼？」

陸梵天心裡風暴震盪，她不知道答案，也許沒有答案。不可以碰隱學，她在祖祠前磕頭立過誓的，那時她沒覺得有什麼不對勁，既然這是規矩，那她就老老實實地守了。

生下一個沒有父親的孩子，那難道不可恥嗎？那樣的女人配做掌門嗎——為什麼不配？為什麼可恥？陸梵天拚命回想，卻想不起最初自己覺得可恥的理由。因為所有人都閉口不提那件事，說起時總謹慎地眉來眼去，像什麼恐怕洩漏的天機一樣。

陸梵天於是也覺得可恥了。

「庾青梅是我這一生見過最好的劍客。」舞劍人幽幽地說：「她並不輸給我什麼，要說的話，她只輸給自己的根——幾十年棲霞戒規刻在她骨血裡的根。庾青梅放棄了作為一個劍客更上層樓的欲望，到死都還對著那她也不知是什麼的東西，忠心耿耿。」

她的目光投向遠處那紅雲正盛的山頭，說：「她就像那崖上的老梅，根已扎得太深、太深了，她就是再清楚、再怨恨自己被根所綁縛，她也掙脫不開。」

然後，忽如得到什麼解脫似地，舞劍人笑了：「我想她比誰都明白這件事，才把鑰匙交給我。或許這就是她對那深根所能做的、最微小的報復吧！」

「那現在鑰匙呢？」

「我還留著一把，算是庾青梅傳給我的。其餘已還給掌門了。」

兩人沉默著離開韶華殿，舞劍人說：「今後妳若要從我習劍，我想妳至少要知道自己學的是什麼，才能做決定。」

陸梵天覺得她有點卑鄙，劍已學了，哪裡能還的？就是今後她義正嚴詞與舞劍人恩斷義絕，那欺師滅祖之劍也已汙了她——

她想，既汙了那就汙了。

舞劍人必是知道這一點，故意讓她沒有退路的。陸梵天卻一點也不生氣，相反地，她還偷偷鬆了口氣。要真讓她有得選，今後恐怕不知有多少不能成眠的夜了。

說到這，她忽想起祖祠裡不只隱學，還有個眾人更諱莫如深、眞身不明的「信物」，不知舞劍人是否又幹下更欺師滅祖的事？

算了，反正今後從她學劍的時間還長著呢，到那時再問吧！陸梵天感到說不出的暢快，她甚至覺得自己有天能向舞劍人托出所有心裡話——像是一切和小婉有關的話——也絕不會受到批判。

隨舞劍人回崖頂時，陸梵天頭一次仔細觀察了這座梅林。老梅新梅她分不出來——她曾在隱松派看過一株百年老松，勁拔參天——但這些梅花都生得矮矮瘦瘦的。

然而當她低下頭，就見與那纖細梅枝截然不同的粗幹，像一雙厚實胳膊，盤根錯節，深深插進地底。

那讓她突然感到難以言喻的恐懼。

她忙忙別開眼，就見頭頂紅梅白梅連理交纏，花海蔽天，不見前路。舞劍人不可能一生就待在崖上吃草喝露，必也有出林之時，她忍不住問：「妳住在這種地方，難道不嫌這片樹林麻煩？」

舞劍人頭也不回道：「崖下的人比這些樹更麻煩。」

陸梵天眞喜歡她的回答，簡直痛快極了，但舞劍人忽然停下腳步，又說：「若嫌麻煩，也有解決麻煩的方法。」

「什麼方法？」

她沒說話，只以拔劍作爲回答。

那翦梅掃雪之劍，如有千鈞之重地揮向梅樹。

陸梵天目瞪口呆，但見她只是輕輕畫過樹幹，不知施了什麼巧勁，劍風起落之處，樹皮就像牆上剝落的漆一樣一片片掉下來。一會兒梅樹轟然倒場，塌在林子一片腐爛的土地裡，甚至沒發出一點聲音。

倒下時滿天紅雪撲面落下，這回陸梵天卻沒再感受到什麼詩情畫意了，她只感到眞實的恐怖，那不是花雨，是梅樹被斷頭的鮮血——

舞劍人斬殺了那棵老梅。

「若妳嫌樹擋路，」她說：「爲什麼要問樹？去問妳的劍。」

陸梵天猶震懾著看那滿天梅血，舞劍人笑道：「不過，擋不擋路都無所謂，反正我要走了。」

那日以後，她再去崖上，也不曾再見過舞劍人了。

又過了小半個月，有一日，陸梵天正在打掃，忽聽外頭一陣騷亂，她探頭出去，只見幾個師姊妹都如滾水的鍋，七嘴八舌地吵嚷，陸梵天忙問：「怎麼回事？」

葉澄發抖著說：「林師姊來了，正在大殿裡和掌門……」陸梵天從未見過她這樣失態，她很害怕，眼底卻又跳著一種崇拜的興奮。

陸梵天卻不知這位林師姊是誰，只能忙忙與其他人一同前往大殿。那裡並未有她想像的激烈衝突，師父安穩坐在大位上，來者一身白色斗篷——

竟是那舞劍人。

師父面色並不比她幾個師姊妹更好，一時彷彿老了幾十歲，威嚴也比平日減損許多，只聽她顫聲笑說：「諸星……這麼多年不見妳，難道不是嫌棄我們？怎麼又肯回來了？」對一個比自己年小位低之人，她話裡竟混合著一種異樣的嫌惡與恭敬。

「我要搬回來。」

舞劍人自說自話，淡灰紅色的眼睛直盯著她，師父終於連勉強的笑容也給不出來，她正了正色，呼喚道：「梵天，過來。」

陸梵天聽忽然叫她，忙小跑步到師父跟前。師父站起身，俯視舞劍人，像一頭孱弱的母豹，仍齜牙裂嘴要給敵人威嚇。她按著陸梵天雙肩，說：「這孩子天分是極好的，我看竟有幾分當年妳的樣子。」

舞劍人不說話，師父便笑道：「我讓此子十年內便能勝過妳，妳看如何？」

舞劍人至此方冷笑一聲，道：「給我十個月，我便叫她勝過妳。」

蓬生痲中，不扶而直。白沙在涅，與之俱黑。

許多人說，若不是林諸星，陸梵天不會變成那麼高傲狂妄的人。她的一切都在模仿林諸星，不論是那非人的劍藝，或那非人的離經叛道。

但她們怕林諸星而厭陸梵天，林諸星是將死之人，將死之人總是能對萬物不屑一顧的。可陸梵天只是個普通人，她憑什麼？她應該對世間更臣服與謙卑才是。

至於陸梵天自己，倒是從不覺得與林諸星相逢，為她帶來什麼天翻地覆的變化。唯一的改變是，自她的劍別上白穗花那天開始，她就不再那麼常想起陸長生了。

她將所有對陸長生的愛與崇拜，都轉移到林諸星身上去。

當然，對陸長生的恨也是。

她知道她終有一天是被允許去恨林諸星的。因著林諸星那番話，陸梵天彷彿能預見自己拔劍斬梅之景。她時常夢見她提劍站在梅林正中，身邊圍滿倒塌的梅樹，滿天飛紅，分不清是花雨或血雨。

陸梵天將永遠懷抱這個夢安心成眠，一個林諸星給她的夢——如果有一天我擋住妳的路了，隨時將妳的劍指向我。

她想，那必是一個走在前頭開路的人，所能給予她最甜蜜的承諾了。

（完）

不死鳥

作　者／薛西斯
責任編輯／詹凱婷
行　銷／徐慧芬、陳紫晴
編輯總監／劉麗眞
總 經 理／陳逸瑛
榮譽社長／詹宏志
發 行 人／涂玉雲
出 版 社／獨步文化
城邦文化事業股份有限公司
104台北市中山區民生東路二段141號5樓
電話：(02) 2500-7696　傳眞：(02) 2500-1967
發　行／英屬蓋曼群島商家庭傳媒股份有限公司城邦分公司
104台北市中山區民生東路二段141號2樓
網址／www.cite.com.tw
讀者服務專線／(02) 2500-7718；2500-7719
服務時間／週一至週五：09：30～12：00　13：30～17：00
24小時傳眞服務／(02) 2500-1900；2500-1991
讀者服務信箱E-mail／service@readingclub.com.tw
劃撥帳號／19863813
戶名／書虫股份有限公司
香港發行所／城邦（香港）出版集團有限公司
香港灣仔駱克道193號號1樓東超商業中心
電話／(852) 2508-6231　傳眞／(852) 2578-9337
E-mail／hkcite@biznetvigator.com
馬新發行所／城邦（馬新）出版集團
Cite (M) Sdn Bhd
41, Jalan Radin Anum, Bandar Baru Sri Petaling,
57000 Kuala Lumpur, Malaysia.
Tel: (603) 90578822
Fax:(603) 90576622
email:cite@cite.com.my

封面設計／高偉哲
插　畫／VIVI化合物
排　版／游淑萍
印　刷／中原造像股份有限公司
●2021（民110）11月初版
售價399元

ISBN 9789865580964（平裝）
9789865580971（EPUB）

國家圖書館出版品預行編目資料

不死鳥／薛西斯著. –初版. – 台北市：獨步文化，城邦文化事業股份有限公司出版：英屬蓋曼群島商家庭傳媒股份有限公司城邦分公司發行，民110.11
面 ； 公分

ISBN 9789865580964（平裝）
9789865580971（EPUB）

863.57　　110015307